Scherz Krimis
Die mit den Streifen

Gunnar Staalesen

Dein bis in den Tod

Roman

Aus dem Norwegischen
von Kerstin Hartmann-Butt

Scherz

Der Autor

Gunnar Staalesen, geboren 1947, bezeichnet Bergen, die Stadt seines Helden Varg Veum, auch als seine Stadt. Dort hat er Englisch, Französisch und Literaturwissenschaften studiert, dort arbeitet er als Dramaturg am Bergenser Theater. Staalesen ist heute einer der führenden norwegischen Krimiautoren. Seine Romane wurden in zahlreiche Sprachen übersetzt (*Die Schrift an der Wand*, Scherz, 1999).

Die Originalausgabe erschien 1979 unter dem Titel
»Din, til døden« bei Gyldendal Norsk Forlag, Oslo

Umschlaggestaltung: ja DESIGN, Bern: Julie Ting & Andreas Rufer

1. Auflage 2000, ISBN 3-502-51756-8

Gesamtherstellung: Ebner Ulm

1

Vielleicht tat ich es, weil er der jüngste Klient war, der je zu mir gekommen war. Vielleicht, weil er mich an einen anderen Jungen an einem anderen Ende der Stadt erinnerte. Oder vielleicht nur, weil ich nichts anderes zu tun hatte. Auf jeden Fall hörte ich mir an, was er zu sagen hatte.

Es war einer der letzten Tage im Februar. Ein warmer Föhn hatte das Thermometer um zwanzig Grad hoch schnellen lassen (von minus acht auf plus zwölf), und der Regen eines Tags und einer Nacht hatte den Schnee fortgespült, der seit drei, vier Wochen die Berge im Stadtgebiet zu einem Paradies und das Zentrum zu einer unpassierbaren Hölle gemacht hatte. Jetzt war es vorbei. Der Frühling blies seinen Atem über die Stadt, und die Menschen trieben mit neuer Energie die Straßen entlang, Zielen entgegen, von denen sie noch nichts wussten, die sie nur ahnten.

An einem Tag wie diesem machte mein Büro einen besonders verwaisten Eindruck. Der viereckige Raum mit dem großen Schreibtisch, auf dem nichts war außer einem Telefon und den Aktenschränken, in denen vor allem Luft war, wirkte wie ein abgeteilter kleiner Winkel des Universums. Ein Ort, an dem man vergessene Seelen ablegt, Menschen mit Namen, an die sich niemand mehr erinnert. Den ganzen Tag über hatte ich nur einen Anruf entgegengenommen. Eine ältere Dame wollte, dass ich ihren Pudel wieder finde. Ich antwortete ihr, ich sei allergisch gegen Hunde, vor allem Pudel. Sie schnaubte verärgert und knallte den Hörer auf. So bin ich: Ich verkaufe mich teuer.

Es war fast drei, als plötzlich draußen die Wartezimmertür ging. Ich saß da und döste vor mich hin und schrak bei dem Geräusch zusammen. Ich schwang die Beine vom Tisch, stand auf, trat zur Zwischentür und öffnete sie.

Mitten im Raum stand ein Junge von etwa acht oder neun Jahren und blickte fragend um sich. Er trug eine verschlissene blaue Daunenjacke und Jeans mit Flicken auf den Knien. Als ich auftauchte, riss er sich seine graue Strickmütze vom Kopf. Das Haar darunter war lang und glatt und fast weiß. Er hatte große, blaue Augen und einen halb offenen, ängstlichen Mund, um den die ganze Zeit ein Weinen auf der Lauer lag.

Ich sagte: »Hallo.«

Er schluckte schwer und sah mich an.

Ich sagte: »Wenn du zum Zahnarzt willst, das ist die Tür nebenan.«

Er schüttelte den Kopf. »Ich will zu . . .«, begann er und nickte zur Tür hin. Auf der geriffelten Glasscheibe stand, seitenverkehrt, dass hier der Privatdetektiv V. Veum sein Büro hatte.

Er blickte mich verlegen an. »Bist du wirklich ein richtiger . . . Detektiv?«

Ich lächelte. »Was heißt schon richtig. Komm herein und setz dich.«

Wir gingen ins Büro. Ich setzte mich hinter den Schreibtisch und er sich auf den einzigen, abgewetzten Kundenstuhl. Er sah sich um. Ich weiß nicht, was er erwartet hatte, auf jeden Fall wirkte er enttäuscht. Damit war er nicht der Erste. Wenn ich eins wirklich gut hinbekomme, dann das: Menschen zu enttäuschen.

Er sagte: »Ich habe dich im Telefonbuch gefunden. Unter Detekteien.«

Das letzte Wort sprach er langsam und umständlich aus, als habe er es selbst erfunden.

Ich sah ihn an. In ein paar Jahren würde Thomas in seinem Alter sein. Dann würde er mich am gleichen Ort finden können: im Telefonbuch. Wenn er wollte.

»Und wozu brauchst du meine Hilfe?«, fragte ich.

»Mein Fahrrad«, sagte er.

Ich nickte und wiederholte: »Dein Fahrrad.« Ich sah aus dem Fenster und blickte über die Bucht. Da drüben stand die Autoschlange und hustete sich einem fernen Land entgegen, das sie Åsane nennen und das am Ende der Welt liegt und in dem du – wenn du Glück hast – gerade rechtzeitig ankommst, um den Wagen zu wenden und dich in die Schlange einzureihen, die am frühen Morgen wieder zurück in die Stadt fährt. Ich hatte auch einmal ein Fahrrad gehabt. Doch das war vor der Zeit gewesen, als sie die Stadt den Autos preisgaben und sie mit Abgasen tauften. Die Dunstglocke lag wie eine Haube über der Stadt, und das Hochfjell glich einer vergifteten Ratte, die auf dem Bauch lag und ein wenig Meeresluft einzuatmen versuchte. »Ist es gestohlen worden?«

Er nickte.

»Aber glaubst du nicht, dass die Polizei . . .?«

»Doch, aber – dann gibt es nur Ärger.«

»Ärger?«

»Ja.« Er nickte heftig, und es sah aus, als habe sein ganzes Gesicht sich mit etwas gefüllt, das er mir erzählen wollte, wozu ihm aber die Worte fehlten.

Dann wurde er plötzlich Realist. »Kostet es viel? Bist du ... teuer?«

»Ich bin der teuerste, den du kaufen kannst, und der billigste, den du nachgeworfen bekommst.«

Er blickte mich fragend an, und ich beeilte mich, hinzuzufügen: »Das kommt ganz auf die Art des Auftrags und den Auftraggeber an. Also darauf, was du von mir willst, und wer du bist. Nun erzähl mal alles. Also ... dein Fahrrad ist gestohlen worden. Und du willst wissen, wer es war, und wo es ist?«

»Nein. Wer es hat, weiß ich.«

»Aha. Und wer?«

»Joker und seine Bande. Sie haben es auf Mama abgesehen.«

»Auf deine Mutter?« Ich verstand nicht.

Er sah mich vollkommen ernst an. Ich fragte: »Sag mal, wie heißt du eigentlich?«

»Roar.«

»Und weiter?«

»Roar ... Andresen.«

»Und wie alt bist du?«

»Achteinhalb.«

»Und wo wohnst du?«

Er nannte eine der Trabantenstädte im Südwesten der Stadt, eine Gegend, in der ich mich nicht besonders gut auskenne. Im Großen und Ganzen hatte ich sie immer nur aus der Entfernung gesehen. Sie erinnert mich an eine Mondlandschaft, wenn sie auf dem Mond solche Wohnblocks haben.

»Und deine Mutter – weiß sie, wo du bist?«

»Nein. Sie war noch nicht zu Hause, als ich gefahren bin. Ich habe deine Adresse im Telefonbuch gesehen und ganz allein den Bus in die Stadt genommen, und ich habe hergefunden, ohne jemanden zu fragen.«

»Dann rufen wir am besten deine Mutter an, damit sie sich keine Sorgen macht. Habt ihr Telefon?«

»Ja. Aber sie ist bestimmt noch nicht zu Hause.«

»Aber sie arbeitet doch irgendwo. Können wir sie bei der Arbeit anrufen?«

»Nein, weil sie nämlich jetzt auf dem Weg nach Hause ist, glaube ich. Und außerdem möchte ich nicht, dass sie von dem hier was erfährt.«

Er wirkte auf einmal so erwachsen. Er wirkte so erwachsen, dass ich das Gefühl hatte, ich könnte ihm die Frage stellen, die mir die ganze Zeit schon auf der Zunge lag. Kinder wissen heutzutage so viel mehr. »Und dein Vater, wo ist der?«

Der einzige Unterschied, den ich sehen konnte, war, dass seine Augen noch ein Stück größer wurden. »Der ... der wohnt nicht mehr bei uns. Er ist ausgezogen. Mama sagt, dass er – dass er eine andere Freundin hat, obwohl die Freundin selbst zwei Kinder hat. Mama sagt, dass Papa nicht lieb ist, und ich soll ihn einfach vergessen.«

Ich sah Thomas und Beate vor mir und musste ganz schnell sagen: »Hör mal zu. Ich glaube, jetzt fahre ich dich nach Hause, und dann sehen wir mal nach, ob wir dein Fahrrad nicht finden können. Den Rest kannst du mir ja unterwegs im Auto erzählen, okay?«

Ich zog eine Jacke an und warf noch einen letzten Blick ins Zimmer. Wieder war ein Tag im Begriff, sich aus dem Staub zu machen, ohne eine sichtbare Spur zu hinterlassen.

Er sagte: »Nimmst du deinen Revolver nicht mit?«

Ich sah ihn an: »Meinen Revolver?«

»Ja.«

»Ich habe gar keinen, Roar.«

»Du hast gar keinen? Aber ich dachte ...«

»Das ist nur im Kino so. Und im Fernsehen. Nicht in Wirklichkeit.«

»Ach so.« Jetzt sah er wirklich enttäuscht aus.

Wir gingen. In dem Moment, als ich die Tür hinter mir abgeschlossen hatte, hörte ich das Telefon klingeln. Eine Sekunde schwankte ich, ob ich wieder aufschließen sollte, aber wahrscheinlich war es nur irgendjemand, der wollte, dass ich seine Katze suchte, und ebenso wahrscheinlich würde es genau in dem Augenblick aufhören zu läuten, in dem ich den Schreibtisch wieder erreichte. Außerdem war ich auch gegen Katzen allergisch. Also ließ ich es bleiben.

Es war gerade die Woche im Monat, in der der Aufzug funktionierte, und auf dem Weg nach unten fragte ich: »Dieser Joker, wie du ihn genannt hast, wer ist das?«

Er schaute mich ernst an und sagte mit zitternder Stimme: »Er ist . . . böse.«

Ich fragte nicht weiter, bevor wir im Wagen saßen.

2

Draußen war es wieder kälter geworden. Der Frost kratzte mit ersterbenden Klauen über den fahlen Himmel, und der laue Champagnerrausch des Vormittags war vergangen. In den Augen der Menschen, die uns entgegenkamen, stand kein Frühling zu lesen: nur Abendessen, Probleme am Arbeitsplatz, Beziehungsstress. Der Winter gab ein da capo, am Himmel wie in den Gesichtern der Menschen.

Mein Auto war vor einer Parkuhr oben am Tårnplass abgestellt. Da stand es und sah unschuldig aus, obwohl es genau wusste, dass die Parkzeit längst abgelaufen war.

Mein kleiner Klient war die ganze Zeit neben mir gegangen und hatte zu mir aufgeschaut – wie eben ein Achtjähriger zu seinem Vater aufschaut, wenn sie zusammen in der Stadt sind. Nur dass ich nicht sein Vater war und dass ich nicht gerade viel darstellte, wozu man aufschauen konnte. Ich war ein Privatdetektiv, Mitte Dreißig, ohne Ehefrau, ohne Sohn, ohne gute Freunde, ohne festen Partner. Ich wäre ein Erfolg in der Partei der Einsamen gewesen, doch nicht einmal die hatten mich gefragt.

Immerhin hatte ich ein Auto. Es hatte wieder einmal einen Winter überlebt und ging seinem achten Frühling entgegen. Und es lief, immer noch, auch wenn es Startprobleme hatte, besonders bei plötzlichen Wetterumschwüngen. Wir stiegen ein, und nach ein paar Minuten handfester Diplomatie waren wir in Gang. Roar schaute mit großen Augen zu, wie mein Mund die schrecklichsten Flüche formte, ohne einen Ton von sich zu geben. Darin bin ich immer gut gewesen: Ich fluche selten in Gegenwart von Frauen und Kindern. Vielleicht mag mich deswegen niemand. Mitten auf der Puddefjordbrücke standen wir plötzlich im Stau. Es war, als wären wir auf dem Scheitelpunkt eines verblassten Regenbogens angehalten worden. Draußen zu unserer Rechten lag Askoy wie eine Haut zwischen dem blassgrauen Himmel und dem schwarzgrauen Wasser. Die Lichter begannen an den Berghängen dort draußen wie kleine Notleuchten aufzuflammen. Zu unserer Linken, im Innersten von Viken, lag das Skelett von etwas, das – wenn Gott und die Schifffahrtskonjunktur es wollten – ein Schiff werden sollte. Ein riesiger Kran schwenkte seinen Arm drohend über dem Skelett, wie eine Vorzeitechse, die einen gefallenen Dinosaurier verspeist. Es war einer dieser Spätwinternachmittage, an denen Tod in der Luft liegt, egal wohin du dich wendest.

Ich sagte: »Jetzt erzähl mir mal von deinem Fahrrad und von deiner Mutter und von Joker und seiner Gang. Und sag mir, was ich eigentlich für dich tun soll.«

Ich lächelte ihn von der Seite aufmunternd an. Er versuchte zurückzulächeln, und ich kenne nichts Rührenderes als kleine Kinder, die zu lächeln versuchen und es nicht hinbekommen. Die Geschichte war offenbar gar nicht so einfach zu erzählen.

Er sagte: »Letzte Woche haben sie das Fahrrad von Petter genommen. Er hat auch keinen Vater.«

»Ja?«

Die Schlange setzte sich langsam wieder in Bewegung. Ich folgte automatisch den roten Bremslichtern vor mir. Er fuhr fort: »Joker und seine Gang . . . sie sind . . . sie haben eine Hütte oben im Wald hinter den Hochhausblocks.«

»Eine Hütte?«

»Ja, und sie haben sie nicht einmal selbst gebaut. Das haben andere gemacht. Aber dann sind Joker und seine Gang gekommen und haben die anderen weggejagt. Und jetzt wagt sich keiner mehr dahin. Aber dann . . .«

Hinter Laksevåg folgten wir der Hauptstraße. Zu unserer Rechten, jenseits des Puddefjords, lag Nordnes wie eine Hundepfote im Fjord.

»Ja, dann . . .«, sagte ich.«

»Wir hatten schon vorher gehört, dass sie so was machten. Dass sie eins von den großen Mädchen nahmen . . . also gefangen und in die Hütte gebracht haben . . . und Sachen mit ihr machten. Aber das war ja mit Mädchen – nicht mit *Müttern*! Und dann haben sie dem Petter sein Fahrrad gestohlen, und da ist Petters Mutter raufgegangen, um sein Fahrrad zu holen, und dann . . . dann ist sie nicht wieder runtergekommen.«

»Ist sie nicht wiedergekommen?«

»Nein. Wir haben da gestanden und über zwei Stunden gewartet. Petter und Hans und ich. Und Petter hat geweint und gesagt, jetzt hätten sie sicher seine Mutter umgebracht, und sein Vater wäre zur See gegangen und nie wieder nach Hause gekommen und . . .«

»Aber seid ihr nicht . . . konntet ihr nicht andere Erwachsene rufen?«

»Wen denn? Petter und Hans und ich haben keinen Vater, und der Hausmeister jagt uns nur immer weg, und der Polizist Hauge genauso, und der doofe Jugendbetreuer sagt immer nur, wir sollen reinkommen und Mensch ärgere dich nicht oder so spielen. Und dann ist seine Mutter wieder runtergekommen. Aus dem Wald. Und das Fahrrad hatte sie mit. Aber ihre Kleider waren zerrissen und schmutzig und sie . . . sie hat geweint, dass alle es gesehen haben. Und hinter ihr kamen Joker und seine Gang und schrien und lachten. Und als sie uns sahen, kamen sie angelaufen, und dann sagten sie – sodass die Mutter und alle es hören konnten –, wenn sie zu irgendjemand etwas sagte, würden sie Petter was abschneiden . . . dann würden sie was ganz Schreckliches mit Petter machen!«

»Aber . . . ist denn weiter nichts mehr passiert?«

»Nein. Keiner wagt es, etwas gegen Joker und seine Gang zu machen. Einmal hat der Vater von einem Mädchen sich Joker geschnappt, als er allein war, vor dem Supermarkt, und ihn an die Wand gedrückt und gesagt, er würde ihn so verprügeln, dass er nicht mehr auf den Beinen stehen könnte, wenn Joker nicht aufhörte.«

»Und?«

»Und einen Abend, als er spät nach Hause kam, standen sie vor dem Haus, die ganze Gang, und haben auf ihn gewartet. Sie haben ihn so geschlagen, dass er zwei Wochen krank war, und danach ist er weggezogen. Und deshalb wagt keiner, etwas zu machen.«

»Aber ich soll es also wagen?« Ich blickte zu ihm hinunter.

Er sah mich voller Hoffnung an. »Ja. Weil du doch Detektiv bist.«

Ich ließ das eine Weile sacken. Großer, starker Detektiv mit kleinen, kleinen Muskeln und großem, großem Mund. Wir hatten gerade das Stadtgebiet hinter uns gelassen, und die Geschwindigkeitsbegrenzung war aufgehoben, aber ich fuhr trotzdem nicht viel schneller. Ich hatte plötzlich Zeit, viel Zeit. »Und jetzt«, sagte ich.

»Jetzt haben sie also dein Fahrrad genommen, und du hast Angst, dass deine Mutter ... Hast du ihr davon erzählt, was mit Petters Mutter ...?«

»Nein. Ich hab mich nicht getraut.

»Und du bist sicher, dass es wirklich Joker und seine Gang ist, die ...«

»Ja! Sie haben nämlich einen kleinen Dicken in der Gang, den sie Tasse nennen, und er ist zu mir gekommen, als ich auf dem Heimweg von der Schule war, und hat gesagt, dass Joker mein Fahrrad geliehen hätte, und dass ich es wiederhaben könnte, wenn ich zur Hütte käme. Und wenn ich Angst hätte, selbst zu kommen, könnte ich ja meine Mutter schicken, hat er gesagt. Und dann hat er gelacht.«

»Und wie viele sind in der Gang?«, wollte ich wissen.

»Acht oder neun, manchmal zehn. Es wechselt.«

»Nur Jungen?«

»Nein, sie haben auch ein paar Mädhcen dabei, ... aber nicht immer, nicht wenn sie ...«

»Und wie alt sind sie?«

»Oh, die sind groß. Sechzehn, siebzehn bestimmt. Und Joker ist noch ein bisschen älter. Manche sagen, er ist über zwanzig. Aber er ist bestimmt erst neunzehn.«

Neunzehn: die beste Blütezeit für Psychopathen. Zu alt, um noch Kind zu sein, und zu jung, um schon erwachsen zu sein. Solche kannte ich von früher. Sie konnten die rauesten Burschen sein, mit denen man zu tun haben konnte, und man konnte sie mit einem harten Wort zum Weinen bringen. Sie waren genauso unberechenbar wie ein Frühlingstag Ende Februar. Man konnte nie sicher sein, wo man sie hatte. Ich durfte mich offenbar auf einiges gefasst machen.

3

Wir fuhren an dem großen Einkaufszentrum vorbei, dem sie sarkastischerweise den Namen Marktplatz gegeben hatten. Auf dem Felshügel dahinter lagen zwei Schulen, eine große, errötende Realschule und eine Grundschule, die sich wie vollgefressene Raupen an den Berghang klammerten. Dahinter erhoben sich die vier Hochhäuser zum Himmel.

»In dem da wohnen wir«, erzählte Roar mit einer Miene, als zeige er auf einen der Sterne im Großen Wagen.

Der ganze Stadtteil lag im Schatten des Lyderhorns. Von dieser Seite sah der Berg steil, dunkel und bedrohlich aus. Auf dem Gipfel ragten die Fernsehmasten auf. Sie schlitzten den Wolken den Bauch auf, so dass Gedärm aus stahlblauem Himmel herausquoll.

Ich parkte, und wir stiegen aus.

»Da wohnen wir«, sagte er und zeigte in die Höhe.

Ich folgte seinem Zeigefinger mit dem Blick. »Wo?«, sagte ich.

»Im neunten Stock. Das Fenster mit den grünen und weißen Gardinen, das ist mein Zimmer.«

»Aha.« Ein Fenster mit grünen und weißen Gardinen irgendwo im neunten Stock; er hörte sich an wie Robinson Crusoe.

»Dann gehen wir am besten hinauf und sagen deiner Mutter Bescheid.«

Er schüttelte energisch den Kopf: »Nicht ohne das Fahrrad«, sagte er.

»Na gut.« Ich hatte ein ungutes Gefühl im Magen. Mit Banden von Siebzehn-, Achtzehnjährigen ist nicht immer gut Kirschen essen, besonders dann, wenn sie sich für harte Burschen halten und du selbst deine Fäuste seit ein paar Jahren hauptsächlich zum Heben der Aquavitflasche benutzt hast. »Wo ist denn die Hütte?«

»Da.« Er zeigte nach oben. »Ich geh ein Stück mit.«

Wir gingen um den nächsten Hochhausblock herum. Zur Rechten, den Hang aufwärts lag eine Anzahl niedriger Blocks zwischen den Bäumen verteilt, als seien sie aus großer Höhe heruntergefallen und niemand habe sich darum gekümmert, wo sie gelandet waren. Hinter dem ersten dieser Blocks stieg das Gelände an, es war mit Wacholderbüschen und Kiefern bewachsen, und auf halber Höhe des Abhangs sollte die Hütte von Joker und seiner Gang liegen.

Roar blieb an der Ecke des letzten Blocks stehen und erklärte mir, wie ich gehen sollte.

»Du hast keine Lust, selbst mitzukommen?«, fragte ich.

Er schüttelte verzagt den Kopf.

»Nein. Ich kann dich verstehen«, lächelte ich ihm zu. Da, wo ich aufgewachsen war, hatten wir auch so eine Gang. Vielleicht nicht ganz so raffiniert wie diese. Aber wir wohnten auch nicht in so hohen Häusern. »Dann wartest du hier auf mich. Also den Pfad zwischen den Bäumen dort rauf?«

Er nickte zweimal und sah mich mit seinen großen Augen an. Er sah wirklich besorgt aus, nicht seinetwegen, sondern meinetwegen. Das baute mich nicht gerade auf.

Ich ging los, in wiegendem Seemannsgang. Das half mir, mich ein wenig mutiger zu fühlen, so als sei dies gar nichts für einen großen, starken Mann, der sich jetzt schon seit vielen Jahren die Zähne selber putzte.

Eine Frau kam mir entgegen. Sie war Ende dreißig, ihr Gesicht war mager und zerfurcht, wie die Überreste einer Fischmahlzeit bei armen Leuten. Um ihre besondere Note zu betonen, hatte sie die Haare zurückgekämmt und im Nacken straff zusammengebunden, sodass sie aussahen, als seien sie auf die Kopfhaut geklebt. Das gab ihr trotz ihrer blonden Haare ein nahezu indianisches Aussehen. Doch sie zog kein demontiertes Tipi hinter sich her, sondern einen Einkaufstrolley. Sie war sehr blass und sah mich aus ängstlichen Augen an. Doch sie hatte keinen Grund, sich zu fürchten. Ich versuchte nicht einmal, sie anzulächeln.

Ich trat zwischen die Bäume.

Ich habe Kiefern immer gemocht. Sie lassen mich an heidnische Phallussymbole denken, wie sie üppig und rund und wollüstig gen Himmel streben – im krassen Gegensatz zu den pietistischen Fichten mit ihren hängenden Ästen und ihrem tristen Leichenbitteraussehen. Der Duft von Kiefern lässt mich immer an Sommer denken – Spätsommer, und du steigst aufwärts, durch ein Tal oder eine Schlucht oder sonst wo, hinauf ins heidekrautbedeckte Hochland, zu den weiten, offenen Flächen und dem gewölbten, klaren Spätsommerhimmel mit seiner ganzen dunkelblauen Kraft, die eine lange Sonnensaison hindurch ihre Vitamine für den Winter abgelagert hat.

Aber jetzt war kein Spätsommer. Es war Februar, und es gab

keinen Grund, an die Weiten des Hochlandfjells zu denken, oder an Kiefern, oder an überhaupt irgendetwas.

Plötzlich lag die Hütte da, zwanzig Meter über mir am Hang. Es war nicht gerade viel Staat mit ihr zu machen. Schalbretter, die jemand mit grüner Farbe überpinselt hatte, ein bisschen Teerpappe und Sackleinen als Isolierung und hoch oben an der mir zugewandten Wand eine mit Hühnerdraht bespannte Öffnung. Daran lehnte ein blaues, glänzendes Fahrrad, und hinter dem Hühnerdraht erkannte ich ein weißes Gesicht.

Ich ging näher heran und hörte Stimmen aus dem Hütteninneren. Dann quollen sie durch die eine Seitenwand heraus, liefen zur Vorderseite der Hütte und stellten sich vor dem Fahrrad auf, wie eine Mauer.

Das Empfangskomitee war zur Stelle.

4

Eigentlich sahen sie eher furchtsam als furchteinflößend aus. Sechs gewöhnliche, noch nicht ausgewachsene Teenager mit den altbekannten Pickeln und den altbekannten flaumbewachsenen Kinnpartien und dem altbekannten dämlichen Grinsen. Ein langer, schlaksiger Bursche ganz außen versuchte, sich eine Zigarette zu drehen, aber die Hälfte des Tabaks landete auf der Erde, und als er die Zigarette schließlich in den Mund stecken wollte, fehlte nicht viel, und er hätte sie sich ins Auge gepikt. In der Mitte stand ein anderer, der auffiel, weil er klein und dick war. Er hatte ein rotes Gesicht und rötlich blonde Haare. Der Ausdruck seiner Augen erinnerte an einen getreten Hund, woraus ich schloss, dass er der Narr der Bande war. Denn alle Banden haben ihren Narren, doch wehe dem armen Schwein aus einer anderen Gang, der ihm etwas tut. Bewusst oder unbewusst ist der Narr derjenige, der die Gang im Grunde zusammenhält, denn es ist ihre Aufgabe, ihn zu verteidigen und zu beschützen. Das musste der sein, den Roar Tasse genannt hatte. Die vier übrigen unterschieden sich in Haarfarbe, Größe und Gesichtsausdruck, ansonsten waren sie ziemlich austauschbar. Alle trugen Jeans, ein paar Daunenjacken, die anderen Lederjacken.

Dann trat der letzte Mann aus der Hütte, und das ganze Bild änderte sich. Die anderen waren wie eine Schafherde aus der Hütte getrappelt, dieser hier *erschien*, schlendernd, als gehe er nur zufällig vorbei.

Er hatte etwas Einstudiertes und Künstliches, das augenblicklich den Psychopathen verriet, und ich bemerkte sofort die Angst und den Respekt, die ihn umgaben. Was vor einer halben Minute noch eine Ansammlung von Konfirmanden gewesen war, die ich dazu hätte bringen könne, mir das Vaterunser vorzubeten, war auf einen Schlag zu einer Gang geworden. Das unsichere Lächeln wich zusammengepressten, willensstarken Lippen. Die ängstlichen Augen wurden hart wie Kiesel. Die Zigarette des langen Labans zur Linken fand plötzlich Ruhe in seinem einen Mundwinkel und Tasse streckte den Bauch heraus und stemmte seine kleinen plumpen Hände in die Hüften.

Er stellte sich nicht vor. Das war nicht nötig. Er wirkte irgendwie uninteressiert an der Situation und strahlte fast etwas Einschläferndes aus. Aber seine schmalen, blinzelnden Augen waren nicht schläfrig. Sie waren schwarz und wach wie bei einem Raubtier auf der Jagd.

Er war dunkel, und sein Haar war aus der Stirn und glatt nach hinten gekämmt. Das gab ihm das Aussehen eines Pastors. Die Stirn war hoch und weiß. Seine Nase war ungewöhnlich schmal und dünn, fast wie ein Messer, als könnte er sie als Waffe benutzen, wenn er wollte. Sein Mund erinnerte an den von Elvis Presley. Die Oberlippe war in einem höhnischen Grinsen nach hinten gezogen, doch die Zähne darunter würde er nie auf einem Plattencover zeigen können, sie waren verfaulte Karikaturen ihrer selbst.

Er trug enge, fast weiße Jeans und eine schwarze Lederjacke mit einer Menge glitzernder Reißverschlüsse. Sein Körper war von der angespannten, mageren Sorte. Besonders groß war er nicht, aber ich ging davon aus, dass er ziemlich fix mit dem Messer sein konnte, wie die meisten Leute seines Kalibers.

Seine Stimme klang genau so, wie ich sie mir vorgestellt hatte, gespannt wie ein Stahldraht und so gefühlvoll wie eine gebrauchte Rasierklinge. Genau in dem Moment, als er anfing zu sprechen, verirrte sich ein nachmittagsgoldener Sonnenstrahl durch das Dach der Kiefernzweige und fiel ihm direkt ins Gesicht. Seine papierbleiche Haut färbte sich golden wie die eines Engels, und seine fülligen Lippen erschienen blutvoll und raffaelmäßig. Es war eine Illusion wie das meiste, auf das die Sonne ihre Strahlen wirft. Er sagte: »Was willst du hier, Opa?«

Er brauchte sich nicht nach Applaus umzuschauen, er bekam ihn auf der Stelle. Ein dröhnendes Unisonogelächter brach die Stille des Waldes. Es war ein unschönes Gelächter, wie Teenager eben lachen.

»Ich suche den Kindergarten. Aber jetzt habe ich ihn ja gefunden.« Ich konnte nicht den gleichen Charme entwickeln, denn ich hatte keine Lacher auf meiner Seite.

Seine Zunge spielte zwischen seinen vergammelten Zahnstummeln. »Das Altenheim liegt aber da unten. Sollen wir dir vielleicht einen Rollstuhl besorgen?«

Eine neue dröhnende Lachsalve. So etwas Witziges hatten sie noch nie gehört. Sie lachten sich fast tot.

»Brauchst du denn einen?«, fragte ich und fügte, solange ich das Wort hatte, rasch hinzu: »Im übrigen wollte ich nach meinem Fahrrad sehen.«

»Deinem Fahrrad?« Er blickte sich um, als entdecke er erst jetzt, dass er nicht allein dort stand. »Habt ihr ein Fahrrad gesehen, Leute?«

Alle Clowns blickten sich um und grinsten. Alle schüttelten den Kopf, Der, den sie Tasse nannten, sah aus, als platze er gleich vor unterdrücktem Lachen. Joker sagte: »Schick lieber deine Tante, Opa, oder eine der Pflegerinnen aus dem Altenheim, dann sehen wir mal, was wir tun können in der . . . Angelegenheit.«

Diesmal glaubte ich wirklich, sie würden sterben. Sie lachten so, als wollten ihnen die Eingeweide platzen, als feierten sie schon drei Tage lang mit Lachgas und hätten noch ein paar Behälter übrig. Ich spürte, wie dicht ich davor war, eine Rede zu halten.

So bin ich. Wenn ich Angst habe, muss ich immer eine Rede halten. An der Schwelle des Todes werde ich stehen und eine Rede halten mit der Verzweiflung eines Schwulen, dem sie die Lobrede auf die Frauen aufs Auge gedrückt haben. An der Himmelspforte werde ich Petrus beschwatzen, bis ihm die Ohren abfallen und er mich an die Reklamationsabteilung im ersten Stock verweist.

Ich fing an, machte zwei Schritte und nahm vor dem langen Lulatsch Aufstellung. Ich starrte ihm in die Augen und hoffte, dass mein Blick bei ihm Erinnerungen an die Steinbeißererlebnisse seiner Kindheit weckte. Und zu meiner Befriedigung sah ich, dass die Zigarette in seinem Mundwinkel zu zittern begann.

»Ich sehe vielleicht auf den ersten Blick nicht so gefährlich aus«, sagte ich, »wenn ihr sieben Paar Augen und fünfzehn, zwanzig Jahre jünger seid als ich. Ein Löwe, der ein paar Jahre im Zoo ausgestellt gewesen ist, sieht auch nicht besonders gefährlich aus, bis sich jemand in seinen Käfig wagt.«

Ich ging einen Schritt weiter zum Nächsten. Der war ungefähr gleich groß wie ich, hatte einen großen Pickel am linken Nasenflügel und Schweiß auf der Oberlippe.

»Ihr macht mir keine Angst, nur weil ihr hier steht und im Gesicht ausseht wie das norwegische Hochgebirge. Sogar noch im Sonnenuntergang.« Er wurde sichtlich rot und ich ging weiter zum Nächsten.

Der Junge hatte bereits einen prächtigen grauschwarzen Stoppelbart. Er hatte dichte, dunkle Augenbrauen, aber die Augen darunter waren verräterisch kurzsichtig. Er sollte eigentlich eine Brille tragen. Ich wedelte mit der Hand vor seinen Augen herum. Er wusste nicht, worauf er den Blick fixieren sollte.

»Hallooo? Jemand zu Hause? Hier bin ich. Nein, hier. Geh nach Hause und hol deine Brille, Kumpel. Du siehst ja aus wie ein Abgesandter der dritten Dimension. Ja, das verstehst du, wenn du ein bisschen älter geworden bist. Wirf bei Gelegenheit mal einen Blick in ein Lexikon, falls du weißt, was das ist.«

Der nächste Mann war Joker, und ich ging einfach an ihm vorbei. Im Augenwinkel sah ich, dass er daran schwer zu schlucken hatte. Rechts von ihm stand Tasse, der Narr.

Ein Narr ist eine leichte Beute, wenn er nicht bereits immun geworden ist. »Hallo, Schweinchen Schlau. Du siehst aus, als hättest du selbst dann und wann ein Fahrrad nötig.« Ich wartete einen Moment. »Kondition, Fitness, Gewichtsreduzierung. Steht alles im Fremdwörterbuch.«

Die beiden letzten erledigte ich in einem Aufwasch. »Und wer ist das hier? Dick und Doof im Kindergarten?« Ich ging zurück in die zentrale Position und ließ den Blick über sie alle gleiten. »Wisst ihr, wer ich bin? Veum, der Redewütige, schon mal von mir gehört? Ihr findet mich im Telefonbuch, unter M für Monster. Manchmal auch in der Zeitung, jedes Mal, wenn ich einen zum Krüppel geschlagen habe. Also ich kann euch nicht empfehlen, zu mir in den Käfig zu kommen. Das müsst ihr so sehen: Ich spiele in der Nationalelf, und ihr seid die F-Jugend eines Vereins der fünften Liga von Møre og Romsdal. Ihr habt nur einen Vorteil: Ich darf eigentlich keinen schlagen, der kleiner ist als ich. Aber so ganz genau habe ich es damit bisher nie genommen. Ihr könnt es ja versuchen.« Und solange ich noch einen kleinen Vorsprung hatte, fügte ich noch schnell hinzu: »Ich bin hergekommen, um mein Fahrrad zu holen, und das werde ich jetzt tun. Habt ihr was dagegen?«

Ich fixierte Joker. Psychopathen und Bären gleichen sich in einem: Die beste Methode, sie zu zähmen, ist, ihnen direkt in die Augen zu starren. Ich sagte: »Wenn Männer pokern, ist nie ein Joker im Spiel.«

Damit schritt ich direkt an ihm vorbei, griff den Lenker des Fahrrads und schwang es herum. Sechs Augenpaare gafften mich an. Joker stand da wie vorher, mit dem Rücken zu mir.

Einem Psychopathen den Rücken zuzuwenden ist das Dümmste, was du tun kannst, aber ich hatte ein fasziniertes Publikum und nicht viele Alternativen. Während ich auf dem Weg aus dem Bannkreis heraus an Joker vorbeiging, drehte ich den Kopf und behielt ihn im Blick. »Geht rein und holt eurem Chef eine frische Windel, Jungs.« Ich hielt den Kopf in dieser Stellung, als hätte ich einen Hexenschuss bekommen, und ließ seinen Blick nicht los, bis ich so weit entfernt war, dass er mir kein Springmesser mehr zwischen die Schulterblätter stoßen konnte, ohne eine große Nummer daraus zu machen.

Hinter mir war kein Laut zu hören. Keiner wagte zu lachen. Niemand lacht, wenn er Zeuge einer Majestätsbeleidigung wird, jedenfalls nicht, bevor der König gegangen ist. Doch ich war unbescheiden genug zu vermuten, dass mein Auftritt mythische Dimensionen annehmen würde, wenn an einem blauschimmernden Lagerfeuer irgendwo in der unfruchtbaren leeren Wüste der Fernsehzukunft einst die Chronik der Gang erzählt werden würde. Unten auf dem Weg sprang ich aufs Fahrrad und stand in den Pedalen: Der einsame Reiter kehrt zurück, dem Sonnenuntergang entgegen. Nur, dass es der einsame Reiter verflixt eilig hatte. Denn der einsame Reiter war . . . ich.

5

Roar wartete an der Ecke, wo ich ihn zurückgelassen hatte. Er blickte mich mit unverhohlener Bewunderung an. Ich sprang vom Fahrrad, und wir gingen gemeinsam zu dem Hochhausblock, in dem er wohnte, das Fahrrad zwischen uns.

»Wie . . . wie hast du das gemacht?«, fragte er.

»Ich habe es einfach geholt«, entgegnete ich, als handele es sich dabei um die leichteste Sache der Welt.

Sie brauchte nicht einmal den Mund aufzumachen, da wusste ich schon, wer sie war. Sie kam uns entgegengeflattert wie ein erschrockenes Waldhuhn, das dunkle Haar wie eine Wolke um den Kopf, das Gesicht so angespannt und ängstlich, dass es aussah, als habe sie drei Augen, doch das dritte war ihr Mund. Sie trug blaue Samthosen, einen eng anliegenden, weißen Rollkragenpulli und eine rote und blaue Daunenjacke, die sie in der Eile offen gelassen hatte.

»Roar«, rief sie schon aus fünfzig Meter Entfernung. »Wo bist du gewesen?«

Sie packte ihren Sohn an den Schultern und starrte ihm ins Gesicht, als sei es eine Landkarte, auf der eingezeichnet war, wo er sich aufgehalten hatte. Ihr Kopf war voller wilder Locken, und das Haar war im Nacken ganz kurz geschnitten. Sie hatte einen dieser weißen, schmalen Nacken, die dich innerlich zum Weinen bringen, die dir all die tausend Schwäne deiner Kindheit im Nygårdsparken in Erinnerung rufen, die dich tief und aufrichtig bedauern lassen, dass du selbst nie einen solchen Nacken gefunden hast, um dich daran auszuweinen, oder dass du den, den du einmal hattest, im Stich gelassen hast. Es war kurz gesagt einer dieser Nacken, die dich ins Schwafeln geraten lassen, innerlich.

»Mama«, sagte Roar. »Das ist . . . weil nämlich Joker und die . . . die haben mir mein Fahrrad weggenommen, und da bin ich . . .«

Sie warf mir einen frostigen Blick zu und sagte mit einer Stimme, die einem im Hochsommer am Strand bei dreißig Grad im Schatten sicher gut getan hätte: »Wer sind Sie?« Und wieder Roar zugewandt: »Hat dieser Mann dir etwas getan?«

»Mir was getan . . .?« Er blickte sie verwundert an.

Sie schüttelte ihn. »Nun antworte schon, Junge. Los, antworte!«

Sie sah wieder mich an, und Tränen kullerten aus ihren Augen. »Wer sind Sie? Wenn Sie ihn auch nur angerührt haben … Dann bringe ich Sie um.«

Ihr Gesicht hatte rote Flecken bekommen, und ihre kleine Nase glänzte von Schweiß. Ihre Augen waren dunkelblau und sprühten Funken wie Gasflammen. »Ich heiße Veum«, sagte ich, »und ich habe nicht …«

Roar unterbrach mich. Jetzt hatte er Tränen in den Augen. »Er hat nicht … er hat mir doch geholfen … er hat mir mein Fahrrad wieder gebracht. Er hat oben in der Hütte bei Joker und denen mein Fahrrad geholt, damit du nicht …«

Die Tränen kullerten, und sie sah ihn hilflos an. Dann nahm sie ihn in den Arm und flüsterte ihm etwas ins Ohr.

Ich blickte mich um. Es war jetzt nahezu dunkel, und in den meisten Fenstern war das Licht angegangen. Autos fuhren vorbei, und müde Männer gingen mit gesenkten Köpfen von ihren Wagen zu den Türen und Aufzügen, hinauf zu ihren Frauen und den Abendbrottischen, zwanzig Meter über der Erdkruste, zwanzig Meter näher am Weltraum und einen Arbeitstag näher an der Ewigkeit. Auf dem Bürgersteig vor dem Haus, in dem sie wohnten, spielte sich ein kleines Familiendrama ab, doch keiner von ihnen schaute auf, keiner von ihnen registrierte, dass dort eine junge Frau, ein kleiner Junge, ein nicht mehr ganz so junger Mann und ein ziemlich neues Fahrrad standen. Wir hätten uns ebenso gut allein an einem entlegenen Ort in der Sahara befinden können.

Sie sah mich über die Schulter ihres Sohnes an – mit einem Gesicht, das mindestens zwanzig Jahre zu jung war. Der Mund zeigte diesen mürrischen Ausdruck eines gekränkten kleinen Mädchens, das seinen Lolli nicht bekommen hat, aber es war ein fülliger Mund, mit runden, sinnlichen Lippen, und das Mienenspiel um diesen Mund herum verriet, dass sie am Ende schon ihren Willen bekommen würde. Die dunkelblauen Augen waren jetzt ruhig geworden.

Sie sagte: »Entschuldigung. Ich war so erschrocken. Er – er ist noch nie so lange weg gewesen. Ich, ja …«

»Das kann ich gut verstehen«, erwiderte ich.

Sie richtete sich ganz auf und gab mir die Hand, während sie sich mit der linken das Haar aus der Stirn strich. »Ich bin … ich heiße … Wenche Andresen.«

Ich behielt ihre Hand ein paar Sekunden in meiner. »Veum. Varg Veum.«

Sie wirkte verwundert, und ich merkte, dass sie den Vornamen nicht verstanden hatte, oder dass sie glaubte, sich verhört zu haben.

»Mein Vater hatte Sinn für Humor«, sagte ich. »Er hat ihn mir gegeben.«

»Wen gegeben . . .«

»Den Namen, Varg.«

»Also du heißt wirklich . . .« Und dann lachte sie ein lang gezogenes befreiendes Lachen. Der mürrische Mund entspannte sich zu einem strahlenden Lächeln, ihr ganzes Gesicht wurde schön und glücklich und jung – bis sie aufhörte zu lachen und zehn Jahre älter und gleichzeitig zwanzig Jahre jünger wurde. Sie hatte den Mund eines kleinen Mädchens und die Augen einer Frau in mittleren Jahren. Ich sollte zusehen, dass ich nach Hause kam.

»Aber was sind Sie eigentlich . . . wie ist Roar auf Sie gekommen?«

»Ich führe private Ermittlungen durch, bin eine Art Detektiv. Er hat mich im Telefonbuch gefunden.«

»Detektiv?« Sie schien mir nicht ganz zu glauben.

»Es stimmt, Mama«, sagte Roar. »Er hat ein Büro in der Stadt, aber er hat . . . er hat keinen Revolver.«

Sie lächelte schwach. »Na, dann ist es ja gut.« Sie schaute sich um. »Ich weiß nicht . . . kann ich Sie vielleicht zu einer Tasse Kaffee einladen?« Sie nickte zu dem Wohnblock hinüber.

Ich sah auf die Uhr. Ich sollte zusehen, dass ich nach Hause kam. »Ja, danke. Warum nicht«, sagte ich.

Also ging ich mit Roar und seiner Mutter an meinem Wagen vorbei zu einem der beiden Treppenhäuser des zwölfgeschossigen Blocks. Wir schlossen das Fahrrad in den Keller und betraten einen der beiden Aufzüge. Sie drückte auf die 9. Die Kabine hatte graue Stahlwände, von denen die Farbe bereits abblätterte. Sie glich eher einer Gaskammer als einem Beförderungsmittel.

Wenche Andresen blickte mich mit ihren großen Augen an und sagte: »Wenn wir Glück haben, kommen wir bis nach oben.«

»Wieso?«

»Ach, da sind ein paar Jugendliche, die ständig Unfug damit treiben. Sie stehen in jeder Etage und drücken gleichzeitig auf den

Knopf, und dann gibt es einen Kurzschluss oder so etwas. Auf jeden Fall bleibt der Aufzug zwischen zwei Etagen stecken, und dann kann man warten, bis der Hausmeister kommt und ihn wieder in Gang bringt.«

»Scheint ja ein ideales Milieu für Jugendliche zu sein. Gibt es denn außer Fahrraddiebstahl und Fahrstuhlrandale keine anderen Freizeitbeschäftigungen?«

»Die Kommune hat einen Mann für die Jugendarbeit angestellt, aber ich glaube nicht, dass das viel bringt. Er hat einen Jugendclub gegründet. Våge heißt er.«

Der Fahrstuhl stoppte, und wir waren oben. Zwei Türen führten aus dem Treppenhaus, und wir gingen durch die eine und kamen auf einen offenen Gang, der an der ganzen Front des Hauses entlanglief und nur vom Treppenhaus- und Fahrstuhlschacht unterbrochen wurde. An diesem Gang lagen die Wohnungstüren. Auf dem Weg zu Wenche Andresens Tür passierten wir zwei andere Türen und eine Reihe von Fenstern, die meisten mit Gardinen verhängt. Die Türen waren blau gestrichen. Wir waren im neunten Stock, und der Asphalt vor dem Haus schien unglaublich tief unter uns zu liegen. Ein Sprung von hier oben würde den sicheren Tod bedeuten.

An Wenche Andresens Tür hing ein handgemaltes Schild: *Hier wohnen Wenche, Roar und Jonas Andresen.* Sie kommentierte dies nicht, sondern schloss uns schweigend auf und ließ uns ein.

Im Flur hängte sie ihre Daunenjacke auf und nahm mir meine Jacke ab. Ich blieb etwas unbeholfen mitten auf dem grünen Nadelfilz stehen und fühlte mich so, wie man sich in einem fremden Flur fühlt, wenn man nicht weiß, wohin man sich wenden soll.

Roar nahm meine Hand. »Komm, ich zeig dir mein Zimmer.«

»Dann setze ich in der Zwischenzeit Kaffee auf«, sagte seine Mutter.

Roar zog mich zu seinem Zimmer. Aus der Nähe erwiesen sich die grünweißen Gardinen als weiße Lastwagen auf grünem Grund. In einer Ecke stand ein Bett aus unbehandeltem Holz, offenbar die untere Hälfte eines ehemaligen Etagenbetts. An den Wänden hingen Plakate mit Comicfiguren und Tieren, ein großes Bild von einem Clown in der Manege und ein kleines Kalenderbild von einem Pfadfindertrupp auf dem Weg durch eine enge, von weiß gemalten Holzhäusern gesäumte Straße. Auf dem Fußboden war ziemlich wahllos Spielzeug verstreut: hölzerne Eisenbahnschienen, kleine, abgestoßene Modellautos, Stofftiere, aus deren kaputten Bäuchen Gedärm aus Wolle und Stoffresten hervorquoll, und kleine Cowboy- und Indianerfiguren mit gebrochenen Armen und starrem Gesichtsausdruck. Auf einem kleinen grünen Tisch lag ein Haufen von Zeichenblöcken, losen Bögen mit Zeichnungen und Stapeln alter Comichefte.

In diesem Zimmer wohnte ein Kind, und es war ein Zimmer, in dem ein Kind sich wohl fühlte. Roar blickte mich ernst an und sagte: »Du? Wie soll ich zu dir sagen? Veum?«

Ich zauste ihm das Haar. »Sag du nur Varg zu mir.«

Er nickte eifrig und strahlte mich an. Seine Schneidezähne – es waren schon die neuen – wirkten viel zu groß in seinem kleinen Mund. »Willst du mal sehen, was ich gemalt habe?«

Ich nickte und betrachtete seine Bilder. Blaue Sonnen und gelbe Bäume, rote Berge und Schiffe mit Rädern. Pferde mit Kaninchen auf dem Rücken und kleine windschiefe Häuser mit unsymmetrischen Fenstern und Blumengärten.

Ich trat ans Fenster und schaute hinaus – und hinunter. Es war, als säße ich in einem Flugzeug. Menschen, Autos, alles wurde so klein. Die viergeschossigen Blocks sahen wie plattgedrückte Streichholzschachteln aus, und die Straße zwischen den Blocks glich einer Gokart-Bahn.

Dann hob ich den Blick zum steilen Berghang des Lyderhorns, dessen grauschwarze Silhouette sich gerade noch gegen den Abendhimmel hob, als sei das Lyderhorn der Himmel, als sei der dunkle Berg in die Wolkendecke hoch gewachsen und liege jetzt wie eine bedrohliche Schneewehe über dem ganzen Stadtteil – wie ein Vorzeichen des Jüngsten Tages, oder ein Vorzeichen von Tod.

6

Wir saßen in der Küche und tranken Kaffee.

Aus dem Wohnzimmer hörten wir das Schnattern aus dem Fernseher, Roar guckte das Kinderprogramm.

Die Küche war in einem kräftigen Gelb gestrichen, das nicht zur ursprünglichen Ausstattung der Wohnung gehörte. Die Schranktüren waren orange und die Gardinen weiß mit aufgedruckten Apfelsinen. Der Küchentisch hatte eine grauweiße Kunststoffoberfläche, aber sie hatte eine runde, gelb und orange gesprenkelte Tischdecke darauf gelegt. Den Kaffee servierte sie in grünen Bechern mit roten Punkten, und in einem Bastkorb lagen ein paar Stücke Gebäck. »Ich kann Ihnen gar nichts Besonderes anbieten, aber . . .« Sie zuckte mit den Schultern.

Ich sagte: »Aber der Kaffee schmeckt prima.«

»Trinken Sie nur. Es ist noch mehr in der Kanne.«

Ich betrachtete die halb volle Glaskanne, die auf der eingeschalteten Wärmeplatte der Kaffeemaschine stand und nickte.

»Waren das dieser Joker, wie sie ihn nennen, und seine Bande, die das Fahrrad genommen hatten?«

»Ja«, antwortete ich. »Ich habe von einer Geschichte gehört, die hier kürzlich passiert ist – mit der Mutter eines Spielkameraden von Roar.«

»Ja. Ich weiß. Ich habe mit ihr darüber gesprochen. Sie . . .«, sie biss sich auf die Lippen. »Es ist beinah unglaublich. Sie . . . sie hatten das Fahrrad ihres Sohns weggenommen, und sie ging hinauf, um es zu holen. Und sie haben sie regelrecht gefangen genommen, als sei sie ein Mädchen und nicht . . . und keine erwachsene Frau!«

»Wurde sie . . .«

Sie stellte den Kaffeebecher hart ab. »Diese Burschen sollten sich schämen! Wenn so etwas vorgekommen wäre . . . ich meine, hätten wir . . . als ich jung war. Nicht auszudenken. Aber so ist es . . .« Sie blickte mir starr in die Augen. »So ist es, wenn man allein erziehende Mutter ist. Wir sind Freiwild für alle Männer, angefangen bei Rotzjungen und bis zu alternden Don Juans. Es ist zum Kotzen!«

»Aber wurde sie regelrecht . . .?«

»Nein. Sie wurde nicht vergewaltigt, obwohl das vielleicht als Nächstes kommt. Sie haben sie belästigt, sie festgehalten, angefasst – Sie wissen schon, was ich meine. Der . . . dieser Joker hat ihr die Hose ausgezogen und sie gezwungen . . . sie gezeigt, dass alle sie sahen. Aber weiter sind sie nicht gegangen.«

»Aber warum ist sie nicht zur Polizei gegangen?«

»Zur Polizei? Und was kann die tun? Es gab ja keine Zeugen. Nein, keine außer ihnen selbst, der Bande . . . und die wagen kein

Wort zu sagen, die haben genau solche Angst wie wir anderen ... vor diesem Joker. Hier war einer, der hat versucht, etwas zu tun. Den haben sie beinahe zum Krüppel geschlagen, ich glaube kaum, dass der noch einmal richtig auf die Beine kommt. Wenn sie zur Polizei ginge ... Als Erstes würde sie nie wieder Post kriegen. Es hat ein paar andere Eltern gegeben, die sind zu Joker nach Hause gegangen, zu seiner Mutter. Danach ist immer ihre Post verbrannt. Sie steckten brennende Putzwolle in ihre Briefkästen. Schließlich mussten sie sich unten auf der Post ein Postfach nehmen. Und wir anderen, die wir allein sind, mit kleinen Kindern, du ahnst ja nicht, was die sich einfallen lassen ... selbst mit kleinen Kindern! Ein kleines Mädchen von sechs Jahren ist nach Hause gekommen und hatte Spuren von brennenden Zigaretten am ganzen Körper, überall!«

Mein Magen krampfte sich zusammen. Ich sah sie vor mir, einen nach dem anderen, die anonymen, den langen schlaksigen, den dicken Tasse – und Joker selbst, mit dem Aussehen eines Pastors, mit Augen wie ein Tiger und Zähnen wie eine verfaulte Leiche. Und ich dachte daran, was sie mit Wenche Andresen angestellt haben könnten, wenn sie auch hinaufgegangen wäre, um das Fahrrad zu holen. »Wärst du selbst hingegangen«, fragte ich, »um das Fahrrad zu holen?«

»Nach dem, was passiert ist?« Sie schüttelte den Kopf. »Lieber hätte ich das Fahrrad geopfert, auch wenn wir uns das eigentlich nicht leisten können. Nein. Nie im Leben wäre ich da raufgegangen, jedenfalls nicht allein!«

»Hätte euch ... Ihnen keiner helfen können? Kennen Sie niemanden?«

Sie sah mich an. »Haben Sie mal in einem Haus wie diesem hier gewohnt? Wie viele Wohnungen sind es, fünfzig, sechzig? Fast zweihundert Menschen. Ich grüße gerade mal ein paar von denen, die in unserer Etage wohnen. Ein paar andere sehe ich ab und zu im Fahrstuhl. Es ist wie in einem Ameisenhaufen. Glauben Sie, Ameisen grüßen sich?« Sie schüttelte wieder den Kopf. »Nicht ein Mensch. Wir sind genauso isoliert, wie wir es immer waren, auch als Jonas noch hier gewohnt hat.«

»Sind Sie geschieden?«

Sie zündete sich eine Zigarette an, ohne mir zuerst eine anzubieten. »Getrennt. Seit acht Monaten.« Ihre Kiefermuskeln arbeiteten, und ihr Blick irrte in der gelben Küche umher. »Acht Monate . . .« Dann fiel ihr Blick auf die Zigarettenschachtel, und sie schob sie zu mir hinüber.

»Nein, danke. Ich rauche nicht«, sagte ich und nahm stattdessen, um meinen guten Willen zu zeigen, ein Stück Gebäck.

»Noch Kaffee?«

Ich nickte, und sie stand auf. Sie war schlank. Ihr Rücken war gerade, die Brüste ziemlich klein, ihr Po in der Samthose zierlich und rund. Mitten im Nacken hatte sie eine Mulde.

»Arbeiten Sie?«, fragte ich.

»Ja. Ich hatte schon vorher einen Halbtagsjob . . . und von Jonas bekomme ich auch nicht gerade viel Geld. Er schuldet mir schon mehrere Tausend. Ich glaube . . . ich glaube, er wartet ab . . . ganz bewusst. Er hat mich verlassen, aber er versucht, mir die Schuld zu geben. Dabei war er derjenige, der nicht . . . also der Seitensprünge machte und eine andere hatte, diese . . . diese Schlampe!«

»Wo arbeiten Sie denn?«, fragte ich.

»Beim Haakonsvern, in einem der Büros. Da brauche ich nicht ganz in die Stadt zu fahren. Aber das ist ganz okay. Das Schlimmste ist, plötzlich allein zu sein, wenn du daran gewöhnt bist, dass ihr zu zweit wart.«

Sie hatte die Schultern hochgezogen und starrte mit gesenktem Kopf in ihren Becher. Ihre Lippen bebten leicht, und ihre Augen waren sehr dunkel geworden. Ich sollte zusehen, dass ich nach Hause kam.

»Ich weiß, wie das ist«, sagte ich. »Ich habe das auch hinter mir.«

Sie blickte mich verständnislos an. »Wieso?«

»Ich meine . . . ich habe das gleiche . . . ich bin geschieden. Es ist vier Jahre her. Jetzt geht es besser. Man gewöhnt sich an alles. Es ist genau, als wenn man Krebs hat, zum Schluss gewöhnt man sich auch daran.«

»Weiß Gott«, sagte sie.

Eine Weile saßen wir schweigend da. Ich starrte aus dem Fenster, in die leere, schwarze Nacht. Ich merkte, dass sie mich prüfend ansah. Dann fragte sie: »Hat Ihre Frau . . . hat Ihre Frau Sie verlassen?«

»Ja. Oder sagen wir, sie hat mich weggeschickt. Wie Sie wollen. Mich gebeten auszuziehen.«

»Wegen eines anderen? Hatte sie einen anderen?«

Ich sah sie an. »Das weiß ich nicht genau. Ich weiß nicht, ob sie ihn damals schon kannte. Aber ich glaube wohl. Ich war nicht viel zu Hause. Ich habe beim Jugendamt gearbeitet und war abends viel unterwegs. War draußen und suchte die lieben Kleinen. Einige von ihnen habe ich auch gefunden. Dann brachte ich sie nach Hause und saß bis tief in die Nacht mit ihren Eltern zusammen und redete mit ihnen. Und wenn ich nach Hause kam, lag sie im Bett und schlief, und morgens beim Frühstück hatte sie mir nie etwas zu sagen. Sie sah mich nur an. Sie hatte so eine besondere Art, mich anzusehen, wenn Sie verstehen, was ich meine.«

»Hatten Sie Kinder?«

»Hm. Einen Jungen, ein bisschen jünger als Roar. Er kommt im Herbst in die Schule. Thomas.«

Jetzt spiegelte ich mich zur Abwechslung im Kaffeebecher und suchte dort nach einem Bild, das nicht mehr da war, und nach einer Stimme, die längst verstummt war.

Da kam Roar aus dem Wohnzimmer. »Varg? Bleibst du hier und guckst dir die Krimistunde an?«

Wenche Andresen öffnete den Mund. Ich lächelte schief und sagte: »Nein, danke. Ich bringe meine Albträume lieber im Schlaf hinter mich. Ich muss wohl zusehen, dass ich mal wieder nach Hause komme.«

Er sah enttäuscht aus, sagte aber nichts.

Ich räusperte mich und stand auf. »Danke für den Kaffee. Es war nett, mit Ihnen zu reden«, sagte ich zu der Frau auf der anderen Seite des Tisches. »War prima, dich zu treffen«, sagte ich zu Roar und zauste ihm das Haar.

Wir gingen alle drei in den Flur. Ich zog meine Jacke an und fühlte nach, ob der Wagenschlüssel in der Tasche war. Ich fuhr Roar noch einmal mit der Hand über den Kopf und reichte sie dann seiner Mutter.

Ihre Hand lag in meiner. Sie sagte: »Vielen Dank für die Hilfe. Sind wir Ihnen etwas schuldig?«

»Das war ein Freundschaftsdienst«, entgegnete ich. »Und pass du auf dein Fahrrad auf, Roar. Mach's gut.«

»Tschüs dann«, sagte seine Mutter. »Und danke noch mal.«

Ich ging rasch den Balkongang entlang und war allein im Fahrstuhl. Ich kam mir vor wie auf einer Reise hinab ins Totenreich, durch den Hintereingang.

Ich trat auf die Straße und ging zu meinem Auto. Als ich aufschloss, blickte ich nach oben. An dem Fenster mit der grünweißen Gardine stand ein Junge und presste das Gesicht an die Glasscheibe. Er winkte mir zu.

Ich winkte zurück und stieg ein. Oben an der Ecke des Blocks sah ich ein paar lang gestreckte Schatten, sieben, acht Stück. Es konnte eine Gang von Teenagern sein, aber vielleicht war es auch nur das Licht, das so fiel.

7

Samstag und Sonntag vergingen wie solche Tage am Übergang von Februar und März es eben tun, wie schweres Stapfen durch knietiefen Schnee. Es wurde überhaupt nicht richtig hell. Eine graue Wolkendecke hing tief über der Stadt, und ein Ausflug auf den Fløien kam einem Aufstieg durch triefend nasse, schmuddelige Baumwolle gleich. Ich fühlte mich, als ging ich in alten Gummistiefeln, die bis über die Haarwurzeln reichten. Kein Vogel sang, und kein Goldfisch schwamm in meiner Aquavitflasche, wenn ich nach Hause kam. Ich leerte sie zur Sicherheit bis auf den Grund, aber es stimmte. Es schwamm kein Goldfisch darin.

Am Sonntag machte ich einen Rundgang durch Nordnes. Wo sich einst kleine Holzhäuser müde aneinander gelehnt hatten, lagen jetzt massige Betonkolosse, in denen erstaunlicherweise Menschen wohnten. Wo einst ein Kinderspielplatz und ein scheinbar endloser Park gelegen hatten, standen jetzt ein Aquarium, in dem große Fische in viel zu kleinen Bassins schwammen, und ein Institut für Meeresforschung in einem Hochhaus, das sich eher für das Studium Fliegender Fische geeignet hätte. Wo man früher einmal verlegen an der Seite eines Mädchens gegangen war und mit der Schuhspitze die Erde angehäufelt hatte, war jetzt keine Erde mehr, sondern Asphalt. Und auch in meiner zweiten Aquavitflasche schamm kein einziger Goldfisch.

Am Montagmorgen war ich wieder im Büro. Die graue und triefend nasse Baumwolle hatte sich in meinen Kopf verlagert, und das stumme Telefon glich einer versteinerten Kröte. Die Stunden vergingen, wie fremde Fußspuren im Sand. Das Leben fand in der Stadt außerhalb meiner Fenster statt, ohne mich. Auf dem Marktplatz klatschten die Fischhändler in ihre großen roten Hände und schnitten für Hausfrauen in blauen Mänteln und mit braunen Einkaufstüten aus Nylon ordentliche Portionen von grünlich weißem Fisch zurecht. Die Blumenhändler standen da und sahen ebenso trostlos aus wie ihre braun geränderten Blumen, und auf dem Gemüsemarkt verkaufte ein einsamer Händler Möhren aus Italien, Chinakohl aus Israel und Kohlköpfe aus dem vorigen Jahrhundert.

Regen und Schneeregen standen schräg über der Stadt, und das Wasser von Vågen erhob sich und kläffte. Es war einer dieser Tage, an denen die Menschen mit Gesichtern wie geballte Fäuste herumlaufen und sich nicht lange bitten lassen, bevor sie zuschlagen. Der Nachmittag kam spät und langsam, als habe er im Grunde keine Lust, und mein Telefon war noch immer stumm.

Ich saß da und starrte es an. Vielleicht könnte ich ja bei . . . Ja, ich hätte meine alte Mutter anrufen können, wenn sie nicht schon seit zweieinhalb Jahren tot gewesen wäre und da, wo sie jetzt war, wohl kaum ans Telefon gehen würde. Und ihre Nummer hatte ich auch nicht.

Oder ich hätte eine Bekannte beim Einwohnermeldeamt anrufen können, wenn sie nicht bei meinem letzten Anruf einen so blöden Witz gemacht hätte. Hier ist Veum, hatte ich gesagt. Welcher Veum?, hatte sie geantwortet. Der mit dem Telefon? – Erst ein paar Tage später war mir die Pointe aufgegangen, und danach hatte ich nicht mehr bei ihr angerufen.

Oder ich hätte es bei meinem Freund Paul Finckel, dem Journalisten, versuchen können. Wir hätten ein Bier zusammen trinken und zu Abend essen können. Aber dann würde er mir von nichts anderem als von all den Mädchen erzählen, die er seit dem letzten Mal rumgekriegt hatte, und nichts ist schlimmer als sich Geschichten von all den Mädchen anhören zu müssen, die andere rumgekriegt haben – besonders dann, wenn du kein Wort von dem Ganzen glaubst. Er war auch geschieden. Manchmal habe ich das Gefühl, dass alle geschieden sind, auf die eine oder andere Weise.

Schließlich wählte ich einfach irgendeine Nummer. Eine Männerstimme meldete sich: »Hier ist Jebsen.«

»Äh. Kann ich . . . Frau Andresen sprechen?«
»Wen?«
»Frau Andresen.«
»Da müssen Sie sich verwählt haben.«
»Oh, Entschuldigung.«
»Bitte«, sagte er und legte auf.

Ich blieb mit dem Hörer am Ohr sitzen und lauschte dem Summton. Ein Summton ist schon ein komisches Geräusch. Wenn du lange da sitzt und ihm zuhörst, klingt es, als riefe jemand nach dir oder viele, im Chor, aber ohne richtig zu dir durchzukommen. Bleibst du aber zu lange sitzen, schaltet sich eine Dame vom Telewerk ein und sagt: »Würden Sie bitte den Hörer auflegen.«

Also legte ich den Hörer auf und verließ mein Büro, bevor er in meinen Armen verschied.

Montag ist ein putziger Tag. Die Wochenenddepression hat dich noch nicht ganz losgelassen, und die neue Woche findet noch nicht richtig statt. Genau genommen kämen wir auch gut ohne Montage zurecht. In meiner Branche waren überhaupt die meisten Wochentage überflüssig.

Ich hätte ebenso gut zu Hause bleiben können.

8

In der Cafeteria im ersten Stock aß ich zu Abend. Es gab eine Art Fleischgericht, das schmeckte, als hätten die Müllmänner vergessen es mitzunehmen. Doch ich war selbst schuld. Ich wusste, worauf ich mich einließ. Ich hatte schon früher hier gegessen.

Zu Hause brühte ich mir eine Tasse Kräutertee auf, um nach der ganzen Goldfischsuche am Wochenende die Nieren zu reinigen. Ich machte es mir mit einem großen weißen Becher und einer Humphrey-Bogart-Biografie bequem, die ich schon einmal gelesen hatte. Die Bilder hatten diesen Grauschleier, der verriet, dass sie vor vielen, vielen Jahren in einem längst versunkenen Märchenland aufgenommen worden waren. Leute wie Bogie gibt es nicht mehr. Und wenn er wider alle Wahrscheinlichkeit quicklebendig auf der Torgalmenning aufgetaucht wäre, hätten wir ihn aus seinem Trenchcoat herausgelacht. Die wehmütigen Augen, die auf Grund seiner Magenbeschwerden (und später vom Krebs) hart und kalt wurden, die flüsternde Stimme, die daher kam, dass sein Gebiss nicht ordentlich saß: heutzutage gab es für Typen wie Bogie nur noch im Raritätenkabinett Platz.

Da klingelte das Telefon. Es war halb sechs, und das Telefon klingelte. Jemand musste sich verwählt haben. Ich nahm den Hörer ab und sagte: »Falsche Nummer. Hier ist Veum.«

»Veum! Sie müssen mir helfen! Sie müssen sofort kommen. Sie haben Roar!« Ihre Stimme war schrill. Ich sah ihre blauen Augen vor mir, den schmalen, weißen Nacken.

»Nun mal ruhig. Und der Reihe nach. Wer hat Roar? Doch nicht . . .«

»Doch! Joker, der . . . und seine Bande!« Sie schluchzte. »Als ich nach Hause kam, war er nicht da. Aber im Briefkasten lag ein Zettel: Wir haben Roar. Du weißt, wo du ihn findest. Wenn du die Bullen rufst, bringen wir ihn um.«

»Und haben Sie die Polizei angerufen?«

»Nein! Sie haben doch gehört . . .«

»Aber wäre es nicht trotz allem das Beste? Schließlich . . . Sie dürfen nicht glauben, was da steht. Die bluffen doch nur. Sie sind trotz allem noch halbe Kinder. Verstehen Sie . . . sie wollen Ihnen nur Angst machen.«

»Sie *machen* mir Angst, Veum! Ich will die Polizei nicht anrufen. Deshalb rufe ich doch . . . ich habe sonst niemand, der mir helfen kann. Jetzt. Können Sie nicht . . . ich bezahle auch, selbstverständlich, wenn das . . .«

»Darum geht es gar nicht.« Mein Bankkonto war schon so lange leer. Wenn es jetzt Nahrung bekäme, würde es nur Verdauungsprobleme bekommen und sich übergeben. »Natürlich komme ich, wenn Sie . . .«

»Ja. Gut. Danke! Aber so schnell Sie können. Sofort, ja?«

»Ich bin schon unterwegs. Aber beruhigen Sie sich erst mal. Wir regeln das schon. Garantiert. Bis gleich.«

»Bis gleich.«

Ich legte auf, trank noch einen Schluck Kräutertee, ließ Bogie in Frieden in seinem Paperback-Grab für Filmliebhaber ruhen und verließ die Wohnung.

Unten in der Gasse gingen die Abendlichter an. Hinter blau karierten Gardinen saß eine Familie mit zwei Kindern beim Abendessen. Eine blonde Mutter mit hochroten Wangen stellte dampfende Schüsseln auf den Tisch, an dem ein Mann mit Pony und farblosem Bart mit zerfurchter Stirn bedrückt seine Kinder anstarrte, als seien sie seine Spiegelbilder in einem zersprungenen Spiegel. Durch ein offenes Fenster im ersten Stock eines anderen Hauses ertönte die heisere Stimme eines Mannes, der sang, er habe sein ganzes Leben an der Landstraße verbracht, doch das einzige, was er mit dem Sänger Edvard Persson gemeinsam hatte, waren die kehligen r-Laute. Ein ganz normaler Abend in der Gasse, und Veum machte sich auf den Weg. Der willige Veum nennen sie ihn. Kommt prompt, wenn Sie ihn anrufen, nur nicht in der Bürozeit, nein, in der Bürozeit wirklich nicht.

Mein Mini geriet ins Hüsteln vor Überraschung darüber, mitten in seinem Nachmittagsschlaf gestört zu werden, und ging mir auf dem Weg durchs Zentrum zweimal aus. Ich sagte laut zu ihm, dass ich ihn beim nächsten Mal stehen lassen und mir einen Volkswagen kaufen würde. Von da an brummte er wie eine satte Hummel, bis wir draußen vor dem Wohnblock angekommen waren.

Ich parkte und ging ins Haus. Der Fahrstuhl wartete. Er war leer und blieb auch nicht stecken. Ich trat an Wenche Andresens Tür und klingelte.

Sie öffnete. Ihr Gesicht war gerötet, ihre Augen geschwollen. Sie zog mich in den Flur und schloss die Tür. Dann fiel sie an meine Brust, und ich hörte lang gezogene und gedämpfte Schluchzer an meinem Hemd. Ihr ganzer Körper bebte, und ich wusste nicht richtig, wo ich meine Hände lassen sollte. Es war lange her, dass jemand an meiner Brust geweint hatte. Im Grunde viel zu lange. Ich legte die Hände hübsch auf ihre Schulterblätter, die Fingerspitzen auf ihr Rückgrat. Vorsichtig bewegte ich die Handflächen, sagte nichts. Besser, man lässt sie sich erst einmal ausweinen.

Langsam beruhigte sie sich. Sie hörte auf zu weinen und wurde auf einmal steif in meinen Armen. Als sie Anstalten machte, sich frei zu machen, löste ich meinen Griff um ihren Rücken. Sie starrte die Knöpfe meines Hemdes an, und ich reichte ihr ein Taschentuch. Sie wischte sich die Tränen aus den Augen und putzte sich die Nase. dann bewegte sie ihren Blick an meinen Knöpfen aufwärts bis zu meinem Gesicht. »Entschuldige bitte. Ich wollte nicht . . .«, flüsterte sie.

Ihr Mund war vom Weinen geschwollen, wie nach einem Wespenstich, oder wie nach einer langen und schönen Liebesnacht. Ich sagte – und meine Stimme kratzte wie eine alte 78er Platte (wenn es meine Stimme war): »Hast du . . . den Zettel?«

Sie nickte und holte einen zerknüllten Zettel von der Kommode und reichte ihn mir. Ich vermied es, ihre Hand zu berühren, und las.

Da stand mit runder, kindlicher Schrift: *Wir haben Roar. Du weißt, wo du ihn finden kannst. Wenn du die Bullen rufst, bringen wir ihn um.* Keine Unterschrift.

»Wann warst du zu Hause?«, fragte ich.

»Um halb fünf.«

»Aber du hast erst um halb sechs bei mir angerufen. Wann hast du den Zettel bekommen?«

»Als ich nach Hause kam, war Roar nicht hier. Ich bin rausgegangen, um ihn zu suchen und habe ein paar seiner Spielkameraden gefragt. Aber sie hatten ihn nicht gesehen. Ich suchte noch eine Weile, und gegen fünf kam ich zurück, und da lag dieser Zettel im Briefkasten. Ich war völlig außer mir vor Angst. Ich wusste nicht, was ich tun sollte, wen ich um Hilfe bitten konnte. Ich weiß nicht mehr, ich ging in die Wohnung, versteckte mich, weinte. Da fielst du mir ein. Wir – wir hatten uns neulich so nett unterhalten. Ich dachte, dass du vielleicht . . . Aber ich meinte nicht so, nur, ich will . . .« Sie starrte mir in die Augen. »Ich bezahle das Honorar, das Sie auch sonst kriegen.«

»Darüber können wir später reden. Zuerst müssen wir Roar finden. Das ist das Wichtigste. Und du willst immer noch nicht, dass ich die Polizei verständige?«

Sie schüttelte den Kopf.

»Gut. Dann bleibst du hier, für den Fall, dass er auftaucht. Und ich sehe nach, ob ich ihn finden kann.«

»Wohin . . . wohin gehst du?«

»Ich werde wohl da oben bei ihrer Hütte anfangen.«

Ihre Augen weiteten sich. Sie wurden groß und blau, so groß und blau, dass es fast wehtat, sie anzusehen. Sie sagte: »Aber das kann gefährlich sein. Sie können . . .«

»Ich kann auch ziemlich gefährlich sein«, sagte ich, »jedenfalls manchmal.« Dabei versuchte ich, so auszusehen, als könnte ich es wirklich. Dann ging ich.

9

Wenn es auf der Rückseite des Lyderhorns dunkel ist, dann ist es dunkler als an irgendeinem anderen Ort, den ich kenne. Die steil aufragende Felswand scheint dem nächtlichen Dunkel eine doppelte Kraft zu geben, als sei der Berg selbst eine ganz konkrete Nacht.

Ich blieb in einiger Entfernung von der Hütte stehen und lauschte. Ich hörte nichts, keinen Laut. Ich ließ den Blick von Baum zu Baum wandern, aber es fiel mir schwer, in dem sternenlosen, dumpfen Abenddunkel Konturen zu erkennen.

Ein Wald konnte voller Leben sein und er konnte so tot sein, als sei er versteinert.

Ich ging zur Hütte hinauf und blieb an der Wand stehen, unmittelbar unter der Öffnung mit dem Hühnerdraht. Sie war zu hoch, um hineinschauen zu können. Ich horchte. Noch immer kein Laut. Aber ich hatte das deutliche und unangenehme Gefühl, nicht allein zu sein. Noch einmal ließ ich den Blick über die Bäume um mich her gleiten: War das eine unnatürliche Verdickung an einem der Stämme? War das, was dort drüben herausragte, ein abgebrochener Ast oder ein vorgeschobener Kopf? Atmete da jemand im Dunkeln?

Vorsichtig bewegte ich mich an der Hüttenwand entlang. Ich schaute um die Ecke. Die Hütte hatte keine Tür, aber vor der Türöffnung hing schweres Sackleinen. Man konnte nicht sehen, ob jemand im Inneren der Hütte war. Ich richtete mich auf und stellte mich direkt vor die Türöffnung. Mit der linken Hand zog ich das Sackleinen vorsichtig zur Seite und schaute hinein. Dort drinnen herrschte ein noch schwärzeres Dunkel als draußen, eine noch tiefere Stille. Oder erkannte ich dort drinnen eine schwache Bewegung? Auf dem Boden?

Weil mir niemand durch die Türöffnung entgegenstürmte, gab es nur eine Möglichkeit, das herauszufinden. Ich beugte den Nacken und trat rasch durch die Öffnung – und dann gleich nach links, sodass ich mit dem Rücken zur Wand stand.

Nichts geschah. Niemand sprang mich im Dunkeln an, niemand begegnete mir mit Fäusten oder Messern.

Ich blieb stehen und atmete durch, während meine Augen sich an die Dunkelheit gewöhnen.

Es war ein kleiner, viereckiger Raum. Auf dem Boden lagen Säcke, alte Zeitungen und ein paar leere Plastiktüten. Drüben unter der Öffnung stand eine leere Kiste. Ein Geruch von Bier, Schweiß und etwas Undefinierbarem, das an verspritzten Samen erinnerte, erfüllte den Raum.

In der einen hinteren Ecke lag ein Bündel an der Wand. Es war Roar.

Sie hatten ihm die Füße gefesselt, die Arme auf den Rücken gebunden und ihm ein schmutziges Taschentuch in den Mund gestopft. Sein Gesicht hatte rote Flecken. Seine Augen starrten mir entgegen. Auf seinen Wangen sah ich Streifen getrockneter Tränen. Als er mich erkannte, begannen neue Tränen aus seinen Augen zu kullern und funkelten hell. Sein Haar war zerzaust, seine Kleidung schmutzig. Davon abgesehen sah er unversehrt aus. Aber die äußeren Schäden waren in diesem Fall kaum die schlimmsten.

Ich hockte mich vor ihm hin, klappte mein Taschenmesser auf und befreite ihn von den Fesseln. Als ich ihm das Taschentuch aus dem Mund nahm, erfüllte ein Laut, der halb Aufatmen, halb Schluchzen war, die Hütte. Ich sah, wie er versuchte, die Tränen zurückzuhalten, aber ich sah auch, dass es ihm nicht gelingen würde. Ich legte die Arme um ihn und drückte ihn an mich. So dämpfte ich sein Weinen an meiner Brust und versuchte, seinen Körper in meinen Armen ruhig zu halten. Er wurde von heftigen, fast krampfartigen Zuckungen geschüttelt, und es dauerte länger, ihn zu beruhigen als seine Mutter. Es gelang mir auch nicht, mich ganz auf ihn zu konzentrieren. Sein Weinen störte die Stille, und ich konnte nicht mehr sicher sein, ob es nur die Stille war, was ich hörte, oder Geräusche in der Nacht: Geräusche, die nicht hierher gehörten. Ich horchte so angespannt, dass ich Kopfschmerzen bekam, aber es war mir nicht möglich, neben dem Weinen etwas wahrzunehmen. Vielleicht waren wir allein; vielleicht waren sie nach Hause gegangen, um Kakao zu trinken und Mensch ärgere dich nicht zu spielen und das Räuberspiel war für heute vorbei.

Ich flüsterte ihm ins Ohr: »Wir müssen los, Roar. Deine Mutter wartet auf uns.«

Er nickte gegen meine Brust und schniefte ausgiebig.

»Weißt du, wo die anderen sind?«

Er schüttelte den Kopf. »Sie s... sind ge...gegangen, sch...schon lange«, stotterte er mit noch immer belegter Stimme.

Ich zog ein frisches Taschentuch hervor und wischte ihm die Tränen von den Wangen. Dann sagte ich forsch: »So, und jetzt machen wir uns auf die Socken, o.k.?«

Ich legte den Arm um seine Schultern, schob das Sackleinen vor der Tür zur Seite und trat aus der Hütte.

Sie standen im Halbkreis um die Tür und erwarteten uns.

Ich spürte, wie Roar an meiner Seite erstarrte, und schob ihn schnell hinter mich, wieder in die Türöffnung.

Ich zählte sie schnell. Fünf. Zwei weniger als beim letzten Mal. Joker war da, der lange, Schlaksige, Tasse, der Narr, der mit dem Pickel auf der Nase, und einer mit blondem, vollem, zurückgekämmtem Haar, an den ich mich nicht erinnern konnte.

Fünf gegen einen.

Joker gab mir diesmal keine Gelegenheit, die Konversation in Gang zu bringen. Mit seiner gepressten, strammen Stimme sagte er: »Nehmt ihn euch vor, Jungs, macht ihn kalt!«

Er selbst blieb mit vor der Brust verschränkten Armen und einem höhnischen Gesichtsausdruck stehen. Es war offensichtlich, dass er sich selbst nicht zu Schlägereien herabließ, jedenfalls nicht ohne die hundertprozentige Sicherheit, dass er gewinnen würde. Das reduzierte die Zahl der Angreifer auf vier, und Tasse war nicht ernst zu nehmen.

Ich musste mich auf die drei anderen konzentrieren. Zwei von ihnen waren schon in Bewegung. Ich parierte einen Schlag des langen Schlaksigen mit dem linken Arm und nahm den Blonden mit der rechten Schulter. Dem Langen gab ich einen Tritt ans Schienbein, den Blonden traf ich falsch und ohne Wucht an der Schulter. Der mit dem Pickel landete eine harte Faust mitten auf meiner Brust, und ich taumelte zurück und hielt mich an der Hüttenwand fest. Ich hätte Tasse lieber doch ernst nehmen sollen. Er duckte sich, kam mit gesenktem Kopf auf mich zu und rammte mir den Schädel in den Bauch, dass mir die Luft wegblieb. Einen Augenblick lang war der Wald nicht schwarz, sondern weiß, blendend weiß. Dann kehrte die Dunkelheit zurück. Ich landete mein Knie im Gesicht von Tasse, der sich nicht rechtzeitig zurückgezogen hatte, während ich versuchte, die tanzenden rotgelben Flecken mit unpräzisen Schwingern in das wogende, scharfkantige Dunkel um mich herum fortzustoßen.

Ich hörte Roar pfeifen und wurde von zwei Seiten getroffen. Ein

Faustschlag traf meinen Mund, sodass die Oberlippe gefühllos wurde, und eine Schuhspitze traf mich auf der Innenseite des Schenkels, weit genug oben, um die Muskulatur in krampfartiges Vibrieren zu versetzen, aber auch wieder nicht so hoch, dass ich ein für alle Mal kampfuntauglich war.

Ich biss die Zähne zusammen und versuchte, die Schatten von der Dunkelheit zu unterscheiden. Links sah ich die Umrisse eines Gesichts und landete einen Treffer mit dem linken Ellbogen und direkt danach mit der rechten Faust. Ich merkte, dass ich traf, und hörte den einen oder anderen hintenüberpurzeln, wobei sie nichts als Flüche und Verwünschungen zurück ließen. Dann war jemand unmittelbar vor mir und versuchte, die Arme um mich zu legen. Nach Umarmungen war mir gar nicht, und ich rammte ihm das Knie in den Schritt. Während er vor mir zusammensackte, faltete ich die Hände und schlug sie ihm in den Nacken. Er blieb am Boden liegen und versuchte nicht, wieder aufzustehen. Da bekam ich einen Schlag an den Hinterkopf, dass ich Sterne vor mir tanzen sah. Mir wurde übel, und beinah wäre ich in Ohnmacht gefallen. So sog ich Luft in die Lungen, schwang herum und schlug blind ins Dunkel. Ein Aufschrei und eine breite Brust kamen mir entgegen. Ein Schlag traf mich an der Backe, ich schlug noch einmal zu, diesmal tiefer, und traf ihn in den Bauch. Meine Faust versank tief in den schlaffen Muskeln. Mit dem linken Arm fegte ich ihn zur Seite.

Dann wirbelte ich wieder herum und stand jetzt mit dem Rücken gegen die Wand.

Tasse stand in sicherer Entfernung und hielt sich ein Taschentuch vor die Nase. Tränen kullerten ihm aus den Augen, aber er weinte lautlos.

Der lange Schlaksige stand an einen Baum gelehnt. Mit einem Arm stützte er sich ab, und die eine Hand bedeckte sein eines Auge, während das andere mich hasserfüllt anstarrte.

Am Boden vor mir lag der Blonde. Ich sah, dass er atmete, aber er machte keine Anstalten, sich zu erheben.

Der mit dem Pickel tanzte zwischen den Bäumen links von mir einen seltsamen Tanz mit sich selbst. Die Beine schlotterten unter ihm und schienen keinerlei Kontakt zu seinem Oberkörper zu haben. Er murmelte vor sich hin und hielt sich mit einer Hand die eine Schulter, als müsse er sich an etwas festhalten. Schließlich setzte er sich auf die Erde. Da blieb er sitzen und wandte uns den Rücken zu. Er starrte in den Himmel und zu all den unsichtbaren Sternen hinauf. Joker stand da und starrte mich an. In der Dunkelheit wirkten seine Augen farblos und blassgrau. Sein Gesicht hatte noch immer den höhnischen Ausdruck, und in der rechten Hand hielt er ein Springmesser, die Klinge abwartend nach oben gerichtet. Aber er sah nicht aus, als wolle er tanzen. Es war wahrscheinlich nur eine Sicherheitsmaßnahme.

Ich blickte mich nach Roar um. Er stand noch in der Türöffnung, mit weit aufgerissenen Augen und einem Gesichtsausdruck, in dem sich Angst und Freude mischten. Ich sagte: »Na, dann mal los, Roar. Jetzt gehen wir.«

Aber ich legte nicht den Arm um seine Schultern, ich wollte beide Arme frei haben.

Zu Joker sagte ich: »Du weißt noch, wer ich bin? Veum ist mein Name. Und lass dir eins sagen. Wenn ich höre, dass du . . . diese Familie hier auch nur noch ein einziges Mal belästigst . . .« Mit einer Handbewegung machte ich Roar zu einer Familie. »Wenn mir auch nur das Geringste zu Ohren kommt, dann tauche ich persönlich hier auf, und dann können mir deine untrainierten Schwächlinge von Untertanen gestohlen bleiben. Dann bist du dran. Dann klapp ich dich zusammen wie ein Taschenmesser und klopfe dich gegen jeden Baum hier im Wald, und zwar so, dass du nachher nicht mal mehr nach deiner Mama winseln kannst. Verstanden?«

Er zeigte die Zähne und fuchtelte mit dem Messer, aber in der Luft und aus sicherer Entfernung. Etwas zu sagen fiel ihm nicht ein.

»Und wenn du glaubst«, fuhr ich fort, »ich lasse mich von einem kleinen Springmesser einschüchtern, dann hast du dich geirrt. Springmesser esse ich zum Frühstück. Als ich noch zur See fuhr, hieß ich der Säbelschlucker. Also bring ruhig die ganze Küchenschublade von deiner Mutter mit, wenn du willst. Du ziehst auf jeden Fall den Kürzeren, und du wirst es bereuen, an dem Tag überhaupt aufgestanden zu sein.«

Ich war so knallhart wie noch nie, aber im Dunkel um mich herum, sitzend und liegend, gab es ja auch vier Beweise dafür.

Und es war offensichtlich, dass Joker die Beweise akzeptierte, denn er machte immer noch keine Miene, tanzen zu wollen.

Ich ließ ihn da im Wald stehen, mit dem Messer in der Hand

und dem höhnischen Ausdruck im Gesicht. Vielleicht war er so geboren. Vielleicht war er einer von denen, die sich mit dem Messer selbst aus der Mutter schnitten und der Hebamme ins Gesicht spuckten.

Manche sind so, andere werden so. Joker war so, und das reichte mir. Mehr brauchte ich nicht zu wissen.

Schweigend brachte ich Roar nach Hause zu seiner Mutter.

10

Erst im Aufzug merkte ich, dass mir schwindelig war. Ich musste mich gegen die Wand stützen, und am ganzen Körper brach mir der Schweiß aus. Mir war, als kämen wir nie an, als habe der Fahrstuhl sich losgerissen und führe einfach weiter aufwärts, dem Weltraum entgegen, als seien Roar und ich die letzten überlebenden Erdbewohner, die in die Zukunft geschickt werden, Souvenirs aus einer verblassten Zivilisation.

Dann hielt der Fahrstuhl, und wir traten ins Treppenhaus. Sie hatte uns vom Fenster aus gesehen und wartete schon vor der Fahrstuhltür. Als sie sah, wie ich zugerichtet war, weiteten sich ihre Augen, dann ging sie in die Hocke und umarmte Roar. Er legte die Arme um ihren Hals und begann wieder zu weinen. Auch ihre Augen glänzten nass. Ihr Gesicht wurde weich und lebendig.

Nach einer Weile räusperte ich mich zaghaft, und sie sah zu mir auf. »Du blutest«, konstatierte sie. Dann stand sie auf, mit Roar auf dem Arm. »Gehen wir hinein«, sagte sie. Sie trug Roar über den Balkon in die Wohnung, und ich ging, etwas wackelig auf den Beinen, hinterher.

Vorsichtig schaute ich in den Flurspiegel, wie man in ein Zimmer schaut, zu dem man eigentlich keinen Zugang hat. Ich sah einen Mann, den ich einmal gekannt hatte. Er war blass, hatte wirres Haar und ein schmutziges Gesicht. Als er zu lächeln versuchte, blutete er stärker, deshalb gab er es auf.

Sie war noch hauptsächlich mit Roar beschäftigt, aber sie trat an den Spiegel und betrachtete meine Blessuren. »Was ist denn passiert?«, fragte sie.

»Sie waren ein paar mehr als ich«, sagte ich. »Aber ich glaube, den meisten geht es noch ein bisschen schlechter als mir.«

Ich lächelte und sie sagte das einzig Richtige: »Nicht lachen, dann reißt die Lippe. Komm her.«

Dann packte sie mich am Oberarm und führte mich ins Bad. Es kam mir vor, als spazierte ich geradewegs in die Sonne. Blendend weißes Licht schlug mir entgegen.

Das Badezimmer war klein, glänzend und weiß, und die Neonröhre an der Decke war ungewöhnlich grell. In diesem Raum war es unmöglich, auch nur den kleinsten Makel zu verbergen. Sie musste sehr schöne Haut haben, wenn sie solch ein Licht ertrug.

Sie ließ Wasser ins Waschbecken ein und hob mein Gesicht gegen das Licht. Dann tunkte sie ein blaues Frotteehandtuch ins Wasser und tupfte mein Gesicht ab. Dabei war sie so behutsam, als wüsche sie ein Neugeborenes, und ich fühlte, wie die Schmerzen gelindert wurden und die Benommenheit von mir abtropfte wie Wasser.

»Hilft das?«, fragte sie.

Ich blinzelte sie aus geschwollenen Augenlidern an und nickte. In diesem starken Licht waren ihre Augen noch blauer. Mir schien, als fülle ihr Gesicht das ganze Zimmer aus, als sauge es das Licht auf und wachse. Ich sah die feinen Blutäderchen in ihren Nasenlöchern, den hellen, fast durchsichtigen Haarflaum auf ihrer Oberlippe, die schmalen, neu eingegrabenen Falten auf ihrer Stirn und um die Augen. Und die Augen waren blau, so blau, dass man jeden Moment damit rechnete, Vögel herausfliegen zu sehen.

Roar stand in der Tür und sah zu. Er hatte sich jetzt beruhigt, und seine Stimme klang eifrig. »Du hättest sehen sollen, wie Varg sie fertig gemacht hat Mama! Verprügelt hat er sie! Sie ... sie konnten kaum noch gehen hinterher. Und Joker, der sah aus, der sah aus, als hätte er sich in die Hose gepinkelt. Varg hat sie verprügelt, die ganze Gang.«

Ich blinzelte zu ihm hinab. Seine Augen strahlten zu mir hoch. »Stimmt's, Varg?«

»Na ja«, entgegnete ich.

»Kommt«, sagte sie. »Ich mach euch was zu essen.«

An diesem Abend lud sie mich ins Wohnzimmer ein.

Es war ein gemütliches Wohnzimmer. Nichts Ungewöhnliches, nur eins von diesen Zimmern, die einem nach einer halben Minute schon das Gefühl geben, man hätte sein ganzes Leben in ihnen gewohnt. Die Möbel waren alt und solide, auf den Stühlen konnte man sitzen und vom Tisch konnte man essen, ohne dazu den Kopf zwischen die Knie senken zu müssen. An den Wänden hingen alte helle Aquarelle von Høyfjell-Landschaften und eine üppige Auswahl von Wandstickereien, die sie selbst gemacht hatte. In einem Regal standen Bücher mit abgegriffenen Rücken: Kriminalromane, Bücher über Stickerei und Kinderpflege, ein Roman von Faulkner und ein Bestseller über eine alte Frau irgendwo in der Wildnis, die Memoiren eines bekannten Staatsmannes (Band drei) und ein Fußballhandbuch. Für jeden Geschmack etwas, wie es so schön heißt.

Auf einem der Regale standen vier, fünf Fotoalben und daneben ein gerahmtes Bild. Es war ein Familienfoto, und ich erkannte Wenche Andresen mit etwas längerem Haar und Roar mit rundem Babygesicht und starrendem Blick. Die dritte Person auf dem Bild musste Roars Vater sein, ein junger Mann mit offenem, ein wenig blassem Gesicht (doch das konnte an der Sonne liegen), blonden Haaren und einer dunkel eingefassten Brille. Er hatte ein gewinnendes Lächeln: keine glatte Eins, aber auf jeden Fall ein Zweier dann und wann. Er und Wenche Andresen saßen auf einer Mauer, und Wenche hielt Roar auf dem Schoß. Es war Sommer, sie waren leicht gekleidet, und sie sahen sehr, sehr glücklich aus.

Die übrigen Regale waren voller Nippes: Tonfiguren, dekorierte Tannenzapfen, billige Souvenirs und teure Porzellantiere. Es war kaum noch Platz für eine Streichholzschachtel.

In einer Ecke stand ein Fernsehapparat und führte Selbstgespräche. Eine Zeichentrickfigur sauste hin und her und schnitt Grimassen. Glücklicherweise war es nicht so witzig, dass ich lachen musste, denn das Bluten hatte aufgehört. Ich saß in einem schönen, warmen Sessel, auf der Armlehne saß Roar und lehnte sich an meine Schulter, und am anderen Ende des Zimmers flimmerten kurzsichtige blaue Bilder an uns vorbei.

Dann war der Film zu Ende, und es erschien eine Frau und fragte; ob das nicht ein lustiger Film gewesen sei. Wenn wir Lust hätten, ihn noch einmal zu sehen, brauchten wir nur am folgenden Tag um fünf nach neun den Fernseher einzuschalten. Das wird bestimmt lustig, sagte sie und lächelte süßsauer.

Danach begann der Englischkurs. Sie hatten die Serie erst fünfmal gesendet, sie war also so gut wie neu. Roar sagte: »Hast du Lust, es zu sehen?«

»Nein danke«, erwiderte ich. »Schalte ihn nur aus.«

Wie allen Kindern tat es ihm weh, genau diesen kleinen Handgriff durchzuführen, aber er schaffte es. Dann kam er zurück, setzte sich wieder auf die Armlehne und dachte nach. Ich sah ihn an. Schließlich fragte ich: »Woran denkst du?«

Er wurde rot. »Nichts.«

»Gar nichts?«

Nach einer Pause sagte er. »Ich habe gedacht, dass du viel stärker bist als mein Papa, dass er nie mit denen allen fertig geworden wäre ...«

Wenche Andresen trat ins Zimmer und er verstummte. Sie trug ein Tablett mit Kakao und belegten Broten, Kakao in gelben Tassen und Brote auf einem großen Zinnteller, mit Ei und Schafswurst, Tomate und Gurke, Schinken und roter Beete, Sardinen in Tomatensauce und Erdbeermarmelade. Es sah aus wie eine Einladung zum Frühstück, aber vielleicht erwartete sie noch weitere Gäste.

Wir aßen, während Roar erzählte, wie das Ganze angefangen hatte. Sie hatten ihm direkt vor dem Haus aufgelauert, drei Stück und Joker als Drahtzieher im Hintergrund. Sie hatten ihm die Arme auf den Rücken gebunden, ihm das Taschentuch in den Mund gestopft und ihn weggetragen. Er hatte versucht, um sich zu treten, doch da hatten sie ihm auf den Mund gehauen und gesagt, sie würden ihm die Beine brechen, wenn er nicht still hielte. Und da hatte er aufgehört zu treten.

Oben bei der Hütte hatten sie ihn zunächst an einen Baum gebunden, waren um ihn herumgegangen und hatten ihm kleine Tritte und Schläge versetzt. Er zog die Hosenbeine hoch und zeigte: »Hier, guckt mal!« Seine Beine waren von oben bis unten voll blauer Flecken, und seine Mutter stöhnte auf. Ich kaute.

Anschließend hatten sie ihm erzählt, was sie mit seiner Mutter machen würden.

Wenche Andresen wurde blass. »Was haben sie gesagt?«

Er wandte den Blick ab, ebenso blass.

Sie wurde rot. »Diese verdammten Schweine! Oh, ich werde ...« Sie sprang auf und presste die Hände an die Kehle. Ich sah, wie sie nach Luft rang. Sie trug einen dünnen weißen Pullover, und ihre Brüste hoben und senkten sich im Takt mit ihrem schweren Schluchzen. »Was sagst du dazu, Veum?«, wandte sie sich mir zu.

Ich kaute. Ich kaute und kaute und kaute. Ich hätte noch hundert Jahre weiterkauen können, genau diese Scheibe wollte nicht runter. Ich ging ins Bad und spuckte sie in die Toilette. Dann ging ich zurück ins Wohnzimmer.

Sie hatte sich wieder gesetzt. »Ich werde . . . oh!« Sie schlug mit der Faust gegen die Armlehne.

»Dieser Jugendbetreuer«, sagte ich, »wie hieß er noch?«

»Våge. Gunnar Våge. Wieso?«

»Ich werde mal mit ihm reden.«

»Das hilft nichts. Er ist ein Trottel. Der, der glaubt an diese Saukerle. Das ist ihr Hintergrund, sagt er. Du musst bedenken, aus was für Familien sie kommen, sagt er. Aus was für Familien kommen sie denn? Kommen wir etwa aus so guten Familien?«

In einem sekundenschnell vorbeiflimmernden Bild sah ich ein anderes Wohnzimmer vor mir, tief unten in einer dunklen Gasse. Eine Mutter, die vorm Radio saß und strickte, einen Vater, der nach Hause kam in eine große, warme Küche, in Straßenbahner-Uniform und mit müden Gesichtszügen, ein Wohnzimmer mit großen grünen Topfpflanzen, in das wir erst am Abend gingen, und im Radio ein Gong und eine Stimme, die sagte: »Guten Abend, meine Name ist Cox.« Und anschließend eine Melodie, die sich so in uns festsetzte, dass wir noch zwanzig Jahre später jede einzelne Strophe davon summen konnten, und einem Text, den wir zu der Melodie dichteten und den wir bis an unser Lebensende nicht vergessen würden: »Cox ist mein Name/und Peacock ist Mörder/Pip ist verschwunden/und Margot ist tot/Cox ist verliebt in die schöne Helene/und im nächsten Jahr heiraten sie . . .«

»Tun wir das, Veum?« Sie sah mich aus tränentrüben Augen an.

»Tun wir was?«

»Stammen wir aus so guten Familien?«

»Manche von uns vielleicht. Andere nicht. Da spielt so vieles eine Rolle.«

»Und wir setzen Kinder in diese Welt, in diese Hölle. Eine Welt von Verrätern und Lügnern und . . . Terroristen. Gibt es denn überhaupt etwas anderes als Elend? Ist es denn völlig unmöglich . . . darf man nie einfach nur . . . ein ganz bisschen glücklich sein?«

Sie sah mich an, als hätte ich den Stein der Weisen geschaut. Aber das hatte ich nicht, ich wusste nicht einmal, wo er war. Ich war Veum, und mein Vater hatte mich Varg genannt. Er hätte mich ebenso gut Cox nennen können: das wäre aufs Gleiche hinausgelaufen.

Ich sah mich im Zimmer um. Der tote Fernsehapparat, die Bücherregale, die ganzen Nippes, das Bild der glücklichen Familie, die gestickten Bilder an der Wand, der Tisch mit den belegten Broten und dem Kakao, Roar, der dasaß und zuhörte und seine Mutter, die weinte und weinte.

Ich stand auf und trat ans Fenster, als gäbe es dort Trost. Draußen war es stockdunkel, und es hatte angefangen zu regnen. Die Lichter dort unten in der Tiefe glänzten zu mir herauf wie tränenverhangene Augen, und von der Hauptstraße her hörte ich das ungleichmäßige Rauschen des Verkehrs. Und über dem Ganzen ragte drohend das Lyderhorn auf, als habe es sein eigenes finsteres Geheimnis: seine eigene dunkle Gewissheit über das Leben, das Glück und alles. Kein Wunder, dass die Sage gerade von diesem Gipfel erzählt, hier seien in der Johannisnacht die Hexen auf ihrem Weg zum Blocksberg gelandet.

11

Roar war ins Bett gegangen. Sie hatte eine Flasche Rotwein hervorgeholt, einen dieser preiswerten Modeweine, die von Jahr zu Jahr wechseln. Dieses Jahr kam er aus Israel.

»Möchtest du ein Glas Wein, bevor du gehst?«, fragte sie.

»Ich könnte schon eins brauchen«, antwortete ich. »Auch wenn ich fahre. Vielleicht glaube ich dann, ich wäre ein besserer Fahrer.«

Sie holte Gläser und schenkte ein. Es waren kleine runde Gläser ohne Fuß. Sie glichen mit Blut gefüllten Seifenblasen. Sie hob ihr Glas zu einem stummen Skål und wir tranken. Es schmeckte nach Herbst. September, Vogelbeeren und zertretenen Hagebutten auf den Bürgersteigen, alte Zeitungen, die im Rinnstein liegen und im ersten Herbstwind flattern, Menschen, die es eilig haben, um schneller nach Hause zu kommen. Ihre Lippen wurden feucht.

Unaufgefordert sagte sie: »Wir waren so glücklich, Veum. Jonas und ich. Die ersten Jahre. Ich denke so oft an die ersten Jahre. Die Zeit, in der man einander entdeckt, weißt du? Wo du in einem Verliebtheitsrausch herumläufst und nichts siehst als den anderen. O Herrgott – Wie verliebt ich in ihn war!«

Sie streckte die Hand nach einer Schale mit Erdnüssen aus: lange, weiße Finger mit reiner, frisch gewaschener Haut. Der Fernseher lief wieder, aber keiner von uns sah hin. Der Ton war abgedreht, und ein Mann mit kräftigen Kiefern redete stumm ins Zimmer.

»Es war . . . ja, es muss 1967 gewesen sein. Er ging das letzte Jahr auf die Handelshochschule, und ich arbeitete als Sekretärin. Er hatte ein Zimmer in Møhlenpris, oben unter dem Dach. Abends lagen wir auf seiner Couch und schauten durch die beiden Fenster hinaus, zu den Sternen. Oder die Sommerabende mit ziehenden Wolken, und unsere Fenster standen offen, und die Düfte und das Gezwitscher der Vögel vom Nygårdspark kamen herein. Es war nur das eine Zimmer, eine Couch, ein Tisch und zwei Stühle und in einer Ecke ein kleiner Tisch mit einer Kochplatte. Die Toilette war auf der anderen Seite des Flurs. Bevor wir dorthin gingen, standen wir an der Tür und horchten, ob jemand kam. Und dann schlichen wir uns hinaus, barfuß oder auf Socken. Wenn ich daran denke, wie ärmlich es war, wie eng und klein – aber wir waren nie mehr so glücklich wie in diesen Jahren. Dann kam ja Roar, und es wurde zu klein. Wir fanden eine Wohnung ein Stück weiter oben in Nygårdshøyden, zwei Zimmer und Küche. Wir heirateten, als ich schwanger wurde. Nicht, weil wir mussten – so empfanden wir es damals nicht. Es gab einfach nur uns beide. Andere waren undenkbar. Das glücklichste Paar auf der Welt. Und dann . . .« Sie zuckte mit den Schultern und blickte traurig vor sich hin. Ihre Hände umschlossen das Weinglas, als müsse sie sie daran wärmen.

»Natürlich waren wir jünger«, fuhr sie fort. »Man ist ja immer jünger – in den Jahren. Ich glaube, es geht wohl den meisten so, dass sie sich nach und nach verändern, auf jeden Fall ein bisschen. Jonas machten seinen Abschluss und bekam eine Stelle bei einer Werbeagentur. Eine relativ kleine Firma, nur fünf Mitarbeiter, und sie hatten viel zu tun. Er kam gegen sechs nach Hause, die Schultern bis zu den Ohren hochgezogen vor lauter Stress – aber es war trotzdem eine gute Zeit. Roar war klein, ich musste doch an ihn denken, oder? Ein kleines Kind. Ich hörte im Büro auf und blieb ein paar Jahre zu Hause. Wir waren uns einig. So wollten wir es, solange er klein war. Und dann ...«

Sie schaute suchend in mein Gesicht. »Dann starb es irgendwie.«

»Mit den Ehen ist es wie mit den Dinosauriern«, sagte ich. »Sie sterben von selbst aus.«

»Was?«, fragte sie zerstreut.

»Ehen«, sagte ich. »Sie sterben von selbst aus, jedenfalls viele.«

»Wann genau, kann ich nicht sagen«, fuhr sie fort. »Ich könnte keinen Kalender hervorholen und einen Monat, ein spezielles Datum aufschlagen, darauf zeigen und sagen: Genau an dem Tag hat es aufgehört. Es war eher wie ... krank zu sein. Oder richtiger ... wieder gesund zu werden.«

Sie schenkte sich mehr Rotwein ein. »Man ist lange krank, weißt du? Ich lag als kleines Mädchen einmal monatelang krank im Bett und langweilte mich und wurde bedient. War der absolute Mittelpunkt. Es tat beinah weh, wieder gesund zu werden, verstehst du. Alles wurde auf einmal so gewöhnlich. So war es, wie eines Morgens aufzuwachen und zu hören, wie er neben mir schlief, seinen Geruch von Schweiß und altem Bier wahrzunehmen und zu denken: Was ist mit uns passiert?

Nun, er hatte angefangen, ziemlich viel zu trinken. Manchmal kam er spät von der Arbeit nach Hause. Musste noch ein Bier trinken, sagte er. Und dann Abendessen mit Kunden und Wochenendseminare und Konferenzen in Oslo. Er hatte in einer größeren Werbeagentur angefangen, die ihre Kunden im ganzen Land hatte. Immer öfter lag ich nachts allein zu Hause. Aber dann, an einem solchen Morgen dachte ich: Früher, früher, wenn ich neben dir aufwachte, Jonas, da war da sofort ein Feuer in mir, nach dir, etwas, das den ganzen Tag in mir brannte, bis wir abends zusammen einschliefen. Aber jetzt? Jetzt bin ich ganz kalt. Und wenn du wach wirst, beugst du dich nicht über mich und küsst mich, wie du es früher getan hast. Du siehst mich mit kalten, leblosen Augen an und grunzt, als wolltest du sagen: Bist du schon wieder da? Werde ich dich nie los? – Rede ich zu viel?«, unterbrach sie sich plötzlich.

Ich trank einen Schluck Wein, um nicht sofort antworten zu müssen. »Aber nein«, sagte ich. Komm nur zu Veum, dem guten alten Veum. Keine Lebensgeschichte ist ihm zu viel und sei sie auch noch so durchschnittlich. Rede nur. Der willige Veum hört zu, das ist schließlich sein Job.

»Es ist schon so lange her, dass ich mit jemandem geredet habe. So gut, meine ich. Aber wir müssen auch über dich reden. Erzähl was, Veum.«

»Kannst du mich nicht Varg nennen?«, sagte ich.

Sie nickte. »Doch. Natürlich.« Sie goss sich ein neues Glas Wein ein. Ihre Augen begannen zu glänzen. »Schon in Ordnung, Varg. Erzähl mal von deiner ... Frau. Die, mit der du ...«

»Beate?« Ich zuckte die Schultern. »Da gibt es nicht viel zu erzählen. Nicht mehr. Wir waren ein paar Jahre verheiratet. Fünf, um genau zu sein. Wir bekamen einen kleinen Jungen, und dann wurden wir geschieden. Sie hat wieder geheiratet, einen Studienrat. Sie wohnen draußen in Ytre Sandviken, in ein paar Jahren haben sie einen Logenplatz für die neue vierspurige Stadtautobahn. Sie haben etwas in Aussicht. Beate ... sie ...«

Es war jetzt vier Jahre her, und es tat nicht mehr so weh, an sie zu denken. Ich war tatsächlich kurz davor, über sie sprechen zu können.

Wenche Andresen sagte: »Ich weiß nicht mehr, wann ich begriff, dass er eine andere hatte. Aber schließlich habe ich es begriffen. Und da war es schon ein paar Jahre so gegangen. Solveig hieß sie.« Sie sprach den Namen mit einem lang gezogenen, zischenden S-Laut aus, der mich an ein Kriechtier denken ließ, an die Schlange im Garten Eden vielleicht.

»Manchmal frage ich mich ja selbst«, fuhr sie fort, »ob es vielleicht an mir ... ob es meine Schuld war. Ob zuerst die Ehe starb – und er sich deshalb andere nahm. Oder ob es umgekehrt war, dass die Ehe in die Brüche ging, weil er andere hatte. Aber warum musste er damals – beim ersten Mal? Ihr Männer!«

Sie blickte mich mit zornigen, funkelnden Augen an. Jetzt saß ich auf der Anklagebank. Aber das machte mir nicht viel aus. Ich hatte schon früher da gesessen.

»Ihr könnt euch nie beherrschen. Sobald ihr eine verlockende – aufreizende – Frau seht, müsst ihr gleich flirten und ... Könnt ihr das nicht lassen?«

»Das gilt wohl eigentlich auch für Frauen«, meinte ich. »Jedenfalls für einen Teil.«

»Aber ihr seid schlimmer! Ich garantiere dir, es gibt mehr untreue Ehemänner und mehr enttäuschte Ehefrauen in der Welt als umgekehrt.«

Ich zuckte mit den Schultern. »Na ja ... Wer hat denn die Statistik aufgestellt? Die UNESCO?«

Sie setzte das Glas heftig ab und zeigte auf mich. »Und noch einen Fehler habt ihr. Immer verteidigt ihr einander! So war Jonas auch. Wenn wir von ähnlichen Fällen hörten, sagte er immer: Wir dürfen nicht urteilen. Eine Sache hat immer zwei Seiten. Zwei Seiten! Aber ich hätte nie, nie im Leben gedacht, dass ich mich selbst einmal in der gleichen Situation befinden würde.«

Ihre Augen bekamen wieder diesen Schleier, und sie sagte, beinah zu sich selbst, nur ein Wort: »Enttäuscht ...«

Wieder füllte sie ihr Glas und sah fragend meines an. »Trinkst du nicht?«

»Doch, aber ich muss noch fahren.«

»Natürlich hätte ich einen anderen wählen können.« Nachdenkliche Pause. »Ich hätte einen anderen heiraten können.« Neue Pause. »Es gab ja andere.«

Auf dem Fernsehschirm hielt ein dunkelhaariger Mann eine blonde Frau hart an den Oberarmen und schüttelte sie, während er sie stumm anfauchte. Eine Tür ging auf, und ein anderer Mann kam herein, mit einem verblüfften Gesichtsausdruck und einem Ausruf, der das stumme Gerät nicht verließ.

»Aber nachdem ich Jonas getroffen hatte ... Es kam ganz einfach kein anderer in Frage. So ist wohl die Liebe. Blind und taub und ohne Geruchssinn. Die Liebe blickt nie zehn Jahre in die Zukunft. Sie sieht gerade einmal die Nasenspitze vor sich, wenn überhaupt.«

»Die Liebe – wer ist das?«, fragte ich. »Die Frau mit der dunklen Brille dort drüben am Ecktisch?«

Sie sah mich fragend an. »Was?« Sie stand auf, etwas unsicher. »Und wir waren so glücklich. Die ersten Jahre. Hier, sieh mal ...«

Sie trat an das Bücherregal, suchte ein Fotoalbum heraus, kam zurück und setzte sich auf die Armlehne meines Sessels, beunruhigend nah. Sie öffnete das Album und legte es mir in den Schoß. Über mich gebeugt zeigte sie auf die schwarzen Seiten. »Da, sieh mal!«

Es war einmal ein Sommer. Wenche Andresen und ihr Mann

standen an einem dieser farblosen Strände vor einem grünen, sonnenglitzernden Meer mit einem kreideweißen, frisch gekalkten Hotel im Hintergrund. Ihre Körper waren jung und sonnengebräunt und ihre Zähne stark und weiß. Sie lächelten wie Kinder auf dem Jahrmarkt.

»Teneriffa«, sagte sie. »Sommer 1970. Da haben wir Roar ... gemacht. Und sieh hier, September. Da waren wir im Fjell. Jonas hatte eine Woche Herbstferien, und ich war gerade beim Arzt gewesen. Wir waren so glücklich.«

Ich betrachtete das Bild. Abgesehen von der Kleidung und der Umgebung hätte es das gleiche Bild sein können. Sie waren im Hochgebirge, und im Hintergrund rechts lag eine niedrige, graue Steinhütte. Herbstfarbenes Gras und ein kräftiges und klares Blau am Himmel über ihnen. In ihrem Haar war Wind und sie trugen dicke Pullover. Und sie lächelten, lächelten.

Sie hatte damals längeres und etwas helleres Haar gehabt. Sein Haar war halblang und voll. Auf beiden Bildern trug er eine Sonnenbrille. Sein Gesicht war hübsch, mit markanten Zügen. Er war breitschultrig und schien gut in Form zu sein.

Sie blätterte weiter, und neue Bilder zogen vorbei. Jonas und Wenche auf einem Fest, er hatte den Arm um ihre Schulter gelegt und lächelte breit in die Kamera. Haar, das in die Stirn fiel. Sie tanzten, beide sahen mich an und lachten. Dann Wenche allein, auf dem Fløien, mit einer liebevollen Kamera aufgenommen. Jonas allein, am 17. Mai vor einem flaggengeschmückten Holzhaus an einem Berghang, das gleiche fröhliche Lachen, aber das Haar in der Stirn etwas kürzer.

Sie blätterte zurück zu den Kinderbildern. Roar als Baby auf dem Wickeltisch, im Kinderbett, auf einem Stuhl sitzend, ohne den Blick auf die Kamera richten zu können. In einem Garten mit Obstbäumen in voller Blüte und blauen Bergen auf der anderen Seite eines glatten Fjords (es musste der Hardangerfjord sein) streckte er die Hand nach einer älteren, grauhaarigen Frau und einem jüngeren Mann mit zurückgekämmtem, dunklem Haar aus. Familienbilder aus dem gleichen Garten, die Gartenmöbel aus weiß gestrichenem Holz und Menschen, die wie auf einem Klassenfoto aufgereiht standen. Kinder unterschiedlichen Alters und Wenche Andresen mit Roar auf dem Arm.

»Zu Hause«, erklärte sie.

Da klingelte es an der Tür. Sie sah erst mich an und dann auf die Uhr.

»Soll ich?«, fragte ich.

»Nein, es ist das Beste, wenn ich . . .«

Ich blieb im Wohnzimmer sitzen, das Album auf dem Schoß. Ich horchte. Ich hörte ihre Stimme als schwaches Plappern durch die geschlossene Tür.

Ich blätterte weiter im Album, zu einer Zeit, die vor Jonas Andresen lag, einer Zeit, in der sie das Haar zu Zöpfen geflochten hatte und in der ihr Gesicht noch jungmädchenhaft und rund war. Auf einem Bild starrte sie verliebt einen jungen Mann an, dessen blonde Locken steil in die Höhe gekämmt waren. Er trug ein weißes Hemd, das am Hals offen war, und es schien heiß zu sein. Sein Gesicht war sympathisch, und er lächelte offen – und die Form unter seinem Hemd deutete an, dass er im späteren Leben um einiges dicker sein würde. Auf einem anderen Bild ging sie Hand in Hand mit einem mageren, dunkelhaarigen jungen Mann, der einen Kopf größer war als sie. Er trug einen dunklen Anzug, ein weißes Hemd mit Schlips und sie ein helles Kleid mit Blumenmuster und weitem Rock. Sie blickte den Fotografen an, sagte etwas und lachte.

Vielleicht hätte Wenche Andresen einen von diesen beiden wählen sollen. Vielleicht hätten sie es verdient, dass ein wenig mehr von ihnen übrig geblieben wäre als ein paar Bilder in einem alten Album, ein paar viereckige Stücke vergessenen Lebens.

Ich hörte die Wohnungstür schlagen und dann war sie draußen in der Küche. Als sie zurückkam, sagte sie: »Es war nichts.«

Sie setzte sich wieder auf meine Armlehne, mit den Hüften an meiner Schulter und meinem Oberarm. Ich klappte das Album zu und legte es auf den Tisch. Dann leerte ich mein Weinglas und sagte: »Ich muss mich wohl auf den Heimweg machen.«

Ich warf einen Blick zu ihr hinauf, und sie schaute mit ihren großen, feuchten Augen auf mich hinunter. »Ich habe noch Wein«, sagte sie.

»Ich glaube nicht, dass das . . .«, sagte ich.

Sie seufzte.

Ich sagte: »Du siehst so traurig aus. Das solltest du nicht. Es kommt schon wieder in Ordnung. Morgen schau ich mal bei diesem Jugendbetreuer rein und rede mit ihm. Dann komme ich kurz vorbei, wenn es dir passt?«

Sie nickte.
»Um nachzusehen, ob alles in Ordnung ist«, fügte ich hinzu.
Sie lächelte traurig, und ich stand auf.
Sie blieb auf der Armlehne sitzen. Ich streckte die Hand aus und strich ihr behutsam übers Haar. »Die Trauer steht Wenche Andresen gut«, sagte ich, wie zu mir selbst.
Sie hob mir ihr Gesicht entgegen. Ihre Lippen bebten.
Also beugte ich mich vor und küsste sie: vorsichtig, so, wie ich ein kleines Kind küssen würde. Unsere Lippen tippten aneinander, öffneten sich, suchend und sanft.
Ihr Körper neigte sich nach vorn, gegen meinen. Ich fühlte ihre Wärme, spürte ihre Finger auf meinem Rücken, zum Nacken hochtastend. Ich schloss die Augen und fiel in einen Schlaf, einen Dreißig-Sekunden-Dornröschenschlaf, einen Traumschlummer. Dann brach ein unschönes Bild in den Traum ein: das Bild von Roar, gefesselt in der Hütte. Ich kniff die Augen zusammen und öffnete sie wieder. Sie hatte die Augen geschlossen. Ich machte mich behutsam frei und ging vor ihr hinaus in den Flur.
Dort draußen war der Zauber gebrochen, und sie wagte es nicht, mir in die Augen zu sehen. Wie ein Teenager stand sie mit gesenktem Kopf und versteckte sich nahezu hinter dem Türrahmen.
Ich zog meine Jacke an und trat an die Wohnungstür. »Bis bald ... Wenche«, sagte ich und hätte fast meine eigene Stimme nicht wieder erkannt.
Sie nickte, und endlich blickte sie auf. Ihre Augen waren jetzt beinah violett – voll fragender Verwunderung, Angst oder etwas anderem. Und sie sahen nicht mehr danach aus, als könnten Vögel aus ihnen herausfliegen. Sie sahen aus, als führten sie in dunkle Tunnel, zu verräucherten Kellerlokalen und Räumen mit Wänden in kräftigen Farben, zu Opiumhöhlen und Dörfern tief im Dschungel.
Ich lächelte ein steifes Lächeln, trat auf den Balkongang und schloss ihre Augen mit der Tür. Ich nahm den Fahrstuhl nach unten, setzte mich in meinen Wagen und fuhr meines Weges. Ich wurde erst wach, als ich schon in der Stadt war.

12

Am nächsten Morgen erwachte ich mit einem sauren Magen, steifem Nacken und Augäpfeln, die über Sand scheuerten, wenn ich sie bewegte. Regen und Schneeregen kratzten mit nassen Pfoten an meinem Schlafzimmerfenster. Das Licht wurde durch ein dichtes Teesieb gefiltert, und die Wolken hingen ungefähr zwischen den Hausdächern auf der anderen Seite der Gasse.

Ich stieg aus dem Bett und legte mich davor auf den Fußboden. Ich machte drei Serien mit je zwanzig Nackenübungen und anschließend dreißig Liegestütze, bevor ich platt auf dem Teppich liegen blieb und fünf Minuten nur atmete. Das kurierte den Nacken.

Dann ging ich in die Küche und mixte mir den Morgengrog des gescheiterten Pfadfinders: ein Glas eiskalte Milch und zwei Alka Seltzer. Das kurierte den Magen.

Ich goss Wasser in ein Augenglas und spülte die Augen in lauwarmem Salzwasser. Das kurierte die Augen nicht auf Dauer, doch es entfernte immerhin einen Teil des Sandes.

Ich war bereit für die Dusche, das Frühstück und den erneuten Kampf ums Dasein. Im Büro vergewisserte ich mich kurz, dass es sich im Lauf der Nacht nicht aus dem Staub gemacht hatte. Nach einigem Hin und Her bekam ich den von der Kommune angestellten Jugendbetreuer namens Gunnar Våge ans Telefon. Ich kündigte ihm meinen Besuch an, sagte allerdings so gut wie nichts darüber, worum es ging. Dann setzte ich mich in den Wagen und fuhr los.

Die Straßen waren nass und glatt und das Gras am Straßenrand war bereift. Die Hänge des Lyderhorn zeigten offene, weiße Frostwunden von neuem, unwillkommenem Schnee. Es war plötzlich wieder Winter.

Der Jugendbetreuer hatte sein Büro in dem ersten der Hochhäuser. Ich nahm den Haupteingang. An der rechten Wand hingen zwei Schilder. Auf einem gelben Metallschild stand mit schwarzen Buchstaben: *Schutzraum*. Das Schild hatte die Form eines Pfeils und zeigte auf eine Kellertür, die angelehnt war und von einem Holzkeil in dieser Stellung gehalten wurde. Unter dem ersten Schild hing ein handgemaltes mit frischen, jugendlichen Farben: *Jugendclub. Jugendbetreuer.* Ein Pfeil in kräftigem Rot zeigte in die gleiche Richtung wie der andere.

Ich folgte den Pfeilen die Kellertreppe hinunter. Es war eine dieser grauen, kalten Betontreppen, die den Eindruck erwecken, als führten sie direkt hinab in die Katakomben. Auf der rechten Wand waren ein paar kräftige Pfeile in der gleichen roten Farbe. Man brauchte jedenfalls nicht viel Fantasie, um den Weg zu finden.

Ich ging an einer Reihe von Kellerräumen vorbei, die sämtlich mit ungewöhnlich schweren Vorhängeschlössern versehen waren, und gelangte zu einer Eisentür, auf der der gleiche dreifache Willkommensgruß stand: *Schutzraum. Jugendclub. Jugendbetreuer.* Ich öffnete die Tür, trat ein und stand in einem großen Betonraum mit niedriger Decke. Er war mit soliden, einfachen Holzmöbeln ausgestattet: lange Tische, lange Bänke, ein paar Schemel und Holzstühle. An den Wänden hingen Bilder von Popstars, Fußballern, Paaren im Sonnenuntergang und Per Kleppe. Warum der da hing, war mir nicht ganz klar, doch es sah so aus, als hätten sie sein Bild als Zielscheibe beim Dartspiel benutzt. Es war durchlöchert wie ein Kommunalbudget.

In einer Ecke stand ein sichtlich gebrauchtes, braunschwarzes Klavier, und auf die Wände war mit Leuchtfarbe gesprayt: *Cool sein ohne Rauch, das schaffst du doch auch.* Es war wohl eine Art Poesie.

Die Holztür an der hinteren Wand war nur angelehnt, und klares, weißes Licht fiel durch den Spalt nach draußen. Ich klopfte an.

»Herein«, kam von drinnen und ich folgte der Aufforderung.

Ich betrat ein winziges Büro. Die Wände waren mit unbehandeltem Holz verkleidet, und der gelbbraune Schreibtisch sah aus, als sei er vom Flohmarkt. An der Wand hing ein großer Kalender mit Jahresübersicht. Einige Daten waren mit verschiedenen Farben, Kreisen und Quadraten versehen. Ein großes Poster zeigte eine weiße Bergspitze hinter den Zweigen eines rotbraunen Kiefernstammes. Ein Minibücherregal enthielt ein paar Aktenordner, Zeitschriften, fotokopierte Rundschreiben und ein paar zerlesene Comichefte. Auf dem Schreibtisch stand eine alte Remington-Schreibmaschine von der Jahrhundertwende mit Tasten wie Barhocker. Es war unklar, ob sie zum Schreiben diente oder nur als Dekoration.

Der Mann hinter dem Schreibtisch sah mich aus großen dunkelbraunen Hirschaugen an. Obwohl er kaum viel älter als dreißig sein konnte, war sein Schädel fast vollständig kahl. Ein paar dünne, blonde und krause Haare waren an den Seiten nach unten gekämmt, über die Ohren und in den Nacken. Es sah putzig aus.

Sein Mund war genauso traurig wie seine Augen, mit einem Trauerrand aus dunklen Bartstoppeln. Er trug einen braunen Rollkragenpullover und grüne Kordhosen, und als er aufstand, sah ich, dass er ziemlich füllig war. Er reichte mir zur Begrüßung eine blasse Hand. »Veum, vermute ich?«

Ich nickte.

»Gunnar Våge. Setzen Sie sich.« Er zeigte auf einen Stuhl vom gleichen Typ, wie sie draußen in dem großen Raum standen. Er selbst setzte sich in seinen breitschultrigen Bürostuhl, dessen Armlehnen wie Sprungski aussahen.

Dieses beklemmende Schweigen, wie es zuweilen zwischen zwei Menschen entsteht, die sich zum ersten Mal begegnen, trat ein. Ich betrachtete ihn etwas genauer. Seine Augenbrauen waren schütter und hell, und in der Mitte zwischen ihnen hatte er einen kleinen hellroten Pickel. Er hatte dunkle Ränder unter den Augen und sein rechter Augenwinkel zuckte nervös. Das eine Ohrläppchen hing weiter herab als das andere, als habe jemand sich einmal im Bus daran fest gehalten, und der Bus hatte einen abrupten Schwenker gemacht. Offensichtlich hatte er Probleme damit, sich bis zur Nase zu rasieren, wovon eine verkrustete Schnittwunde und ein paar lange, helle Bartstoppeln zeugten.

»Na, haben Sie Ihr Sherlock-Holmes-Spiel beendet?«, fragte er. »Und haben Sie etwas Interessantes herausgefunden?«

Ich erwiderte: »Du benutzt eine Rasierklinge, aber dir zittert die Hand unter der Nase. Kastrationsangst: eine dominierende Mutter und Angst, auf der Welt ganz allein zu sein. Löst ihr nicht so alle Probleme?«

Er lächelte säuerlich. »Nicht alle. Wie löst du sie, mit der rechten Faust?«

»Es kommt drauf an, was für Probleme du meinst. Kennst du einen Typ, den sie Joker nennen?«

Er nickte langsam, und um seinen Mund trat ein Ausdruck von Resignation. »Also geht es . . . um Johan.«

Er sagte nicht »wieder einmal«, aber er hätte es ruhig tun können. Die Worte hingen sowieso in der Luft.

»Früher schon Probleme mit ihm gehabt?«

Er antwortete nicht gleich. Er ließ den Zeigefinger an der Schreibtischkante entlanggleiten, langsam und ruckhaft. Dann öffnete er eine Schublade, schaute hinein und schloss sie wieder. Schließlich richtete er den Blick auf mich, sah mir forschend ins Gesicht und sagte:

»Ich glaube, ich bin einer der ganz wenigen Menschen, die eine Art Kontakt zu Johan etabliert haben. Ich glaube, dass er mich ... auf eine Weise respektiert. Auf eine Weise. Ich ... am Anfang, als ich hier anfing, musste er mich natürlich testen. Der vorige Jugendbetreuer wurde direkt in die Nervenheilanstalt gebracht. Inzwischen ist er wieder draußen, und wie ich höre, geht es ihm ziemlich gut, aber du brauchst ihm nur den Namen Joker ins Ohr zu flüstern, dann fängt er an zu weinen wie ein Baby. Als ich kam, war ich also vorgewarnt. Ich sehe vielleicht nicht so beinhart aus – für einen Detektiv, meine ich.«

Er machte eine Kunstpause, um zu sehen, ob er bei mir angekommen war, aber ich ließ die Schnur schweigend vorübergleiten. So leicht biss ich nicht an.

»Aber ich kann ziemlich hart sein«, fuhr er fort. »Das hat weniger mit Muskelkraft und dergleichen zu tun, sondern mehr mit einer Haltung. Bring die Kids dazu zu begreifen, dass du sie respektierst und sie verstehst und willst, dass es ihnen okay geht und sie so weit wie möglich selbst darüber entscheiden sollen, wie sie es haben wollen, dann bekommst du vielleicht ein bisschen Respekt zurück. Aktiviere sie, dirigiere sie – wohin du willst –, behandle sie mit der Freundlichkeit, die sie zu Hause selten bekommen (und nie akzeptieren würden), werde ihr Kumpel, ohne überheblich zu werden – aber zieh eine Grenze. Die meisten brauchen eine Grenze, und solche wie Johan brauchen sie ganz entschieden. Wenn er hierher kommt und mit seinen Messern herumfuchtelt, nehme ich sie ihm ganz einfach weg. Dann kann er sie sich später wieder holen, ein oder zwei Tage später. Ich erinnere mich noch an das erste Mal. Wir hatten einen Jugendtreff hier unten: Cola, ein paar von den Mädchen hatten Brötchen gebacken, Tanz, jemand sang ein paar Lieder, ein Junge las ein paar Gedichte vor, die er geschrieben hatte – und dann kam Joker. Er hatte getrunken und einen von den Jungen konnte er nicht ausstehen. Er zückte das Messer. Geschrei und Spektakel. Ich drehte die Lautsprecheranlage ab und auf einmal war es totenstill. Ich ging zu Johan, der den anderen Jungen an die Wand gedrückt hatte. Ich legte die Hand auf seine Schulter und drehte ihn herum – drehte ihn nur herum. Ich sah ihm in die Augen und sagte: Gib mir das Messer. Er stand da und blickte mich trotzig an, und ich sagte: Ich brauche es für die Brötchen. Oder willst du keine Marmelade drauf? – Ein paar fingen an zu lachen und ich sah, dass er unruhig wurde. Sie lachten selbstverständlich nicht über ihn, das wagten sie nicht, und das wusste er. Dann fing er auch an zu lachen. Und so bekam ich das Messer. Ich habe an dem Abend zweihundert Brötchen mit einem Springmesser aufgeschnitten.«

Er ließ die eine Hand tastend über den Schädel gleiten, als suche er nach neuen Sprossen. »Am Tag danach«, fuhr er fort, »ungefähr um diese Zeit ... Na ja, er hatte mich schon am gleichen Abend gefragt, ob er sein Messer zurückbekommen könne. Komm morgen wieder, sagte ich. So kam er also, am Tag danach – stand da in der Tür, groß und dunkel und im Gesicht so unsicher wie ein Dreijähriger. Ich komm wegen des Messers, sagte er. Ich holte das Messer heraus und bat ihn, sich zu setzen, das Messer legte ich auf den Schreibtisch zwischen uns. Dann stellte ich ihm vorsichtig ein paar Fragen, versuchte, ein Gespräch in Gang zu bringen. Es kam nicht so viel dabei heraus, beim zweiten Mal auch nicht, aber so nach und nach.

Eine Zeit lang war er beinah Stammgast hier unten. Beim ersten Mal, als er wieder ging, glaubte er, er müsse ein bisschen den harten Mann markieren. Er klappte das Messer zusammen und steckte es in die Tasche, hängte die Daumen an den Hosentaschen ein, sah mich finster an und sagte: Nimm mir das Messer nicht noch einmal weg, Mister. Und ging. Aber später kam es mir so vor, als müsse er bei jeder Gelegenheit das Messer zücken – nur damit ich es ihm abnahm, sodass er Veranlassung hatte, am nächsten Tag wiederzukommen. Selbstverständlich hatte er ein Bedürfnis, mit jemandem zu reden. Ein einsamer Junge – wie es alle diese harten Burschen sind. Und er hat es verdammt noch mal nicht leicht gehabt.«

»Das mag schon sein«, sagte ich. »Aber die, an denen er sein Mütchen kühlt, die haben es auch nicht so leicht.«

»Was meinst du damit? Geht es um etwas Bestimmtes?«

»Man hört ja ... und man sieht ja selbst ... das eine oder andere.«

»Jetzt hör mal zu, Veum. Ich weiß nicht, warum du hergekommen bist, und ich weiß nicht, wer dich darum gebeten hat. Aber wenn du hier auftauchst wie ein . . . eine Art Westernheld, um für Ordnung zu sorgen, dann bist du bei mir an den Falschen geraten. Privatdetektive können nie Sozialpädagogen werden.«

»Sozialpädagogik habe ich auch studiert, Abschluss in Stavanger 1969. Und ich habe beim Jugendamt gearbeitet – fünf Jahre. Was nicht viel heißen will, natürlich.«

»Aber jetzt arbeitest du nicht mehr da. Du lebst vom Unglück anderer Menschen. Im Sozialbereich war wohl nicht genug Geld zu verdienen, kann ich mir vorstellen.«

»Wenn du glaubst, es geht ums Geld, bist du herzlich eingeladen, mein Bankkonto zu inspizieren. Jederzeit und wo du willst. Es ist offen wie eine alte Hure und voll wie ein Abstinenzprediger. Und denk dran, ein Vergrößerungsglas mitzunehmen. Die Eingänge sind schwindelerregend. Ich habe der Sozialarbeit fünf Jahre meines Lebens geopfert und ich meine fünf Jahre. Das war vor dem Arbeitsschutzgesetz und – doch, ich hatte drei Wochen Ferien, aber ansonsten habe ich kaum einen Unterschied zwischen Sonntagen und Werktagen bemerkt. Meine Frau übrigens auch nicht, solange ich noch eine hatte. Und als die Sozialarbeit mich fünf Jahre gebraucht, meine Lebenskraft angenagt und meine Ehe ruiniert hatte und den ganzen Scheiß – da hat sie mich ausgespuckt, auf Grund eines kleinen Irrtums, eines einzigen kleinen Fehlgriffs. Also ums Geld geht es nicht, Våge. Es geht nur um eine andere Art und Weise, die gleichen Jobs zu machen. Nur, dass man sein eigener Herr ist, kein festes Gehalt bekommt und sich keinen Urlaub leisten kann.«

»Noch was, was ich für dich tun kann?«, fragte Gunnar Våge müde.

»Ich höre, dass Joker – oder Johan, wenn du willst – eine Gang hat, die hier die Leute terrorisiert. Dass allein stehende Mütter in ihre Hütte oben im Wald gezwungen und dort einer erniedrigenden Behandlung ausgesetzt werden, dass Leute, die ein Exempel statuieren wollen, zusammengeschlagen werden, dass . . .«

Er streckte mir seine Handflächen entgegen, als wolle er sich gegen Schläge schützen: »Hör auf, Veum. Hör auf, hör auf!«

Er schluckte und sagte: »Wenn du Detektiv sein willst, solltest du dich zuerst an das halten, was tatsächlich geschieht, an Fakten, und nicht an das, was die Leute reden – was du hörst. Zum Ersten: der Mann, der zusammengeschlagen wurde, wie du sagst – das ist jetzt eine Weile her. Ein ziemlich neurotischer Typ – und ein Blödmann. Er ist hier vor dem Supermarkt auf Johan losgegangen und hat ihn regelrecht bewusstlos geschlagen. Gut, schlägst du solche Kids, musst du damit rechnen, dass du eine Quittung bekommst. Sie haben auf ihn gewartet, als er eines Tages spät nach Hause kam, und er hat ein paar Schrammen abgekriegt, das stimmt. Aber drei der Jungs wurden mit ihm zusammen ins Krankenhaus gebracht, und er kam vor ihnen wieder raus. Dass er unmittelbar danach weggezogen ist, lag daran, dass er rausgeworfen wurde – wegen Saufgelagen und Hausfriedensbruch und weil er den Hausmeister niedergeschlagen hat, als der versuchte, ihn zur Ruhe zu bringen. Er wurde bei der Polizei angezeigt, aber ich habe mir nie die Mühe gemacht, herauszufinden, was daraus wurde. Und was diese anderen Dinge angeht . . .«

»Ja?«

Seine Stimme wurde abweisend. »Um es gerade heraus zu sagen: Ich glaube nicht daran, Veum. Nicht, bevor ich es selbst sehe. Die Leute sollten sich darüber im Klaren sein – weißt du, was sie sagen? Dieser Våge, sagen sie, der hält ja zu diesen Jugendlichen, der Typ! Vor ein paar Monaten hatten sie eine Unterschriftensammlung, wollten den Club schließen lassen. Aber sie bekamen nicht genügend Unterschriften zusammen. Die meisten der Eltern von denen, die hier bei mir verkehren, haben den Wert eines Jugendclubs eingesehen, eines Ortes, wo die Kids sein können. Wenn wir den Club hier nicht hätten, dann hätten wir nicht nur eine Gang, wir hätten zwanzig, und wesentlich schlimmere als die von Johan und denen.«

»Das ist gut möglich«, sagte ich. »Trotzdem geht es im Moment um diese Gang, und sie sind bestimmt keine Engel. Und wenn sie Engel sind, tragen sie jedenfalls keine Samthandschuhe.«

Ich zeigte auf mein Gesicht, das noch die Schrammen der Auseinandersetzung vom Abend zuvor aufwies. »Ich war auch vorher keine Schönheit. Aber durch die Behandlung, die Joker und seine Gang mir gestern Abend oben bei ihrer Hütte zuteil werden ließen, bin ich nicht gerade schöner geworden.«

»Du hast sie vielleicht provoziert?«

»Ich habe jemandem einen Dienst erwiesen und einen entführten Jungen zurückgeholt.«

Ich sah, dass er ein bisschen verblüfft war. »Was meinst du damit?«

»Entführung nennen wir das in meinem Teil der Stadt. Ein Junge namens Roar. Neulich hatten sie sein Fahrrad gestohlen, gestern ihn.«

»Das haben sie bestimmt nicht böse gemeint.«

»Bestimmt nicht. So sah er nicht aus, als er mit auf den Rücken gebundenen Händen und einem schmutzigen Taschentuch im Mund und verweintem Gesicht dort lag. Er sah aus wie jemand, mit dem sie gespielt und den sie dann weggeworfen hatten.«

Gunnar Våge stand auf und kam um den Schreibtisch herum. »Hör zu, Veum. Ich bin Realist. Ich glaube nicht, dass diese Jungen Engel sind. Ich versuche nicht um jeden Preis, sie zu verstehen. Nicht um jeden Preis. Aber ich versuche, sie zu verstehen, und ich kenne ihren Hintergrund ein wenig. Der ist meistens nicht besonders schön, und man kann gut begreifen, dass manche von ihnen bis obenhin voll Bitterkeit und Aggression sind. Nimm Johan zum Beispiel . . .«

Er setzte sich auf die Schreibtischkante und faltete die Hände. Er erinnerte an einen Pastor, der gerade seinem Lieblingskonfirmanden anvertraut, dass auch er als Junge onaniert habe, dass man das aber hinter sich lasse, wenn man die neunzig überschritten habe. »Er hat nie einen Vater gehabt.« Er überlegte noch einmal. »Oder er hat tausend gehabt, wenn du verstehst, was ich meine. Ich glaube, seine Mutter hat nie gewusst, mit wem sie ihn eigentlich bekommen hat. Es waren einfach zu viele, es sind noch immer zu viele, und es waren zu viele, solange Johan auf der Welt ist. Die Leute nennen sie ein Flittchen. Ich habe ein bisschen mit ihr geredet – über Johan. Eigentlich ist sie eine ganz vernünftige Frau, wenn sie nüchtern ist. Aber das ist sie eben nur selten. Und warum sie so ist, wie sie ist, ja siehst du, danach kann man in ihrem Hintergrund suchen. Heimkind, mir dreizehn von einem Verwalter vergewaltigt, mit fünfzehn ins Mädchenheim weitergereicht, trieb sich in den letzten Kriegsjahren mit Deutschen rum und wurde hinterher dafür gebrandmarkt. Johan hat also einiges zu verarbeiten. Und er ist kein dummer Junge. Im Gegenteil: Er ist intelligent, ein blitzgescheiter Kerl. Mit einer solchen Intelligenz und einer solchen Mutter konnte er nur einen Weg einschlagen – oder vielleicht zwei. Er konnte Künstler werden oder Psychopath. Und er wurde Psychopath.«

»Er kann immer noch Privatdetektiv werden«, sagte ich.

Er sah mich kalt an. »Ich kenne deinen Typ, Veum. Ich habe nur allzu viele von euch gesehen. Ihr habt solche Angst vor dem Leben, dass ihr eine Mauer von Flapsigkeit um euch aufbaut. Für die traurigsten Schicksale habt ihr noch immer eine flotte Bemerkung, und eure alten Mütter verkauft ihr für einen guten Witz.«

»Meine alte Mutter ist tot, und gute Witze kenne ich nicht.«

»Genau. Haha, du bist das lebende Beispiel für das, wovon ich spreche. Ich finde, du solltest gehen, Veum. Ich glaube nicht, dass ich dich mag.«

Ich blieb sitzen. »Die Mutter von diesem Johan, wo finde ich sie?«

Er hüpfte von der Schreibtischkante, kam auf mich zu und blieb breitbeinig vor mir stehen. »Ehrlich gesagt, Veum, ich finde nicht, dass du dich da einmischen solltest. Ich glaube, du kannst mehr kaputt machen, als dir eigentlich bewusst ist. Du bist der Typ dafür. Ich versuche, hier draußen einen anständigen Job zu machen, den Kids ein Angebot zu machen und ihnen überhaupt zu helfen. Du kannst mich eine Art Gärtner nennen, und ich sehe es nicht gern, wenn andere kommen und mir in meinen Beeten herumtrampeln.«

»Auch nicht, um Unkraut zu jäten?«

»Hol dich der Teufel, Veum. Es gibt etwas, das ich nicht mag, und das ist, über mich selbst zu reden. Ich will mich nicht selbst als Idealist bezeichnen, oder als etwas anderes, aber ich versuche auf jeden Fall, mein Leben sinnvoll zu gestalten.

Ich war mal Elektroingenieur, hatte einen ziemlich einträglichen Job in der Industrie, im privaten Sektor, hohes Jahreseinkommen, hätte mir ein Haus leisten können, eine Frau und all das – wenn ich also nicht eines Tages plötzlich innegehalten und mich umgesehen hätte: Was zum Teufel machst du mit deinem Leben, Gunnar? fragte ich mich selbst. Sieh dich um. Du arbeitest in einem der umweltschädigendsten Betriebe auf der gesamten Bergen-Halbinsel. Du läufst in Büros mit computergesteuerten Klimaanlagen umher und planst neue Betriebe, neue Verunreinigungen, neue eingesargte Wasserfälle, neue Landareale, die der

Entwicklung geopfert werden, und in der Stadt, in der du wohnst, leben Menschen, die Hilfe brauchen. Junge Menschen. Ich erlebte keine politische Bekehrung, auf jeden Fall nicht direkt. Ich wurde kein Revolutionär, außer in der Hinsicht, dass ich erkannte: Jede Revolution muss mit dem Anfang anfangen – mit der nächsten Generation. Unsere Generation – meine und deine – ist schon degeneriert. Wir sind eine Bande von vor Angst schlotternden Possenreißern, die nicht einmal an eine Revolution ihrer Eltern glauben können, geschweige denn an den Jesus unserer Großeltern. Wir sind eine ungläubige, atheistische Generation von Lümmeln, Veum – und du bist, verdammt noch mal, der Prototyp: So wie ich es vor ein paar Jahren auch war.«

Er hielt einen Moment den Atem an, bevor er weiterredete. Für jemanden, der nicht gern von sich selbst sprach, war es ein prächtiger Monolog. »Und dann bin ich vom Zug abgesprungen«, fuhr er fort. »Hab es gemacht wie du, studierte Sozialpädagogik und fing an, etwas zu tun. Okay. Sieh uns an – ich arbeite jedenfalls noch immer in dem Sektor, für den ich ausgebildet bin, tja . . .aber du . . .« Er verzog den Mund zu einer verächtlichen Grimasse.

Ich sagte: »Das tue ich wohl auch, auf meine Weise. Auf eine andere Weise.«

Er betrachtete mich forschend. »Ja, doch, vielleicht. Außerhalb der etablierten Kreise, stimmt's? Das ist typisch für den verängstigten Individualisten der Nachkriegszeit. Außerhalb der Kreise, außerhalb der Konvention. Du bist ein verspäteter Hippie, Veum. Zehn Jahre zu spät.«

Ich stand auf. »Tut mir Leid, dass ich gehen muss, Våge. War ein Erlebnis, dich reden zu hören. Meine Frau würde dich lieben. Meine frühere Frau, muss ich wohl sagen.«

Er entblößte von neuem verächtlich die Zähne. »Genau. Das Selbstmitleid darf nicht fehlen. Das letzte Merkmal. Das und der Alkoholismus. Oder vielleicht bist du schon so modern, dass du stattdessen Hasch rauchst.«

»Aquavit«, sagte ich. »Zu deiner Orientierung.«

»Und da sitzt du alle diese dunklen Winterabende allein und nuckelst an der Flasche und bejammerst deine Einsamkeit, stimmt's?« Er kam noch näher heran, so nah, dass ich seinen Kaffeeatem spürte. »Aber es gibt welche unter uns, Veum, die die Einsamkeit gewählt haben, die es vorziehen, allein zu leben. Weil das vielleicht durchaus sinnvoll ist. Weil es dir mehr Anlass gibt, dich für das, woran du glaubst, zu opfern. Glaubst du, ich hätte nicht heiraten können? Sogar mehr als einmal.«

»Mehr als einmal?«, sagte ich und gab mir Mühe, mich so anzuhören, als beneidete ich ihn. Das war nicht schwierig.

»Aber nein. Ich habe Nein gesagt. Als ich an den Punkt in meinem Leben kam, an den Wendepunkt, da habe ich mir selbst gesagt: Bist du so weit allein gekommen, kannst du auch den Rest des Wegs allein gehen.« Er blickte sich in seinem Büro um. »Dies ist mein Zuhause«, sagte er und nickte zu dem leeren Kellerlokal hinter mir. »Die da draußen, das sind meine Kinder. Wenn ich denen nur helfen kann, was brauche ich dann noch?«

»Einen Esslöffel Liebe morgens und abends?«, schlug ich vor.

»Liebe – das ist nichts, was man nimmt oder bekommt wie Lebertran. Liebe ist etwas, das du gibst – und dass du jemanden hast, dem du sie geben kannst.«

»Genau«, sagte ich. Und danach sagte ich nichts mehr. Ich hatte nichts Witziges mehr zu sagen, nichts, was einem ängstlichen Nachkriegsindividualisten zu sagen anstand.

Mir blieb nur noch eins: zu gehen.

Ich sagte nicht einmal auf Wiedersehen. Aber ich nehme an, er begriff, warum: Weil ich einen Klumpen im Hals hatte und nicht sicher war, ob meine Stimme tragen würde.

Blind von Tränen fand ich den Weg nach draußen, gegen den Strom der roten Pfeile.

13

Draußen auf der Straße blieb ich eine Weile stehen.

Was tat ich jetzt? Ging mich diese ganze Geschichte überhaupt etwas an?

Ich schaute auf die Uhr. Dann ließ ich den Blick auf dem Block aufwärts gleiten, in dem Wenche Andresen wohnte, zum Balkon in der neunten Etage, Roars Zimmer, dem Küchenfester und ihrer Wohnungstür. In der Küche war Licht.

Ich ging zum Block hinauf, batrat ihn durch den Haupteingang und drückte auf den Fahrstuhlknopf.

Während ich wartete, kam eine Frau herein und stellte sich neben mich. Ich grüßte – vorsichtig –, und sie sah mich erschrocken an, als hätte ich eine obszöne Bewegung gemacht. Vielleicht grüßten die Leute hier draußen nicht, während sie auf den Fahrstuhl warteten oder überhaupt nicht. Ich durfte nicht vergessen, dass dies eine andere Welt war. Dann überwand sie ihren Schrecken und lächelte ein kurzes, verlegenes Lächeln.

Sie war eine recht angenehme Frau. Vor ein, zwei Jahrzehnten war sie sicher einmal schön gewesen. Aber jetzt hatte sie das halbe Jahrhundert hinter sich, und die ersten fünf Jahrzehnte hatten Furchen in ihrem Gesicht eingepflügt. Jemand hatte gesät, jemand hatte geerntet, aber Gott weiß, wer daran verdient hatte. Ihr Haar war einmal schwarz gewesen: Jetzt waren graue Strähnen darin, ziemlich dekorativ, wenn man Zebras mag. Ihre Augen waren braun, aber im Weißen war ein bisschen zu viel Rot und um den Mund lag ein Zug von Bitterkeit, als habe sie gerade einen Campari zu viel gehabt. Sie war nicht besonders groß, aber ob sie schlank oder füllig war, konnte ich nicht sehen, denn sie trug einen flauschigen, dunkelbraunen Pelz, der zwar bessere Zeiten gesehen hatte, aber immer noch eine verfrorene Seele und einen verfrorenen Körper wärmen konnte. Ihre Beine waren schick. Sie musste sie irgendwo unterwegs ausgewechselt haben: Sie konnten kaum älter sein als dreißig Jahre.

Als der Fahrstuhl ankam, öffnete ich ihr die Tür. Diesmal lächelte sie nicht. Es gab schließlich Grenzen.

Der Fahrstuhl war schmal und länglich, wie ein Sarg. Offenbar sollte er Klaviere und Betten und Sofas in die zwölfte Etage transportieren können. Sie ging ganz hinein. Ich blieb an der Tür stehen.

»In welche Etage möchten Sie?«, fragte ich.

»Siebte«, antwortete sie. Ihre Stimme kratzte ein wenig, eine Whiskystimme, zu viele Drinks, zu wenig Schlaf. Sie hatte dunkle Ringe unter den Augen.

Der Fahrstuhl setzte sich in Bewegung. Zwischen der vierten und fünften Etage blieb er stehen. Die Deckenbeleuchtung flackerte zweimal, dann kam sie zur Ruhe, wie der Fahrstuhl.

Die Frau neben mir holte tief Atem: »O du lieber Gott, nicht schon wieder!« Sie sah mich an, als sei es meine Schuld. »Er steckt fest.«

Ich sagte: »Ja, das sehe ich.«

Ich konnte zehn, fünfzehn Zentimeter von der Tür im fünften Stock sehen. Der Rest war Beton.

In einem Fahrstuhl festzusitzen ist ein ganz besonderes Erlebnis, das Menschen vorbehalten ist, die in so genannten zivilisierten Ländern leben. Damit sind Länder gemeint, in denen man Häuser baut, die mehr als drei Stockwerke haben. Wenn man in einem Fahrstuhl festsitzt, bleibt die Welt stehen. Ob man fünfzig oder fünfzehn ist, spielt eigentlich keine Rolle. Man fühlt sich in jedem Fall sehr, sehr alt. Draußen kann Krieg herrschen, die Russen oder die Amerikaner oder die Chinesen können gekommen sein. Es kann Stromausfall geben oder ein Erdbeben oder einen Orkan. Menschen können nackt durch die Straßen laufen und einander Fleischstücke aus dem Körper hacken oder tausend Tonnen Nashörner können durch die Straßen stürmen auf der Jagd nach Jungfrauen. Es geht einen nichts an. Man hat nichts damit zu tun. Man sitzt fest.

Klaustrophobie gehört nicht zu meinen Hobbys, aber ich spürte trotzdem, wie ich auf der Stirn und auf dem Rücken zu schwitzen begann. Niemand sitzt gern in einem Fahrstuhl fest. Wenn man festsitzt, will man raus. So einfach ist das.

Und wir saßen fest.

Die Frau mit der ich festsaß, sah auch nicht aus, als würde ihr das gefallen. Ihr Gesicht hatte sich irgendwie ausgeweitet, Augen, Nasenflügel, Mund – und sie atmete langsam und schwer. Sie hatte, wie es schien, völlig weiche Knie und stützte sich mit einer schwachen, weißen Hand gegen die Fahrstuhlwand. Mit der anderen hielt sie sich die Stirn.

Ich sagte: »Vielleicht sollten wir uns vorstellen. Mein Name ist Veum!«

Sie sah nicht aus, als würde sie mir glauben. »Ich – wir sitzen fest. Fest!« Ihre Stimme klang leicht hysterisch.

Ich sagte: »Ich habe gehört, dass Menschen, die an Klaustophobie leiden, in solchen Situationen anfangen, sich auszuziehen. Tun Sie das nicht. Ich bin viel zu jung. Ich würde es nicht ertragen.«

Sie zuckte zurück: »Was faseln Sie da eigentlich? Bringen Sie uns raus! Ich will raus!« Sie hatte mit dem Rücken zur Fahrstuhlwand gestanden, drehte sich nun herum und begann, mit hilflosen Fäusten auf diese einzuhämmern. »Hilfe! Hilfe!«, rief sie.

Ich drückte auf den Knopf, an dem *Alarm* stand und hörte es irgendwo klingeln. Ich hoffte, dass es sich nicht nur um eine so genannte »Trostklingel« handelte, wie sie installiert werden, um die Festsitzenden zu beruhigen, die man aber nur einige Meter weit hört. Ich hoffte, dass auch irgendwo anders eine Klingel läutete, bei einem Hausmeister in seinem Himmel, wo immer der sich auch befinden mochte, wenn es dort denn einen Hausmeister gab.

Die Frau in dem alten Pelzmantel sank auf dem Boden zusammen. Sie schluchzte verzweifelt. Ich hockte mich neben sie und sagte: »Ich habe nach dem Hausmeister geläutet, und – es wird sicher nicht mehr lange dauern.«

Sie schluchzte: »Wie lange können wir überleben? Wie lange reicht der Sauerstoff aus?«

»Sauerstoff?« Ich sah mich um. »Lange genug. Ich habe mal von einer schwedischen Putzfrau gehört, die vierzig Tage lang in einem Warenaufzug in einer Fabrik eingeschlossen war. Die ganzen Sommerferien lang. Und sie überlebte. Sie hatte allerdings auch Seifenwasser zu trinken.«

»Vierzig Tage? Aber du lieber Gott, Mann! Du lieber Gott! Ich wollte doch nicht . . .«

»Nein, nein, nein. Ich meinte nur: Luft ist kein Problem.« Ich sah mich zaghaft um. Es war schon recht stickig und warm geworden, aber eins war klar: Luft war kein Problem! Ich schwitzte noch ein bisschen mehr.

Ich sah nach oben. Dort war keine freundliche Luke im Dach wie in alten Zeiten. So eine, durch die man hinaufklettern konnte und sich fühlen wie auf dem Grund eines Vulkankraters. Das war immer so beruhigend.

Ich merkte zu meiner Verwunderung, dass ich immer mehr schwitzte. Ich dachte, man sollte niemals Fahrstuhl fahren. Treppen sind dazu da, dass man sie benutzt, es ist ein gutes Training und man lebt länger. Fahrstühle sind für alte Leute und Babys, nicht für große, starke . . .

Unten in meinem Magen begann etwas herumzukrabbeln: die alte Hausratte. Ich ließ den Blick wandern, von Wand zu Wand. Der Fahrstuhl wirkte jetzt kleiner, schmaler, enger.

Plötzlich bemerkte ich, dass mein Fäuste Lust hatten, gegen die Wände zu schlagen, sie zu zerschlagen und dass meine Stimme Lust hatte »Hilfe! Hilfe!« zu rufen.

Mir war schwindelig.

Ich räusperte mich laut (um mich selbst zu beruhigen) und sagte: »Nicht mehr lange, dann sind wir draußen. Nicht mehr lange, hören Sie.«

Sie war völlig zusammengesackt, saß da und starrte auf den Boden. Sie hatte die Knie hochgezogen und die Schamhaftigkeit der Trabantenstadt verloren. Ich sah, dass sie unter der matten, braunen Strumpfhose eine schwarze Unterhose trug und dass sie da oben doch molliger war, als ihre Beine hatten vermuten lassen.

Dann wandte ich den Blick ab. Ich bin ein anständiger Kerl. Ich nutze die Hilflosigkeit von Frauen niemals aus. Oder ist es vielleicht nur die Angst – die Sexualangst? Ich konnte mich natürlich hinstellen und eine Weile darüber nachdenken, mich selbst analysieren. Das hatte ich eine Zeit lang ziemlich gut gekonnt – direkt bevor sie mich einwiesen, auf meine eigene Initiative hin.

Ich lauschte auf die Geräusche aus dem Haus um uns herum. Beton trägt Geräusche in die merkwürdigsten Richtungen. Ich hörte Rauschen in Rohren und etwas, das an Klopfsignale in einem Gefängnis erinnerte, Codes von Zelle zu Zelle. Vielleicht war der ganze Block voller Fahrstühle, in denen Menschen festsaßen, jeweils zu zweit, und keiner kam weiter, und keiner kam und half uns heraus, vielleicht war dies . . . die Hölle?

Ich sah wieder auf die Frau hinunter. Die Ewigkeit – mit ihr?

Der Schweiß lief an mir jetzt in Strömen. Ich war außer Stande, einen einzigen beruhigenden Gedanken zu fassen. Ich versuchte es, dachte an den Sommer, einen weißen, sonnenverbrannten Badestrand, einen offenen blaugrünen See, hohen blauen Himmel – Luft, Luft! – und Menschen, die dänisch sprachen. Ich dachte an Pils, goldenes Pils in hohen, offenen Gläsern mit weißem, frischem Schaum, rot-weiß-karierte Tischtücher, eine offene Veranda, eine Frau. Ich dachte an Beate. Aber das beruhigte mich nicht. Ich dachte an – Wenche Andresen.

»Hallo!«

Hallo? Hallo! Erst beim dritten Mal war meine Stimme zu hören: »Hallo!«

Jemand klopfte an die Tür im vierten Stock. »Ist da jemand? Sitzen Sie fest?« Es war eine grobe Stimme, eine Hausmeisterstimme.

Ich sagte: »Ja. Wir sitzen fest. Können Sie uns rausholen?« Etwas geschah, und ich hörte auf zu schwitzen. Die Frau neben mir hob den Kopf und lauschte.

»Ja, das waren wieder diese verdammten Kinder. Eine Sicherung ist rausgesprungen, aber warten Sie, nur fünf bis zehn Minuten, dann ist es wieder in Ordnung.«

»Danke«, flüsterte ich den schweren Schritten zu, die sich entfernten.

Dann verging eine weitere Viertelstunde. Die Frau und ich hatten keine gemeinsamen Interessen, über die wir uns hätten unterhalten können. Nur hier rauszukommen. Ich sah auf die Uhr. Konnte sie zu Hause sein?

Dann, ohne Vorwarnung, setzte sich der Fahrstuhl plötzlich wieder in Bewegung. Vierter Stock, fünfter, sechster. Dort hielt er an.

Die Frau war schon aufgestanden, hatte sich schnell das Haar glatt gestrichen und fächelte sich mit einem kleinen Spitzentaschentuch Luft zu. Ihre Augen waren rot gerändert, aber das machte keinen großen Unterschied. Sie sah ungefähr so aus, wie vorher, als sie den Fahrstuhl betrat: vielleicht ein paar Jahre älter, aber das tat ich wohl auch. Das passiert, wenn man eine Weile in einem Fahrstuhl festsitzt. Man reift so schnell. Und ab und zu fällt man herunter.

Ehe sie mich verließ, nahm sie plötzlich meine Hand. »Solfrid Brede«, sagte sie mit ihrer schnarrenden Stimme.

»Ach . . . ja«, sagte ich.

Dann war sie verschwunden, und ich fuhr mit dem Fahrstuhl zwei weitere Stockwerke hinauf. Hallo und auf Wiedersehen, Solfrid Brede. Vielleicht sehen wir uns einmal wieder, in einem anderen Fahrstuhl, in der Hölle oder anderswo? Man kann nie wissen, Solfrid Brede, man kann nie wissen.

Ich öffnete die Fahrstuhltür und stieg aus.

Vor der Tür stand Wenche Andresen und wartete. Sie war nicht allein, neben ihr stand ein Mann.

Er war groß und kräftig, athletisch gebaut, ungefähr Ende vierzig oder Anfang fünfzig. Sein Gesicht zeigte sehnige und zähe Züge, die davon zeugten, dass er schon einige Jahre hatte vorbeiziehen sehen. Aber seine Augen tief in den Höhlen waren dunkel und wach, zum Teil verdeckt von buschigen, grauschwarzen Augenbrauen. Was ich von seinem Haar erkennen konnte, hatte denselben grauschwarzen Ton, und zusammen mit seiner leicht angespannten Haltung verlieh es ihm das Aussehen eines Wolfes. Er trug eine Marineuniform – Oberleutnant zur See. Und er sah aus, als erwarte er, dass ich bei seinem Anblick sofort Haltung annähme.

Wenche Andresen wirkte leicht verwirrt. Sie sagte: »Va ... Veum?« Dann wanderte ihr Blick von mir zum Wolfsmann und wieder zurück.

Ich sagte: »Ich wollte nur vorbeischauen, um zu hören, wie es – Roar geht.«

Sie sagte: »Oh, ihm geht's gut, aber – ich bin auf dem Weg zur Arbeit. Dies ist mein – Chef, Oberleutnant ...« Sie murmelte undeutlich seinen Namen.

Er wiederholte ihn selbst, mit Betonung auf jeder Silbe, als spreche er mit einem einfältigen Gast. »Richard Ljosne«, sagte er und ergriff mit starken, muskulösen Fingern meine Hand.

»Veum«, sagte ich.

Dann wurde es still. Wenche Andresen wirkte noch immer verwirrt. Sie hatte dunkle Halbmonde unter den Augen und war sehr blass. Sie sagte: »Ich – fühle mich nicht wohl, deshalb habe ich angerufen und gesagt, dass ich heute später komme – ins Büro, und dann sagte Richard – Ljosne – dass er kommen könnte und mich abholen, weil ...«

»Wir haben einige wichtige Papiere, die heute noch rausmüssen, und Wenche ist die Einzige, die sich damit auskennt. Ohne sie hätten wir eine Aushilfe bestellen müssen, und es hätte Stunden gedauert, ihr zu erklären ...«

Seine Stimme war tief und sonor, eine Stimme, in die ich mich hätte verlieben können, wenn ich zehn Jahre jünger und – eine Frau gewesen wäre. Aber ich war keines von beiden, und Wenche Andresen war noch immer verwirrt.

Ich betrachtete ihren Mund und dachte an den vergangenen Abend, daran wie es gewesen war, ihren Mund zu spüren – federleicht auf dem meinen.

Ich betrachtete den Mund von Richard Ljosne. Sein Mund war groß und breit, mit schmalen, roten Lippen und gelbweißen, scharfen Zähnen. Sein Kinn schimmerte blaugrau, und er hatte lockige Haare oben am Hals und bis in den Nacken. Seine Augenbrauen wuchsen über der Nase zusammen.

Ich sagte: »Tja, dann will ich euch nicht aufhalten. Ich wollte nur hören, wie es – wie gesagt . . .« Dann fügte ich hinzu: »Übrigens, dieser Joker, wo wohnt er?«

Wenche Andresen wies mit dem Blick zum Block nebenan. »Da drüben. Er wohnt zusammen mit seiner Mutter.«

Ich nickte. »Tja. Danke.« Ich hielt ihnen die Fahrstuhltür auf.

Sie gingen an mir vorbei hinein. Als ich die Tür hinter ihnen schließen wollte, fragte sie: »Aber – willst du denn nicht wieder nach unten – Veum?«

Ich antwortete: »Nein danke. Ich nehme die Treppe.«

Dann ließ ich die Tür los, und sie glitt langsam hinter ihnen zu.

Ich dachte noch immer an ihren Mund und war mir nicht sicher, ob das ein angenehmer Gedanke war, um ihn mit sich herumzutragen. Nicht heute, nicht jetzt.

Ich trat auf den Balkon und ging in die entgegengesetzte Richtung, zum Treppenhaus am Südende des Blocks. Vom Balkon aus sah ich Wenche Andresen und Richard Ljosne den Block verlassen und zu einem großen schwarzen Wagen gehen, der aussah wie ein Mercedes. Jedenfalls vom achten Stock aus.

Ich dachte: So könnten sie aus meinem Leben gehen, in einen Wagen steigen und verschwinden.

Aber ich hatte das nicht ganz angenehme Gefühl, dass es nicht so sein würde, dass ich sie beide wieder sehen würde, und ich vermutete, dass es kein besonders nettes Wiedersehen würde – für keinen von uns.

Ich ging langsam die Treppen hinunter und fragte mich, was ich nun tun sollte.

15

Ich hatte die Wahl zwischen zwei Möglichkeiten: zurück ins Büro zu fahren oder etwas Vernünftiges zu tun. Jedenfalls etwas, das aussah, als könne es vernünftig sein. Das Büro würde kaum leiden, wenn ich nicht sofort dorthin zurückkehrte, und das einzige, was mit dem Telefon geschehen konnte, war, dass jemand es abholte, weil ich die Rechnung nicht bezahlt hatte. In dem Fall war es allerdings vielleicht am besten, wenn ich nicht da wäre.

Wenche Andresen hatte mir erzählt, dass Joker mit seiner Mutter im Block nebenan wohnte, und Gunnar Våge hatte mir erzählt, dass Joker eigentlich Johan Pedersen hieß. Ich konnte ja vorbeischauen und sehen, ob er zu Hause war. Ich könnte ihm einen Kurs in Rosenmalerei empfehlen, um seine Freizeitprobleme zu lösen, oder vielleicht ein Abendseminar zur Geschichte des pikaresken Romans. In unserer modernen Ausbildungsgesellschaft gab es viele Möglichkeiten. Wenn man etwas nicht kann, kann man es lernen und es kostet nicht viel. In einem zehnstündigen Kurs bei der Volkshochschule kann man lernen, eine Hardangertracht zu nähen, oder einen Taschencomputer zu bedienen. Oder zu malen (fast so gut wie Munch), oder spanisch zu sprechen (für die nächste Reise auf die Kanarischen Inseln, um dort mit Schweden zu sprechen), oder fehlerfrei zu fotografieren (Schwiegermutter im Gegenlicht und schreiende Kinder). Also gab es viel, worauf sich Joker freuen konnte, wenn er nur willens war. Und wenn er zu Hause war.

Im Treppenhaus fand ich einen Briefkasten mit dem Namen H. Pedersen. 3. Stock, stand auch dort, aber ich nahm nicht den Fahrstuhl. Ich betrat das Treppenhaus und stapfte nach oben. Gott sei Dank wohnten sie nicht ganz oben. Wenn das hier so weiterging, konnte ich mir die wöchentliche Joggingrunde im Isdal sparen.

Hildur und Johan Pedersen, Mutter und Sohn, wohnten gleich in der ersten Wohnung, wenn man aus dem Fahrstuhl kam. Die Namen standen an der Tür. Ich warf einen Blick durch das Küchenfenster, sah aber nichts als weiße Gardinen, die schon vor einer ganzen Weile eine Wäsche nötig gehabt hätten.

Ich klingelte.

Es vergingen einige Jahre, aber ich kann ziemlich geduldig sein, also klingelte ich noch einmal.

Ein paar Jahre später hörte ich eine Stimme aus weiter Ferne, ungefähr wie das Grummeln im Bauch eines Mannes, der am anderen Ende des Busses steht. Die Worte waren unmöglich zu verstehen.

Es war eine grobe Frauenstimme oder eine helle Männerstimme. Ich tippte auf das Erstere – und gewann.

Die Frau, die die Tür öffnete und mich misstrauisch beäugte, hatte ein Gesicht, das wohl nur ein sehr liebevoll ergebener Sohn lieben konnte, jedenfalls auf den ersten Blick. Wenn mir das nächste Mal die Albträume ausgegangen waren, würde ich versuchen, mich daran zu erinnern.

Es war ein Gesicht, das viel zu viele Nächte und viel zu wenige Tage gesehen hatte. Es war ein Gesicht, das durch die dunkelsten Korridore des Lebens gegangen und niemals ans Tageslicht gekommen war. Ein Gesicht, das man eventuell mögen konnte, wenn man es in einem dunklen Raum entdeckte, wenn es sich am anderen Ende des Raumes befand und man in Begriff war, zu gehen.

Hildur Pedersens Haar war weder grau noch braun oder schwarz oder rot, sondern alles zugleich, in unregelmäßigen Klecksen, und es hatte die letzten paar Monate weder Kamm noch Bürste gesehen. Es stand nach allen Seiten, wie die Mähne eines uralten Löwen in einem heruntergekommenen Zirkus. Im Grunde ein passender Rahmen für das Gesicht, das es umgab.

Hildur Pedersen war möglicherweise einmal recht hübsch gewesen, aber das war mindestens zwanzig Jahre oder fünfzig Kilo her. Ich war noch nie besonders gut darin, Körpergewicht zu schätzen, aber bei ihr tippte ich auf die 120-Kilo-Kategorie und ungefähr dreißig davon trug sie im Gesicht. Die Augen – wenn sie welche hatte – lagen tief zwischen zwei Fettwülsten verborgen und die Nase – es musste wohl eine Nase sein – hatte es mit Mühe geschafft, die äußerste Spitze im Freien zu behalten (was allerdings daran liegen musste, dass sie ursprünglich ungefähr zwanzig Zentimeter lang war). Irgendwo hatte sie sicher einen Mund, aber es war schwer, ihn zwischen den vielen Kinnen zu finden. Schließlich entdeckte ich, dass das eine Kinn rot angemalt war und ging davon aus, dass es sich wohl um den Mund handeln musste.

Ihr ganzer Kopf – und es war ein großer Kopf – ruhte auf einem

Fettkragen, und der Körper darunter passte förmlich zum Rest. Sie war eine Lawine von einer Frau, und ich hätte ihr um keinen Preis unterkommen wollen.

»Frau Pedersen?«, fragte ich einleitend, während ich nach ihren Augen suchte.

Sie öffnete den Mund und mir schlug der unverkennbare Geruch billigen Branntweins entgegen: »Was wünschen Sie?«

Sie hatte eine grobe Stimme, aber der Tonfall war äußerst artikuliert, als sei sie in der Gegend von Kalfaret geboren und aufgewachsen, und hätte nur nie mehr den Weg nach Hause gefunden.

»Einen kleinen Plausch, über alte Zeiten und – so weiter.«

»Wer sind Sie?«

»Mein Name ist Veum, und ich bin so eine Art Privatdetektiv.«

»Eine Art? Entweder sind Sie einer oder nicht.«

»Okay, aber es ist immer so peinlich, es direkt zu sagen, wenn Sie verstehen?«

»Das versteh ich gut. Wenn ich so aussehen würde wie Sie, dann würde ich mich überhaupt schämen.«

»Ach ja?« Darauf hätte es eine ganze Reihe augenfälliger, guter Repliken gegeben, aber ich hatte keine Lust rausgeschmissen zu werden, bevor ich überhaupt reingekommen war. Außerdem gefiel mir die Dame irgendwie. Sie klang wie eine Frau, mit der gut Ping-Pong spielen wäre, eine halbe Stunde lang oder so.

Ich sagte: »Wollen Sie mich nicht hereinbitten, um die Aussicht zu betrachten?«

»Trinken Sie Wodka pur?«

»Ich bevorzuge Aquavit.«

»Ich habe nur Wodka, und ich habe nichts zum Mixen. Ich habe weder Kaffee noch Tee. Keine Milch. Aber es ist Wasser in der Leitung, wenn du Durst bekommen solltest – ansonsten gibt es also Wodka. Und der schmeckt grässlich. Aber er tut gut. Eine Weile.«

Während sie diese Rede hielt, schwappte sie langsam in die Wohnung zurück – wie von einer unsichtbaren Kraft gezogen (und die musste stark sein) –, aber sie ließ die Tür offen stehen. Ich nahm das als Einladung und folgte ihr, schloss aber die Tür hinter mir.

Die Wohnung war ungefähr wie die von Wenche Andresen, abgesehen vom Inhalt. Die Möbel waren verschlissen, Sessel und Sofas, die zu viele Kilos getragen hatten, Tische, die an zu vielen Seeschlachten beteiligt gewesen waren, Teppiche, durch die man den Boden sehen konnte. Den Topfpflanzen, die im Fenster lagen, hatte jemand den Gnadenschuss gegeben (wenn sie nicht von selbst gestorben waren), und die Zeitungen unter dem Couchtisch waren anderthalb Jahre alt und erzählten von anderthalb Jahre alten Fußballsiegen. Die Mannschaft, die damals gewonnen hatte, war längst in der zweiten Liga – wo wir alle landen, früher oder später.

Hildur Pedersen grabschte im Vorbeigehen nach einer halb vollen Wodkaflasche und zwei dreckigen Gläsern und pflanzte sich mitten auf ein Sofa, das leicht an eine Hängematte erinnerte. Sie schwenkte einen dicken Arm zu einem eingefallenen Lehnsessel in der Farbe von altem Taubendreck. Einen kurzen Augenblick lang sah ich einen glasklaren, azurblauen Himmel vor mir (wie der Himmel immer war über der sonnenvergoldeten Straße unserer Kindheit) und ich sah einen Schwarm von Tauben auf der Flucht, sah sie über die flachen, roten Dächer hinab in Richtung Vågen fliegen (und auf der anderen Seite von Vågen den Skoltegrunnskai mit den Amerikadampfern). Und hinter den anderen taumelte in luftigen, hilflosen Salti mortali eine trottelige Taube durch die Luft. Wie oft hatte ich mich nicht genau so gefühlt – wie ein Trottel, immer ein Stück hinter den anderen Tauben und zu schwindelig, um das Dasein zu überschauen. Mit dem blauen Himmel unter mir und den roten Dächern über mir schlitterte ich durchs Leben, von Zwischenlandung zu Zwischenlandung, wie hier, in einem fossilen Wohnzimmer bei einem Dinosaurier von einer Frau ...

Hildur Pedersen goss Wodka in die beiden Gläser und schob mir das eine herüber. Der Tisch zwischen uns war gelblich braun und zeigte blasse Ringe von einer Vielzahl von Flaschen und Gläsern, kleinen Narben von vielen Jahren Zigarettenglut unter einem Firnis von Staub.

»Prost, Dicker«, sagte sie und kippte das halbe Glas in sich hinein.

»Prost, Bohnenstange«, sagte ich und nahm einen zaghaften Schluck, während ich an das Auto dachte, das unten auf dem Parkplatz stand und damit rechnete, heute noch nach Hause zu kommen und am liebsten nicht in Begleitung eines Abschleppers.

»Nun spuck schon aus, was du eigentlich willst! Wer hat dich hergeschickt, zur alten Hildur?«

Ich antwortete: »Mich hat niemand hergeschickt, aber was ich will ist – Johan.«

»Johan?« Sie sprach den Namen aus, als gehe es um einen entfernten Verwandten. »Was ist mit ihm?«

»Ich habe ihn letztens getroffen, ganz zufällig – sozusagen. Oder vielleicht traf er mich. Oder eher: ein paar von seinen Kumpels trafen mich. Er selbst hielt sich im Hintergrund.«

»Was faselst du da eigentlich?«

»Hast du nie Probleme mit ihm gehabt?«

»Probleme – mit Johan? Was zum Teufel glaubst du? Hast du schon mal von jemandem gehört, der Kinder kriegt und keine Probleme hat? Ist das nicht der Grund, warum wir sie kriegen? Johan war ein Problem, seit er einen Monat alt war – und damit meine ich acht Monate bevor er geboren wurde! Aber so ist das ja bei den meisten.«

»Sein Vater . . .«

»Der Mistkerl!«

»Ihr wart nie – verheiratet?«

»Den Idioten hätte ich nicht mal geheiratet, wenn er Wodkaimporteur gewesen wäre. Außerdem war er schon verheiratet. Ein Seemann, ein happy Seemann auf Landgang in der großen Stadt. Ein Hering von irgendwo oben im Sogneland, traf ihn beim Tanzen und hab ihn in meine Bude eingeladen. Topetage, Mann, mit Aussicht direkt auf das Haus daneben. Der Typ war so breit, dass ich ihn bei der Hand nehmen musste und in mich reinführen, und ich hatte nicht viel Freude an ihm. Aber immerhin einer, mit dem ich schlafen konnte, und ich musste auch an dem Morgen nicht alleine aufwachen. Aber verdammte Scheiße, ich sag dir, ich hab geflucht an dem Tag, als ich erfuhr, dass – dass – Johan unterwegs war!« Sie sah mich wütend an, als sei ich der Übeltäter.

»Ich bekam seine Adresse raus und schrieb ihm einen Brief. Bat ihn, Geld zu schicken. Als er das nächste Mal in der Stadt war, rief er mich an: er war so nervös, dass ihm bei jedem zweiten Wort der Hörer aus der Hand rutschte. Doch, er wollte bezahlen, sagte er. Ich sollte so viel kriegen, wie ich wollte. Und er würde dem Kind alles finanzieren – die Ausbildung – und überhaupt, was er nicht alles . . . wenn ich ihm nur keine Briefe mehr schicke. Er hatte große Schwierigkeiten, seiner Madame zu erklären, von wem der Brief kam. Aber das war sein Problem, oder? Es soll schließlich auch für Männer nicht so einfach sein, Kinder zu bekommen!«

»Und wie ging es weiter?«

»Wie es weiterging? Was glaubst du? Er hielt sein Wort. Er hat mir seit damals jeden verdammten Monat Geld geschickt. Ich musste versprechen, ihn nicht als den Vater des Kindes anzugeben, aber ich hab eine Art Vertrag irgendwo hier, als Sicherheit, verstehst du? Dann würde er mir Geld schicken – und das tat er.« Sie sah verwundert auf die Wodkaflasche hinunter, als hätte er in Naturalien bezahlt.

»Und Johan?«

»Er wurde groß. Nicht mit der besten aller Mütter, aber er hatte jedenfalls eine. Ihm hat nie was gefehlt. Er bekam, was er brauchte – Kleidung, Essen –, bis er groß genug wurde, um selbst klarzukommen. Als er mit der Mittelschule fertig war, sagte ich: Nu ist aber gut mit Schule, Johan. Such dir einen Job und fang an, dir die Butter aufs Brot zu verdienen, und wenn's keine Butter wird, dann jedenfalls Margarine.«

»Was für einen Job bekam er denn?«

»Keine Ahnung. Frag ihn selbst. Ich hab nicht – die letzten Jahre haben wir – ich denke, ich bin fertig mit ihm. Wir haben nichts mehr miteinander zu tun. Er wohnt immer noch hier, aber er könnte genauso gut Untermieter sein. Wir reden nicht miteinander. Er nennt mich eine fette alte Hure und gibt keine Antwort, wenn ich ihn was frage. Und ich weiß schon, warum.« Sie blinzelte mich hässlich an und goss mehr Wodka in ihr Glas. »Bist du trockengelegt, oder was? Anonymer Alkoholiker? Mamas kleiner Goldjunge? Trink aus und leiste mir Gesellschaft, zum Teufel!«

»Tut mir Leid, aber ich muss fahren, und am liebsten mit dem Kopf über Wasser.«

»Du hast also schon einen Führerschein?«

»Seit vorgestern, zu meinem Achtzehnten. Auf dem Bild sehe ich aus, als wäre ich fünfunddreißig, aber das sieht nur so aus. In Wirklichkeit fühle ich mich ungefähr wie sechzig.«

»Du bist wirklich nicht aufs Maul gefallen.«

»Stimmt. Warum hat Johan dich eine – äh – alte Hure genannt?«

»Warum glaubst du?«

Ich tat, als würde ich nachdenken, aber sie antwortete zuerst: »Weil ich ihm nicht erzählen wollte, wer sein Vater war.«

»Warum wollte er das wissen? Ich meine, gab es einen besonderen Grund?«

»Frag ihn selbst. Hätte ich diesen Trottel als Vater, dann wäre mir lieber, es nicht zu wissen. Aber du weißt, wie junge Leute sind.«

»Ich kann mich vage erinnern.«

»Sie wollen immer Dinge wissen, die ihnen nicht bekommen. Wie sie entstanden sind und wer der Vater ist und so was. Dummköpfe.«

»Aber du hast es ihm nicht erzählt?«

»Nein. Jetzt nicht mehr. Nicht nach – wie viele Jahre ist das her, achtzehn, neunzehn? Ich habe ihm das Gleiche gesagt wie denen in der Frauenklinik. Es seien so viele gewesen – und das stimmte auch. Aber nicht zu der Zeit. Das war eine ruhige Phase in meinem Leben. Ich hatte gerade eine – Enttäuschung erlebt. Und dann bekam ich noch eine – mitten rein. Eine neun Monate lange Riesenenttäuschung, die nie aufhörte. Ich weiß nicht, Johan, hab ich gesagt. Es könnten so viele gewesen sein. – Kannst du mir denn keinen einzigen Namen sagen?, fragte er mich. – Nein, ich weiß es nicht mehr. Es waren so viele. – Und alle haben sich auch nicht vorgestellt. Die wenigsten ließen ihre Visitenkarte da, und die, die wiederkamen, kamen wegen dem Schnaps. Ist es ein Wunder, dass er mich eine ...« Ihr Blick verschwand in der Flasche und kam plötzlich nass wieder heraus. Sie blinzelte zu mir herüber. »Es ist ein Scheißleben, oder nicht – Veum?«

Ich nickte. »Jeden zweiten Tag«, antwortete ich.

»Jeden zweiten Tag? Dann hast du verdammt noch mal Glück.«

Ich nahm noch einen Schluck aus dem Glas, fast um etwas zu tun zu haben. Sie holte ein offensichtlich gebrauchtes Taschentuch hervor und wischte sich damit über die obere Gesichtshälfte, wie ein Grubengräber sich im Juni den Schweiß abwischt.

»Hast du ihn noch mal wiedergetroffen – den Vater?«, fragte ich.

Sie trank jetzt direkt aus der Flasche und sah mir nicht in die Augen. »Nein, warum sollte ich? Den Idioten? Wenn er mir nur Geld schickte, dann war ich zufrieden. Er hat mir übrigens diese Wohnung besorgt – wegen Johan. Hat die Mietsicherheit bezahlt und alles. Sonst hätte ich es mir ja nie leisten können. Und zur Fürsorge will ich auch nicht.«

»Wie hieß er?«

»Das geht dich einen Scheißdreck an. Warum fragst du überhaupt nach diesen alten Sachen? Hast du nichts Besseres zu tun? Scher dich nach Hause und spiel mit deiner Eisenbahn oder so.«

»Du weißt, dass Johan ein ziemlicher Schrecken ist hier im Viertel? Dass die Leute zusammenzucken, wenn sie nur seinen Namen hören, und dass sie ihn – Joker nennen?«

Sie sah mich an, mit Augen wie aufgespannte Regenschirme. »Wen? Johan? Den kleinen Hänfling? Ich könnte ihn zwischen Daumen und Zeigefinger zerquetschen! Wenn sie vor dem Angst haben, dann haben sie wohl auch Angst, wenn abends die Sonne untergeht?«

»Er ist nicht allein. Er hat eine Gang, und sie sind ziemlich viele, und sie halten sich für cool. Manchmal.« Unwillkürlich betastete ich mein Gesicht, an den Stellen, wo sie kurz gemeint hatten, es mir beweisen zu müssen.

»Er bringt ein paar Kumpel mit nach Hause ab und zu. Sie sitzen in seinem Zimmer und trinken Bier und rauchen und spielen grässliche Kassetten. Aber ich kümmere mich nie um sie. So lange sie keine Weiber dabei haben.« Sie warf mir einen kurzen, entrüsteten Blick zu. »So was will ich hier nicht haben – hier in meinem Haus.«

Ich sah mich in ihrem Haus um. An der Wand gegenüber, direkt über ihrem Kopf, hing ein Bild. Es hing etwas schief und war eine Art Gemälde von einer Art Boot irgendwo draußen auf einer Art Wasser. Aber es fehlten die Proportionen. Die Fichten auf der anderen Seite des Wassers waren höher als die im Vordergrund, und das Boot war so groß, dass es die ganze Wasserfläche ausfüllte.

Es erinnerte mich an Hildur Pedersen selbst: ein überdimensionales Boot auf einem See, der viel zu klein für sie war. Eine mächtige Frau in einem viel zu kleinen Leben, einem Leben, das nur ein paar flüchtige Enttäuschungen beinhaltete, eine Postüberweisung jeden Monat und ein paar alte, gespenstische Erinnerungen. Gesichter ohne Namen, Gesichter, die nichts anderes hinterlassen hatten als leere Schnapsflaschen und die verschwanden, wenn das Fest vorbei war.

Ich betrachtete ihr Gesicht. Tief verborgen lauerte ein junges Mädchen von vor zwanzig, dreißig Jahren. Ein kleines Mädchen, das eine Gasse auf und ab gelaufen war, das mit den anderen Mädchen aus der Gasse Bälle gegen grüne Holzwände geworfen hatte, das irgendwo hinter einem Bretterzaun ›Küss den Frosch‹ gespielt hatte – das aber später allzu viele Frösche geküsst hatte und selten den richtigen. Aber irgendwo tief verborgen lauerte Hildur noch. Wenn nur der Schnaps sie nicht weggespült hätte, an einen fremden Strand weit, weit weg – an einen Ort, wo man sie nie mehr finden würde. Hildur Pedersen aus Bergen.

Aus irgendeinem Grund dachte ich an eine Jahreszahl. 1946.

1946, da hatte irgendwie alles angefangen, für uns alle. Der Krieg war vorbei, und die Stadt lag noch ein paar Jahre wie gelähmt, bis sie in den fünfziger Jahren erneut aus der Asche stieg, ihre viereckigen Wohnblöcke über ihrem krummen Rücken zum Himmel erhob und die Vergangenheit hinter sich ließ. Die Amerikadampfer starben aus, und man legte den Flughafen Flesland an. Die Laksevågfähre wurde eingestellt und eine Brücke über den Puddefjord gebaut. Sie gruben Löcher durch die Berge in der Umgebung und legten Siedlungen an, wo früher Höfe, Wälder und Moore gewesen waren.

Aber 1946 – da gab es das alles noch nicht. Da war noch alles wie in den dreißiger Jahren. Die den Krieg als Erwachsene erlebt hatten, spuckten in die Hände und begannen von vorn. Die Alten starben, wie die alten Häuser, in denen sie lebten. Und wir ganz, ganz jungen – vor uns lag eine Welt voller Möglichkeiten.

Hildur Pedersen war 1946 sicher voll erblüht gewesen, eine schöne junge Frau, vielleicht ein wenig kräftig, aber nicht zu füllig. Eine Frau mit vollen Brüsten und breiten Hüften, locker die Gasse hinunterschwingend, mit einem braunen Netz voller Milchflaschen und einem Lächeln für alle, die es haben wollten.

Joker war noch nicht geboren, und Varg Veum . . . Er war ein Junge von vier Jahren, mit einer Mutter, die noch keinen Krebs hatte, und einem Vater, der noch Straßenbahnschaffner auf der Linie nach Minde war. Aber auch diese Straßenbahn fuhr nicht mehr und auch dieser Vater war zu Staub geworden, wie so viele Väter vor ihm. Aber er war mein Vater und wenn ich die Augen schließe, kann ich ihn noch vor mir sehen: klein und gedrungen, noch immer das Bäuerliche im Leibe, das Dorf, das er noch nicht zwei Jahre alt mit der Fähre in Richtung Stadt verlassen hatte. Wenn ich die Augen schließe, kann ich ihn noch lächeln sehen, das verkniffene, barsche Lächeln, das er immer für die seltenen, schönen Augenblicke aufhob, wenn wir ganz allein waren, als meine Mutter noch keinen Krebs hatte.

Wenn Johan Pedersen seine Augen schloss, sah er nichts. Und es gab keinen Joker in seinem Kartenspiel: keinen Vater, der plötzlich zwischen Buben und Damen auftauchte, die Schaffnertasche über der Schulter und die Mütze etwas schief und sagte: »Hallihallo, ist jemand zu Hause?«

1946: vier Ziffern, die eine längst gestorbene Vergangenheit beinhalten, Straßen, die es nicht mehr gibt und Häuser, die zusammengefallen sind, Häuser, die abgerissen wurden, Fähren, die nicht mehr fahren und Straßenbahnen, die zerlegt wurden ...

1946 – als alles anfing.

»Wo warst du 1946?«, fragte ich Hildur Pedersen.

»1946? Warum fragst du? Bist du bescheuert? Wer zum Teufel erinnert sich noch daran, was 1946 war? Ich weiß verdammt noch mal nicht mal mehr, wo ich vorgestern war. Du fragst zu viel, Veum. Kannst du nicht mal einen Moment die Schnauze halten?«

Ich nickte zustimmend.

Dennoch hatte ich keine Lust zu gehen. Ich hatte Lust, hier sitzen zu bleiben, bei Hildur Pedersen, und Wodka pur zu trinken – stumm –, bis die Beine unter mir nachgaben und ich mich mit den Armen zur Tür ziehen musste, raus auf den Balkon und die ganzen Treppen bis zum Auto hinunter.

Ich hatte keine Lust zu gehen. Aber schließlich ging ich doch. Als Hildur Pedersen der Kopf auf die Schulter sackte, ging ich. Ich stand vorsichtig auf, nahm das Glas aus ihrer dicken Faust und stellte es neben die Flasche. Ich schraubte die Flasche zu, denn es waren noch einige Tropfen am Boden übrig – etwas zum Wachwerden, wenn sie aufwachte – wenn sie wieder aufwachte.

Dann schlich ich mich langsam aus ihrem Leben. Für eine Weile.

Draußen vor dem Block stieß ich wieder auf Gunnar Våge. Er kam auf mich zu und packte mich hart an der Schulter. »Wo bist du gewesen, Veum?«, zischte er.

»Warum fragst du?«, fragte ich zurück.

»Ich hab gesagt, du sollst – Johan in Ruhe lassen. Lass sie in Frieden, Veum, ihn und seine Mutter. Mach es nicht noch schlimmer, als es ist. Du weißt nicht, in was du da reinplatzt. Du kannst mehr kaputt machen, als du . . .«

»Wo kann ich reinplatzen? Was kann ich kaputt machen, das nicht schon kaputt ist?«

»Du kapierst verdammt noch mal überhaupt nichts. Du bist kalt wie – wie . . .«

»Wie?«, fragte ich.

»Zieh Leine, Veum. Zieh verdammt noch mal endlich Leine!«

Ich starrte in sein aufgeregtes Gesicht und fragte: »Und wo warst du 1946, Våge?«

Ich ging an ihm vorbei, setzte mich in mein Auto und fuhr davon, ohne mich umzusehen. Sie mochten mich nicht da draußen. Aus irgendeinem Grund mochten sie mich nicht.

16

Ich schloss mein Büro auf und machte das Licht an. Obwohl die Sonne gerade erst ihren höchsten Punkt über dem Løvstakken überschritten hatte, irgendwo hinter der grauen Wolkendecke, war es draußen dämmrig und düster. Wie das Dämmerlicht in einem Kinosaal, bevor die Vorstellung beginnt. Vielleicht war die Sonne gerade dabei zu verlöschen. Vielleicht würden wir am nächsten Morgen zu einem ewigen Dunkel erwachen, einer ewigen Sternennacht, einer Flucht in Frost und Tod und ewige Raureifgründe.

Mein Büro war wie ein Museum. Ein Museum, das keiner mehr besuchte, in dem ich aber aus irgendeinem Grunde Wachmann war. Ich setzte mich hinter den Schreibtisch und öffnete die dritte Schublade von oben. Ganz hinten links lag die Büroflasche, rund und lauwarm.

Ich zog sie heraus und las den ganzen Text auf dem fröhlichen Etikett, als sei es das erste Mal. Das Wasser des Lebens. Das Blut der Einsamen. Trost für müde Wölfe.

Ich schraubte den Deckel ab und setzte die Flasche an den Mund. Der klare, starke Aquavit spülte den dumpfen Nachgeschmack von Hildur Pedersens Wodka weg.

Ich fragte mich, was ich tun sollte, und ob ich etwas zu tun hatte. Ich dachte an die Menschen, denen ich in den letzten Tagen begegnet war. Roar. Wenche Andresen. Joker und seiner Gang. Gunnar Våge und Hildur Pedersen. Wieder Wenche Andresen – und der Mann in der Marineuniform, Richard Ljosne. Und Roar . . .

Ich dachte an Thomas. Vielleicht sollte ich ihn anrufen, hören, wie es ihm ging, fragen, ob er manchmal an seinen Vater dachte. Ich könnte anrufen und fragen, ob er in mein Büro kommen und mir Gesellschaft leisten wollte. Ich könnte ihm vorlesen – wie ich es früher getan hatte (an meinem einzigen freien Abend) –, das erste Kapitel von ›Pu der Bär‹. Den Rest hatte seine Mutter lesen müssen. Und all die anderen Bücher auch. Ich hatte angefangen, sie in Gedanken »die Mutter« zu nennen: das war immerhin ein Fortschritt. Nicht mehr Beate, sondern »die Mutter«.

Aber dann fiel mir ein, dass er sicher nicht zu Hause wäre und außerdem zu alt für ›Pu der Bär‹. Er war sieben Jahre alt, und als ich das letzte Mal angerufen hatte, hatte er nicht einmal Zeit gehabt, mit mir zu sprechen. Er wollte zu einem Fußballspiel – mit »Lasse«.

Ich hob den Telefonhörer ab und hörte das Freizeichen, lauschte auf die Gespenster längst vergangener Gespräche, die Skelette weicher Frauenstimmen, die schweren Fußstapfen grober Männerstimmen: alles vorbei, alles längst vorbei.

Als ich den Hörer wieder auflegte, klingelte das Telefon.

Ich ließ es fünfmal klingeln, bevor ich abnahm. Es war ein gesegneter Klang, und ich konnte das Gespräch mit einem meiner Kreditoren noch eine halbe Minute hinauszögern.

Nach dem fünften Klingeln nahm ich den Hörer ab und sagte geschäftsmäßig in den schwarzen, gähnenden Schlund: »Hier ist Veum.«

»Oh, Varg, ich hatte schon Angst, du wärst nicht da. Hier ist Wenche – Wenche Andresen.«

Es war Wenche – Wenche Andresen. Ihre helle Stimme klang wie ferne Glocken durch den Hörer und der schwarze Schlund gähnte nicht mehr – er begann zu lächeln. Jedenfalls verzog er die Mundwinkel. Ich lächelte zurück und sagte: »Oh, hallo.« Ich konnte selbst den erwartungsvollen Klang in meiner Stimme hören. »Wie geht's?«

»Danke, besser. Ganz gut. Ich rufe vom Büro aus an. Ich wollte nur – Übrigens – es war nett mit dir. Ich habe es schon lange nicht mehr – so nett gehabt.«

»Nein. Ich auch nicht.« Dazu gehörte nicht viel, aber das musste ich ja nicht unbedingt dazu sagen.

»Ich – ich wollte eigentlich fragen, ob du – mir einen Gefallen tun kannst. Ich meine ... Ich werde dafür bezahlen.«

»Oh, das geht schon in Ordnung. Was willst du, dass ich ... Kann ich etwas ...«

»Als Detektiv nimmst du doch wohl alle möglichen – Aufträge an, oder?«

»Na ja, alle nun auch wieder nicht.« Es gab Aufträge, die ich nicht annahm und es gab viele, um die mich auch niemand bat.

»Ich dachte nur – ob – du für mich zu Jonas gehen könntest. Meinem – Mann. Mit dem ich verheiratet war.«

Das klang nach einem der Aufträge, die ich nicht annahm, deshalb fragte ich: »Und was sollte ich bei ihm tun?« Ihn mit hinters Haus nehmen und ihm eine Tracht Prügel verpassen? Ihm leere Flaschen auf den Kopf hauen? Ihn aus der Stadt jagen, rückwärts auf einem alten Gaul reitend, falls einer in Reichweite war?

»Nur – mit ihm reden. Ich schaffe es nicht selbst. Ich – ich würde nur anfangen zu heulen und eine Szene machen und ... Ich ertrage keine Auseinandersetzungen mehr. Ich will ihn nicht mehr sehen, Varg, verstehst du?«

»Tja ...«

»Es geht um das Geld, verstehst du.«

»Welches Geld?«

»Nicht der monatliche Unterhalt. Damit ist er immer pünktlich. Fast jedenfalls. Ein paar Mal kam er ein bisschen spät, und ich musste im Büro um Vorschuss bitten oder mir etwas leihen. Und als das Geld von Jonas kam, musste ich zurückzahlen, was ich geliehen hatte und dann war nichts mehr übrig. Und Roar trägt seine Sachen schnell ab, das ist eben so in dem Alter, und wenn jetzt sein Fahrrad auch noch verschwunden wäre ... Es gibt ja immer etwas, was sie haben müssen, weißt du?«

»Ja, sicher. Hab ich jedenfalls in der Zeitung gelesen. In den Annoncen.«

»Aber es geht nicht um den Unterhalt. Es geht um die Versicherung.«

»Welche Versicherung?«

»Wir hatten eine Lebensversicherung, eine gemeinsame. Und als wir – uns getrennt haben, da – da haben wir uns geeinigt, uns auszahlen zu lassen, also den Rückkaufswert. Das ist ja nicht so viel, aber . . . Jonas wollte das veranlassen, und dann wollten wir uns den Betrag teilen. Aber ich habe noch nichts bekommen, und ich brauche wirklich Geld.«

»Vielleicht kann ich dir etwas leihen«, log ich.

»Ich weiß, Varg.« Da wusste sie mehr als ich. »Ich danke dir. Aber ich habe das Leihen satt. Ich will kein Geld mehr leihen – von Freunden und Bekannten oder von wem auch immer.«

Ich fragte mich eine Sekunde lang, ob sie mich unter Freunden oder Bekannten oder »wem auch immer« einsortierte. Dann sagte ich: »Ich denke, ich könnte es übernehmen. Mit ihm zu reden.«

»Oh, wirklich, Varg? Danke, vielen Dank! Ich werde bezahlen. Wie viel kostest du eigentlich?«

Wie viel ich kostete? Oh, ich bin eine billige Hure, meine Liebe. Ich koste nicht viel. Einen Kuss auf die Wange und vielleicht einen auf den Mund, einen Blick unter den Pony, leicht von der Seite, und ein Zeigefinger an meinem Mund entlang, bis dahin, wo die Bartstoppeln in die Lippen übergehen und umgekehrt. Ich koste nicht viel. »Kümmer dich nicht darum«, sagte ich. »Ich mache es in der Mittagspause.«

»Aber ich will nicht, dass du dabei – draufzahlst.«

Nein? Nein!?! »Dann lass uns – ein andermal darüber reden.« Bei Kerzenschein und einem Glas Wein, Liebste, im Licht des glasklaren Mondes, unter dem Silberregen der Sterne, auf einem Segelboot in China . . . ein andermal.

»Na gut. Weißt du, wo er arbeitet? Hab ich es dir erzählt?«

»In irgendeiner Werbeagentur, oder?«

»Genau. Sie heißt Pallas, und sie haben ihr Büro draußen in Dreggen, im gleichen Haus wie das Weinmonopol.«

»Ich weiß, wo es ist. Sie kennen mich dort. Wir duzen uns sogar.«

»Ich . . .« begann sie, und ich hatte Angst, sie wollte mich doch wieder abbestellen und wechselte rasch das Thema.

»Es ist in Ordnung«, sagte ich. »Ich werde mit ihm sprechen. Dann sehen wir weiter. Ich werde dir Bericht erstatten.« Ich holte tief Luft und sagte: »Soll ich vielleicht – heute Abend vorbeischauen?«

Kurze Stille. Dann sagte sie: »Kannst du nicht lieber anrufen? Ich – kann leider heute Abend nicht.«

Nein? Der Mond verdunkelte sich, der Silberregen der Sterne war nur Tand, und das Segelboot in China war auf Grund gelaufen. Ich sagte: »Ist okay. Du hörst von mir. Mach's gut.«

Nachdem ich aufgelegt hatte, fiel mir ein, dass ich vergessen hatte, sie zu bitten, Roar zu grüßen. Aber ich rief nicht noch einmal an. Ich würde mich beim nächsten Mal daran erinnern.

Die Büroflasche stand noch immer auf dem Tisch, aber sie reizte mich nicht mehr. Sie sah sogar ziemlich unappetitlich aus mit ihrem grellen Etikett und den Rissen im Lack. Ich schraubte den Deckel fest zu und warf sie unwillig wieder in die Schublade.

Dann sah ich mich um, mit einem dumpfen Gefühl von Unbehagen im Bauch. »Verdammte, verstaubte Bruchbude . . .« sagte ich laut zu mir selbst, damit ich es auch hörte.

Dann verließ ich den Raum, ohne das Licht auszuschalten. Vielleicht sähe es freundlicher aus, wenn ich zurückkam. Als wäre jemand zu Hause.

Wenn ich jemals zurückkam. Man konnte nie wissen. Ein schnelles Auto – draußen in Dreggen, am Zebrastreifen. Man ist niemals sicher, schon gar nicht auf Zebrastreifen. Dort sind wir leichter zu treffen.

17

Ich wanderte über den Marktplatz und entlang Bryggen. Auf dem Fischmarkt war es für Touristen noch zu früh in der Saison, und die lebenden Fische schwammen anonym in ihren Wannen herum. Die Markthändler klopften sich die Arme warm, die in großen, roten Pranken endeten, und Hausfrauen gingen von Stand zu Stand mit misstrauischen Blicken, als glaubten sie nicht, dass die Fische, die dort lagen, echt seien.

Draußen auf Bryggen verschlang ein roter Lastwagen eine Palette nach der anderen und trug sie durch die offenen, grünen Türen eines Hafenlagers. Er erinnerte an eine hamsternde Ratte.

Hinter einer Ecke stand der altbekannte Alki und stützte die Hauswand ab. Mit einer fast leeren Flasche in der Jackentasche schielte er allen hinterher, die vorbei gingen. Er gehörte zum Inventar. Auf seine Weise war auch er eine Touristenattraktion, ein wichtiger Teil des Stadtbildes, ein Teil des Milieus. Nur dass für ihn immer Hochsaison war.

Die Werbeagentur Pallas befand sich in dem neuen, roten Steinhaus vis-à-vis dem fast ebenso neuen Bryggen Museum. Auf wenigen Quadratmetern gab es alles, was das Herz begehrte: einen Supermarkt, ein Weinmonopol, ein Museum für die Kulturinteressierten, eine Kirche für die Religiösen, eine Zahnarztpraxis, einen Park mit Bänken – und eine Werbeagentur. Man konnte hier ein ganzes Leben leben. Um die Ecke lagen eine Bank und ein Hotel, und dann gab es noch die Post, einen alten Friedhof – und eine Bingohalle. Alle Grundbedürfnisse des Lebens waren gedeckt. Man konnte Briefe schicken, Geld abheben, Bingo spielen. Das neue Dreggen war ein Norwegen im Taschenformat – für die Bequemen.

Wenn man eine Werbeagentur betritt, fällt einem als Erstes auf, dass nur junge Menschen dort angestellt zu sein scheinen. Man sieht selten Menschen über vierzig, denn die sind passé, die Ideen sind ihnen ausgegangen oder sie können das Tempo nicht mehr halten. Vielleicht sitzt ein älterer, grauhaariger Herr in einem der hinteren Büros, weil er zufällig die Aktienmehrheit der Firma besitzt und niemand ihn auffordern kann, zu Hause zu bleiben, aber einen anderen Grund gibt es nicht, und viel ausrichten kann er auch nicht mehr.

Vorne am Empfang oder im Vorzimmer oder im Salon (je nachdem, wie mondän die Agentur ist) sitzt eine junge Frau, die immer hübsch ist (denn wenn sie es nicht ist, ist sie viel zu tüchtig, um dort zu sitzen), und lächelt dich an. Das heißt: Sie lächelt dich an, wenn du unter vierzig bist und aussiehst, als hättest du dort etwas zu tun, und nicht, als wolltest du von jemandem Geld leihen. Aber ihr Lächeln ist selten sonderlich warm. Es ist ein mechanisches Lächeln – vielleicht schön, aber mechanisch. Und es dauert nicht lange, denn es ist erloschen, bevor du dich richtig umgedreht hast.

Alle Werbeagenturen versuchen, ein »junges, dynamisches Milieu« zu etablieren, und es laufen immer Menschen im fancy Outfit hastig von einem Büro ins andere. Sie tragen moderne Brillen und immer einen guten Witz im Mundwinkel, eine kesse Replik für eines der Mädchen, die mit Kopfhörern vor ihren Geräten sitzen.

In der Werbeagentur Pallas herrschte ein junges, dynamisches Milieu in starken Farben: Der Boden war grün, die Wände rot und die Decke gelb. Man kam zunächst in einen langen, schmalen Korridor voller langer, schmaler Menschen und an den Wänden hingen alte Bierplakate aus der Zeit, als es noch erlaubt war, für so etwas zu werben.

Die Frau am Empfang hatte eine Afro-Frisur in Schwarz, trug eine grünweiße Tunika und eine Brille mit großen, goldgefassten Gläsern mit verdunkeltem Glas. Aber ihre Zähne strahlten fehlerfrei, als sie lächelte.

Ich sagte: »Mein Name ist Veum. Ich würde gern mit Jonas Andresen sprechen. Ist er da?«

Sie schaute auf eine Leuchttafel und nickte bestätigend. »Sind Sie verabredet?« Ihre Augen hinter dem verdunkelten Glas waren blau, wie der Himmel hinter allen Wolken auch blau ist.

»Muss ich das?«

Ihr Lächeln wurde angestrengter. »Sind Sie ein Kunde?«

»Nicht direkt.«

Jetzt erlosch es ganz und sie sagte kühl: »Ich werde nachfragen.« Sie wählte eine Nummer und sprach leise und diskret, damit ich nicht hörte, wie sie mich nannte. Sie sah auf und sagte: »Andresen fragt, worum es ginge.«

Ich sagte: »Sagen Sie ihm, es sei privat und sehr wichtig.«

Sie gab es weiter, lauschte einige Sekunden und legte auf. »Einen Augenblick, er kommt gleich.« Dann vergaß sie mich und wendete sich wieder ihrem Diktiergerät und ihrer Tastatur zu. Mehrmals in der Minute nahm sie Telefonate entgegen und sagte mit derselben liebenswürdigen Stimme: »Pallas, guten Tag.«

Ich blieb stehen und wartete. Gott sei Dank bat mich niemand, mich zu setzen. Die Sessel sahen nicht aus, als käme man jemals wieder heraus.

Weiter hinten im Korridor komplimentierte ein junger Mann einen grauhaarigen Herrn mit maßgeschneidertem Anzug hinaus, wie man wichtige Kunden aus einer Werbeagentur hinauskomplimentiert, wenn man mit ihnen fertig ist.

Eine junge Frau kam aus einem Raum und trug eine große, grüne Mappe unter dem Arm. Sie kam direkt auf mich zu: eine kleine Frau mit recht kleinen Brüsten, breiten Hüften und einem hübschen Gesicht mit klaren, dunklen Augen. Doch das Auffälligste an ihr war ihr Haar, es leuchtete. Es war braun, hatte aber gleichzeitig einen starken roten Schimmer, der eindeutig nicht aus einer Tube stammte, die man für dreißig Kronen kauft und beim Waschen ins Haar schüttet; dieser Rotton kam von innen her, aus stillen, heimeligen Ecken und von Bäumen, die in ihren Wäldern wuchsen. Gleichzeitig war es kein aufdringliches Rot, denn ihr Haar war braun. Der rote Schimmer war einfach da, so wie ihre Seele irgendwo in ihrem Körper war.

Sie war passend zum offiziellen Farbspektrum gekleidet und trug eine dunkelrote Bluse und einen samtenen, grünen Rock. Als sie an mir vorbeiging, lächelte sie mir zu, und ich erkannte an ihren Lachfältchen, dass sie doch nicht mehr so jung war, sondern um die dreißig. Aber es war ein selten warmes und schönes Lächeln. Ein Lächeln, das aus der gleichen Quelle kam wie der Rotschimmer in ihrem Haar. Wie schön es dort sein musste. Ich würde gern meine Ferien dort verbringen, wenn ich welche hätte, und den Rest des Lebens auch.

Das war alles. Ein Lächeln im Vorübergehen, und mir war so schwindelig, dass ich fast nicht wusste, wohin ich sehen sollte. Ich dachte im Stillen: Es ist wirklich lange her, dass du richtig verliebt warst, Varg – viel zu lange. Und ich dachte an Wenche Andresen, lauschte nach ihrer Stimme. Aber aus irgendeinem Grund konnte ich ihr Gesicht nicht sehen, und ich hörte keinen Laut.

Die kleine Frau gab die große, grüne Mappe am Empfang ab, sagte ein paar Worte und ging zurück – den Korridor entlang. Ihr Haar war leicht, frisch gewaschen und offen, und es wogte mit ihr durch den viel zu kurzen Korridor. Dann bog sie in denselben Raum ein, aus dem sie gekommen war und war verschwunden.

So treten Menschen in dein Leben – und verschwinden wieder, im Laufe von ein, zwei Minuten.

Ein Mann trat aus einem anderen Raum und kam mir mit Schritten entgegen, die nicht mehr ganz so dynamisch waren. Vielleicht war es schon zu spät am Tag, oder er hatte schon zu lange gearbeitet.

Er war gut gekleidet, ein graugrüner, taillierter Anzug mit Weste. Er war dunkelhaarig oder dunkelblond und trug eine neue Brille und einen kleidsamen, kleinen Wildwest-Schnauzbart (der ein wenig traurig an beiden Mundwinkeln herunterhängt), aber ich erkannte ihn dennoch von dem Bild wieder, das ich bei seiner ehemaligen Ehefrau gesehen hatte. Es war Jonas Andresen.

Er sagte mir also nichts Neues, als er sich vorstellte: »Ich bin Jonas Andresen. Sie wollten mich sprechen?«

Ich ergriff die Hand, die er mir entgegenstreckte. »Ja. Mein Name ist Veum.« Ich senkte die Stimme. »Ich komme im Auftrag Ihrer Frau, ich bin eine Art – Anwalt.«

Er senkte auch die Stimme und sagte: »Wir gehen in mein Büro.«

Dann drehte er sich um und ich folgte ihm den Korridor entlang in sein Büro.

Es war ein recht kleiner Raum, mit Aussicht auf den gespaltenen Turm der Mariakirche und Fløien dahinter. Ich konnte bis zum Dach des Hauses sehen, in dem ich wohnte. Fast konnten einem die Tränen kommen.

Er hatte einen großen, schwarzen Schreibtisch, auf dem Papiere, Drucksachen und Annoncenentwürfe systematisch in Haufen geordnet lagen. Ein Korb mit EINGÄNGEN war deutlich voller als der mit AUSGÄNGEN. Neben den Körben lag ein Plastikschädel, ungefähr in Stirnhöhe aufgeschnitten und heraus stachen Kugelschreiber und Bleistifte in den Farben des Hauses: rot und grün. In einem Plastikbecher stand eine einzelne, blassrote Rose, deren Blütenblätter längst braune Ränder aufwiesen, und in einem grünen Aschenbecher lagen Zigarettenkippen, Asche und abgebrannte Streichhölzer. Wenn der am Morgen sauber gewesen war, dann war er ein fleißiger Raucher.

An den Wänden hingen Plakate, vier vergrößerte Amateurfotos von Roar (einige früheren Datums) und eine Spanplatte, an die ausgeschnittene Zeitungsannoncen, ganze Seiten aus Wochenzeitschriften, Artikel, Fotos, Visitenkarten, Entwürfe und diverser Krimskrams geheftet war.

Jonas Andresen setzte sich hinter den Schreibtisch und wies mich zu einem gemütlichen Ledersessel ihm gegenüber. Er zog eine Packung Zigaretten hervor, hielt sie mir hin, und als ich ablehnte, steckte er sich selbst eine an. Es war eine lange, weiße Zigarette, und seine Hand zitterte, als er sie anzündete.

Er sah mich fragend an. »Also?«

»Ihre Frau hat mich gebeten ... Es geht um Geld, das Sie ihr wohl versprochen haben – aus einer Lebensversicherung. Sie hat nämlich gewisse Probleme. Finanzieller Art.«

Er betrachtete mich mit klaren, blauen Augen durch die farblosen Brillengläser. Es waren große Gläser, braun eingefasst, oben leicht abgerundet und unten eckig, sodass sie eine Art Glockenform bekamen. Er blies blauen Zigarettenrauch durch seine zusammengepressten Lippen, bevor er sagte: »Lassen Sie uns zuerst ein paar Dinge klären. Sie sagten, Sie seien eine Art Anwalt. Sind Sie der Anwalt meiner Frau oder nicht?«

»Das bin ich nicht.«

Er beugte sich nach vorn. »Sind Sie ein Freund?«

Ich sagte: »Ich kann Ihnen versichern . . .«

Er hob abwehrend beide Handflächen und sprach mit der Zigarette im Mundwinkel: »Immer mit der Ruhe. Ich kann darin absolut nichts Schlimmes sehen. Ganz im Gegenteil, es würde mich freuen, zutiefst und ehrlich freuen, wenn Wenche einen – Freund gefunden hätte. Einen neuen.«

»Tja, das bin in dem Fall nicht ich. Nicht so. Von Beruf bin ich eigentlich Privatdetektiv.«

Sofort wurde sein Gesichtsausdruck starrer.

Ich fuhr fort: »Es war Ihr Sohn, Roar, der mich kontaktet hat. Um sein Fahrrad wieder zu bekommen, das gestohlen worden war.«

»Roar? Er engagierte einen Privatdetektiv, um ein gestohlenes Fahrrad zu suchen? Der Lausejunge!« Er lachte verwundert.

»Am Tag darauf musste ich Roar suchen.«

Er sah mich wieder ernst an. »Was meinen Sie damit?«

Ich erzählte ihm kurz von Joker und seiner Gang und wie ich Roar gefunden hatte, gefesselt und geknebelt. Aber ich erzählte ihm nicht, wie ich mich mit Roar aus dem Wald herausprügeln musste – und ich erzählte ihm auch nicht, dass ich seine Frau geküsst hatte, auch wenn sie nur seine Ehemalige war.

Er wurde blass und blasser und seine Stimme klang ziemlich gepresst als er schließlich sagte: »Das ist ja zum Kotzen. Diese Mistkerle. Ich sollte . . .«

Ich sagte: »Immer mit der Ruhe. Ich hab es schon getan. Aber so habe ich Ihre Frau kennen gelernt. Und dann engagierte sie mich eben, um mit Ihnen zu sprechen. Über dieses Geld. Sie fühlte sich nicht in der Lage, es selbst zu tun.«

Jonas Andresen inhalierte tief. Während er sprach, kam der Rauch stoßweise wieder heraus. »Ich – möchte eigentlicht nicht hier über diese Dinge reden. Könnten wir uns draußen irgendwo treffen, in – sagen wir in einer halben Stunde?«

Ich sah auf die Uhr, als hätte ich ein volles Programm.

»Ist das schwierig für Sie?«, fragte er.

Ich war großzügig. »Nein, das wird wohl gehen. Und wo?«

»In der Bryggestue?«

»Die Bryggestue ist okay. Vielleicht sollten wir gleich dort essen? Ich jedenfalls.«

Er zuckte mit den Schultern. »Also in einer halben Stunde, ja?« Dann stand er auf und gab mir zu verstehen, dass er die halbe Stunde bis dahin anderes zu tun hatte, als dazusitzen und mit den Schultern zu zucken. Er musste in der Zeit mindestens drei Zigaretten rauchen und der langsame Tod, der bei uns allen am Tag unserer Geburt eintritt, sollte noch eine halbe Stunde lang in ihn hineinkriechen.

Er begleitete mich zur Tür und sagte auf Wiedersehen. Die Frau mit dem Afro-Haar versuchte ein zaghaftes Lächeln, das verriet, dass sie sich nicht ganz sicher war, ob ich nicht vielleicht doch eine Art Kunde werden könnte, irgendwann. In jedem Fall war ich noch nicht vierzig, und ein Teil ihres Lächelns war somit berechtigt.

»Bis nächsten Dienstag, hinter der Bibliothek«, sagte ich, blinzelt ihr zu und verließ den Raum.

18

Bryggestuen ist eines der wenigen Lokale in Bergen, das eine einfache und solide Atmosphäre von Vergangenem behalten hat, ohne dabei lächerlich zu wirken. Die großen Wandgemälde von Per Schwab mit Hafenmotiven, Bildern von Häusern, die nicht mehr stehen und Schiffen, die längst verschrottet sind, schaffen eine zeitlose Atmosphäre und die Klientel besteht weder aus lautstarken Akademikerlehrlingen, noch aus angetrunkenen Jugendlichen, wie man sie sonst in den meisten Restaurants findet, wo man sich auch als normaler Mensch noch ein Bier leisten kann. Sie bestand aus gewöhnlichen, soliden Menschen, Markthändlern, Seeleuten, Büroangestellten – allerdings vor allem Männern. Es war keines der Lokale, in die man geht, um eine Frau aufzureißen. Man ging dorthin, um sich ein stilles Abendbier zu genehmigen oder um gut und billig zu essen.

Ich trat ein und setzte mich in eine der hintersten Nischen. Ich bestellte ein Pils und ein Walsteak und aß und trank in aller Ruhe.

Die Nischen lagen in drei parallelen Reihen. Ich saß ganz hinten an der Wand. In der Nische neben mir saß ein kräftiger Mann in grauem Mantel und mit einem Bauch, der den Gürtel verdeckte, und fischte tief in seinem Bierglas nach Vergangenem. Ich weiß nicht, ob etwas anbiss. In der Nische an der gegenüberliegenden Wand saß ein junges Paar mit ineinander verschlungenen Fingern. Es sah aus, als würden sie niemals mehr voneinander loskommen. Aber das würden sie, nach ein paar Jahren Ehe oder ähnlichem.

Von Bryggen tönte der Verkehrslärm durch die Bleiglasfenster herein, und das Walsteak schmeckte, wie es sollte.

Es war eine gute halbe Stunde, die beste seit ziemlich langer Zeit.

Ich hatte schon fast mein zweites Pils hinter mir, als Jonas Andresen hereinkam und sich suchend umsah. Ich hob einen Finger – er nickte und kam herüber. Er hätte Kellner werden sollen.

Er trug einen hellen Mantel über dem Arm und einen schwarzen Stresskoffer in der Hand. Beides legte er auf die Bank neben sich. Als der Kellner kam, bestellte er ein halbes Export. Als der Kellner das Glas brachte, bestellte er sofort noch eins. »Ich muss mich von der Arbeit erholen«, sagte er.

Wir tranken stumm, ich mein leichtes Pils, er sein schweres Export. Wir tranken wie zwei alte Freunde, die sich jeden Tag nach der Arbeit treffen und nicht unbedingt viel reden müssen.

Aber nachdem wir ausgetrunken hatten, mussten wir schließlich doch reden. Er sprach schon ein wenig unklar. »Ich weiß nicht, wie viel Wenche dir erzählt hat«, sagte er. »Oder was sie dir erzählt hat.« Er stutzte kurz, dann sagte er: »Wir sagen doch Du, oder?«

»Warum nicht«, sagte ich und ergriff die Hand, die er mir entgegenstreckte.

»Jonas«, sagte er.

»Varg«, sagte ich.

»Was?«, sagte er.

»Nein, Varg«, sagte ich.

»Ach so«, sagte er und lachte leise, als hätte ich einen Witz gemacht. Dann fuhr er fort. »Ich gehe davon aus, dass sie ... Ich meine, sie hat vielleicht kein besonders schönes Bild von mir gezeichnet? Sie kann ganz schön heftig sein in ihren – Charakteristiken.« Das war ein schweres Wort, aber er schaffte es. Er war nicht umsonst in der Werbebranche.

»Bist du verheiratet?«, fragte er und schielte auf meine rechte Hand hinunter.

»Nein. Nicht mehr.«

»Gratuliere. Dann sitzen wir in derselben – Nische.«

»Genau.«

»Als du verheiratet warst, warst du deiner Frau da mal untreu? War das vielleicht der Grund, warum ihr ...?«

»Nein. Aber ich hatte eine Arbeit.«

»Ich verstehe«, sagte er.

Er hatte mich in Schwung gebracht, also fuhr ich fort: »Ich meine – es gibt so viele Arten von Untreue. Es gibt Männer, die mit anderen Frauen fremd gehen, andere tun es mit der Flasche, und wieder andere gehen mit ihrer Arbeit fremd. Frag mich nicht, was am schlimmsten ist, aber in meinem – Beruf ... Ich habe den Eindruck, dass die meisten Frauen es am schlimmsten finden, wenn ihre Männer sie mit anderen Frauen betrügen.«

»Genau. Und sie fragen nie, warum. Jedenfalls selten. Und das tut die Umgebung auch nicht. Ein untreuer Mann – oder natürlich auch eine untreue Frau – ist immer der Sündenbock. Immer schuldig. Wenn eine Ehe kaputt geht, hat immer der die Schuld, der den Seitensprung – oder die Sprünge – begangen hat. Und nie fragt jemand, warum.«

»Genau. Und das ist der Grund, warum ich solche Aufträge nicht annehme.«

Er sah verwirrt drein. »Was für Aufträge?«

»Solche Aufträge. Ich beschatte nie Ehepartner, um herauszufinden, wo sie sind, wenn sie nicht da sind, wo sie sein sollen – und mit wem sie dort zusammen sind. Weil dann keiner danach fragt, warum sie dort sind.«

»Nein. Nein, genau. Aber hör zu, Veum – glaub nicht, dass ich hier sitze und das sage, um die Schuld bei Wenche abzuladen. Das tue ich nicht.«

Nein, das tat er nicht. Was er tat war, ein neues halbes Export zu bestellen. Ich hatte schon aufgegeben, mit ihm mitzuhalten und nippte nur an meinem dritten Pils.

Ihm blieb Schaum am Bart hängen, der leicht erzitterte, als er fortfuhr: »Sie tut das aber, leider. Sie gibt mir die ganze Schuld. Sie sieht keine Fehler bei sich selbst. Aber das ist okay. Soll sie sich damit trösten, wenn sie sich dadurch ein bisschen besser fühlt. Aber die Wahrheit – die Wahrheit ist, dass es überhaupt keine Ehe war, nie hätte sein dürfen. Aber um das zu begreifen sind wir immer viel zu jung, stimmt's . . . äh – Varg?«

»Die Frage ist, ob wir jemals alt genug werden.«

»Nein. Ja. Aber wir waren – wir waren grundsätzlich viel zu verschieden. Ich weiß nicht, ob sie dir von ihrem Hintergrund erzählt hat. Sie kommt ja nicht aus Bergen, obwohl ihr Dialekt jetzt ganz abgeschliffen ist. Sie kommt aus dem Hardanger, aus einem dieser schmalen Dünndarmtäler, die sich irgendwo an einer Felswand entlang winden und wo das Schicksal einen Hof und zwei Kühe hingeworfen hat. Sie kommt aus einem strengen und pietistischen Milieu, aber als sie in die Schule kam, zog sie zu einer älteren Schwester nach Øistese, und da ging es ihr besser. Es sind nette Leute, sowohl die Schwester als auch ihr Mann. Aber es ist klar: Das Milieu ihrer Kindheit hat sie geprägt. Jesus an der Wand und nur ein Buch im Regal, weißt du? Und ein Jahresabonnement der Kirchenzeitung . . . Ich dagegen, ich bin ein Stadtkind, war mit vierzehn zum ersten Mal besoffen, hatte mein erstes Mädchen mit fünfzehn, stahl Autos und fuhr auf Sauftour ins Fanafjell und nach Hellestad. Aber ich landete immer weich. Am Ende. Ich besuchte die Handelshochschule mit einem ziemlich dekadenten Freizeitmilieu, endlose Biergelage und kleine, dicke Studenten aus dem Østland, die halb nackt auf den Tischen tanzten, wenn sie zuviel gekriegt hatten. Später dann die Werbebranche, mit ihrer ganzen Dynamik, mit all den Konferenzen und Seminaren und Essen in der Stadt mit Kunden.

Sie war gern zu Hause, saß über einer Handarbeit, las vielleicht ein Buch, hörte eine Platte oder sah fern. Sie kochte gern und nähte und putzte und gesellschaftliches Leben interessierte sie nicht sonderlich. Alkohol trank sie nur aus Höflichkeit, und das Rauchen habe ich ihr beigebracht. Ich dagegen war es gewohnt, mit den Jungs auszugehen und ein Bier zu trinken, ein bisschen mit einem Mädchen zu flirten und nicht ganz nüchtern spät nach Hause zu kommen. Was bedeuten solche Unterschiede eigentlich, wenn man sich nur wirklich liebt?«

Er sah mich resigniert an. »Tja, das haben wir vielleicht nicht getan. Oder ich . . .«

Ich unterbrach: »Aber wie habt ihr euch eigentlich kennen gelernt?«

»Wie lernt man sich kennen? Sie kannte jemanden, den ich kannte, der . . . Die alte Geschichte. Es gibt immer eine Freundin von einer Freundin von einem, mit dem du zusammen gewohnt hast, oder nicht? Und manche von diesen Freundinnen, eine von diesen Freundinnen muss ja irgendwann mal aus dem Hardanger kommen, oder?«

»Ja?«

»Tja. Es war einfach so. Wir trafen uns bei gemeinsamen Bekannten und – na ja, sie zog mich wirklich an. Sie war so anders als alle diese anderen Mädchen. Sie war zurückhaltend, schüchtern, jungfräulich. Sie sagte fast nichts, und wenn ich sie nach etwas fragte, dann schlug sie die Augen nieder und faltete die Hände im Schoß. Also sie, ja, sie zog mich an, machte mich an. Ich wollte sie haben, sie besitzen. Und sie . . .« Er zuckte mit den Schultern und leerte sein Glas. »Sie mochte mich auch. Recht bald.«

Er bestellte ein neues Glas Bier und fuhr fort: »Es war plötzlich ein neues Leben. Nach jahrelangem Umherflattern und Flirten nach Ost und West, nach etlichen Gipfelbesteigungen von Bett zu Bett – war plötzlich süßer, sanfter Friede. Wanderungen auf den Fløien in weichen Samtnächten, Sonntagvormittagspaziergänge um stille Kais. Kinobesuche wie als ich ein Junge war – dasitzen und Händchen halten, irgendwo ganz hinten im Dunkeln. Wenche, Wenche, Wenche . . .«

Jetzt hatte er mich fast vergessen und das fünfte Bier zog seinen Kopf noch ein paar Zentimeter tiefer zur rotweiß karierten Tischdecke.

Der Mann am Nebentisch hatte uns verlassen. Alles, was er hinterlassen hatte, war ein nasser Kreis auf dem Tischtuch. Das junge Paar ihm gegenüber war jetzt bei den Ellenbogen angelangt, aber sie hatten immer noch eine gute Mahlzeit vor sich, bevor sie einander ganz aufgefressen hatten.

Jonas Andresen sagte: »Und dann wurde sie mein, süß wie eine Rose, die zum allerersten Mal blüht. Eine Forelle in einem Bach, die springt und in der Luft hängen bleibt – in meinen Armen. Und sie wurde schwanger und wir heirateten und wir bekamen Roar. Und dann saßen wir da, weißt du, in einer Wohnung in Nygårdshøyden und waren plötzlich zu Dritt. Der Beginn einer kleinen Kernfamilie, und kein Ausweg mehr. Schon nach einem halben Jahr hatte ich mich in eine andere verliebt, und es fing an, schief zu gehen – ziemlich schnell. Ich meine, dass ich mich in eine andere verlieben konnte, nach einem halben Jahr Ehe . . . Das zeigte wohl, wie es um unser Land stand.«

»Welches Land?«, fragte ich mit müdem Kopf nach den drei Pils. Ich bestellte noch eins, um im Fluss zu bleiben.

»Das Nimmerland. Und ich war Peter Pan und Wendy war schon weg. Sie wurde so alt, Varg. Ich meine nicht äußerlich. Du meine Güte, sie sieht ja immer noch aus wie sechzehn, jedenfalls vor ein paar Monaten noch. Aber sie wurde so gesetzt. Sie interessierte sich für nichts anderes als für mich und das Kind. Und dann diese endlosen Handarbeiten. Wir hatten die Wände voller Stickereien und die Sofas voller Kissen und Tische und Schränke bedeckt mit kleinen herzigen Läufern. Und auf dem Klo tauschte sie die Schnur mit einem selbstbestickten Glockenstrang aus und . . .«

Ich versuchte, mich an die Wohnung von Wenche Andresen zu erinnern und sagte: »Übertreibst du jetzt nicht ein bisschen?«

»Na ja, es kam mir jedenfalls so vor. Als würde ich in solchen bestickten Teilen jeglicher Art ersticken.«

Eine Frau kam herein und setzte sich an den freien Tisch neben uns. Sie war Ende fünfzig und hielt den Kopf ein klein wenig schräg. Um den fransigen Mund huschte ein kleines Lächeln, wie bei einem Wolf, der im Wald auf Rotkäppchen wartet. Aber Rotkäppchen war der Frauenfront beigetreten und zündete unten in der Stadt Bücherfeuer an, sie war also beschäftigt und wenn sie gekommen wäre, dann hätte das dem Wolf nicht viel geholfen, denn sie hatte einen Judo-Kurs gemacht und wusste, wie man mit Männern umging.

Jonas Andresen fuhr fort, ohne irgendetwas wahrzunehmen. Der Schaum in seinem Bart war weggetrocknet. »Die ersten dreckigen kleinen Seitensprünge waren solche kleinen Lügen, die die Leute hinter deinem Rücken tuschelnd verbreiten – nur dass es in diesem Fall keine Lügen waren. Eine zufällige Kollegin, eine Bedienung in einem Restaurant irgendwann in Oslo, die Frau eines Freundes und eine frisch geschiedene Diva; kurze Affären, die selten mehr als eine Nacht dauerten. Zwei Mal war ich verliebt, wirklich verliebt, aber nur mit einer der beiden habe ich geschlafen. Als ob das wirklich etwas bedeuten würde. Als sei das die Krone des Ganzen. Als ob mit einem Menschen zu schlafen irgendetwas anderes bestätigen oder entkräften würde als möglicherweise deinen Stolz – oder deinen fehlenden ... Aber dann ...«

Sein Blick wurde träumerisch und verschwamm, und ich beeilte mich, ihm ein neues Export zu bestellen. Der Kellner begann, auf beiden Seiten der Nase skeptisch auszusehen, aber er kam mit dem Glas. Ich sagte zu Jonas: »Willst du etwas essen, Jonas?«

Er sah mich an: »Essen?« Das Wort hatte er noch nie gehört.

Ich versuchte, ihn wieder auf den Pfad zu bringen: »Aber dann ..., sagtest du.«

»Ja, dann ... Dann traf ich S-Solveig.«

Neue Pause. Sein Gesicht wurde weich, sein Blick warm und ich sah, wie er versuchte, sich wieder gerade hinzusetzen. Das war kein leichtes Unterfangen nach fünfeinhalb Export. »Und da war es vorbei. Da – war – es – vorbei.«

Ich sagte nichts mehr. Ich wusste, dass es dauern würde. Dass es vielleicht noch fünf, sechs Halber bedürfte, bis wir am Ende des Weges angelangt waren, aber ich sah in seinen Augen und in seinem Gesicht, dass ich die ganze Geschichte zu hören bekommen würde, alle Verse der »Ballade von Jonas und Solveig«. Da half nur Geduld.

»Solveig«, wiederholte er. Und jetzt lag nicht das Bild einer züngelnden Schlange in der Luft, sondern es war die Morgensonne, die über die Landschaft aufstieg, die durch braune, verblasste Wandmalereien an den hohen Wänden drang, die ihre schrägen Strahlen in die braunrote Nische hineinschickte, auf das löchrige Tischtuch und die halb vollen Biergläser – so wie sie sie in eine feuchtgrüne Morgenlandschaft geschickt hätte, irgendwo zwischen dem Meer und den Bergen, das Meer als ein wogender Spiegel und die Berge als hohe, bläuliche Zukunftversprechen dahinter. Es war die Sonne, die über Armen und Reichen, über Werbeleuten und Privatdetektiven aufsteigt, über Jonas im Walsteak und Varg in der Verbannung. Es war die Sonne, die uns erfüllt und verzehrt, und die uns als kleine Aschehäufchen ausspuckt – nach dem Vulkanausbruch in uns allen, dem plötzlichen Fegefeuer der Liebe.

»Sie fing vor drei, vier Jahren bei uns an, und am Anfang war sie einfach nur da. Sie kam direkt von der Kunsthandwerkschule und begann als Layout-Mitarbeiterin: Schriftzeichnungen, Ausarbeitung von Annoncen und solche Dinge. Eine nette, sympathische Frau, eine, die man gerne um sich hat, gerne als Kollegin hat. Bis du eines Tages plötzlich dir selbst in den Arm kneifst und entdeckst, dass du bis über beide Ohren in sie verliebt bist und du am Tag darauf aufwachst und dir klar ist, dass du sie liebst – mehr als du jemals einen Menschen geliebt hast. Und dann traust du dich nicht, es ihr zu sagen, denn du bist verheiratet. Und sie ist auch verheiratet. Und du hast ein Kind, und sie hat zwei. Und du entdeckst, dass du viel zu früh in den Zug eingestiegen und am falschen Bahnhof ausgestiegen bist, und nun ist es viel, viel zu spät. Verstehst du?«

Ja, ich verstand. Dieses Gefühl hatte ich auch gehabt, ab und zu. Nur dass meine Züge schon lange abgefahren waren. Und ich war noch nicht einmal an irgendeinem Bahnhof ausgestiegen. Ich war irgendwo in einer Kurve kopfüber abgeworfen worden.

Er tastete mit der Hand in der Luft herum, als würde er nach ihr suchen. Oder vielleicht versuchte er, sie zu zeichnen, sie vor meinen Augen zu formen. »Du würdest . . . Sie ist der Typ, bei dem man das Gefühl hat, dass sich alle in sie verlieben müssen. Das Erste, was dir an ihr auffällt, ist ihr Haar. Es ist nicht braun, das heißt eigentlich ist es braun. Aber es ist mehr als nur braun, es ist rot, aber ohne rot zu sein – wenn du verstehst, was ich meine.«

Ich verstand, was er meinte. Ich hatte sie gesehen.

»Es leuchtet einfach, als käme die Farbe . . .«

»Von innen?«

»Genau! Von innen. Und all ihre Wärme kommt auch von innen. Denn das Nächste, was dir auffält, ist, dass sie so verdammt sympathisch ist. Immer. Dass sie immer gute Laune hat und hell und freundlich ist, auch wenn ihr euch über die Vorgehensweise nicht einig seid, auch wenn ihr Auseinandersetzungen habt. Und wir hatten das Glück – ich hatte das Glück –, dass wir viel zusammen arbeiteten.«

»Welchen Posten hast du eigentlich?«

»Ich bin Konsulent – so heißt das jetzt. Marketingchef hätte es damals geheißen, als jeder Mann ein Chef war, in seinem Büro. Ich kümmere mich um Absprachen und Verträge und Planung von Kampagnen und um ökonomische Verpflichtungen und so weiter. Sie hingegen gehörte zum praktischen Teil des Betriebes, sie brachte die Ideen zu Papier. Und sie war – ist – gut. Sie hat einen einfachen Stil, aber sie hat viel Sinn für Ausdruck. Dafür, eine Idee in ein Bild umzusetzen, in Schrift und Illustrationen, die einen Sinn ergeben. Das Ganze zu vertiefen. Wenn du verstehst, was ich meine.«

Ich verstand nicht ganz, was er meinte, aber ich konnte ja meine Fantasie hinzuziehen. Und außerdem hatte ich sie gesehen.

»So lief ich herum und kaute auf meiner heimlichen Sehnsucht herum, dieser Verliebtheit, monatelang – bis plötzlich eines Tages . . . Wir hatten zu arbeiten, und ich war unterwegs gewesen und hatte mit einem Kunden zu Abend gegessen, und wir hatten eine Flasche Wein geteilt, sodass ich mich gerade so leicht im Kopf fühle, wie man es ab und zu vom Wein wird. Als könnte ich schweben, weißt du?«

»Ja.«

»Und plötzlich hatte ich das Gefühl, dass wir einander sehr nah waren, da über ihrem Zeichentisch, und dann sagte ich, sehr vorsichtig: Weißt du, Solveig, ich glaube, ich habe mich in dich verliebt. Ja, jedenfalls ein kleines bisschen, fügte ich hinzu – um ganz sicher zu gehen, dass sie es mir nicht übel nähme. Und sie sah mich an, so forschend, wie es manche Frauen tun, wenn du ihnen solche Dinge sagst, als wollten sie die Lüge oder die Wahrheit in unserem Gesicht lesen, und dann sagte sie: Wirklich?

Und ihre Stimme war so weich, so weich – und später, als ich ging, wollte ich sie nur ganz kurz umarmen, und sie kam mir entgegen, und ich legte meinen Mund in ihren Nacken, spürte ihren Duft, und für den Bruchteil einer Sekunde streiften sich unsere Lippen, und sie wandte das Gesicht nicht ab, aber ich ging halb taumelnd aus ihrem Zimmer und machte nicht einmal die Tür hinter mir zu.«

Er legte den Kopf schräg und sah verwundert in das leere Bierglas hinab. »Und dann . . . Dann verging fast ein Jahr, ohne dass etwas passierte. Das ist wahr, Veum. Ich versuchte, es zu lassen.

Ich dachte: Du bist in sie verliebt, aber sie empfindet nichts für dich. Warum sollte sie? Sie ist glücklich verheiratet und hat zwei Kinder, und du selbst bist – jedenfalls verheiratet – und hast eins. Und ich wusste ja nichts davon, damals, dass sie ... Ich konnte mir in meinen wildesten Fantasien nicht vorstellen, dass eine Frau wie S-Solveig irgendetwas für mich empfinden könnte. Aber das tat sie. Und dann kam ein Herbst wie ein langer, schwebender Leerlauf. Es wurde mir klarer und klarer, dass sie bleiben würde – in meinem Kopf. Ich sah nur noch sie – sie – sie. Ich fing an, meine Arbeit schlechter zu machen, ich merkte es selbst. War jedenfalls weniger konzentriert, rettete mich aber durch Routine. Dann machte ich Fehler, und einmal verloren wir fast einen Kunden dadurch. Aber das machte irgendwie nichts – solange sie da war, die ganze Zeit, zusammen mit mir. Solange wir nur weiter zusammenarbeiten konnten. Und in all den Monaten erwähnten wir nie – was geschehen war, was ich gesagt hatte. Wir wurden nur immer bessere Freunde. Ich glaube wirklich, ich habe nie einen so guten, vertrauten Freund gehabt – weder Mann noch – Frau.«

Ich schenkte ihm aus meinem Glas nach und er sah mich dankbar über den Atlantik an. »Aber dann eines Tages ...«

»Ja?«

»Dann eines Tages. Es war spät, wir machten Überstunden, mussten einen Auftrag fertig kriegen. Wir waren allein, ganz allein. Als wir fertig waren, blieben wir sitzen und redeten. Das heißt, sie saß. Ich stand auf der anderen Seite des Zeichentisches. Wir hatten jeder eine Tasse lauwarmen Kaffee vor uns stehen, und ich weiß nicht mehr, worüber wir sprachen. Ich weiß nur noch, dass ich dachte: Jetzt, Jonas, jetzt musst du es ihr sagen. Jetzt ist der Moment. Aber ich konnte mich nicht überwinden, ich konnte es nicht in Worte fassen, konnte all den Gefühlen, die aus mir herausdrängten, keine Namen geben, einfach weil – sie da saß. Und dann ... Dann zündete sie sich eine Zigarette an. Und sie sagte: Ich rauche nur selten. Dann fühle ich mich so – leichtsinnig. Und ich sagte: Leichtsinnig ... Und dann streckte ich meine Hand aus und strich ihr über die Wange. Ihr Blick wurde dunkel und warm und dann streckte sie auch eine Hand aus und strich mir über die Wange, kurz, mit dem Handrücken. Ich fiel einfach zusammen, Varg. Alles löste sich in mir. Ich beugte mich über den Tisch und umfasste ihr Gesicht – ihren Kopf – mit beiden Händen, spürte ihre weichen Wangen an meinen Handflächen, legte mein Gesicht an ihres, an ihr Haar, ihr wunderbares weiches Haar, legte den Mund an ihr Ohr, an ihre Wange, ihren Mundwinkel, wo ich leicht ihre weichen Lippen zittern fühlte ... Und ich seufzte, Varg. Ich seufzte wie ein altes Waschweib, so überwältigt war ich von mir und meinen eigenen Gefühlen. Solveig, sagte ich, du bist so lieb, Solveig. – Und sie sah mich mit ihren großen, glänzenden Augen an: Findest du, Jonas? – Wenn du ahntest, ich glaube nicht – es ist viele Jahre her, dass ich so etwas für einen Menschen gefühlt habe, wie das, was ich für dich fühle, Solveig. – Ich küsste sie mehrmals, auf das Ohr, auf die Wange, neben den Mund, aber nicht richtig auf den Mund, dann wendete sie ihr Gesicht ab.

Ich sagte: Ein bisschen magst du mich auch, oder? – Ich mag dich sehr, Jonas, sagte sie. Und ich küsste sie wieder. Sie sagte: Es ist schön, dass du da bist, Jonas, aber jetzt darfst du nicht, jetzt darfst du mich nicht mehr küssen, nicht heute. Ich strich ihr mit der Hand das Haar aus der Stirn, von den Augen und sagte: Was ich fühle, das ist nicht sexuell, nicht so. Es ist ganz romantisch. Als wäre ich wieder ganz jung, sechzehn, siebzehn. Ich habe Lust, zärtlich zu dir zu sein. Dich zu küssen, auf den Mund. Und ich betrachtete ihren Mund, die schönen, weichen Lippen, recht schmal, aber offen, und eine von diesen sehnsüchtigen Unterlippen, wenn du verstehst, was ich meine.«

Ich verstand, was er meinte. Es fehlte nicht viel, und mir wären Tränen gekommen.

Er fuhr fort: »Sie lächelte, schüchtern, glaube ich, und sagte: Ich habe auch ... Ich habe so viel Dummes, ich bin impulsiv, viel zu impulsiv und ein Gefühlsmensch ... Ich habe auch das Bedürfnis – zärtlich zu jemandem zu sein ... Ihre beiden Hände ... Sie hielt meine Hände in ihren, Varg, und sie sah mich an ... so mit dem ganzen Gesicht, und es war, als erfüllte ihr Gesicht den ganzen Raum, als gäbe es nichts anderes im ganzen Universum, als dieses wunderschöne Gesicht, umrahmt von diesem Haar: die kleine schmale Nase, die dunkelblauen, fast schwarzen Augen, der zitternde Mund, die weichen, runden Wangen, das feste Kinn ... Solveig, Solveig. Und da wusste ich – da wusste ich, was ich heute weiß – dass ich sie liebte, dass ich sie immer lieben würde, egal was geschah, dass ich niemals aufhören würde, sie zu lieben ...«

Er sah sich suchend im Lokal um, als suche er nach anderen, die er lieben könnte, nach anderen, mit denen er seine zärtlichen Gefühle teilen könnte, über die er stundenlang sprechen könnte. Aber er fand niemanden. Alles was er fand, war ein Detektiv, nicht einer der teuersten, aber auch nicht so billig. Ein Zuhörer.

Er sagte: »Dann hörten wir, dass draußen auf dem Korridor jemand ging. Und wir fuhren auseinander, suchten blind nach den Kaffeetassen, hoben sie an den Mund und saßen in gebührendem Abstand zueinander, als die Tür aufging und jemand hereinkam . . .«

Ich wartete gespannt auf den Rest und fragte: »Und wer kam herein?«

»Ihr Mann.«

19

Draußen wurde es langsam dunkel, und der Kellner hatte es aufgegeben, uns zu bremsen. Er brachte uns neue Gläser, und ich wusste mit hundertprozentiger Sicherheit, dass dieser Tag nur zu einem Ende führen konnte: erst zwei schnelle Aquavits und dann runter mit den Rollos. Ich hatte schon Probleme, den Weg zur Toilette und wieder zurück zu finden.

Jonas Andresen sagte: »Habe ich dir von ihrem Mann erzählt – vorhin?«

Ich antwortete: »Daran kann ich mich nicht erinnern.« Aber ich hatte das Gefühl, dass ich kurz davor war, alles zu vergessen.

Er sagte: »Reidar Manger, aber er kommt nicht aus Manger, sondern von irgendwo aus dem Sørland. Kristiansand, glaube ich. Er ist Privatdozent an der Uni! Er beschäftigt sich mit amerikanischer Literatur. Einer von diesen blassen Gesellen, der bis tief in die Nacht an seiner Doktorarbeit über Hemingway sitzt, aber völlig überfordert wäre, wenn er jemals eine lebende Forelle zu Gesicht bekäme.

Aber er ist nett, ich mochte ihn immer – obwohl immer übertrieben ist, ich hab ihn ja nicht so oft gesehen –, und mögen ist ein vielschichtiges Wort. Wenn du . . .«

»Doch, ich verstehe, was du meinst«, sagte ich.

»Genau. Genau.« Er sprach jetzt bedeutend langsamer, und sein

Kopf sackte noch ein wenig tiefer. Abgesehen davon hätte er auch völlig nüchtern sein können. Ich bemerkte die anderen Gäste nicht mehr: Es gab nur noch uns beide. Und eine Frau namens Solveig.

»Ihr Mann kam rein, hast du erzählt.«

»Ja – ja! Genau. Netter Kerl, Reidar Manger. Einen Abend saßen wir mehrere Stunden zusammen und diskutierten über ›Tod am Nachmittag‹. Ich hatte nur die erste Hälfte gelesen, aber er hatte es hundert Mal gelesen, also machte das nichts. Aber wir wurden uns nie einig.«

»Worüber?«

»Über die zweite Hälfte. Die ich nicht gelesen hatte.«

»Ich verstehe, was du meinst. Ich hab es auch gelesen. Aber als er reinkam – an dem Tag . . .«

»Er sagte nichts. Er tat nichts. Ich weiß nicht einmal, ob er uns etwas ansehen konnte. Wenn er Hemingway spielen wollte, hätte er versuchen können, mich aus dem Fenster zu werfen, aber er hätte sich wahrscheinlich nur die Knöchel gebrochen.

Er kam rein, um sie abzuholen, auf dem Weg nach Hause zu seinen Büchern, und wir saßen noch eine Weile über unserem lauwarmen Kaffee. Ihm schenkten wir auch einen Schluck ein. Aber es war schwierig, das Gespräch in Gang zu halten. Ich traute mich ja nicht einmal, sie anzusehen, und wenn ich ihn ansah, dann würde er vielleicht glauben, ich wollte mit ihm anbändeln. Du weißt, diese Forscher für amerikanische Literatur, die sehen überall verdrängte Homosexualität. Sie haben ›Der große Gatsby‹ gelesen, du weißt, mit Erklärung und allem Drum und Dran. Und ›Huck Finn‹ und den ganzen Kram.

Also, nach einer Weile gingen wir alle nach Hause, die beiden nach Skuteviken und ich den ganzen weiten Weg zu meiner Familie. Als ich nach Hause kam, an dem Tag, musste ich mich sofort hinlegen. Ich war völlig fertig, ich fühlte mich wie zerschlagen, die Beine zitterten. Später erzählte sie mir, dass es ihr auch so gegangen war, dass sie einen langen Spaziergang machen musste, alleine, den Fjellvei entlang. Und am nächsten Tag, kurz bevor wir nach Hause fuhren, gab sie mir einen Briefumschlag – und dann ging sie. Ich weiß noch immer, was drin stand: Lieber guter Freund! Wenn es um Gefühle geht, konnte ich mich leider noch nie besonders gut in Worten ausdrücken, deshalb muss ich dich dafür bewundern, dass du mir so viel Schönes sagen konntest.

Seitdem gehst du mir nicht mehr aus dem Kopf. Wie du selbst gesagt hast – so was geschieht einfach – auch mit mir. Ich hoffe sehr, dass wir uns unter anderen Umständen treffen können – wenn sich das machen lässt. Mach's gut. Und dann die Unterschrift: Eine Umarmung und ein Kuss von einer ›lieben‹ Freundin. – Und ein PS: Reiß diesen Brief in tausend Stücke, bitte!! – Aber ich konnte ihn in tausend Stücke reißen, und ich konnte auf ihm hüpfen und tanzen, und ich konnte ihn zu Asche verbrennen, aber ich werde niemals die Worte vergessen, die darin standen. Es ist der schönste Brief, den ich jemals bekommen habe.«

Er schüttelte nachdrücklich den Kopf, um seine Worte zu unterstreichen. »Niemals. Und so – so fing es ernsthaft an, dass wir – mehr als nur gute Freunde wurden.«

Wir saßen da und tranken. Dann fragte ich weiter: »Und was geschah dann, Jonas?«

»Dann geschah – dann ging es los. Wir fingen an, uns zu treffen, meistens nach der Arbeit. Tranken irgendwo Kaffee, redeten, saßen da und spielten mit unseren Fingern. Redeten einfach. Eines Abends – eines Abends trafen wir uns, und ich hatte den Wagen dabei, und wir fuhren – es kam mir sehr, sehr weit vor. Oben an der Kirche in Fana parkten wir und gingen den Weg dort entlang. Hand in Hand in einer schwarzen, regennassen Winternacht – und dort im Wald, irgendwo im Dunkeln, küssten wir uns zum ersten Mal. So richtig. Und es war, als würde ich zugleich ein kleines Mädchen und eine reife Frau küssen. Ein kleines Mädchen, das dich offen und willig auf den Mund küsst, ohne zu wissen, was sie in dir anrichtet, und eine reife Frau, die genau weiß, was sie tut. Und noch ein paar Wochen später lud sie mich zu sich nach Hause ein. Ihr Mann war auf einem Forschungsseminar in Oslo und ich fuhr zu ihr raus, nachdem die Kinder im Bett waren. Sie wohnen in einem kleinen Holzhaus in Skuteviken, das sie innen ausgebaut haben, sodass es ganz modern ist. Und wir – wir saßen und redeten und tranken Tee und hörten Musik – für mein Gefühl stundenlang, und wir küssten uns, saßen auf dem Sofa und küssten uns wie junge Leute, wie verliebte Teenager, die zum ersten Mal einen anderen Menschen entdecken. Und eigentlich hatten wir nicht vor – wir hatten gedacht – es sollte eigentlich nicht sein . . . Aber ein Rausch ergriff uns und wir – na ja, wir schliefen miteinander. Wir liebten uns. Zuerst auf dem Boden im

Wohnzimmer und dann im Schlafzimmer ... Und glaub mir, Varg, ich bin noch niemals auf diese Weise mit jemandem zusammen gewesen – ich hätte nie gedacht, dass sie so viel Wärme in sich trug, so viel Leidenschaft – und als sie sich wie ein gespannter, weißer Bogen unter mir aufbäumte und all ihre Lust und ihren Schmerz in den Raum hinausschrie ... Ich finde keine Worte, es gibt keine Worte – für so etwas.«

Nein. Es gab keine Worte. Ich verstand, was er meinte. Und für manche gab es nicht einmal – so etwas.

Er sagte: »Später ging es einfach weiter. Wir sind einander immer näher gekommen. Wir konnten nicht so oft ganz zusammen sein – ich meine *so*. Einmal im Monat vielleicht. Ab und zu alle zwei Monate, manchmal seltener. Aber wir haben von den Stunden gezehrt, wochenlang. Wenn wir zusammen sind, dann ist alles andere vergessen – alle anderen. Dann gibt es nur uns zwei.«

»Und ihr konntet es nicht geheim halten?«

»Eine Weile schon. Überraschend lange. Im Grund weiß es immer noch niemand, es sei denn ... Aber ich weiß nicht, ob ... Ich glaube nicht, dass Wenche ihm etwas gesagt hat. Er hat Solveig jedenfalls nicht zu verstehen gegeben, dass er es weiß. Aber für mich – für mich wurde es auf die Dauer einfach unerträglich. Ich hatte es geschafft, mich zu verstellen, in gewisser Weise, solange es keine andere gab. Aber nachdem ich Solveig begegnet war und als wir dann ernsthaft zusammen waren ... Da war es einfach unmöglich. Zum Schluss hatte ich das Gefühl »untreu« zu sein, wenn ich – mit Wenche zusammen war. »Untreu« gegenüber Solveig, verstehst du? Ich war kein Vater mehr und Ehemann. Und am Ende – am Ende gab ich einfach auf. Ich sagte Wenche, dass ich ausziehen wollte. Und als sie fragte, ob es eine andere gäbe, sagte ich ja, und als sie fragte, wer es sei, da sagte ich ... Tja. Das war vielleicht dumm von mir. Aber ich sagte es ihr. Und dann zog ich aus – verließ die Wohnung unter Flüchen und Verwünschungen und Tränen und Zähneknirschen und allem, was dazugehört. Es war ein prachtvoller Abgang. Der ganze Block muss es gehört haben. Sie stand oben auf dem Balkon und schrie hinter mir her, als ich zu meinem Auto stolperte, mich hinters Steuer setzte und losfuhr. Danach ... danach haben wir uns nur noch beim Anwalt getroffen.«

»Und Roar?«

»Roar habe ich fast nicht gesehen. Wir haben noch keine Regelung gefunden. Ich habe es selbst rausgeschoben. Ich ertrage keine weiteren Konfrontationen.«

Er auch nicht. Ich sagte: »Nein. Deshalb sitze ich hier. Um dir – und Wenche – weitere Konfrontationen zu ersparen. Und dieses Geld . . .«

Er sagte: »Solveig . . . Sie wollte nicht . . . Wir sind noch immer zusammen, aber sie hat den Schritt auszuziehen, noch nicht gewagt. Es ist klar, sie hat zwei Kinder, ich habe nur eins. Obwohl die Beziehung zwischen ihr und Reidar nichts Großes ist, kommen sie doch größtenteils mit heiler Haut durch den Alltag und sie hat wirklich zwei, an die sie denken muss. Und auch wenn sie etwas anderes sagt, es ist ja nicht sicher, dass ihre Gefühle für mich so stark und so gewaltig sind wie das, was ich für sie empfinde.

Jedenfalls habe ich ihr Zeit gegeben, denn ich kann warten. Ich habe auf sie gewartet, seit ich ein Junge war, und ich kann gut noch ein paar Jahre warten. Denn eine Traumfrau hat man immer, oder? Und wenn du ihr eines Tages endlich begegnest, wirklich deiner Traumfrau begegnest, dann hast du das Gefühl, endlos viel Zeit zu haben. Du hast das Leben vor dir und kannst warten – wenn sie nur am Ende zu dir kommt.«

»In der letzten Straße, in der allerletzten Stadt? Doch, ich verstehe, was du . . .« Ich hatte sie gesehen.

»So, da hast du die schmutzige kleine Geschichte meiner Untreue, Varg. Zwei Menschen, die einander zu spät begegneten, drei Kinder und zwei Ehepartner zu spät. Zwei Menschen, die einander unplanmäßig lieben, nachdem der Vorhang schon gefallen ist. Die anderen, die wollen es nur von außen sehen, als den gewöhnlichen, sexuellen Seitensprung. Aber so war es nicht. Für mich war es die große Liebe, wenn es so was anderswo als in Jungmädchenbüchern gibt. Es wurde auch erotisch, später, und ich habe es noch nie mit einer Frau so gut gehabt, auch dabei. Aber es war Erotik und nie Sexualität. Es war nicht . . . Zu ihr habe ich nie gesagt, dass wir gevögelt hätten, oder gebumst – denn das taten wir nicht. Wir liebten uns . . .«

Er sah mich an, als erwarte er, dass ich protestieren würde. Aber das tat ich nicht. Ich hatte sie gesehen – und sie hatte mich angelächelt.

»Ich habe keine Ahnung, warum ich hier sitze und dir das alles erzähle.« Er sah vorwurfsvoll von seinem Bierglas zu meinem. »Ich habe noch nie mit jemand anderem darüber geredet – bis jetzt. Mit niemandem, außer mit Wenche, und da habe ich ihr sozusagen nur einen Namen zum Fraß vorgeworfen, habe ihr etwas gegeben, nach dem sie schnappen konnte, bevor sie mich rauswarf.«

Er sah betrübt vor sich hin. »Es ist schwierig gewesen – rein praktisch, die letzten Monate. Eine Sache ist, dass du für deinen Sohn und deine ... Dass ich für Wenche zahlen muss. Etwas ganz anderes ist, dass du selbst ganz von vorn anfängst. Und für untreue Ehemänner gibt es keine einmaligen Darlehen, keine Zuschüsse. Du brauchst eine Wohnung, und das kostet heutzutage nicht wenig, und du brauchst auch etwas, womit du sie einrichtest, worauf du schläfst, wovon du isst, wo du deine Kleider draufhängst – und hinein. Also grüße Wenche von mir und sage ihr, dass es mir Leid tut. Dass mir alles Leid tut, seit ich das erste Mal in ihr Leben gestolpert bin. Dass es mir Leid tut, dass ich das mit der Vesicherung noch nicht erledigt habe. Und das ich es erledigen werde. Sag ihr – sag ihr, dass sie das Geld bekommt, morgen oder übermorgen. Dass ich selbst kommen und ihr den ganzen Betrag eigenhändig übergeben werde, für lange und treue Dienste in der Brigade der betrogenen Ehefrauen et cetera, et cetera. Grüße sie einfach von Jonas und sag ihr, dass es Jonas Leid tut, ja, Varg?«

Ich war müde. Und ich war blau. Ich sagte: »Ich werde die Botschaft überbringen. Ich werde ihr erzählen, dass ich direkt vom Wal komme und dass es Jonas Leid tut. Ich werde ihr erzählen, dass – ja.«

Ich war zu müde und zu blau, um mehr zu sagen.

Wir bezahlten unsere letzten beiden Halben und blieben noch eine Weile sitzen, wohl weil wir keine Lust hatten, aufzustehen.

Als wir endlich so weit waren, stießen wir auf dem Weg nach draußen immer wieder wie zwei siamesische Zwillinge aneinander. Der Türsteher hielt uns die Tür auf, und wir traten auf den Gehsteig.

Dort blieben wir stehen und schwankten wie zwei junge Verliebte, die sich nicht verabschieden wollen. »Wohin musst du?«, fragte ich.

»Zum Prestestien«, sagte er. »Aber ich brauche ein Taxi.«

»Okay«, sagte ich. »Da hast du die Wahl zwischen der Holbergstatue und der Festung.«

»Ich nehme die Festung«, sagte er. »Das ist jedenfalls die richtige Richtung.«

»Okay. Dann gute Überfahrt.«

»Danke gleichfalls. Wohin musst du?«

»Nach oben«, antwortete ich.

Er sah zum Himmel. Die graue Wolkendecke war aufgerissen und durch einige Löcher blitzten Sterne hervor. »Da rauf?«, fragte er.

»Nicht ganz so weit«, antwortete ich.

Dann schlug er mir auf die Schulter und sagte: »Remember Alamo, Reidar.«

Ich hatte keine Zeit, darauf zu reagieren, dass er mich plötzlich Reidar nannte, denn er hatte mich schon verlassen und torkelte Bryggen entlang: ein Werbemann in Anzug und mit Stresskoffer in der Hand und dem Mantel unter dem Arm. Ein Mann mit einem zerfransten Ruf und einer verletzbaren Liebe irgendwo in seinem Inneren. Einer von den vielen, die auf dem falschen Planeten gelandet waren, in einem falschen Jahrhundert. Einer von den vielen ...

Ich drehte mich um und ging in die entgegengesetzte Richtung. Auf der anderen Seite von Vågen konnte ich das einsame, erleuchtete Fenster meines Büros erkennen, zwei Etagen über der Cafeteria im ersten Stock.

Aber ich hatte keine Lust, über den Markt zu gehen und es auszuschalten. Es sollte bis morgen brennen – als Leuchtturm in der Nacht, als heimliche Botschaft für die Schiffbrüchigen.

Stattdessen ging ich bergauf, den Berg hinauf zur Feuerwehrzentrale in Skansen und zu den endlosen Fjellebenen. Bergauf zu zwei schnellen Aquavits und einem Rollo. Mehr erwartete mich nicht: mehr brauchte ich nicht.

Heute nicht und morgen nicht. Aber eines Tages. Eines Tages ...

20

Wenn man aus einem Traum erwacht, erwacht man so plötzlich, als würde man auf den Boden geworfen. Ich riss die Augen auf und war wach. Ich lag nackt unter der Decke und war mir meiner eigenen Nacktheit erschütternd bewusst. Ich hatte von einer Frau geträumt. Von einer Frau mit einem Haar, das weder braun noch rot war, sondern das wie Gesang ihr Gesicht umspülte, und mitten im Gesicht hatte sie ein Lächeln getragen, das noch in der Luft hing, wenn sie selbst wieder weg war, ein Lächeln, wie das der Katze in ›Alice im Wunderland‹, ein Lächeln, das sich in dich hineinbohrt und niemals in dir versiegt, ein Lächeln, das wie eine schöne Blume auf der Erde wächst, in der du liegst, wenn es einmal Frühling wird und du tot bist.

Sie hatte mich angelächelt und sich vorgestellt. Wenche Andresen, hatte sie gesagt, und ihr Gesicht war undeutlich geworden, zerfließend. Und weit, weit in der Ferne hatte ein Junge nach mir gerufen, eine klare, reine Jungenstimme, und er war mir entgegengelaufen, mit einem Fußball unter dem Arm und in zu kurzen Hosen, und er hatte gerufen. Es war Thomas, nein, es war ... Roar. Und ich hatte versucht, mich an ihr Lächeln zu hängen, diesen Halbmond, der halb heruntergefallen war, weil sich eine Heftzwecke gelöst hatte, und ich hatte versucht, mich auf ihn zu schwingen ... Dann war ich aufgewacht.

Ich rollte mich aus dem Bett und auf den Fußboden. Ich streckte die Hand zum Nachttisch und fischte meine Uhr herunter. Es war schon nach zwölf. Ich hatte vergessen, den Wecker zu stellen. Wenn nun jemand angerufen hatte – im Büro. Jemand, der wollte, dass ich seinen Pudel ausführte, oder eine entlaufene Waschmaschine suchte oder den Schnee von gestern.

Ich hatte einen Geschmack wie von welkem Gras im Mund. Das war der eine Aquavit, den ich zu viel getrunken hatte.

Die sechs – oder waren es sieben? – Halben lagen wie Blei in meinem Bauch und ich spürte, dass ich an diesem Morgen Probleme mit den Zündkerzen bekommen würde. Ich brauchte einen heftigeren Wachmacher als seitwärts aus einem Traum geworfen zu werden.

Ich tapste ins Bad und drehte das warme und das kalte Wasser auf, seifte mich langsam vom Haar bis zu den Zehen ein und ließ dann mit geschlossenen Augen das Wasser einfach an mir herunterfließen. Ich blieb mit Absicht so lange stehen, bis das heiße Wasser verbraucht war. Nach zwei Minuten unter dem kalten fühlte ich mich wach genug und drehte den Hahn zu. Ich frottierte mich wieder warm und absolvierte eine schnelle Kombination aus entspannenden Yogabewegungen und aufbauenden Bauch- und Nackenübungen auf dem Wohnzimmerfußboden. Dann ging ich in die Küche.

An diesem Tag brauchte ich eine Tasse Tee. Sehr, sehr dünnen Tee mit sehr viel Zucker – und eine Tasse war nicht genug. Ich brauchte dünne Scheiben Vollkornbrot mit großen, feuchten Gurken und Tomatenscheiben drauf. Und noch mehr Tee. Mit noch mehr Zucker.

Kurz nach halb zwölf fühlte ich mich in der Lage, ins Auto zu steigen. Ich fuhr ins Büro und schaltete das Licht von gestern aus. Dann blieb ich im Halbdunkel sitzen und starrte an die Wand, die sich durch das trübe Tageslicht graugrün färbte.

Ich dachte an Jonas Andresen und an das, was er mir erzählt hatte. Ich dachte an Wenche Andresen und an das, was sie mir erzählt hatte. Und ich dachte, dass keine Ehe wie die andere ist – nicht einmal für diejenigen, die sich mittendrin befinden. Weil keine zwei Menschen die Dinge gleich erlebten. Wenche und Jonas Andresen hatten mir jeweils ihre Geschichte von zwei völlig verschiedenen Ehen erzählt und zwei völlig verschiedene Geschichten von Untreue.

Es war ein Spiel gewesen und keiner von beiden hatte gewonnen. Beide hatten verloren. Und aus irgendeinem Grunde hatten sie mich hineingezogen – als Richter, als Linienrichter oder als Gott-weiß-was.

Ich sah wieder auf die Uhr. Es war fast drei. Wie lange war sie im Büro beim Håkonsvern? Bis vier? Ich könnte sie anrufen. Oder ich könnte rausfahren und persönlich Bericht erstatten. Aber was sollte ich berichten? Dass ich so viele Halbe mit ihrem früheren Mann getrunken hatte, dass ich aufgehört hatte zu zählen? Sollte ich sie vielleicht mit auf die Rechnung setzen, wenn es denn eine Rechnung gäbe?

Ich konnte auf jeden Fall rausfahren. Da draußen gab es genügend Freizeitaktivitäten für einen rastlosen Privatdetektiv. Ich konnte in den Wald laufen und ein bisschen mit Joker und seiner

Gang spielen, mir ein paar neue blaue Flecken abholen. Ich konnte ein bisschen mit Gunnar Våge streiten oder mit Solfrid Brede im Fahrstuhl stecken bleiben. Ich konnte mit Hildur Pedersen Wodka trinken oder mit Roar Mensch ärgere dich nicht spielen.

Ich könnte – Wenche Andresen küssen.

Ich legte meine Finger an den Mund. Ihr Kuss ruhte noch immer dort, wie eine Jugenderinnerung. Es war lange her, dass jemand mich so sanft geküsst hatte. Es war überhaupt lange her, dass mich jemand geküsst hatte. Ich lief nicht mit einem Mund herum, den man einfach so küsste. Fremde taten das nicht, und mehr als Fremde wurden die wenigsten. Und selbst dann war es nicht sicher, dass sie mich küssen wollten.

Ich dachte an Beate, versuchte mich daran zu erinnern, wie es war, von ihr geküsst zu werden. Aber es war zu lange her, viel zu viele dunkle, mondleere Nächte her.

Es gab also viele Möglichkeiten – dort draußen. Ich schloss das Büro hinter mir ab, ohne das Licht anzuschalten, und setzte mich ins Auto.

21

Ich parkte und blieb im Wagen sitzen. Ein Stück entfernt stand ein junger, magerer Mann mit dem Rücken gegen einen Laternenpfahl gelehnt, die Daumen in die Taschen der hellen Jeans gehakt, die schwarze Lederjacke halb offen, eine verglühte Zigarette im Mundwinkel und mit einem Ausdruck wie von einer aufkeimenden Pest im Gesicht. Es war Joker.

Sein Blick war mir gefolgt während ich auf den Parkplatz fuhr, und nun hing er wie Blutegel in meinem Gesicht.

Ich öffnete die Wagentür und stieg aus. Ich sah mich um, als sähe ich ihn nicht. Das Lyderhorn erhob sich an seinem Platz, die vier Häuserblöcke ebenso. Keiner von ihnen hatte sich bewegt, keiner war zusammengefallen.

Automatisch wanderte mein Blick hoch zur Wohnung von Wenche Andresen. Die Fenster waren erleuchtet.

Dann fiel mein Blick wie zufällig auf Joker. Unsere Blicke trafen sich, und er rollte die Zigarette in den anderen Mundwinkel.

Ich sah mich um, warf erneut einen Blick zur Wohnung von Wenche Andresen. Auf dem Balkon vor der Wohnung ging jemand. Es könnte …

»Willste dir noch 'ne Runde Prügel abholen, Hopalong?«, ertönte seine dünne Stimme.

Ich ließ den Blick wieder zu Joker wandern und bewegte mich auf ihn zu. »Hast du etwa Lust, mein Pferd zu sein?«, fragte ich.

Als ich nah genug gekommen war, sah ich einen Schweißtropfen im Flaum über seiner Oberlippe. Sein Blick flackerte. Ich sagte: »Ich kann deine Handlanger nicht sehen. Haben sie die Nase voll? Glaubst du denn, du schaffst mich alleine? Ohne Stahl? Es heißt in dem Lied Stahl in Armen und Beinen, weißt du, nicht in den Fäusten, kein Messerstahl. Es tut so verdammt weh, wenn ich dir auf die Finger treten muss, weißt du. Ein paar könnten kaputtgehen, und dann kannst du dir viele Monate lang nicht am Bart zupfen.«

Seine Stimme klang noch dünner. »Ich will mich nicht mit dir prügeln, Mister. Nicht jetzt. Aber ich warne dich. Tritt mir nicht auf die Zehen …«

»Ich sprach von Fingern.«

»Weil dann … Die Abende sind dunkel hier draußen, und …«

»Wer hat gesagt, dass ich vorhabe, meine Abende hier zu verbringen?« Unwillkürlich musste ich wieder nach oben sehen. Jetzt stand die Tür offen. Jemand stand in der Türöffnung, aber auf die Entfernung …

»Siehst du nach deiner Hure?«, fragte Joker. »Keine Sorge. Sie hat Besuch. Vom Alten persönlich. Andresen.«

Also hatte ich doch Jonas Andresen gesehen.

Ich trat dicht vor ihn, so dicht, dass er zusammenzuckte. »Nenn du sie noch einmal so, Kleiner, und ich breche dich in zwei Teile und schicke dich per Express in zwei Päckchen an dieselbe Adresse. Dann kannst du sicher sein, dass du dich nie wieder triffst.«

Seine Augen wurden schmal, aber ich konnte nicht erkennen, ob aus Wut oder aus Furcht. Er sagte: »Und lass meine Mutter in Ruhe – sonst … Sonst bring ich dich um!« Das Letzte zischte er mit Fistelstimme hervor.

Ich hatte Lust, ihn zu schlagen, hart und gezielt in den Magen, so dass er zusammenbrach und auf dem Weg nach unten auf meine Faust traf. Aber ich tat es nicht. Ich dachte an seine Mutter, und ich dachte an Wenche Andresen.

Ich sah wieder hinauf. Ihre Tür stand immer noch offen und irgendetwas stimmte nicht. Ich wusste nicht, was.

Dann passierte dort oben etwas. Ich sah Wenche Andresen aus dem Treppenhaus kommen. Sie rannte und hielt etwas in der Hand, dann verschwand sie in der Wohnung.

Ich stand da, starrte nach oben und spürte Joker kaum neben mir. Als ich zur Seite blickte, war er meinem Blick gefolgt. »Was ist da los?«, fragte er. Seine Stimme war plötzlich jung und zart.

Dann kam Wenche Andresen wieder in der Tür zum Vorschein. Sie bewegte sich auf eine merkwürdige, schwebende Weise und trat an das Balkongeländer. Ich sah, wie sie sich nach vorn lehnte.

Einen Augenblick dachte ich fast, sie würde runterspringen, sich hinausstürzen und wie ein riesiger Vogel zu uns herabschweben. Aber sie sprang nicht und ich hörte sie rufen: »Hilfe! Hilfe! Hiilfeee!«

Dann war sie wieder verschwunden, von der gähnenden Türöffnung verschluckt. Ich setzte mich in Bewegung. Hinter mir hörte ich Joker. Er lief in die andere Richtung, aber es war mir egal, in welche. Das einzige, was mir im Moment wichtig war, das war eine Frau, die Wenche Andresen hieß und kein Vogel war, aber die um Hilfe gerufen hatte.

Und damit hatte sie – damit musste sie mich gemeint haben.

22

Ich stürmte ins Haus. An der einen Fahrstuhltür hing ein Zettel, auf dem defekt stand. Der andere Fahrstuhl war auf dem Weg nach unten, aber ich hatte keine Zeit zu warten.

Ich lief ins Treppenhaus und hastete nach oben. Auf halbem Wege blieb ich stehen und rang nach Luft. Es musste Wenche gewesen sein, die im Fahrstuhl nach unten fuhr. Der Schreck hatte sie also nicht gelähmt.

Ich kletterte nach oben, und mein Blut pochte hinter den Augen, die sich mit schwarzen, tanzenden Flecken füllten. Ich hörte meinen eigenen Atem, als wenn plötzliche Windböen im Herbst um die Ecke fegen.

Dann war ich oben. Ich taumelte durch die Tür auf den Balkon und lief das letzte Stück. Mir war übel, richtig übel.

Die Tür zur Wohnung stand noch immer offen und ich klingelte nicht, ich ging sofort hinein.

Weit brauchte ich nicht zu gehen. Nur bis direkt hinter der Tür. Das war mehr als genug.

Jonas Andresen lag auf dem Boden, halb auf der Seite, zum Teil um das gekrümmt, was der fatale Mittelpunkt seines letzten Augenblicks war: ein blutendes Loch im Bauch.

Seine beiden Hände klammerten sich an den aufgerissenen Hemdstoff vor dem Bauch, wie um das Leben festzuhalten. Aber es hatte nichts genützt. Es war aus ihm herausgeströmt wie aus einem geplatzten Ballon. Jemand hatte ihn aufgeschlitzt, mit ein paar schicksalhaften Stößen, und sein Gesicht hatte längst die endgültige Ruhe gefunden, sein Körper hatte sich längst zur Ruhe gelegt. Er würde kein Export mehr trinken, er würde überhaupt nichts mehr tun.

Und über ihm, mit dem Rücken an der Wand und einem blutigen Messer in der Hand, stand Wenche Andresen, und ihr Gesicht war ein stummer Schrei, ein gefrorener Hilferuf – Hilfe! Ein Albtraum war mit klaren, weißen Kreidestrichen in ihr Gesicht gezeichnet, das nie mehr ganz das alte werden würde.

In meinem Kopf hörte ich seine Stimme vom Abend zuvor. Was hatte er gesagt? *Wenn du sie endlich triffst – wirklich deiner Traumfrau begegnest – dann fühlst du plötzlich, dass du endlos viel Zeit hast, dass du das ganze Leben vor dir hast und dass du warten kannst . . .*

Aber Jonas hatte nicht endlos viel Zeit gehabt, er hatte nicht das ganze Leben vor sich gehabt, und er hatte nicht warten können. Er war seiner Traumfrau begegnet, und dann – *sorti.* Exit. Er geht.

Er geht und geht und kommt nie mehr weiter. Er hat sich auf den endlosen Marsch begeben, den letzten von allen.

Sein Bart wirkte jetzt merkwürdig zerzaust. Die Brille saß schief, das Hemd war zerrissen und der Anzug verrutscht. Er lag in einem See von Blut, und er brauchte keine Schwimmweste, hatte keinen Rettungsring. Aber sein Gesicht hatte einen friedlichen Ausdruck, als habe er sich gerade gebückt, um eine Blume zu pflücken und ihren Duft eingesogen.

Jonas hatte seinen letzten Wal geentert und würde niemals mehr herauskommen.

Draußen standen wir anderen: die Überlebenden, die wir seinen Tod mit uns tragen würden.

Ich sammelte mich, versuchte, mir Details zu merken. Auf dem Boden neben ihm lag – groteskerweise – ein zerbrochenes Marmeladenglas. Die rote Marmelade vermischte sich mit dem Blut.

Ich trat zu Wenche Andresen, nahm ihr vorsichtig das Messer aus der Hand und hielt es zwischen zwei schmalen Fingern ganz außen am Schaft.

Es war ein Springmesser, so eines wie Joker es sicher benutzt hätte.

Aber *wer* hatte es benutzt?

Mein Blick wanderte zu Wenche Andresen. Ihre Augen erfüllten meine: groß, schwarz und voller Angst. »Ich – ich kam aus dem Keller – mit dem Marmeladenglas. Er – er lag da . . . Ich – ich weiß nicht, was ich tat. Ich – ich habe wohl . . . Als ob das etwas helfen würde . . .«

»Du hast das Messer herausgezogen?«

»Ja. Ja! War das dumm von mir, Varg?«

»Nein nein.« Doch, es war dumm von ihr gewesen, aber wer hätte das Herz, ihr das zu sagen?

»Hast du niemanden gesehen?«, fragte ich.

»Nein.«

»Hast du – den Fahrstuhl genommen?«

»Nein, die Treppe. Ich mag nicht . . . Oh Varg, Varg! Herrgott . . . Was ist bloß passiert?«

»Warte mal – warte mal!« Es war nicht notwendig, aber zur Sicherheit beugte ich mich hinunter und tastete nach seinem Puls. Ich wollte nicht der sein, der dastand und das Leben eines sterbenden Mannes verplapperte. Aber es war kein Pulsschlag zu finden. Er war längst in das hinterste Büro im hintersten Korridor gerufen worden, wo er vor dem letzten aller Chefs Rechenschaft ablegen musste.

Ich sagte: »Hatte er angerufen und gesagt, dass er kommen wollte?«

Sie schüttelte den Kopf. »Nein. Ich hatte keine Ahnung. Ich wollte in den Keller und ein Glas Marmelade holen, und als ich wieder raufkam, da . . . da – lag er hier. Ich glaube – ich habe wohl das Glas verloren – und – das Messer, das …« Sie sah auf ihre leere Hand hinab, aber das Messer war nicht mehr da. Es lag auf der Kommode, wie eine Giftschlange in einem Museum, ganz harmlos.

»Aber – hast du die Türe offen stehen lassen, als du in den Keller gingst?«

»Nein, bist du verrückt – hier draußen?«

Nein. Mit einem Kopfschütteln gab ich ihr zu verstehen, dass ich nicht verrückt war.

Sie sagte: »Er muss selbst aufgeschlossen haben, mit seinem Schlüssel.«

Ich sah mich auf dem Boden um. Dort lagen keine Schlüssel. Aber er hatte sie wahrscheinlich wieder in die Tasche gesteckt.

Ich versuchte schnell zu rekonstruieren: Er hatte die Tür aufgeschlossen. Niemand zu Hause. Er war zur Tür zurückgegangen und hatte sie geöffnet. Irgendjemand hatte davor gestanden.

Oder er hatte sie nicht hinter sich geschlossen, und irgendjemand war ihm in die Wohnung gefolgt.

Oder irgendjemand war in der Wohnung gewesen, hatte dort auf ihn gewartet?

Nein. Das stimmte nicht. Nichts stimmte. Eine Leiche auf dem Boden stimmt nie.

Ein letzter Gedanke kam mir plötzlich. »Roar«, sagte ich. »Wo ist Roar?«

Sie zuckte mit den Schultern, hilflos. »Draußen – irgendwo.«

Ich ging zur Wohnungstür zurück und schloss sie sorgfältig zu. Dann stieg ich über Jonas Andresen, ging an Wenche Andresen vorbei und hinein, um zu telefonieren.

23

Nachdem ich telefoniert hatte, ging ich zu Wenche Andresen zurück und führte sie hinaus auf den Balkon. Sie brauchte frische Luft. Wir brauchten beide frische Luft. Außerdem wollte ich unbedingt Roar aufhalten, bevor er in die Wohnung kam.

Wir standen draußen in dem graubleichen Märznachmittag, mit Aussicht auf das Lyderhorn. Ein Buckel kratzte an der tiefen

Wolkendecke. Wenn man vom Meer aus in die Stadt hineinkam, lag der Berg da wie ein schlummernder Teufel. Von hier aus erinnerte er an einen teuflischen Reißzahn, schmutzig braun von altem Blut.

Wenche Andresen sagte nichts. Sie hatte ihre Arme um sich geschlungen, als würde sie frieren, mit einem Gesicht, das sich um eine Trauer und um einen Schmerz herum verschlossen hatte, den niemand anders verstehen konnte. Trauer und Schmerz sind eine einsame Sache. Wie die Liebe.

Sie trug einen blauen Rollkragenpullover und drüber eine graue Strickjacke, dazu dunkelblaue Samthosen und Turnschuhe. Ihr Haar stand wild um das bleiche Gesicht, und ihr Mund hatte einen noch bittereren Zug als vorher.

Ich fragte mich, wo sie wohl die Nacht verbringen würde und befürchtete, dass es wohl in einem länglichen Raum mit einem klitzekleinen Gitterfenster sein würde, mit einer Pritsche, einem Wasserhahn und einem Eimer. Die Indizien waren etwas zu deutlich, egal, was sie sagte. Ich wusste, was die denken würden, die auf dem Weg zu uns waren: ich wusste, was sie sagen würden.

Ich hörte sie nicht zum ersten Mal.

Die Ermittler der Kriminalpolizei kamen als Erste, in Begleitung zweier Wachtmeister. Ein paar Minuten später kamen drei, vier Leute von der technischen Abteilung in ihren blaugrauen Arbeitsanzügen, die sie wie Kolonialwarenhändler aussehen ließen.

Ich atmete ein wenig auf, als ich sah, wer die Gruppe anführte. Oberkommissar Jakob E. Hamre war einer von den Besten, die sie hatten, einer von denen, die sie in wirklich schwierigen Situationen hervorholten, um die Fassade zu retten. Bei komplizierten Fällen, bei denen die Interessen anderer Nationen eine Rolle spielten oder andere Staatsetats, schickten sie Hamre vor. Er sprach drei Sprachen, wenn auch nicht fehlerfrei, so doch besser als die meisten, und für einen Bullen war er ungewöhnlich sympathisch und intelligent. Er hatte sicher auch seine Fehler, aber vorläufig hatte ich noch keinen entdeckt. Aber ich hatte auch nicht so viel mit ihm zu tun gehabt. Sie schickten meist die Feldartillerie raus bei Fällen, in die ich verwickelt war.

Ich hatte keine Ahnung, für was das E in seinem Namen stand, und wenn man ihn ansprach, klang es nur, als stutze man etwas vor dem Nachnamen. Jakob – eh – Hamre. Er war Ende dreißig, sah aber jünger aus, und er war einer dieser hübschen, jugendlichen Polizisten, die sie auf ihren Reklameplakaten verwendet hätten, wenn sie welche gedruckt hätten. Mach's wie Jakob E. Hamre, werde Bulle. Vielleicht hätte das geholfen.

Er war dunkelblond und hatte sein Haar nach hinten gekämmt, aber es fiel auf der einen Seite wieder in die Stirn. Seine Kleidung war geschmackvoll: grauer Anzug, hellblaues Hemd und rotschwarzer Schlips. Über dem Anzug trug er einen Trenchcoat. Er war barhäuptig. Seine Gesichtszüge waren regelmäßig, die Nase scharf und gebogen, das Kinn kräftig, der Mund ziemlich breit.

Mit ihm kam Jon Andersen, Polizeikommissar mit jedem seiner fünfundneunzig Kilo, schwitzend wie immer, mit schmutzigem Hemd, fettigem, schuppigem Haar und einem liebenswürdigen Lächeln, das um die hässlichen Zähne spielte. Wir waren alte Bekannte: Er war einer meiner wenigen etwas besseren Freunde in dem Laden.

Hamre führte das Wort. Er begrüßte mich und fragte: »Wo ist er, Veum?« Er klang geschäftlich, neutral, aber nicht unfreundlich.

Ich nickte zur Tür hinter mir. Er warf einen fragenden Blick auf Wenche Andresen. »Und das ist . . .«

Ich sagte: »Das ist seine Frau. Sie hat ihn gefunden.«

Er betrachtete sie forschend. Sie senkte den Blick.

Ich sagte: »Das war natürlich ein Schock für sie.«

Seine scharfen, hellblauen Augen wanderten zu mir. »Selbstverständlich. Wir werden das Ganze später durchsprechen. Zuerst möchten wir – ihn gern sehen. Ich glaube, wir gehen alle in die Wohnung und setzen uns in Ruhe hin.«

»Nur eines«, sagte ich. »Ihr Sohn . . . Roar. Er kann jederzeit kommen. Aber ich denke nicht, dass er – seinen Vater sehen sollte – so.« Ich nickte zur Tür. »Kann nicht einer der Wachtmeister vielleicht hier draußen warten? Ihn rechtzeitig aufhalten?«

»Doch. Natürlich.« Er gab Jon Andersen Bescheid, die Anordnung weiterzugeben.

Dann gingen wir in die Wohnung.

Wenche Andresen begann zu schluchzen, als sie Jonas Andresen wieder sah. Trockene, schmerzhafte Schluchzer von irgendwo tief drinnen. Hamre sagte: »Kann einer von euch nach einer Polizistin telefonieren? Und begleitet Frau Andresen ins

Wohnzimmer, setzt Wasser auf. Sie hat sicher Tee oder so was im Haus.« Jon Andersen und der zweite Wachtmeister geleiteten Wenche Andresen weiter in die Wohnung, während Hamre und ich draußen im Flur stehen blieben. Ich hörte Andersen mit der Wache telefonieren.

Hamre ging in die Knie und tastete nach dem Puls.

»Zu spät«, sagte ich. »Der hat sich längst verabschiedet. Ich habe schon getastet.«

Er nickte mit zusammengekniffenen Lippen. Dann richtete er sich wieder auf. Das Messer auf der Kommode fiel ihm ins Auge. »Die Mordwaffe?«, fragte er.

Ich nickte. »Ja.«

»Lag es da, als du kamst?«

Ich zögerte. Zu lange. Jakob E. Hamre sah mich erwartungsvoll an. Er war viel zu schlau, als dass man mit ihm Versteck spielen konnte. Er würde jede kleinste Nuance durchschauen. Er war ein wandernder Lügendetektor, das spürte ich so sicher wie der Mann auf dem Boden neben uns tot war.

Ich sagte: »Nein.«

»Wo war es dann?«

»Sie – hielt es in der Hand.«

Er nickte. Als habe er genau das erwartet.

Ich sagte schnell: »Aber sie sagte, sie habe es selbst herausgezogen. Sie kam aus dem Keller mit einem Marmeladenglas – was da zerbrochen liegt – und fand ihn so. Sie hatte ihn nicht erwartet, sie lebten getrennt, aber er hatte immer noch einen Schlüssel, er hatte sich also wohl selbst aufgeschlossen, und sie – sie war nur ein paar Minuten im Keller, und in der Zwischenzeit – ich stand selbst unten vor dem Haus und sah ihn dort zur Tür gehen, und . . .«

Er betrachtete mich mit einem leicht amüsiert wirkenden Blick und sagte: »Den ganzen Tatverlauf werden wir sicher später beschrieben bekommen. Aber du musst doch wohl zugeben, dass das Ganze ziemlich – eindeutig aussieht. Vorläufig. Aber um Himmels willen, nichts ist sicher. Es gibt viele Unklarkeiten. Wie passt zum Beispiel du ins Bild?«

Ich sagte: »Das ist eine komplizierte Geschichte. Es hat mit ihrem Sohn zu tun, mit ihr selbst, ihrem Mann . . .« Ich nickte automatisch. »Aber du bekommst alles zu hören. Es hat – keine Bedeutung. Nicht für dies hier.«

»Tja. Das werden wohl wir entscheiden.«

Ich spürte einen kleinen Eisschauer mein Rückgrat hinunterlaufen. Ich wusste, dass ich vor einem sehr fähigen Ermittler stand und fragte mich automatisch selbst: Hatte es vielleicht doch etwas damit zu tun? War das Ganze ein großes, kompliziertes Spiel, ein Puzzlespiel, das ich noch nicht übersehen konnte? Welche schicksalhaften Verknüpfungen hatten zu dieser traurigen Leiche in diesem traurigen Flur geführt? Die zwischen Wenche und Jonas Andresen? Oder die Solveig Mangers? Jokers? Und wie viel sollte ich ihm erzählen? Wie viel sollte ich für mich behalten?

Der medizinische Sachverständige kam, ein kleiner Mann mit randloser Brille, einem verschrumpelten Mund, einer großen Nase, die zu zittern schien, einem gepflegten Schnauzbart und Augen, in denen ein routiniertes und entspanntes Interesse an toten Menschen zu lesen war.

Die Männer von der technischen Abteilung kamen herein und einer von ihnen blieb vor dem Messer stehen. »Fingerabdrücke?«, fragte er an Hamre gewandt.

Ich sagte: »Ihr werdet die Fingerabdrücke von Wenche Andresen finden und meine, ganz unten am Schaft. Ich musste ihr das Messer abnehmen. Ob ihr noch andere findet, weiß ich nicht.«

Hamre sagte: »Tja. Dann gehen wir ins Wohnzimmer. Komm, Veum. Lass den Leuten Platz und Ruhe zum Arbeiten.«

Ich warf einen letzten Blick auf Jonas Andresen. Ich konnte seine Stimme vom Abend zuvor noch hören, sah noch die traurigen Augen, als er mir von seiner Ehe erzählte – und von der Frau, die Solveig Manger hieß.

Er hatte sich nicht verändert – nicht sehr. Es gab nur einen einzigen, kleinen Unterschied. Er war tot.

Ich kehrte ihm den Rücken zu und folgte Jakob E. Hamre ins Wohnzimmer.

24

Der Wachtmeister saß neben Wenche Andresen auf dem Sofa und sah aus, als habe er den ehrenvollen Auftrag, auf etwas sehr Wertvolles aufzupassen. Ein Ausdruck von Stolz lag auf seinem Gesicht, und seine großen Pranken lagen Vertrauen erweckend auf den Knien. Er war zwei Nummern zu groß für dieses Sofa, aber er war zwei Nummern zu groß für alle Sofas der Welt. Wenn er aufstand, war er ungefähr zwei Meter groß. Ich hatte keine Lust, mit ihm Betriebsfootball zu spielen, jedenfalls nicht in der gegnerischen Mannschaft.

Jon Andersen saß da und starrte aus dem Fenster, als suche er draußen in dem trostlosen Grau nach der Wahrheit über den März.

Wenche Andresen hatte beide Hände um eine Tasse heißen Tees gefaltet. Sie saß mit krummem Rücken da und starrte in die Tasse hinunter, kauerte sich um sie herum, wie um die Wärme zu halten. Sie würde nie wieder ganz warm werden. Sie würde immer einen kleinen Streifen Frost in sich tragen, irgendwo.

Als ich hereinkam, sah sie auf.

Hamre nickte ihr freundlich zu. »Gibt es noch Tee?«, fragte er Jon Andersen.

»Ja«, antwortete Andersen und holte zwei Tassen und eine halb volle Kanne aus der Küche.

»Es ist Zitrone im Schrank«, sagte Wenche Andresen schwach und hob den Kopf, als würde sie auf etwas horchen.

»Danke, für mich nicht«, sagte Hamre.

Ich sagte: »Das wäre gut. Und ein bisschen Zucker, wenn du hast.« Dann hatte man etwas zu tun: im Tee rühren.

Hamre sagte: »Es tut mir Leid, dass wir Sie stören müssen, aber es gibt da ein paar Dinge, die wir versuchen müssen, so schnell wie möglich zu klären, wenn Sie verstehen. Ich werde versuchen, es kurz zu machen. Möchten Sie – mit Ihrem Anwalt sprechen?«

Sie sah ihn mit leeren Augen an. Dann wanderte ihr Blick zu mir. Ich glaube nicht, dass sie die Tragweite der Frage verstand. Ich sagte: »Das wäre vielleicht klug.«

Sie schüttelte den Kopf. »Nein, mit meinem Anwalt? Warum denn?«

Hamre sagte: »Na ja, man weiß ja nie. Aber gut. Bitte erzählen Sie – alles.«

Sie sah vor sich hin, an ihm vorbei, an uns allen vorbei, eine halbe Stunde zurück in der Zeit. Ihre Stimme war noch immer schwach, und ihr Ton fast apathisch. »Da ist nicht viel zu erzählen. Ich – ich war gerade aus dem Büro nach Hause gekommen. Ich wollte Essen machen. Labskaus. Das – das – haben Sie die Platte abgedreht?«, fragte sie plötzlich an Jon Andersen gewandt.

Er nickte. »Es ist okay, sie steht auf 1.«

»Ja – vielleicht – will Roar etwas. Wenn er . . .«

»Ja?«, sagte Hamre vorsichtig.

»Essen. Und dann wollte ich, ich hatte gedacht, ich mache rote Grütze zum Nachtisch, aus der Erdbeermarmelade, die ich – im Keller hatte. Also ging ich runter, in den Vorratsraum.«

»Einen Augenblick. Nahmen Sie den Fahrstuhl?«

»Nein. Ich ging die Treppe hinunter.«

»Die Treppe in diesem Flügel?«

»Ja, natürlich.«

»Und es begegnete Ihnen niemand auf dem Weg nach unten?«

Sie schüttelte den Kopf und schluckte. »Niemand.« Dann hielt sie inne. Ihre Augen füllten sich mit Tränen, ihre Lippen zitterten leicht. Sie sah sich um.

Ich fand ein Taschentuch und beugte mich über den Tisch, um es ihr zu geben.

Sie nahm es, wischte sich aber nicht die Augen damit, sondern hielt es sich vor den Mund und atmete langsam dadurch ein, als würde es irgendeinen beruhigenden Stoff enthalten.

»Möchten Sie eine Zigarette, Frau Andresen?«, fragte Hamre und hielt ihr eine Schachtel hin.

Sie nickte und nahm eine, steckte sie sich umständlich in den Mund und ließ sich von Hamre Feuer geben.

So hatten wir beide ihr einen Dienst erwiesen, und sie konnte fortfahren, mit einem Tauvorhang von Tränen vor den Augen. »Er . . . als ich wieder raufkam . . . Ich sah sofort, als ich auf den Balkon kam, dass die Tür einen Spalt offen stand, und das . . . Hier ist in letzter Zeit so viel passiert. Ich bekam solche Angst, ich dachte – Roar – und dann . . . Dann fand ich ihn.«

Ich sagte: »Das ist richtig, Hamre. Ich sah sie laufen. Von unten vom Parkplatz aus.«

Er sagte: »Bitte unterbrich nicht, Veum. Zu dir kommen wir später.« Zu ihr sagte er: »Und Sie kamen auch über die Treppe wieder nach oben?«

Sie nickte.

»Und begegneten Sie diesmal jemandem?«

»Nein. Aber . . .«

»Ja?«

»Nein, ich meine – es gibt ja zwei Fahrstühle und dann die Treppe im anderen Flügel, also jemand hätte leicht . . .«

»Ja, darüber sind wir uns im Klaren. Der eine Fahrstuhl ist offensichtlich defekt, aber es gibt durchaus Möglichkeiten, hier wegzukommen.«

»Es könnte sogar ein anderer Bewohner sein«, sagte Jon Andersen. »Einer, der nicht so weit fliehen musste, meine ich.«

Hamre sah ihn nachdenklich an. »Ja. Vielleicht.« Aber er sah nicht aus, als würde er wirklich daran glauben.

Er fuhr an Wenche Andresen gerichtet fort: »Versuchen Sie, sich zu erinnern, was passiert ist – als Sie ihn entdeckten. Ich weiß, dass es schmerzvoll ist, aber . . .«

Sie sagte lakonisch: »Er lag dort auf dem Boden – und blutete. Ich hatte ihn seit – mehreren Wochen – nicht gesehen – und es war so eigenartig, ihn plötzlich so zu sehen. Wir waren – getrennt, verstehen Sie. Er hatte mich verlassen. Und dann . . . ich glaube – erst lief ich raus, auf den Balkon, ganz panisch. Ich glaube, ich habe gerufen.«

Ich nickte bestätigend.

»Und dann – dann lief ich wieder rein. Ich wollte die Blutung stoppen, ich wusste nicht, was ich tun sollte – und zog das Messer raus – aus seinem Bauch. Aber da blutete er nur noch mehr – und dann . . . Dann kam – er.«

Sie sah mich an, und ich sah Hamre an. »Wie ich gesagt habe«, sagte ich. »Und da stand sie da, mit – dem Messer in der Hand.«

Er sah mit seinem durchdringenden Blick direkt durch mich hindurch. Jon Andersen räusperte sich. Der namenlose Wachtmeister starrte mich an. Hamre sagte: »Frau Andresen, Sie haben erwähnt, dass hier in letzter Zeit so viel passiert sei. Haben Sie da an etwas Bestimmtes gedacht?«

Sie nickte heftig. »Ja. Ja!« Sie sah zu mir. »Kannst du es nicht erzählen, Varg? Ich kann nicht mehr.«

Die Blicke der drei Polizisten wanderten wieder zu mir. Ich sagte: »Klar. Das erklärt auch, was ich hier zu suchen habe.« Und dann erzählte ich ihnen alles, von Anfang an. Dass Roar allein in die Stadt gefahren war, um mich zu engagieren, wie ich sein Fahrrad gefunden und ihn nach Hause gebracht hatte. Ich erzählte ihnen, wie Wenche Andresen mich am nächsten Tag angerufen hatte, wie ich Roar gefesselt und geknebelt oben in der Hütte im Wald gefunden hatte, und ich erzählte – mit bescheidenen Worten – von der kleinen Schlacht oben zwischen den Bäumen. Ich erzählte, wie ich ein gewisses Interesse für den Fall Joker gefasst hatte, als ehemaliger Sozialarbeiter, und wie ich mich bei Gunnar Våge und bei seiner Mutter nach Joker erkundigt hatte. Weiter erzählte ich, dass Wenche Andresen mich angerufen und gebeten hatte, ihren früheren Mann aufzusuchen, um nach diesem Versicherungsgeld zu fragen, und wie er mir erzählt hatte, dass er sie aufsuchen wollte, mit dem Geld, an einem der nächsten Tage. »Er hat es wahrscheinlich bei sich.«

Ich sagte nichts von meiner Begegnung mit Wenche Andresen und Richard Ljosne, und ich erzählte nichts von Solveig Manger. Das sollte sie tun. Ich ließ es sein, mein letzter Gruß an Jonas Andresen. Er hatte mir ein Geheimnis anvertraut, und das würde ich nicht ohne weiteres verraten, wenn es nicht zwingend notwendig war.

Hamre und die anderen hörten mir konzentriert zu. Jon Andersen schaute bestürzt drein, als ich von Joker und seiner Gang und ihren Großtaten erzählte. Hamre schien ungerührt. Er gehörte nicht zu denen, die anderen in ihr Spiel reinredeten, und sein Pokerface verriet nicht, ob er ein gutes Blatt hatte.

Als ich fertig war, fragte er: »Und heute, was wolltest du heute hier draußen, Veum?«

»Heute . . . Heute war ich gekommen, um Wenche Andresen zu erzählen, was – ihr – was Jonas mir erzählt hatte. Dass er das Geld bringen würde.«

»Du warst also auf dem Weg zu ihr, als du sahst . . . Ja, was hast du eigentlich gesehen?«

»Ich sah . . . Zuerst sah ich Jonas Andresen – oder jemanden, von dem ich glaubte, dass er es war, und er muss es ja gewesen sein – auf dem Weg zur Tür hier. Dann wurde ich von etwas anderem abgelenkt, und als ich wieder hersah, stand die Tür offen, und jemand stand in der Öffnung. Und gleich danach, da begriff ich, dass etwas nicht in Ordnung war. Ich sah Wenche Andresen vom Treppenhaus zur Wohnung laufen, und danach, als sie herauskam und um Hilfe rief, da war ich schon auf dem Weg . . .«

»Und du – nahmst den Fahrstuhl?«

»Nein. Der eine war auf dem Weg nach unten und der andere

war defekt, und ich konnte nicht ruhig dastehen und warten, also nahm ich die Treppe.«

»Warte mal. Der Fahrstuhl war auf dem Weg nach unten, sagst du. Du hast nicht gesehen . . .«

»Doch. Zufällig. Es war eine Frau – Solfrid Brede heißt sie. Ich . . . ich habe tatsächlich schon mal mit ihr im Fahrstuhl festgesessen.« Ich erzählte kurz auch davon.

»Solfrid Brede«, wiederholte er und notierte den Namen in einem kleinen Buch mit orangen Seiten.

Jon Andersen saß mit rot gefleckten Wangen da und sah aus, als säße er auf etwas Wichtigem. »Du – du«, wandte er sich an Hamre. »Die Mordwaffe – das Messer. Hast du gesehen, was für eins es war?«

Hamre nickte. »Natürlich. Es war ein Springmesser.«

Jon Andersen fuhr fort: »Genau. Und Veum hat eben erzählt, dass dieser Joker, wie sie ihn nennen, dass er und seine Gang – jedenfalls dass er – mit so einem Ding rumgelaufen ist.«

Wenche Andresen zog heftig die Luft ein, und ihre Augen wurden noch dunkler.

Hamre sagte: »Wir müssen zweifellos dringend mit diesem – Johan Pedersen reden.«

Es entstand eine geladene, gespannte Pause, und ich hasste es, die Stimmung zu zerstören. Aber ich musste es tun. Also sagte ich: »Es ist nur so, dass Jok . . . dass Johan Pedersen für die Tatzeit ein hundertprozentig wasserdichtes Alibi hat.«

»Wieso?«, fragten Hamre und Andersen im Chor.

Wenche Andresen starrte mich verständnislos, fast misstrauisch an. Ihre Finger krampften sich um das Taschentuch, das ich ihr gegeben hatte, die Zigarette glimmte zwischen ihren blutleeren Lippen vor sich hin.

»Weil er genau zu dem Zeitpunkt unten auf dem Parkplatz stand und mit mir redete«, sagte ich.

25

»Ja dann«, sagte Jon Andersen.

Hamre betrachtete mich mit tiefgründigen Augen. »Ein hundert Prozent wasserdichtes Alibi«, wiederholte er nachdenklich, fast zerstreut.

Ein weiblicher Wachtmeister klopfte an und kam herein. Sie nickte kurz ihren Kollegen zu. Es war eine Frau in den Dreißigern, durchschnittlich hübsch, mit blondem Haar, das eine Ahnung von Grau zeigte, und Augen und Lippen, die ziemlich lange keine Schminke gesehen hatten. Sie sagte: »Hier draußen steht ein Junge, zusammen mit Hansen. Er sagt, dass er hier wohnt . . .«

»Roar, Roar!« Wenche Andresen brach plötzlich in heftiges Weinen aus. »Was soll nur werden mit uns? Was soll nur werden?«

Hamre gab der Polizistin mit einem Nicken zu verstehen, sich um sie zu kümmern. Zu Jon Andersen sagte er: »Geh raus und sag, dass sie noch etwas warten müssen. Wir können den Jungen nicht hier reinlassen. Nicht vorbei an . . .«

Er sagte nicht, woran er Roar nicht vorbeilassen wollte, aber das war auch nicht nötig. Kein Junge von acht Jahren geht ungerührt an seinem verbluteten, toten Vater vorbei, der auf dem Boden im Flur liegt.

Wir saßen stumm und warteten, dass sich Wenche Andresen wieder beruhigte. Die Polizistin hatte ihr die Arme um die Schultern gelegt und versuchte, sie zu beruhigen.

Mir saß ein dumpfes, unangenehmes Gefühl im Nacken. Ich wusste, dass die Situation nicht besonders rosig aussah – weder für sie noch für Roar. Und aus Gründen, die ich kaum ahnte, betraf mich dies auch. Ich fühlte am ganzen Körper eine schwere Trauer. Diese Menschen waren mir nicht egal. Vor einer Woche ahnte ich noch nicht, dass es sie überhaupt gab. Jetzt bedeuteten sie mir etwas – jetzt betraf mich dieser Tote auch.

Da war Roar: Er war in mein Büro gekommen und hatte mich an einen anderen Jungen erinnert. Er hatte mit mir geredet, vertrauensvoll, und eine kleine Weile war ich sein Held gewesen. Vielleicht war ich es immer noch.

Da war Wenche Andresen: eine unglückliche Frau, eine, die aus der Spur geraten, eine junge Frau, die plötzlich allein war, die

Zärtlichkeit und Fürsorge vermisste. Und – sie hatte mich geküsst. Oder umgekehrt. Ich hatte sie geküsst. Und die Erinnerung an ihre Lippen lag noch immer wie ein Hauch auf meinen Lippen.

Und da war Jonas Andresen: Ich hatte ihn gemocht. Er hatte sein ganzes Leben vor mir auf dem rotweiß karierten Tischtuch ausgebreitet, wie eine Landkarte. Er hatte mir die Seitenstraßen gezeigt und die heimlichen Pfade, und er hatte mir anvertraut, welchen Weg er nehmen wollte. Aber es war der falsche gewesen, er hatte direkt in den Abgrund geführt.

Und da waren noch andere, wie Joker, der mich erschreckt und wütend gemacht hatte, aber den ich auf eine merkwürdige Weise auch verstand oder zu verstehen glaubte. Da war seine Mutter, Hildur Pedersen, mit der ich gern geredet hatte, durch den Wodkanebel hindurch. Da war Gunnar Våge, mit dem ich nicht gern geredet hatte, der mir aber ein paar Dinge gesagt hatte, an die erinnert zu werden mir gut tat.

Und da war Solveig Manger – die noch rätselhafte Solveig Manger, die ich doch auf eine Weise zu kennen meinte, durch meine eigene, wortlose Begegnung mit ihr – und durch Jonas' Geschichte von einer Verliebtheit, die ich nur allzu gut verstand.

Ich sah mich um. Deutlicher als zuvor sah ich die vielen Stickereien, von denen er berichtet hatte, von denen er sich umzingelt gefühlt hatte. Er hatte Recht gehabt. Es waren ziemlich viele. Im Grunde etwas zu viele.

Wenche Andresen hatte sich wieder beruhigt, und Jakob E. Hamre sagte mit seiner unerbittlichen, aber noch immer freundlichen Stimme: »Haben Sie Verwandte in der Stadt, Frau Andresen?«

Sie schüttelte den Kopf.

»Oder enge Freunde – jemanden, der sich um Roar kümmern kann für – eine Weile?«

Ich wusste, dass das kommen musste. Ich hatte darauf gewartet. Aber sie verstand noch nicht, was er gesagt hatte. Sie sagte: »Aber – kann ich nicht ...«

Nur Hamre wagte es, ihr in die Augen zu sehen, als er sagte: »Ich fürchte, wir müssen Sie für ein paar Tage mit auf die Wache nehmen. Vorläufig nur als Zeugin, aber ... Es tut mir Leid, dass ich das sagen muss: Es gibt zu starke Indizien, die gegen Sie sprechen, und wir können nicht riskieren, Sie frei herumlaufen zu lassen, bevor der Fall geklärt ist. Es geht um Unterschlagung von Beweisen und solche Dinge. Sie werden später eine ausführliche Erklärung erhalten, bevor Sie dem Untersuchungsrichter vorgestellt werden, morgen Vormittag. Und Sie dürfen selbstverständlich mit einem Anwalt sprechen. Haben Sie einen eigenen?«

Sie schüttelte den Kopf. »Nein. Nein ... Bedeutet das – bin ich – verhaftet? Aber ihr glaubt doch nicht etwa ...«

»Nein nein. Wir glauben gar nichts. Wir haben kein Recht etwas zu glauben. Aber wir haben auch nicht das Recht, uns keine Gedanken zu machen. Und das Ganze sieht sozusagen ziemlich – offensichtlich aus. Aber es ist klar: Wir werden eine breite Ermittlung in Gang setzen. Sie können ganz ruhig sein.«

Ihr Blick suchte meinen. Ich hatte ihr schon einmal geholfen, aber jetzt konnte ich es nicht, jedenfalls noch nicht.

Hamre sagte: »Aber Roar ...«

Sie unterbrach ihn: »Varg! Er mochte dich so gern. Nachdem du hier warst – das erste Mal –, hat er von fast nichts anderem geredet – als von dir. Du – kannst du ihn nicht zu Sissel – zu meiner Schwester fahren, nach – nach Øistese?«

Hamre sah mich unschlüssig an.

Ich nickte. »Das kann ich machen, wenn ich darf. Er – er kann heute Nacht bei mir schlafen, und dann fahre ich ihn morgen hin. Wenn die Polizei sie davon unterrichtet, was passiert ist.«

Ich sah Hamre an, und er nickte. »Das machen wir. Ich gehe davon aus, dass es in Ordnung ist ... so. Wenn der Junge nichts dagegen hat.« Er sah zu Wenche Andresen. »Wollen Sie mit ihm sprechen?«

Sie sagte heftig: »Nein, o nein! Das schaffe ich nicht, nicht jetzt. Ich fange nur an zu weinen. Ich – nein.« Sie wandte sich an mich. »Du gehst raus. Kannst du ihn nicht mitnehmen, jetzt gleich, bevor ich rauskomme?«

Ich nickte ernst. »Klar.«

»Und ...«

»Ja?«

»Ich ... Grüß ihn einfach – von mir. Sag, dass – sag, dass alles gut wird – dass ich nur – kurz weg bin, dass ich ihm alles erkläre, wenn ich – wiederkomme.« Tränen schossen ihr wieder aus den Augen.

Hamre setzte hinzu: »Und melde dich auch bei uns, Veum. Wir

werden deine Aussage noch einmal brauchen, in formellerer Form.«

»Natürlich«, sagte ich. »Ich melde mich, sobald ich – zurück bin.«

Ich stand auf und blieb stehen. Am liebsten wäre ich zu Wenche Andresen gegangen, hätte meine Arme um sie gelegt, sie an mich gedrückt und gesagt: Alles wird gut, meine Kleine. Alles wird gut.

Aber ich konnte es nicht tun. Ich streckte ihr meine Hand entgegen, sie ergriff sie, vorsichtig und zart. Ich sagte: »Wir sprechen uns später. Ich werde dir erzählen, wie es mit Roar gegangen ist.«

Sie nickte stumm, und ich verließ sie dort – mit den vier Polizisten und der stummen Leiche. Ich verließ sie dort – mit einer schweren Vergangenheit und einer unsicheren Zukunft. Mit der Erinnerung an einen Kuss und der Erinnerung an eine Hand. Das war alles, was ich ihr zu geben hatte, der einzige Trost, den ich ihr bieten konnte.

Draußen auf dem Flur hatten sie ein weißes Laken neben Jonas Andresen gelegt und ich wusste aus Erfahrung, dass sie nun auf das Klarsignal von Jakob E. Hamre warteten. Dann würden sie ihn auf eine Bahre legen, festbinden und zum Leichenschauhaus fahren. Sie mussten ihn unbedingt richtig festbinden – damit er nicht versuchte, sich loszureißen.

Ich verließ die Wohnung, um Roar zu treffen.

26

Er stand draußen auf dem Balkon, ganz hinten am Fahrstuhlschacht, zusammen mit dem anderen Wachtmeister, einem nicht mehr ganz jungen Kerl mit runden Backen und einem leicht geröteten Gesicht. Er sah nett aus.

Roar machte einen verlorenen Eindruck. Seine Haut war blass und durchsichtig, und das helle Haar wirkte matt und leblos. Seine Augen waren groß und ängstlich, und es war offensichtlich, dass ihm niemand erzählt hatte, was geschehen war. Das war wahrscheinlich das Schlimmste von allem.

Ich ging zu ihm und legte meine Hand auf seine Schulter. Meine Finger glitten in seinen Nacken hinauf und zausten in seinen Haaren. »Willst du mit mir kommen – Roar?«, fragte ich, und meine Stimme klang wie die eines Fremden, unklar und grob. Ich räusperte mich. »Hast du Lust?«

Er sah fragend zu mir auf, als würde er mich nicht wiedererkennen. Dann sah ich, wie sich seine Augen wie zuvor die seiner Mutter mit Tränen füllten. Er begann lautlos zu weinen. Die Tränen liefen ihm über die Wangen, und er tat nichts, um sie aufzuhalten oder um zu verbergen, dass er weinte. »Ist Mama tot?«, fragte er.

Ich hockte mich vor ihn hin. »Nein nein. Es geht ihr – gut. Ich soll dich grüßen. Sie war es, die meinte – dass du mit mir kommen solltest. Sie ist nur ein bisschen – beschäftigt. Und das wird ein paar Tage dauern.« Oder ein paar Wochen – oder ein paar Jahre. Je nachdem. »Morgen fahre ich dich nach Øistese, zu Tante Sissel. Du wirst eine Weile bei ihr wohnen, bis deine Mutter wieder – da ist.«

Es war zu schwer, ihm dies zu erklären, und es war Jahre her, dass ich mit einem Kind über so ernste Dinge gesprochen hatte. Aber ich fürchtete, er würde nicht mehr sehr lange Kind bleiben, sondern früh erwachsen werden, abrupt und brutal.

Ich richtete mich auf, nahm seine Hand und führte ihn den Balkon entlang, durch das Treppenhaus, auf den Balkon an der gegenüberliegenden Seite, und von dort aus die ganzen Treppen hinunter, aus dem Haus, zum Auto und auf den Beifahrersitz.

Dort schnallte ich ihn an, dann stieg ich selbst ein und fuhr los. Keiner von uns sagte ein Wort.

Wir saßen in der Küche. Die Dunkelheit hatte sich draußen in die Gasse gedrängt, hatte die Häuser zur Seite geschubst, um die Stadt mit Nacht zu füllen, hatte dem Tag einen Stein um den Bauch gebunden und ihn ins Meer geworfen, hatte uns alle in unsere viereckigen Lichtzonen eingesperrt, hinter unseren sicheren Fenstern, an unsere beruhigenden Küchentische.

Wir hatten gegessen. Ich hatte Eier und Speck gebraten, er hatte Milch bekommen, und ich hatte Tee getrunken. Wir hatten über alles andere geredet, nur nicht über das, was uns durch den Kopf ging.

Er hatte mir von seiner Schule erzählt, von seiner Klasse, von seinen Schulkameraden und Lehrern und von einem Mädchen, das Lisbeth hieß und lange, helle Zöpfe hatte und einen Hund namens Arnold.

Ich hatte ihm von damals erzählt, als ich ein kleiner Junge war und die Ruinengrundstücke nach dem Krieg noch nicht wieder bebaut waren. Ich hatte ihm von den Hüttendörfern erzählt und von den Kriegen, die wir ausgefochten hatten, und von Gangs, die genauso brutal waren wie die von Joker, die wir aber mit der stoischen Ruhe niedergekämpft hatten, die der zeitliche Abstand solchen Erinnerungen immer verleiht. Vergessen waren die Male, wo wir mit blutenden Nasen, aufgerissenen Knien und Löchern von scharfen Steinen im Kopf nach Hause gekommen waren. Woran wir uns erinnerten, war das eine Mal, wo wir so viele waren, dass wir die Gegner in die Flucht geschlagen, sie in ihre Straße und durch den Park gejagt hatten, verfolgt von einem Wolkenbruch von Steinen, Bretterstücken und leeren Blechdosen: von allem, was wir zu fassen bekamen, allem, womit man werfen konnte.

Danach gingen wir ins Wohnzimmer, schalteten den Fernseher ein und sahen uns das Ende der Nachrichten an, wo ein Mann mit Pferdegesicht uns erzählte, dass es am nächsten Tag Regen und Sturm und Schnee auf den Bergspitzen geben würde. Ich fragte, ob er schlafen wolle.

Er nickte.

Ich machte ihm mein Bett zurecht und bereitete mich selbst auf eine Nacht auf dem Fußboden vor. Oder auf dem Sofa. Der Fußboden war etwas geräumiger.

Ich fand eine frische Zahnbürste für ihn, und er putzte seine Zähne. Er durfte meine Seife und mein Handtuch benutzen, und er wusch sich selbst. Dann ging er schlafen.

Ich machte das Licht aus, blieb in der Türöffnung stehen und betrachtete ihn. »Gute Nacht, Roar.«

»Gute Nacht.«

Ich selbst blieb noch wach und starrte blind auf den flimmernden Fernseher, mit einem toten Aquavit in der einen und nichts in der anderen Hand.

Die Bilder, die vorbeisausten, waren ohne Inhalt und bedeuteten nichts. Sogar die schimmernde Flüssigkeit in dem schimmernden Glas war bedeutungslos. Wenn Menschen zur falschen Zeit sterben, dann ist das so – dann empfindet man so.

Gegen zehn Uhr klingelte das Telefon. Es war Hamre. Er sagte: »Morgen früh um elf im Untersuchungsgericht. Wir werden beantragen, sie für drei Wochen in Haft zu nehmen. Mit Brief- und Besuchsverbot. Ich wollte dir das nur sagen.«

»Brief- und Besuchsverbot? Ist es so ernst?«

»Sieht so aus.«

»Hat sie – wer ist ihr Anwalt?«

»Smith.«

»Der gute alte Smitti?«

»Genau. Der gute alte Smitti. Der beste Paragrafenreiter, den sie bekommen konnte. Das ist immerhin etwas. Für sie, meine ich.«

Eine lange, dunkle Pause, die sich anfühlte wie ein Sog hinaus ins Telefonnetz. Dann fragte er: »Wie geht es dem Jungen?«

»Er schläft«, sagte ich.

»Tja. Du fährst morgen mit ihm raus?«

»Ja.«

»Melde dich, wenn du wieder zurück bist.«

»Keine Sorge. Wir sehen uns bestimmt wieder.«

»Daran zweifle ich nicht. Gute Nacht, Veum.«

»Gute Nacht.«

Ich saß da, mit dem Hörer in der einen Hand und dem Aquavit in der anderen. Dann legte ich den Hörer auf, leerte das Glas in einem Zug und ging schlafen. Auf dem Boden.

27

Ich wachte früh auf und konnte nicht mehr schlafen. In mir gab es zu viele namenlose Ungeheuer, die zwischen hohen, schwarzen und blattlosen Baumstämmen umherschlichen und mir keine Ruhe ließen.

Ich ließ Roar schlafen, so lange er wollte, und schlich leise in die Küche. Dort brach ich eines meiner strengsten Prinzipien und trank Kaffee auf leeren Magen. Ich braute mir einen tiefschwarzen und starrte dann in ihn wie in einen Brunnen ohne Boden. Doch in dem Brunnen war nichts zu lesen, in der Tasse war kein Bodensatz. Der lag in mir selbst: hinter den Augen, auf der Zunge und auf der Seele, wenn ich denn eine hatte.

Ich versuchte, die Situation zu überdenken. Jonas Andresen war tot. Sein letzter Tag war vorbei, und zum ersten Mal seit etwas mehr als dreißig Jahren ging die Sonne über einer Halbkugel auf, auf der es keinen Jonas Andresen mehr gab. Für uns andere würde das keinen wesentlichen Unterschied machen. Für ihn bedeutete es alles. Er war hinübergegangen in das Reich der Rätselhaften, in die nebligen Täler und die verschleierten Wälder, er war hinaufgestiegen in die Bergreiche, die uns alle erwarteten, wenn unsere Tage erst einmal gezählt sind.

Er war schnell und brutal gestorben. Ich selbst hatte ihn dem Tod entgegengehen sehen, aber den Todesaugenblick selbst hatte ich nicht mitbekommen. Ich hatte Wenche Andresen hinauflaufen sehen, nachdem es geschehen war, und ich hatte wieder einen Moment später Solfrid Brede aus dem Fahrstuhl steigen sehen. Und ich hatte Jonas Andresen wieder gesehen, aber zu spät – ein paar Minuten und eine Ewigkeit zu spät.

Er war mit einem Messer, wie es Joker benutzte, erstochen worden. Aber Joker war es nicht gewesen, denn der hatte bei mir gestanden und mit mir geredet, als es geschah.

Aber wer hatte es getan?

Wieder sah ich Wenche Andresens verzagtes Gesicht vor mir, wie sie auf dem Sofa saß und die Hände um das Taschentuch gefaltet hatte, das ich ihr gegeben hatte. Ich sah ihre Augen und ihren Mund und – ich sah Jakob E. Hamre. Ich sah die Gewissheit in seinen Augen, die Sicherheit um seinen festen Mund, die Ruhe in seinem Gesicht.

Wen gab es noch? Solveig Manger? Ihren Mann? Oder einen Fremden, ein Gesicht, das noch im Schatten lag, das noch nicht ins Licht getreten war? Es war Aufgabe der Polizei, das herauszufinden. Meine Aufgabe war in vieler Hinsicht leichter. Ich musste Roar nach Øistese fahren und mich selbst wieder nach Hause.

Draußen begann zögernd ein neuer Tag. Es war ein neuer Tag im März, an dem unruhige Wolken über den Himmel zogen, mit ängstlichen Flecken blauen Himmels dazwischen. Eine tief stehende Sonne heftete ein paar vereinzelte, morgengoldene Strahlen an die Stadt, zwischen den Wolken hindurch, die aber schnell wieder abrissen. Es war der Frühling, der seine zaghaften Suchscheinwerfer über die Stadt sandte, um sich dann in mildere Gegenden zurückzuziehen, bessere Zeiten abwartend.

Plötzlich stand Roar barfuß und in Unterwäsche in der Küchentür. »Bist du wach, Varg?«

Die Straße von Bergen nach Hardanger ist eine, die die meisten Bergenser mit verbundenen Augen und zugestopften Ohren fahren könnten, jedenfalls bis Kvamskogen. Aber es hatte diesen Winter ein wenig Schnee gegeben, und ich fuhr die Strecke zum ersten Mal. Ich hatte meistens besseres zu tun gehabt als meine Skier hinauf nach Kvamskogen und wieder hinunterzufahren. Ich zog eine ordentliche Angeltour vor, in bewegtem Wasser oder im Aquavit.

Skuggestranden entlang fährt man nach den Verbreiterungen der letzten Jahre auf einer Art Schnellstraße, und ein Großteil der Spannung beim Autofahren ist verschwunden. Früher wusste man nie, mit wem man um die nächste Ecke zusammenstoßen würde, jetzt konnte man auf zweihundert Meter Abstand genau zielen.

Wie alle Jungs fuhr Roar gerne Auto, und ich konnte sehen, wie die Anspannung in seinem Gesicht langsam von Eifer und Redelust abgelöst wurde.

»Du – du kannst sehr gut fahren, Varg.«

»Findest du?«

»Hast du – hast du schon oft Verbrecher gejagt? Mit dem Auto meine ich.«

»Nicht so oft.« Nur jeden Freitag – bei Derrick.

»Erzähl!«

»Da gibt es nicht so viel zu erzählen. Es geht so schnell, dass du dich danach an gar nichts erinnern kannst. Du bist nur froh, dass du mit heiler Haut und lebendig davongekommen bist.«

»Oh, aber . . .«

Ein Stück vor Tysse liegt eine Cafeteria, genau in einer scharfen Kurve, und davor stehen immer ein paar Lastwagen. Von der Straße aus wirkt sie nicht besonders gemütlich, aber wenn man hineingeht und durch das ganze Haus hindurch, kommt man in einen Speisesaal, der an einen alten Wintergarten erinnert, mit großen viereckigen Fenstern wie ein Schachbrett und einer wunderbaren, friedvollen Aussicht auf den See, im Sommer durch weiches Laub. Jetzt klammerten sich die Zweige nackt an das Pastellbild, aber man hatte dennoch das Gefühl, aus der grellen Wirklichkeit draußen auf der Straße in eine Märchenwelt zu kommen. Egal was man aß, blieb man sitzen und starrte durch das große Fenster. Davon bekam man einen steifen Nacken, aber man ging ruhiger hinaus und setzte sich wieder ans Steuer; das Bild gab einem inneren Frieden und machte die Hände sicherer, den Blick klarer. Man wurde ein besserer Fahrer.

Dort hinein ging ich mit Roar, und wir aßen beide ein Krabbenbrot mit mehr Majonäse als Krabben, einem Salatblatt, das an ein gehäutetes Chamäleon erinnerte und einer Zitronenscheibe, die aussah, als sei sie als Weihnachtsbaumständer benutzt worden. Aber die Aussicht konnte niemand verderben, und man bezahlte keine Mehrwertsteuer dafür.

Ich trank noch eine Tasse Kaffee, und Roar trank mit dem Strohhalm Limonade. Der Strohhalm war rot und die Limonade farblos. Das Tischtuch war grün, und die Aussicht ...

An einem anderen Tisch saßen drei Lastwagenfahrer. Sie hatten Stimmen wie Grubenschächte und Pranken wie Bagger. Ihre Gesichter waren breit und viereckig, wie ihre Wagen. Das war sicher typisch, eine Berufskrankheit, an der nicht einmal das Arbeitsschutzgesetz etwas ändern konnte. Ich hörte nicht, worüber sie sprachen, aber das spielte auch keine Rolle. Ich hörte ihre polternden Stimmen und das war genug. Sie gehörten dorthin, so wie sie in die Straßencafeterias in aller Welt gehörten. Die letzten unerbittlichen Cowboys. Triffst du einen von ihnen an einem dunklen Abend mitten in einer Kurve, in einem Auto, das kleiner ist als eine Lokomotive und zu weit auf der Gegenfahrbahn, dann bist du erledigt. Dann bist du nicht mehr wert als der Kilometer, den du schneller als achtzig fuhrst, die Minute, die du spartest, um rechtzeitig zu deinem eigenen unerwarteten Tod zu kommen, mitten in einer Kurve, in einem plötzlichen Sarg aus verkeiltem Metall und tropfendem Öl.

Aber die Aussicht ...

Roar sog die Limonade durch ein rotes Plastikrohr aus der Flasche. Ich betrachtete sein Gesicht. Wem sah er ähnlich? Der Mutter? Dem Vater? Ich versuchte, sie mir vorzustellen: Wenche Andresen mit geschlossenen Augen und Gesicht und Mund plötzlich zum Kuss gehoben; und Jonas Andresen, mit Brille und einem Schnauzbart voller Bierschaum, die Hände um ein Glas gefaltet, und dann plötzlich – tot.

Nein, Roar erinnerte mich an keinen von beiden. Er ähnelte nur sich selbst, einem kleinen Jungen in einer ausgewaschenen, blauen Daunenjacke und Jeans mit Flicken auf den Knien, der plötzlich in meinem Büro gestanden hatte, vor – wie lange war das her? Fünf, sechs Tage? Und er erinnerte mich auch noch immer an einen anderen Jungen, ein wenig jünger, der schon lange, lange nicht mehr in meinem Büro gestanden hatte.

»Findest du das nicht schön?«, fragte ich und nickte zum Fenster. Er sah mich fragend an. »Was denn?«

»Die Aussicht.«

»Die Aussicht?«

Nein, er war zu jung. Man sieht so etwas nicht, wenn man acht Jahre alt ist. Man muss zum ersten Mal verliebt gewesen sein, bevor man auf so etwas achtet.

Wir tranken aus und fuhren weiter. Die Straßen durch Kvamskogen waren schneefrei, aber schwarz von Regen. Der Schnee lag wie ein dünner Schorf auf den Berghängen und man musste weit hinauf, um sicherzugehen, ordentliche Loipen zu haben.

Die Straße war gut. Die legendären Waschbrettzeiten in Kvamskogen waren vorbei. Der Tourismus hatte sogar dieses Wegstück erreicht, obwohl der Ausbau umstritten gewesen war. Wir fuhren schnell an den dicht an dicht gebauten Hütten vorbei, die an eine unordentliche Vorstadt erinnerten und stürzten uns durch Tokagjelet, wo uns die Tunnel auffraßen und wieder ausspuckten.

Die Landschaft flachte zum Hardangerfjord und Nordheimsund wieder ab, und plötzlich waren wir da. Es war ein Augenblick, wie man ihn jedes Jahr um diese Zeit erlebte. Plötzlich schien eine himmlische Hand die Wolkendecke zur Seite geschlagen und Sonne über die Landschaft geschüttet zu haben. Die Sonne schwappte die Berghänge hinunter, fing die Spuren von Grün des Vorjahres auf, vermischte sie mit dem Braun und dem schmutzigen Grau des Winters, und warf sie dir vor die Füße. Frühling.

Frühling. Die Sonne fiel wie ein Netz über die Landschaft, die steilen Berghänge hinter uns, die Straße, die sich auf den Fjord zuschlängelte, der blauweiße Fjordstreifen dort unten und der blaugraue Gebirgszug auf der gegenüberliegenden Seite, die verstreuten Höfe, die Rot, Weiß und Grau trugen, ein roter Bus, der uns schnaufend entgegenkam, eine alte Frau, die direkt an der Fahrbahn stehen blieb, neben einem Milchstativ, mit ihrem grauen Rock, der dunkelbraunen Strickjacke und dem schwarzen Tuch auf dem Kopf. Sie betrachtete uns aus einem Gesicht, das von der

Zeit verschrumpelt und von den Jahren verwittert war. Es war Frühling, unbeschreiblicher Frühling.

Ich sagte nichts, um die Stimmung nicht zu stören, damit nicht das ganze Bild barst und in tausend Stücke zerfiele. Aber an der plötzlichen Stille merkte ich, dass Roar dasselbe empfunden hatte, dass er dieselbe plötzliche Sonne über der frühreifen Landschaft gesehen hatte, dass er dieselbe Veränderung in sich gespürt hatte. Dass er gespürt hatte, wie die Sonne ein neues Gewicht in die Waagschale der Zeit gelegt hatte, dass ein weiterer Winter dabei war, zu verebben und dass sich ein neuer Frühling erhob wie eine strudelnde Strömung unten im Fjord, draußen im Meer, oben im Himmel. Vielleicht musste man dafür doch nicht verliebt gewesen sein.

Die kurze Strecke auf der breiten Straße zwischen Nordheimsund und Øistese verlief an einem Fjord entlang, der wie blaues Silber neben uns schimmerte, der die Strahlen in Kaskaden zurückwarf und der ebenso froh war wie wir – über den Frühling.

So kamen wir nach Øistese, noch mit Winter im Blut, aber den Frühling schon wie eine Hoffnung im Blick, den Sommer wie eine Sehnsucht in der Haut – bis Winter und Tod uns plötzlich wieder einholten und wir uns daran erinnerten, weshalb wir hier waren.

28

Roars Onkel und Tante wohnten in einem großen, würfelförmigen Haus, das offensichtlich innen wie außen frisch renoviert war. Es lag hoch oben am Hang, umringt von austreibenden Obstbäumen und mit Aussicht auf ganz Øistese und den Fjord und das Fjell auf der anderen Seite. Es musste ein merkwürdiges Gefühl sein, wie am Rande einer Postkarte zu wohnen.

Die Tante kam ans Tor gelaufen, bevor wir aus dem Auto steigen konnten. Sie hatte uns erwartet. Sie umarmte Roar, warm und lange und ließ wieder Tränen in seine Augen steigen.

Dann richtete sie sich auf und gab mir die Hand. »Sissel Baugnes.«

»Veum.«

Sie war deutlich älter als ihre Schwester und ihr Gesicht war schärfer geschnitten. Sie war um die vierzig und versuchte nicht, das zu verbergen. Ihre Lippen waren schmal und ihr dunkelblondes Haar zeigte lange Streifen von Grau. Ihre Augen waren rot gerändert vom Weinen und in ihrem Gesicht hingen dunkle Schatten. Es waren die Schatten vieler schlafloser Stunden. Sie trug einen weiten blauen Rock und eine helle, eierschalenfarbene Baumwollbluse. Ihre Hände waren leicht gerötet und ihre nackten Arme hinauf sah man helle Sommersprossen. »Es war ein furchtbarer Schock – für uns alle.« Sie suchte in meinem Gesicht, als befürchtete sie, dort noch weitere Schocks, weitere grauenhafte Neuigkeiten lesen zu können.

Ich sagte: »Das war es. Für uns alle.«

»Entschuldigen Sie – ich denke nicht . . . Sie möchten vielleicht eine Tasse Kaffee, ein Stück Brot?«

Ich nahm das Angebot dankend an. Sie sah aus, als sei sie an einem Tag wie diesem genau die richtige zum Kaffeetrinken.

Sie setzte mich in eine Sofaecke in einem Wohnzimmer, das von einem friedlichen und durchschnittlichen Familienleben zeugte. Auf den zarten Teakregalen standen mehr Familienfotos als Bücher, und der Fernseher in der Ecke war ein älteres Modell. Das schwarze Reiseradio mit der glänzenden FM-Antenne war neuer. Aus ihm ertönten sanfte Vormittagsklänge, eine leichte Mischung aus südamerikanischen Rhythmen, westdeutschen Flötenarrangements und einem Engelschor aus Hamburger Plattenstudios – Flöte für die Ohren, Honig für die Seele. Wenn man nicht zu musikalische Ohren hatte oder eine zu schwarze Seele.

Ein rotbrauner Cockerspaniel kam auf uns zugeschossen und sprang wild an Roar hoch, der auf die Knie fiel und sich das Gesicht ablecken ließ. »Passopp!«, sagte er. »Hallo, Passopp!« Anders konnte ein Hund in dieser Gegend auch nicht heißen.

Sie kam mit belegten Broten auf einem länglichen Zinnteller zurück und goss schwarzen Kaffee in solide kleine Tassen mit rotem Blumenmuster.

»Die Mädchen sind in der Schule«, sagte sie, um über alltägliche Dinge zu reden.

»Wie alt sind sie?«, fragte ich.

»Berit ist elf und Anne-Lise ist dreizehn. Reidar – mein Mann, wollte versuchen, heute früher nach Hause zu kommen.«

»Was macht er?«

Sie fuhr sich mit der Hand über die Stirn und durch das Haar. »Er ist Geschäftsführer unten im Supermarkt. Früher hat er sein eigenes kleines Geschäft gehabt, aber es wurde zu schwierig, die Konkurrenz war zu groß. Er war nie zu Hause, konnte es sich nicht leisten, konnte sich auch nicht leisten, jemanden anzustellen. Abends musste er die Regale auffüllen und auszeichnen und Bestellungslisten vorbereiten und die Abrechnung machen. Ja, er hat jetzt auch viel zu tun – so ist das nicht, aber es ist jedenfalls friedlicher.«

Sie wirkte auf eine ruhige Weise unruhig. Sie hatte nichts Nervöses oder Hektisches an sich und dennoch wirkte sie rastlos, fast gereizt. Auf ihrer schmalen, scharfen Nase sah man ein dünnes Muster roter Adern und ihre Lippen wirkten trocken und blass. Sie sagte: »Ich kann es einfach nicht begreifen – wie das alles . . .«

Sie sah zu Roar. »Roar, kannst du nicht ein bisschen mit Passopp in den Garten gehen?«

Roar nickte. Er sah mich an. »Du gehst doch noch nicht, Varg?«, fragte er.

»Nein, nein. Ich geh noch nicht so schnell.« Da war sie wieder, die fremde Stimme. Die Stimme eines anderen.

Sobald er draußen war, sagte sie: »Die Polizei hat gesagt – sie gaben uns zu verstehen . . . Stimmt es, dass Wenche unter Verdacht steht – dass sie . . .« Sie brachte es nicht über die Lippen, starrte mich nur ungläubig an.

Ich sagte: »Ja. Das heißt – ich denke schon.« Ich beugte mich vor. »Aber ich glaube es nicht. Nicht eine Sekunde lang. Ich habe Ihre Schwester nicht besonders gut gekannt. Es ist weniger als eine Woche her, dass ich sie zum ersten Mal sah. Aber ich glaube nicht, dass sie – ihren Mann umgebracht hat.« Ich schluckte. »Ich weiß nicht, ob die Polizei gesagt hat, wer ich bin . . .«

Sie nickte schwach.

»Ich bin Privatdetektiv. Es ist mein Job, Dinge aufzuklären. Nicht so ernste wie einen Mordfall – aber das hier ist für mich auch kein ›Fall‹. Es ist eher eine Tragödie, die Menschen zugestoßen ist, die ich – mag, und ich verspreche Ihnen, Frau Baugnes, ich verspreche Ihnen, dass, wenn es etwas herauszufinden gibt, etwas, das ein Gegenbeweis gegen das sein kann, was die Polizei – annimmt – wenn es das gibt, dann werde ich es herausfinden. Das verspreche ich Ihnen, auf Ehre und Gewissen . . .«

Sie betrachtete mich wie aus der Ferne. »Ja, denn wir konnten es nicht glauben. Sie – hat – Jonas so geliebt, und sie war so unglücklich. Ich habe niemals jemanden so unglücklich gesehen wie sie, als es aus war, als sie sich getrennt haben – wegen – wegen ...«

Die Haustür schlug zu, und wir hörten schwere Schritte im Flur. Ein Mann betrat das Zimmer, und Sissel Baugnes und ich erhoben uns beide.

»Veum«, sagte sie. »Das ist Reidar, mein Mann.«

Reidar Baugnes gab mir die Hand. »Freut mich«, sagte er.

Er hatte ein markantes Gesicht voller Falten. Ich schätzte ihn auf ungefähr Ende vierzig: ein Mann mit scharfem Profil, klaren dunkelblauen Augen, einem schmalen Mund und einem Kinn, das sich nie hatte entscheiden können, ob es Kinn oder Hals sein wollte. Er trug einen grauen Arbeitskittel, in dessen Brusttasche drei Kugelschreiber und ein gelber Bleistift steckten. Seine Stimme war belegt, als sei er erkältet.

Sissel Baugnes sagte: »Wir sprachen gerade über ...«

Er nickte und setzte sich. »Furchtbar«, sagte er zu mir.

Sie ging in die Küche und holte auch ihm eine Kaffeetasse. Auf eine ruhige und unkomplizierte Weise wirkten sie wie ein glückliches Paar. Sie standen in der Mitte des Lebens und hatten ihre Kreuzwege hinter sich gelassen. Es gab nur noch eine Richtung, und sie brauchten keinen Kompass. Niemand hielt sie auf oder stellte ihnen schwierige Fragen, keine Fremden kreuzten ihren Weg und ließen ihren Blick abschweifen.

Ich sagte: »Sie ... Habe ich es richtig verstanden, dass sie ziemlich – streng erzogen wurden?« Ich sah Sissel Baugnes an.

Ihr Mann antwortete: »Wer hat das gesagt? Jonas?«

Sissel Baugnes sagte mit leichter Schärfe: »Ich weiß, dass Jonas es immer so dargestellt hat. Er hat sich bei uns hier nie zurechtgefunden. Er war viel zu anders als wir. Er war ein Stadtkind, und wir waren vom Lande. Er hat uns gern als Pietisten, als übertrieben religiös und so dargestellt, aber das war falsch.« Sie sagte »falsch« als sei das der stärkste Ausdruck, den es in ihrer Sprache gab.

»Er war ein Querkopf«, sagte ihr Mann. »Und wir sahen, wo das hinführte.«

Sie fuhr fort: »Wir sind überhaupt nicht so. Wir kommen aus einem gottesfürchtigen Haus, aber es war ein helles und frohes Christentum, keine dunkle Geschichte. Mein Vater – er ist jetzt tot,

Gott sei seiner Seele gnädig –, aber ich habe nie einen Menschen lachen hören wie ihn. Er war ein durch und durch guter Mensch und selbst in seinen letzten Krankheitsjahren behielt er dieses Wesen, im Glauben an seinen Erlöser. Als er starb, trauerten wir nicht, nicht seinetwegen – warum sollten wir? Er war heimgekehrt, um ihn brauchten wir uns nicht zu sorgen. Da war es trauriger für uns, die wir übrig blieben und den Verlust erfahren mussten. Meine Mutter: Wie soll ich ihr das hier erzählen? Ich weiß es einfach nicht. Wenn etwas sie töten kann, dann ... Sie und Vater haben Jonas nie verstanden. Genau wie er sie nicht verstand. Ich sage nicht, dass das sein Fehler war oder ihrer. Sie kamen einfach aus zwei verschiedenen Welten und jetzt ...«

Reidar Baugnes wiederholte: »Jetzt sehen wir, wohin es geführt hat.«

Heftiger sagte sie: »Ich verstehe es einfach nicht. Wenn zwei Menschen einander geheiratet und sich versprochen haben, dass der eine zu jemand anderem gehen kann, einem Außenstehenden! Ich kann ihm verzeihen, dass er aus einer anderen Welt kam, aber das – das kann ich nicht verzeihen. Das kann ich nicht verstehen.«

Ihr Mann nickte zustimmend. Dann sagte er: »Sind Sie verheiratet?«

»Nein.« Und mehr wollte ich ihnen nicht erzählen.

»Nein. Dann verstehen Sie es wohl nicht. Aber eine Ehe, eine Vereinigung zwischen zwei Menschen, die sich lieben, das ist – das sollte etwas so Heiliges und Reines sein, dass nichts – nichts! – zwischen die beiden treten kann. Und es zerstören.«

Ich nahm ein belegtes Brot, um nicht antworten zu müssen. Dann leerte ich meine Tasse und stand auf. »Ich muss wohl zusehen, dass ich loskomme. Ich muss wieder in die Stadt.«

Sie erhoben sich. Sissel Baugnes sagte: »Was Sie eben sagten, wir sind sehr froh darüber. Wenn wir irgendwie helfen können, dann melden Sie sich einfach. Wir haben nicht so viel Geld, aber ein bisschen ...« Sie ließ es in der Luft hängen, wo die meisten Geldfragen normalerweise hängen, bevor sie auf wunderbare Weise verduften und sich auflösen.

Ich sagte: »Versprechen Sie mir nur eines. Passen Sie gut auf Roar auf, wenn ...«

Sie nickten beide. »Wir werden uns um ihn kümmern, als wäre er unser eigener Sohn.«

In gewisser Weise fühlte ich mich beruhigt. Ich glaubte, dass er es bei seiner Mutter besser haben würde, aber wenn alles schief ginge – dies war auch nicht das schlimmste Zuhause, das ihm zugeteilt werden konnte.

Reidar Baugnes begleitete mich vor die Tür. Als seine Frau wieder hineingegangen war, sagte er mit leiser und vertraulicher Stimme: »Ich wollte es drinnen nicht sagen – aber hier draußen, von Mann zu Mann, Veum. Ich bin ein Mann, und ich habe die Gelüste eines Mannes. Und es gibt genug Versuchungen in der heutigen Welt. Unten bei der Arbeit, da sind genug reizvolle Mädels, und sie sind alle nicht schüchtern. Ich könnte schon ...« Er sah konzentriert vor sich hin, während er an all das dachte, was er könnte, wenn er den Mut dazu hätte. »Aber ich habe gelernt, meine Gelüste zu zähmen, Veum. Es würde mir niemals einfallen, nicht in meinen dunkelsten Stunden, Sissel untreu zu werden.«

»Nein. Genau«, sagte ich. »Ich verstehe.«

»Ja, nicht wahr?«, sagte er und seine Stimme klang fast dankbar.

Dann verabschiedete ich mich und ging in den Garten hinunter. Roar spielte mit dem kleinen Hund. Als ich den Gang herunterkam, riss er sich von dem Spiel los, kam mir entgegengelaufen und legte die Arme um meine Taille. »Willst du jetzt gehen?«, sagte er hinauf in mein Gesicht. »Musst du?«

Ich sah in sein junges, unfertiges Gesicht hinunter. »Ja, leider. Ich muss. Ich muss zurück in die Stadt, weißt du. Du wirst es hier gut haben, Roar – die Tage, die du hier sein musst.«

»Wirst du – Mama treffen?«

»Wahrscheinlich.«

»Sag ihr – sag ihr, dass ich sie lieb habe und dass ich auf sie warte – egal, was sie ...« Mehr sagte er nicht, und den ganzen Weg zurück sollte ich darüber nachdenken, wie er den Satz vollendet hätte: egal, was sie ... getan hat?

Eigentlich kann man vor Kindern nichts geheim halten. Sie wissen sowieso längst alles. Sie haben es gewusst, seit sie geboren wurden, irgendwo tief drinnen, im Blut oder im Herzen.

Ich beugte mich hinunter und umarmte ihn, drückte ihn an mich, spürte den zarten Jungenkörper, den schmalen Rücken, das Rückgrat, die Schulterblätter, den Nacken.

Dann ging ich schnell zum Auto, ohne mich umzusehen, und fuhr los. Es lohnt sich nie, sich umzusehen. Das endet immer damit, dass man Menschen schon zu vermissen beginnt, bevor man sie noch richtig verlassen hat.

Als ich aus Øistese hinausfuhr, dachte ich an die letzte Botschaft, die Reidar Baugnes mir mitgegeben hatte, und an das, was Jonas Andresen mir zwei Tage zuvor gesagt hatte. Reidar Baugnes hatte von »Gelüsten« gesprochen, Jonas Andresen hingegen von »Liebe«. Und ich fragte mich, ob sie überhaupt von derselben Sache gesprochen hatten.

Und – ich hatte schon begonnen, ihn zu vermissen.

29

Hinter Kvamskogen fuhr ich von der Hauptstraße auf einen Schotterweg, der ein Seitental hinunterführte, das wie ein U begann, aber wie ein V endete. Der Weg schlängelte sich bergauf, und es war nur dem fehlenden Schnee in diesem Winter zu verdanken, dass er überhaupt so früh im Jahr befahrbar war. Trotzdem kam ich nicht besonders weit.

Als der Weg zu glatt wurde, parkte ich an der Seite und stieg aus. Ich ging schnell bergauf, sog die scharfe Gebirgsluft tief in die Lungen.

Es war ein wildes und schönes Tal, und der Weg würde mich an ein paar verlassenen, verfallenen Höfen vorbeiführen, hinauf zu der nackten Hochebene, wenn meine Zeit und meine Kräfte ausreichten. Das Tal würde später im Jahr grün und üppig und voller immer niedrigerer Birken sein. Jetzt war es gelbbraun und karg und mit weißen Schneeflecken bedeckt.

Ganz unten in der Talsohle schlängelte sich ein wilder kleiner Fluss dahin, und später in der Saison würden die Forellen Schlange stehen, um zu den großen, tiefen Fjellseen zu gelangen, aus denen der Fluss kam. Ich hatte einige Abendstunden – nicht sehr viele vielleicht, aber es waren gute Stunden gewesen – dort unten am Fluss verbracht. Während die Sonne weiter und weiter den Hang hinaufkroch und die Luft jede Sekunde klarer und kälter wurde, hatte ich auf den seligen Moment gewartet: das wilde Springen – die Belohnung für das Warten.

Da mein Vater die freie Natur hasste und den größten Teil seiner Freizeit in Museen verbrachte und über Büchern zur nordischen Mythologie saß, war ich schon erwachsen, als ich meine erste Forelle an Land zog. Später hatte ich die vereinzelten Pausen vom Stadtleben zu schätzen gelernt. Ich war zu sehr Stadtkind, um den Gesang des Verkehrs, die kunstvollen Rauchschwaden über den Dächern und die Abgase auf der Haut lange hinter mir zu lassen – aber ab und zu tat es gut, ein wenig rauszukommen, den Stadtstaub abzuschütteln und ein paar Stunden in sauberer Luft, an einem klaren Bach zu verbringen, in Erwartung einer willigen Forelle. Und dafür war dieses Tal sehr gut geeignet, eine Stunde Autofahrt von der Stadt entfernt.

Manchmal war ich erst spät in der Nacht zurückgefahren. Ich hatte unten am Fluss ein Feuer gemacht und in einer rußgeschwärzten Kanne Kaffee gekocht, den ich dann aus einem alten Zinnbecher trank. So hatte ich in der Dunkelheit gesessen, im lebendigen Lichtschein des Feuers und beim Knistern der trockenen Äste. Ich hatte dagesessen und auf andere Geräusche gelauscht, aber die Vögel hatten sich zur Ruhe begeben. Ein einsamer Igel raschelte in den Büschen, und ganz selten quakte ein Frosch. Sonst war alles still wie die Sterne über mir und das Fjell um mich herum.

Jetzt hatte ich keine Anglerausrüstung dabei, und ich war nur hergekommen, um für ein paar Stunden alles hinter mir zu lassen, um Abstand zu gewinnen, um meine Gedanken und Eindrücke in die richtigen Schubladen zu sortieren.

Die Luft war kalt und ich war nicht richtig angezogen. Ich hatte einfache Schuhe an und der Schnee setzte meiner Wanderung bald eine Grenze. Also musste ich umkehren und wieder zum Auto zurückgehen.

Das Tal war nicht das Richtige für solche Gedanken, es war zu eng. Man konnte Blick, Kopf und Herz nicht frei schweifen lassen. Man kam nicht frei, sondern war in sich selbst gefangen, im Chaos der Gedanken, im Gewimmel der Eindrücke.

Ich brauchte stärkere Reinigungsprozesse.

Wieder in der Stadt, fuhr ich direkt nach Hause, duschte und warf mich in Schale. Dann ging ich in das feinste Hotel der Stadt. In diesem Hotel ist es so, dass man ohne Schlips in der Bar nicht bedient wird. Man kann allerdings im Restaurant sitzen und sich vom

Kellner die Drinks aus der Bar holen lassen. Aber ich holte mir meine Drinks lieber selbst.

Es war früh am Abend und die Bar war halb voll – oder halb leer, je nachdem, wie man es sah. Ich bestieg einen Hocker und klammerte mich an einen doppelten Whisky. Wenn ich in Bars sitze, trinke ich Whisky. Das passt besser zum Ambiente als Aquavit. Aquavit kann man zu Hause trinken oder im Fjell oder auf See oder auch wo immer. Nur nicht in Bars. In Bars trinkt man Whisky oder Wodka oder feinere Drinks, für die man ein Fremdwörterlexikon braucht, um sie bestellen zu können. Aber ich bin ein einfacher Mann mit einfachen Trinkgewohnheiten und mein Fremdwörterlexikon hatte ich zu Hause gelassen. Also bestellte ich Whisky.

Eine Frau war im Lokal. Das ist nämlich auch so, in diesem Hotel, dass immer eine Frau im Lokal ist. Es ist einer der sichersten Orte in der Stadt, wenn man daran interessiert ist, eine Frau zu treffen, und das Angebot umfasste die meisten Jahrgänge und Preisklassen.

Wenn man sie von hinten betrachtete, hätte sie zwanzig sein können. Sie trug Schwarz, Rock und Seidenbluse, ihre Beine waren schlank und ihr offenes Haar war auf eine Weise goldblond, die verriet, dass es nicht ihre natürliche Haarfarbe war.

Als sie sich umdrehte, sah man, dass sie eher fünfzig als zwanzig war. In ihrem Gesicht stand zu lesen, dass sie keine Illusionen mehr hatte, und genau solch eine Frau brauchte ich an diesem Abend.

Unsere Augen begegneten sich, ich nickte zu meinem Glas und sah sie fragend an. Sie stand auf und kam zu mir herüber, mit schwingenden Hüften und durstigen Lippen, aber ich war es nicht, wonach sie dürstete, denn sie bestellte Gin und Martini, auf meine Rechnung.

»Du kannst mich Sonne nennen«, sagte sie und ihre Stimme schnarrte wie ein schlecht eingestelltes Radio.

»Nenn mich Mond«, sagte ich.

Ihr Gesicht war zerfurcht, aber nicht vom Wetter. Es war eher an Interieurs als an Exterieurs gewöhnt, und ich bezweifelte, dass sie bei einer Forelle vorn und hinten unterscheiden konnte. Sie hatte wahrscheinlich niemals Kaffee aus einer rußgeschwärzten Kanne getrunken und wenn doch, dann war es lange her. Ihre Augen waren hell und wässerig von zu viel Gin, aber ihre Lippen waren voll und breit und gewöhnt, direkt aus der Flasche zu trinken. Ich nannte sie Sonne.

»Ich würde gern was essen«, sagte ich.

»Ich kann dir Gesellschaft leisten«, sagte sie. »Aber ich esse nie nach vier Uhr. Ich vertrage es nicht.«

Wir gingen hinein und setzten uns an einen Tisch an der Balustrade und sahen auf die wenigen Hotelgäste hinunter, die durch die Rezeption liefen. Einige unvermeidliche Engländer mit rot gefleckten Gesichtern und grünbraunen Kniebundhosen waren die einzigen Touristen. Sonst bestand die Klientel aus Handelsreisenden, Geschäftsleuten und mehr oder weniger professionellen Seminarteilnehmern.

»Ich bin nur auf der Durchreise«, sagte sie.

»Jeden Abend?«, fragte ich.

»Von Laksevåg nach Sandviken«, sagte sie. »Ich bin gerade umgezogen, in eine neue Wohnung.« Sie verfolgte den Rauch ihrer Zigarette. Er stieg langsam zur Decke, die hoch über uns hing.

Nach einigen Stunden Wartezeit brachte mir ein mürrischer Kellner ein verbranntes Pfeffersteak mit zerkochtem Gemüse. Aber die Kartoffeln waren ganz gut.

Sie sagte: »Wenn du Lust hast – könnte ich dich einladen – in die neue Wohnung.«

Ich sagte: »Ja? Ich habe mich schon immer für – Wohnungen interessiert.«

Sie hatte tiefe Kerben neben den Mundwinkeln und offene Poren in der Haut. »Das Dumme an der Wohnung ist nur, dass – die Miete so verdammt hoch ist.«

»Ach ja? Tja, meine Brieftasche sitzt locker und mein Bankkonto liegt sowieso in den letzten Zügen, also . . .«

Wir gingen. Ihre Wohnung war allerdings nicht in Sandviken, es sei denn sie rechnete die Øvregate zu Sandviken, und besonders neu sah sie auch nicht aus. Aber sie hatte einen ungepanschten Whisky von bestem Kaliber. »Irgendjemand hat ihn hier stehen lassen«, sagte sie und lehnte sich mit einem Arm, einem Bein und der einen Hüfte gegen die Wand.

Ich fühlte mich nicht besonders gut, und sie sah auch nicht gerade fit aus. Ihr Gesicht war das eines Menschen ohne Illusionen, und als sie sich auszog, sah ich, dass auch ihr Körper längst alle

Illusionen aufgegeben hatte. Aber es war genau so ein Körper, wie ich ihn brauchte, in einer Nacht wie dieser.

Es erstaunte mich nicht, dass sie mich hinauswarf, denn ich liebte sie wie ein Marathonläufer mittleren Alters nach einem missglückten Start im Regen, der irgendwo auf dem 80. oder 90. Platz eingelaufen war. Und ich vergrub mein Gesicht zwischen ihren Beinen, damit sie nicht sah, dass ich weinte.

Danach rollte ich mich aus dem Bett auf den Boden und kroch zur Whiskyflasche, die unter dem Tisch lag, legte mich auf den Rücken und schüttete den Rest Whisky in mich hinein. Dann fiel mir die Decke auf den Kopf und etwas Weißes beugte sich herunter und versuchte, mich aufzurichten, während es auf beiden Seiten von mir fluchte.

Deshalb erstaunte es mich nicht, dass sie mich hinauswarf, noch bevor ich meine Hose wieder anziehen konnte. Ich blieb am Fußende der Treppe stehen, im dunklen Hausflur, und kämpfte für mein Gefühl ungefähr eine Stunde damit, das richtige Bein in das richtige Hosenbein zu bekommen.

Draußen auf der Straße wurde ich von ein paar Jugendlichen aufgehalten, die mich gegen die Wand drückten, meine Taschen ausleerten und mit meinem restlichen Bargeld verschwanden. Ich blieb an die Hauswand gelehnt stehen und sah ihnen nach – ich konnte nichts tun.

Aber ich schaffte es, nach Hause zu kommen, und am nächsten Morgen wachte ich früh auf und sagte zu mir selbst: Es gibt nur einen einzigen Reinigungsprozess, der wirklich hilft, und das ist – die Wahrheit.

Dann duschte ich und rasierte mich, zog mir frische Kleider an – und saß vor neun Uhr im Büro von Oberkommissar Jakob E. Hamre. Ich war alles andere als neu, aber jedenfalls war ich anwesend.

30

Hamre betrachtete mich mit Sarkasmus im Blick. »Du siehst nicht gerade fit aus«, meinte er.

»Ich? Ich habe mich lange nicht mehr so gut gefühlt.« Aber das sagte mehr darüber aus, wie ich mich in der letzten Zeit gefühlt hatte, als wie es mir jetzt ging. Außerdem war es gelogen. Whisky hat die Angewohnheit, am Tag danach wie die Asche alter Zeitungen zu schmecken, und man kriegt ihn nicht weggespült. Das hatte ich seit langem aufgegeben.

Hamre saß auf der rechtmäßigen Seite eines dieser typischen Schreibtische in einem dieser typischen Büros, die null Atmosphäre ausstrahlen. Die Wände waren grauweiß wie immer, die Bücher waren dieselben, die Aussicht auch. Eine prachtvolle und inspirierende Aussicht: direkt in die mittlere Etage eines Bankgebäudes von der tristesten Sorte.

Ich saß auf der Kundenseite, zusammen mit den Schatten aller Verdächtigten, aller Augenzeugen, all derer, von denen sie sich wichtige Informationen versprachen. Der Sessel war nicht bequem, aber das sollte er auch nicht sein. Es war ein Sessel, aus dem man sich fortwünschen sollte, damit man gleich zur Sache kam und nicht zu lange um den heißen Brei herumredete.

Hamre reichte mir ein Formular mit einer Abschrift dessen, was ich am Tatort, am Mordabend gesagt hatte. »Du musst deine persönlichen Daten oben eintragen«, sagte er. »Sonst ist es hoffentlich in Ordnung.«

Ich las es durch. Es war ein widerspenstiges Manuskript, und die Buchstaben tanzten vor meinen müden Augen. Aber was dort stand, war an und für sich in Ordnung.

Während ich die oberen Rubriken ausfüllte und unten unterschrieb, sagte Hamre: »Er hatte eine Geliebte. Wusstest du das?«

»Äh – wer?«, fragte ich.

»Der Papst«, sagte er. »Über wen sprechen wir denn wohl?«

»Ach, der Papst. Ich dachte, der hätte sich rasiert?«

Hamre hantierte mit einem grünen, durchsichtigen Plastiklineal herum. Er bewegte es sorgfältig von links nach rechts. Dann betrachtete er es einige Sekunden lang – und schob es wieder zurück. Wahrscheinlich war das seine Art, bis zehn zu zählen. Er sagte: »Jonas Andresen hatte eine Geliebte. Wusstest du das?«

Ich sah ihn schuldbewusst an und er sagte: »Du wusstest es. Warum hast du es uns nicht sofort gesagt?«

Ich sagte: »Ich wusste nicht – wie sie heißt. Außerdem war es schwierig, weil Wenche – weil Frau Andresen dabei war.«

»Wie gut seid ihr eigentlich befreundet?«

»Wer?«

»Wenche Andresen und du?«

»Wir? Wir kennen uns seit einer knappen Woche. Wir hatten noch nicht einmal Zeit, Freunde zu werden.«

»Das muss aber nicht bedeuten, dass du nicht mit ihr geschlafen hast.«

»Nein, muss es nicht. Bedeutet es aber. In diesem Fall.«

»Die Tatsache, dass du sie laufen sahst, dass du Jonas Andresen zur Tür gehen sahst, et cetera, wie du erzählt hast . . .« Er nickte zu dem unterschriebenen Papier hin. »Das war nicht eine Art – Freundschaftsdienst?« Er ließ die Frage eine Weile in der Luft hängen. »Du hast es tatsächlich gesehen?«

Ich war nicht gut genug in Form für solche Fragen. Ich sagte: »Ja, ich habe es gesehen, und es war kein Freundschaftsdienst. Wenn ich ihr wirklich hätte einen Freundschaftsdienst erweisen wollen, dann hätte ich es besser gemacht. Ich hätte zum Beispiel Joker, Johan Pedersen, nicht gleichzeitig ein Alibi verschafft. Und ich hätte ihr davon abgeraten, mit dem Messer in der Hand dazustehen, als ich ankam.«

»Ja, aber du bist der Einzige, der sagt, dass es so war. Nach allem, was wir wissen, waren ihre Fingerabdrücke schon an dem Messer, als es in ihm steckte. Jedenfalls gab es keine anderen als ihre und deine.«

»Tatsächlich?« Ich ließ seine Worte einen Moment sacken. Sie sackten tief, und ich hörte nicht, dass sie auf dem Boden auftrafen. »Tja.«

»Außerdem haben wir seine Geliebte schon verhört – und ihren Ehemann auch.«

Ich sah aus der Tiefe nach oben. »Ja?«

»Ja.« Er betrachtete mich leicht amüsiert.

»Und?«, fragte ich.

»Wann sagst du, sei es passiert? Kannst du es ungefähr auf die Minute angeben?«

»Nein. Ungefähr um vier, denke ich. Jedenfalls nicht später.«

»Genau. Und diese Frau – seine Geliebte – war bei der Arbeit bis so gegen fünf vor vier. Sie hatte also fünf Minuten, um vom Zentrum den weiten Weg da raus zu kommen, und soweit uns bekannt ist, stand ihr kein Hubschrauber zur Verfügung. Es ist mit anderen Worten unmöglich.«

Aus irgendeinem Grund atmete ich erleichtert auf, Solveig Manger war aus dem Schneider. »Und der Ehemann?«

»Noch unmöglicher. Von drei bis fünf Uhr nachmittags leitete er ein Hauptseminar in Literaturwissenschaft oben an der Universität, mit acht Studenten. Acht Zeugen. Außerdem hatte er keine Ahnung von der Beziehung – bis wir es ihm erzählten. Sagte er jedenfalls.«

Ich atmete wieder schwerer – wieder fühlte ich mit Solveig Manger. Diese Art von Informationen wünscht man seinen Ehegatten selten und am wenigsten über andere.

»Andere potenzielle Feinde haben wir nicht lokalisieren können. Abgesehen von dieser Frauengeschichte und einem gewissen Mangel an Sinn fürs Praktische, was sich in einigen alltäglichen Problemen äußerte, scheint Jonas Andresen ein geordnetes, normales Leben geführt zu haben. Er war beliebt in seinem Betrieb und von seinen Kollegen anerkannt, nicht zuletzt auch von seinen Geschäftspartnern. Er hatte keine nahen Verwandten, außer einer Schwester, die in Stavanger verheiratet ist und die er die letzten Jahre immer nur zu Weihnachten gesehen hat. Sie kommt zu Weihnachten nach Hause und legt einen Kranz auf das Grab ihrer Eltern, und dann fährt sie wieder zurück, rechtzeitig zum Weihnachtsbraten. Es war also offensichtlich keine enge Beziehung. Wie bei so vielen.«

Er machte eine Pause, nahm ein Papier und las es langsam durch, als habe er mich plötzlich vergessen. Dann schaute er über das Papier zu mir herüber und sagte: »Also haben wir tatsächlich keine anderen Verdächtigen als – Wenche Andresen. Und sie ist – milde ausgedrückt – sehr stark belastet.«

Ich fragte mit dünner Stimme: »Die Obduktion – was ist damit?«

»Die vorläufige Obduktion ...« Er griff nach einem Formular in einem anderen Haufen. »Willst du es im Detail wissen?«

Ich schüttelte den Kopf. »Meine Lateinkenntnisse sind eher schlecht. Die Ergebnisse reichen mir.«

Er überflog das Blatt. »Tja ... Todesursache sind die Messerstiche in die Bauchregion. Die Lunge ist perforiert, der Magen aufgerissen, mehrere andere innere Organe ... Er hatte keine Chance zu überleben. Und außerdem hatte er deutliche Spuren eines schweren Schlages an der Stirn, hier, an der rechten Schläfe.« Er zeigte mit dem Finger auf seine Schläfe, und ich suchte unwillkürlich nach einem blauen Fleck oder einer Beule, aber er hatte keine.

»Ein Schlag?«

Er nickte bedeutsam und ich sah, dass er noch mehr zu erzählen hatte. »Wir haben uns dieses Marmeladenglas genauer angesehen, es unters Mikroskop gelegt. Und wir haben tatsächlich einige Hautpartikel an der einen Seite des Bodens gefunden. Wir sind noch nicht so weit gekommen, diese mit der Haut des Toten zu vergleichen, aber . . .«

Mehr brauchte er nicht zu sagen. Es war genug, mehr als genug. Er hatte fast bombensichere Beweise.

»Übrigens, noch eines«, sagte er. »Du hast irgendetwas gesagt, dass er wahrscheinlich mit Geld gekommen sei. Von einer Lebensversicherung, stimmt's?«

»Genau.«

»Er hatte kein Geld bei sich, als er – das heißt, nicht so viel. Wir haben außerdem Kontakt zu der Versicherungsgesellschaft aufgenommen, und sie haben überhaupt nichts von ihm gehört. Also, was er eigentlich wollte – das werden wir wohl nicht erfahren, bevor . . .«

»Bevor?«

»Bevor sie redet.«

»Und sie bleibt bei ihrer ursprünglichen Erklärung?«

Er nickte ernst. »Sie streitet alles ab. Aber das wird ihr nicht helfen. Wir können schon jetzt den gesamten Handlungsverlauf rekonstruieren.«

Er hielt seine Hand hoch und zählte die Punkte an seinen Fingern ab. »Punkt 1: Jonas Andresen kommt. Entweder klingelt er oder er schließt sich selbst auf. Er hatte einen Schlüssel dabei. – Punkt 2: Wenche Andresen öffnet, mit dem Marmeladenglas in der Hand. *Oder:* Sie kommt mit dem Marmeladenglas aus dem Keller, direkt nachdem er geklingelt oder aufgeschlossen hat. Vielleicht sahst du sie laufen, weil sie die Tür offen stehen sah, wie sie es im Grunde selbst sagt. Aber sie fand keine Leiche, denn – Punkt 3: Sie schlägt oder wirft das Marmeladenglas gegen seine Stirn. Warum können wir noch nicht sagen. – Punkt 4: Er versucht, sich zu verteidigen oder vielleicht schlägt er zurück, jedenfalls: Sie greift nach dem Messer und sticht ihn nieder. Sie sticht mehrmals zu. – Punkt 5: Sie gerät in Panik und versucht zu flüchten, besinnt sich aber unterwegs und läuft in die Wohnung zurück – und du siehst sie, Veum. – Punkt 6: Sie ruft um Hilfe. Den weiteren Verlauf kennst du.«

»Aber«, wandte ich ein. »Sie hatte kein Springmesser. Eine Frau wie Wenche Andresen läuft nicht mit einem Springmesser herum.«

»Nein, nein. Es gibt noch ein paar unklare Punkte. Aber das Skelett ist klar, und die Indizien sprechen eine deutliche Sprache. Für mich gibt es keinen Zweifel, Veum. Wenche Andresen hat ihren Mann getötet, vorgestern Nachmittag, circa um vier Uhr.«

»Gibt es eine Möglichkeit für mich, mit ihr zu sprechen?«

Er sah mich nachdenklich an. »Sie hat Brief- und Besuchsverbot. Deine einzige Chance wäre, dass du eine Art Absprache mit Smitti triffst. Und in jedem Fall brauchst du die Zustimmung des Staatsanwalts. Andererseits: Ich werde vorschlagen, sie noch mal dem Untersuchungsrichter vorzuführen, morgen schon. Und da die Indizien schon jetzt so eindeutig sind, werde ich jedenfalls nicht auf einem weiteren Brief- und Besuchsverbot bestehen.«

»Morgen kann es zu spät sein«, sagte ich.

»Zu spät wofür?«, fragte er.

Ich zuckte mit den Schultern und hob die Arme. Darauf konnte ich ihm keine Antwort geben. Ich hatte keine sachlichen Einwände, keine vernünftigen Gegenargumente. Ich hatte nichts weiter als ein ganz subjektives Gefühl, das sogar ganz falsch sein konnte. Ich glaubte einfach nicht, dass Wenche Andresen ihren Mann getötet hatte.

Ich stand auf. Gleichzeitig klingelte das Telefon. Er nahm ab und sagte: »Einen Moment.« Dann lächelte er entschuldigend und nickte mich aus dem Raum. »Wir sehen uns – vor Gericht«, sagte er.

Ich blieb auf der Schwelle einen Augenblick stehen. Aber mir fiel keine gute Antwort ein, also ging ich und schloss die Tür hinter mir.

31

Die Büroräume des renommierten Anwalts Paulus Smith lagen zur Torgalmenning hinaus und schienen sich seit den zwanziger Jahren nicht besonders verändert zu haben: dunkelgrüne Wände, hell- und dunkelbraunes Parkett, das diskret an ein Schachbrett erinnerte. Auf diesem Schachbrett war Paulus Smith der König, während ich mich fühlte wie ein – nicht wie ein Bauer, sondern wie ein Springer: einen Schritt vor und zwei zur Seite. Das einzige, was sich seit den zwanziger Jahren verändert haben musste, waren die Sekretärinnen (jedenfalls die eine von ihnen) und die Schreibmaschinen.

Es gab zwei Sekretärinnen, eine ältere, grauhaarige Frau in heller Bluse über hohem Busen und einem grauen Rock, der dort, wo er endete – direkt unterhalb der Knie – sehr eng war und den sie seit dem Ende der vierziger Jahre getragen haben konnte. Die andere Frau war jung, Ende zwanzig, hatte dunkelbraunes Haar mit Mittelscheitel und trug eine große, dunkle Brille. Beide Frauen betrachteten mich wie Eulen, als ich das Büro betrat. Die ältere hatte beide Hände in einen grauen Archivschrank versenkt, als sei sie auf frischer Tat ertappt worden. Die jüngere hatte die Finger von der Tastatur gehoben, zum Anschlag bereit, aber reglos und mit einem abwartenden Gesichtsausdruck.

Die Ältere führte das Wort. Sie zog die Hände aus dem Schrank und betrachtete sie, als habe sie sie in Schmutzwasser getaucht. Sie fragte: »Was kann ich für Sie tun, junger Mann?«

Ich hatte schon immer eine Vorliebe für Frauen, die mich »junger Mann« nennen. Ich bekomme immer Lust »alte Frau« zu ihnen zu sagen. Aber das tue ich nie. Das tut man nicht, nicht einmal in meinem Kreisen (wenn ich welche hätte). Ich sagte: »Ich würde gern mit Paulus Smith sprechen«, und hoffte, den richtigen Ton getroffen zu haben.

Sie kniff ein Auge zu und betrachtete mich mit dem anderen, über den Rand ihrer halbmondförmigen, randlosen Brillengläser. »Haben Sie einen Termin?«

Ich sagte: »Nein, aber . . .«

»Dann kommt es nicht in Frage. Der Herr Advokat ist sehr beschäftigt. Sie können eventuell mit einem seiner . . .«

Ein relativ junger Mann trat ganz hinten aus einer Tür. Sein Alter war so unbestimmbar wie das vieler Menschen, die in solchen Büros arbeiten, vom Anfang bis zum Ende ihrer Karriere als Büroangestellter. Ungefähr um die vierzig in einem grauen Anzug, der nicht besonders gut über dem saß, was er darunter trug, ein weißes Hemd und ein Schlips, den ich sogar als Konfirmand abgelehnt hätte. Er trat zu der jüngeren Sekretärin, legte ein Blatt Papier auf den Tisch neben ihr, sagte ein paar Worte, sah mich zerstreut an und verschwand wieder in seinem Büro. Ich stand da und lauschte seinen Schritten. Solche Leute haben meistens einen schlurfenden Gang. Dieser hier allerdings nicht. Er war hundertprozentig geräuschlos. Vielleicht gab es ihn überhaupt nicht. Vielleicht hatte nur ich ihn gesehen.

Die ältere Sekretärin sagte: »Ich kann Herrn Smith Junior fragen, ob er eventuell ein paar Minuten erübrigen kann.«

Ich antwortete: »Ich brauche mehr als ein paar Minuten, und Smith Junior ist leider nicht genug. Sagen Sie Paulus Smith, dass es um den Mordfall geht, den er gestern übernommen hat – oder vorgestern.«

Sie sah sofort aus, als würde sie zumindest erwägen, mich ernst zu nehmen. Mit einem kleinen Ruck im Nacken sagte sie: »Also gut, ich werde nachfragen . . .«

Dann verschwand sie hinter einer schweren Eichentür, und die jüngere Sekretärin wendete sich wieder ihrer Schreibmaschine zu – als habe sie Angst, ich könnte sie ansprechen.

Nach einer halben Minute kam die Ältere wieder zurück und erklärte: »Der Herr Advokat kann fünf Minuten erübrigen.«

Ich sagte: »Sagen wir zehn« und ging hinein.

Paulus Smith war Ende fünfzig, ein kleiner gedrungener Mann, ungefähr 1,60 groß, aber kräftig gebaut. Er konnte eine breite Hemdbrust vorweisen und kurze, kräftige Beine, auf denen er sicher schnell und weit gehen konnte, ohne müde zu werden. Sein Haar war ganz weiß, nach hinten gekämmt, und seine Gesichtsfarbe war frisch und hatte einen braunen Ton, der von vielen Stunden an der frischen Luft zeugte, so als käme er direkt von einem vierzehntägigen Aufenthalt auf der Hardangervidda.

Er war einer der führenden Anwälte der Stadt und das schon seit einer Generation. Nicht ohne Grund hatten die Jungs bei der Polizeikammer ihn »den guten alten Smitti« genannt, denn wenn es irgendwo einen Paragrafen gab, von dem noch niemand gehört hatte (weder früher noch später), der aber zum Vorteil seines Klienten genutzt werden konnte, dann zog Smith ihn wie ein zappelndes Kaninchen aus dem Hut. Er hatte jeden kleinsten Gesetzesparagrafen in einer inneren Kartei gespeichert, die alle Datensysteme übertraf, und die noch immer hundertprozentig funktionierte.

Jetzt kam er um den Schreibtisch herum auf mich zu. Er ergriff meine Hand und starrte mir ins Gesicht. Seine Augen waren jugendlich und blau und sie stachen aus der zerfurchten, braun gegerbten Gesichtshaut hervor.

Ich sagte: »Veum. Varg Veum. Ich . . .«

Er unterbrach mich mit einer tiefen Stimme, die es gewohnt war, zu unterbrechen und gehört zu werden. »Ja, ich habe von Ihnen gehört. Guten Tag. Ich bin Paulus Smith. Wenche Andresen hat schon einiges berichtet, und außerdem habe ich schon früher von Ihnen gehört. Bitte nehmen Sie Platz. Ich möchte gerne hören, was Sie zu sagen haben. Es ist ein in vieler Hinsicht interessanter Fall.«

Er wies mich zu einem schwarzen Ledersessel und setzte sich selbst hinter den Schreibtisch. Er musste einen hohen Stuhl haben, denn er sah im Sitzen deutlich größer aus als im Stehen. Er stützte beide Arme auf die dunkelbraune Mahagoniplatte und faltete die kräftigen Hände. Es waren Hände mit hervortretenden, fast blauschwarzen Adern, voller dichter, heller Haare, und ebenso braun wie sein Gesicht.

Er sagte: »Wir können ruhig gleich zur Sache kommen. Glauben Sie, dass Wenche Andresen ihren Mann umgebracht hat?«

Ich sagte: »Nein.«

Er betrachtete mich mit nachdenklichen, interessierten Augen, und ich setzte hinzu: »Das glaube ich nicht.«

»Warum nicht?«

Ich öffnete den Mund, aber er unterbrach mich, bevor ich ein Wort sagen konnte: »Wenn ich so frage, dann weil es mir im Grunde absolut gleichgültig ist, ob ein Klient schuldig oder unschuldig ist. Einen schuldigen Klienten zu vertreten, kann ebenso interessant sein – jedenfalls ist es anspruchsvoller. Ein unschuldiger Klient ist eigentlich eine Bagatelle, jedenfalls für mich.« Die letzten Worte klangen in keiner Weise brutal. Es war eher eine

Tatsache, die er feststellte, und damit war es ein Faktum. Ich spürte, wie ich langsam freier atmete. Wenn Wenche Andresen wirklich unschuldig war und der legendäre Paulus Smith und der nicht ganz so legendäre Varg Veum sich zusammentaten, um ihre Unschuld zu beweisen – dann musste es einfach gut gehen, dann konnte kein Jakob E. Hamre der Welt uns aufhalten.

Paulus Smith sagte: »So, wie ich es sehe, sieht es ziemlich düster aus. Für sie, vorläufig. Ich kann nichts anderes sehen, als dass sie es getan haben muss. Es gibt keine anderen glaubhaften Erklärungen. Das Ergebnis der Obduktion, die Zeugenaussagen – unter anderem Ihre eigene – ihre eheliche Beziehung, ihr Hintergrund: Alles deutet darauf hin, dass wir es mit einer Mörderin zu tun haben. Mir wird es eher darum gehen, zu erklären, warum sie es getan hat, warum sie es tun musste. Wenn ich heute schon etwas sagen sollte, bei nur oberflächlicher Kenntnis des Tatbestandes, dann muss ich auf »zum Zeitpunkt der Tat unzurechnungsfähig« plädieren. Diese untreuen Ehemänner sind nie besonders populär, weder bei den Leuten im Allgemeinen, noch beim Rechtsapparat. Sie wird die Sympathien auf ihrer Seite haben, hier wie dort. Ohne dass es am Tatbestand etwas ändert, versteht sich. Aber ich kann Ihnen schon heute garantieren, mit der Hand auf dem Herzen, dass sie, auch wenn sie schuldig ist, eine ziemlich milde Strafe bekommen wird. Sie wird in ein paar Jahren wieder draußen sein – wenigstens auf Urlaub.«

»Ein paar Jahre können ziemlich lang sein. Und sie hat es nicht getan.«

Er beugte sich über die Schreibtischkante. »Das sagen Sie, Veum. Und jetzt möchte ich gern wissen, warum.«

Ich sagte: »Weil ich es spüre und weil . . .«

»Spüren!« Er lächelte herablassend. »Gefühle werden nicht ausreichen, Veum, nicht vor Gericht. Da brauchen wir Fakten. Aber ich kann Sie verstehen. Sie sind ein recht junger Mann, und Wenche Andresen – na ja . . . ist ein süßes Mädel.«

Ich sagte: »Ja. Aber das ist nicht der Grund. Ich habe nur das Gefühl, dass es Dinge gibt, die wir noch nicht entdeckt haben. Da draußen ist viel Merkwürdiges passiert und es gibt noch mehrere, mit denen wir reden sollten – ja, die Polizei natürlich auch.«

»Wir?«, fragte Paulus Smith.

Ich sagte: »Ich muss mit Wenche Andresen sprechen. Wenn Sie

mich engagieren würden, um den Fall durchzugehen, den Tatbestand zu untersuchen, wie Sie es nennen, Feldforschung zu betreiben – gäbe es dann die Möglichkeit für mich, mit Wenche Andresen zu sprechen?«

Er nahm die Hände auseinander, um die Fingerkuppen aneinander zu legen. Dann nickte er langsam. »Die gäbe es. Als mein Mitarbeiter würden Sie vom Brief- und Besuchsverbot ausgenommen. Ist es das, was Sie wollen?«

Ich sagte: »Das einzige, was ich will, ist beweisen zu dürfen, dass sie unschuldig ist!«

Er nickte grimmig. »Es ist meine Pflicht, alles, was in meiner Macht steht, zu tun, um dasselbe zu beweisen. Und aus irgendeinem Grund glaube ich Ihnen, Veum. Fragen Sie mich nicht, warum. Wahrscheinlich werde ich alt. Der weiche Kern dringt langsam durch die Risse. In diesem Fach bekommt man Risse, wenn man so alt ist wie ich, Veum. Ich habe viel Elend gesehen, viele Schicksale. Und was ist der Grund? Ich bin kein Gesellschaftsstürmer, ich sitze nur auf dem Rand des Wasserglases und beobachte den Sturm. Aber ungefähr die Hälfte der Fälle, mit denen ich zu tun hatte, waren durch gesellschaftliche Verhältnisse verursacht, durch das Klassensystem, das sogar noch in unserer heutigen Wohlfahrtsgesellschaft Sieger und Verlierer produziert. Und es sind immer die Verlierer, die vor Gericht landen. Die Sieger haben Geld genug, um ihre Verbrechen zu kaschieren. Denn was sind schon die drei Flaschen Bier, die ein armer Penner gestohlen hat, um seinen Durst zu stillen, gegen die Million, die ein Schiffsreeder jedes Jahr unterschlägt? Können Sie mir das sagen, Veum? Das können Sie sicher, aber Sie tun es nicht, ich kenne die Antwort. Und die andere Hälfte? Das sind, was die Franzosen, die so ziemlich alles benannt haben, was mit dem Liebesleben zu tun hat, *crimes passionelles* nennen. Morde aus Liebe, aus Eifersucht. Der Mann, der nach Hause kommt und seine Frau mit einem anderen im Bett findet und die Schrotflinte aus dem Schrank holt oder das Gewehr, das er von der Reserveübung noch auf dem Boden liegen hat, und bevor der Liebhaber die Hosen wieder anhat, liegt er da und kann nicht mehr. Nichts mehr – nie mehr!«

Er sah jetzt düsterer drein. »Zwei Sorten von Fällen, Veum: Bereicherungsverbrechen und Eifersuchtsdramen.«

Er stand auf und kam zu mir herüber. Als er neben meinem Sessel stand, war er größer als ich. Ich stand auf und er starrte hinauf in mein Gesicht, wie ein wütender Zwerg. »Ich selbst habe mich vierzig Jahre lang an ein und dieselbe Madame gehalten. Das war verdammt noch mal auch kein reiner Tanz auf Rosen, sicherlich nicht. Aber es war jedenfalls immer der gleiche Tanz mit demselben Partner.«

»Und die Liebe?«, fragte ich.

»Liebe?«, sagte Paulus Smith. »Liebe ist etwas für junge Leute, die das Leben noch vor sich haben. Liebe ist etwas für Träumer, um sich im Mondschein daran zu berauschen. Liebe – das ist das, woran die Mädchen glauben, bis sie dreizehn sind, und das, was die Jungs mit Sexualität verwechseln. Liebe? Ich rede nicht von Liebe, ich rede von der Ehe, Veum.«

»Genau«, sagte ich.

Wir standen ein paar Sekunden so da und sahen einander an. Dann legte er die Hand um meinen Oberarm und drückte ihn. »Okay, Veum. Du bist jung genug, um dich im Mondschein daran zu berauschen. Also los. Beweise, dass Wenche Andresen unschuldig ist. Gib mir . . .« Er sah auf die Uhr. »Gib mir eine halbe Stunde und warte vor dem Polizeigebäude auf mich, dann werden wir ihr einen Besuch abstatten. Abgemacht?«

»Abgemacht«, sagte ich. »Und – danke.«

»Nichts zu danken«, sagte Paulus Smith. »Ich mach nur meinen Job.«

Ich ließ ihn allein – mit seinem Job. Vor seiner Tür traf ich eine jüngere Ausgabe von ihm: nicht ganz so breitbrüstig und mit dunkelblonden Haaren und mit einer nicht annähernd so gesunden Gesichtsfarbe, eher rötlich und künstlich erzeugt. Er hatte einen etwas arroganten Gesichtsausdruck und es sah nicht so aus, als bekäme er die Augen vor zwölf Uhr mittags richtig auf. Er warf mir unter den schweren Augenlidern einen blasierten Blick zu, fand schnell heraus, dass ich ihm nichts zu geben hatte und übersah mich sodann vollständig. Ich zog den Senior dem Junior absolut vor.

Die ältere der beiden Sekretärinnen stand wieder beim Archivschrank. Ich blinzelte ihr zu und sagte: »Auf Wiedersehen . . .« Und auch dieses Mal verkniff ich mir das »alte Frau«, aber es lag in der Luft.

Sie war ein Kleinod, und das seit fünfzig Jahren. Und wenn man zufällig in fünfzig Jahren wieder käme, dann würde sie noch immer dort stehen. Sie gehörte zu den ewig Unsterblichen, den ewig Unveränderlichen. Im Stillen wünschte ich ihr eine gute Ewigkeit, aber ich hätte niemals mit ihr tauschen wollen. Ich hätte nie die Ruhe dazu, es in einem Museum auszuhalten, in der Abteilung für Frühgeschichte, ganz hinten links.

Ich sagte zu mir selbst, erinnere mich daran. Dass ich hereinschaue und nachsehe. In ungefähr fünfzig Jahren.

32

Es hatte zu regnen begonnen: ein kalter Spätwinterregen, der Schnee verhieß. Ich kaufte die drei Bergenser Zeitungen und suchte Schutz bei einer Tasse Kaffee in einem Café im ersten Stock an der Torgalmenning. In einem Regal fand ich die Zeitungen des Vortages und tat etwas, das ich schon völlig vergessen hatte: Ich las sie. Jedenfalls blätterte ich sie durch.

In den Zeitungen vom Vortag wurde das Geschehen nur unter »Mystischer Todesfall« oder »Mann tot aufgefunden« oder »Messerstecherdrama in Hochhausblock« abgehandelt. Der Inhalt unter den Überschriften war größtenteils der gleiche. Die Polizei hatte schon eine Person zum weiteren Verhör in Haft genommen.

Ich ging schnell zu den Zeitungen des Tages über. Hier waren die Artikel umfangreicher: Die Zeitungen hatten mehr Hintergrundinformationen zu dem Mord bekommen, sie hatten ihre Fotografen an den Tatort geschickt, hatten andere Hausbewohner interviewt, Leute, die etwas »gehört« hatten. Ein Mann, der in der einen Zeitung abgebildet war, erzählte, wie er auf seinem Sofa gesessen und Nachrichten gesehen hatte, als ein anderer Mann plötzlich mit seiner Salonflinte vom Nachbarblock aus durch sein Wohnzimmerfenster geschossen hatte. Was diese Episode mit dem aktuellen Fall zu tun hatte, stand dort nicht. Aber der Mann war jedenfalls in die Zeitung gekommen. In seiner kleinen Welt von drei Zimmern, Küche, Bad war er sicher der Held des Tages.

Aus den Artikeln ging deutlich hervor, dass die Presse den

Mord nicht sonderlich interessant fand, da der mutmaßliche Mörder schon hinter Schloss und Riegel saß. Die Polizei suchte zwar nach Augenzeugen, und die Nachforschungen liefen auf Hochtouren, aber Oberinspektor Hamre von der Kriminalpolizei rechnete damit, dass sie sehr bald abgeschlossen würden.

Ich faltete die Zeitungen zusammen und legte sie vor mir auf den Tisch. Dann sah ich mich im Lokal um. Hinten an einem Ecktisch saßen vier Ausländer und tranken Tee, aßen Sahnetorte und spielten Karten. Es sah so aus, als würden sie dort wohnen. Am Tisch neben mir saß eine füllige Frau mit rot geflecktem Gesicht, einem blauen Hut auf dem Kopf und einer aufgeschlagenen Zeitung. Aber sie las nicht. Über den Rand der Zeitung hinweg beobachtete sie mich mit stechenden, misstrauischen Augen. Sie senkte nicht einmal den Blick, als ich sie ansah. An einem anderen Tisch stand ein betrunkener Junge um die achtzehn über die Tischplatte gebeugt und versuchte, mit zwei Teenagermädels ins Gespräch zu kommen, die dem Dialekt zufolge irgendwo aus der Sogngegend kamen. Sie steckten die Köpfe zusammen und kicherten errötend, während sie sich mit unsteten Blicken umsahen.

Über dem Ganzen surrte die konstante atonale Musik, die alle Cafés dieser Art erfüllt: die Geräusche der Kasse, das Blubbern der Kaffeemaschine, Stimmen in allen Tonlagen, das Klirren von Kaffeetassen auf Untertassen, von Messern und Löffeln und Gabeln auf Tellern. Die Luft war stickig von Zigarettenrauch und mit Essengeruch gewürzt.

Dann sah ich ihn.

Er saß fünf, sechs Tische von mir entfernt und sah mich nicht. Seine Augen starrten blind und ziellos in den Raum, so wie Menschen vor sich hin starren, wenn sie etwas entdeckt haben, was sie nicht sehen wollen. Er hielt sich die Kaffeetasse vor das Gesicht, als wolle er sich dahinter verstecken, ein großer, schlaksiger Mann, der aussah wie ein junger Welpe. Zu meiner Zufriedenheit stellte ich fest, dass sein Haar langsam grau wurde, und dass er so blass aussah wie immer schon, seit ich ihn kannte oder eher: ab und zu gesehen hatte. Aus irgendeinem Grund dachte ich immer an ihn als meinen Schwager. Er hieß Lars Vik und war Lehrer und Ehemann einer Frau namens Beate, mit der ich einmal verheiratet gewesen war. Er war Thomas' neuer Vater.

Ich beobachtete ihn eine Weile, und er konnte es nicht vermeiden, in meine Richtung zu sehen, bevor er ging. Da entdeckte er mich auffallend plötzlich, lächelte wie ein Fisch an der Angel, erhob sich und kam zu mir herüber.

»Hallo«, sagte er.

»Hallo«, sagte ich.

»Ich hatte eine Freistunde, hatte keine Lust zu korrigieren und hab hier schnell einen Kaffee getrunken und ein bisschen Zeitung gelesen.«

»Wie geht es Thomas?«

»Gut. Er geht in – die Vorschule, weißt du – fängt im Sommer mit der Grundschule an.«

»Ja, das weiß ich. Ein bisschen kriege ich immer noch mit.«

»Ja, klar, so war das nicht gemeint. Aber . . . Es gibt wohl keinen Grund – wir brauchen doch nicht mehr böse aufeinander zu sein, oder? Es ist doch so lange her – das alles.«

»Alles ist nach einer Weile lange her.« Das war ein Trost. Auch dies würde in ein paar Jahren lange her sein, auch das Bild von Jonas Andresen würde verblassen, wie alle Bilder verblassen – nach einer gewissen Zeit.

»Aber ich muss los. Zurück zu den Schülern.«

»Okay. Viele Grüße an – die beiden.«

»Danke. Mach's gut.« Er lächelte erleichtert und trabte davon, ein großer, schlaksiger Mann, der sich als besserer Ehemann und Vater erwiesen hatte, als ich es gewesen war. Ich hob meine Kaffeetasse zu einem stillen Gruß. Ein paar Minuten später ging ich auch, in dieselbe Richtung.

Weibliche Untersuchungshäftlinge werden nicht im Kreisgefängnis von Bergen verwahrt, sondern im Keller des Polizeigebäudes. Auf der gleichen Etage, auf der auch die Ausnüchterungszellen sind.

Ich traf Paulus Smith vor dem Eingang. Er war pünktlich, wahrscheinlich eine Gewohnheit aus der strengen Gerichtspraxis.

Wir gingen hinein und warteten darauf, dass uns eine Polizistin zu den Zellen hinunterführte. Smith war hier ein bekanntes Gesicht und brauchte sich nicht auszuweisen. Ich war mit ihm zusammen, und damit war auch ich ausreichend ausgewiesen. Außerdem kannten sie mein Gesicht. Ich war nicht zum ersten Mal hier, und es würde auch nicht das letzte Mal sein.

Sie saß nicht in der Ausnüchterungszelle, aber der Raum sah fast so ähnlich aus, lang und schmal. Es gab nur ein kleines Fenster aus milchigem Sicherheitsglas hoch oben in der Wand. Drinnen stand eine Pritsche, ein wenig einladender Eimer in einer Ecke, und an einer Wand hingen ein Waschbecken und ein kleines Handtuch am Haken. Auf dem Waschbecken lag ein kleines Stück Seife in hellrotem Papier, wie die romantische Morgengabe eines dankbaren Liebhabers. Neben dem Waschbecken stand ein Holzstuhl, und von der Wand konnte man eine kleine Platte herunterklappen, die man je nach Laune verwenden konnte, um darauf zu schreiben oder die Arme daraufzustützen oder mit dem Kopf dagegenzuschlagen.

Als wir kamen, stand Wenche Andresen in der hintersten Ecke, direkt unter dem winzigen Fenster. Ihr Haar war zerzaust, ihr Gesicht hatte die gleiche Farbe wie die graubleichen Wände um uns herum, und ihre Augen und ihre Lippen schienen auf eigenartige Weise den gleichen blauschwarzen, hoffnungslosen Farbton zu haben. Sie hatte sich umgezogen und trug jetzt eine schwarze Hose und einen weißen Rollkragenpullover, darüber eine sittsame graue Strickjacke. In den ungefähr vierzig Stunden, die vergangen waren, seit ich sie zuletzt gesehen hatte, war sie mindestens zwei, drei Jahre älter geworden.

Sie blickte von mir zu Smith und dann zu der Polizistin, und sie sagte kein Wort, bevor die Polizistin hinausgegangen war und mit einem viel sagenden Blick – ›Ich stehe direkt dahinter!‹ – die Tür verschlossen hatte. Doch dann öffnete sie den Mund und ließ ihren Blick an mir hängen: »Varg . . .«

Ich nickte. »Hallo, Wenche.«

Ich stand vor der massiven Stahltür und war mir der Anwesenheit des kleinen, weißhaarigen Mannes neben mir äußerst bewusst. Ich rechnete nicht damit, dass ihm viele Nuancen entgehen würden.

Vom anderen Ende des Raumes sagte sie: »Wie ging es mit . . .«

»Roar geht es gut. Ich soll dich grüßen und sagen, dass er dich lieb hat und dass du keine Angst haben sollst, und dass er sich darauf freut, dich wieder zu sehen.«

»Aber – du hast ihm nicht gesagt, was ich – was sie sagen, dass ich . . .«

»Nein, nein. Ich habe ihn zu deiner Schwester gebracht, und

von ihnen soll ich auch herzlich grüßen. Sie – sie glauben dir auch. Niemand glaubt, dass du ...«

»Niemand!« Sie sah vorwurfsvoll zu Paulus Smith. »Du solltest sie hier hören! Ich habe das Gefühl – o Gott, Varg – ich habe das Gefühl, dass sie sich gegen mich verschworen haben, dass sie beschlossen haben, dass ich – dass ich es war, die – Jonas umgebracht hat. Als ob ich ... Wo ich ihn doch – geliebt habe.« Sie schüttelte den Kopf, aber sie hatte keine Tränen mehr, sie hatte schon alle vergossen. »Es ist zum Verzweifeln!«

Ich nickte und sagte: »Ich – wir glauben auch nicht, dass du ... Wir sind gekommen, um dir zu helfen, Wenche. Wir ...«

Paulus Smith unterbrach mich. »Lassen Sie es uns realistisch betrachten, Frau Andresen. Auf dem Papier stehen wir nicht besonders gut da, das sage ich Ihnen ganz ehrlich. Aber Veum meint, dass er – er meint, dass er Fakten finden kann, die etwas anderes sagen, vielleicht nicht gerade wer Ihren Mann umgebracht hat, aber jedenfalls dass Sie es nicht waren. Das ist unsere Aufgabe. Aufgabe der Polizei ist es, den Täter zu finden. Oder die Täterin. Wir – Veum und ich –, wir können uns nur mit Ihnen befassen. Verstehen Sie?«

Sie nickte.

Er fuhr fort: »Aber das erfordert auch etwas von Ihnen. Das erfordert, dass Sie absolut ehrlich sind, dass Sie alle Karten auf den Tisch legen und uns beiden die ganze, volle Wahrheit über das, was vorgestern geschehen ist, erzählen.«

Sie rief aus: »Aber ich habe es doch erzählt!«

Er sah sie stumm an, starrte forschend in ihr Gesicht, ohne den Blick einen Millimeter zu bewegen.

Sie schlug die Augen nicht nieder, aber ihr Blick wanderte zu mir: »Ich habe es erzählt, Varg.«

Ich sagte: »Selbstverständlich hast du das. Das wissen wir. Aber als ich es hörte – das war direkt danach. Ich will, dass du das Ganze noch einmal erzählst, jetzt – so wie du es jetzt in Erinnerung hast.«

»Aber ich – es – noch einmal? Hört es denn nie auf?«

Ich sagte: »Ich fürchte – egal, wie es weitergeht, fürchte ich, dass es lange dauern wird, bis du mit dieser Geschichte ganz fertig bist, Wenche. Wahrscheinlich wirst du es nie. Aber sie wird in den Hintergrund treten, nach und nach, wenn du ein wenig Abstand bekommen hast. Aber wenn wir – wenn ich in der Lage sein soll, dir zu helfen, dann musst du es mir – noch einmal erzählen, ruhig und langsam . . .«

Sie lehnte sich an die Wand. »Kann ich mich hinsetzen?«

Ich schob ihr den Stuhl hin.

Sie sah zu uns auf. »Hat jemand eine Zigarette?«

Ich sah fragend Smith an, der eine Packung aus der Tasche zog. »Die Klientenpackung«, sagte er entschuldigend an mich gewandt. »Ich selbst rauche nicht. Rauchen ist etwas für junge Leute oder für Leute, die bald sterben müssen.«

Er gab ihr Feuer, und sie sagte: »Wie ich schon erzählt habe: Ich war gerade nach Hause gekommen. Ich wollte Essen machen.«

»Entschuldige, dass ich unterbreche«, sagte ich. »Ich muss es nur ganz klar haben. Hat jemand gesehen, dass du nach Hause kamst? Hast du jemanden getroffen, den du kanntest? Hast du jemanden gegrüßt?«

Sie schüttelte den Kopf. »Nein. Nein.«

»Absolut niemanden?«

»Nein.«

»Nicht einmal jemanden, den du kanntest?«

»Nein, Varg, ich kann mich wirklich nicht erinnern, überhaupt jemanden gesehen zu haben. Das heißt, ich habe natürlich Menschen gesehen. Irgendjemandem begegnest du ja immer auf der Straße. Aber ich meine – ich kenne ja nicht einmal die, die auf meiner Etage wohnen, also wie sollte ich all die anderen kennen?«

»Tja. Dann . . .«

»Soll ich weitermachen?«

»Ja, versuch's.«

»Also. Dann hatte ich also die Idee, diese Fruchtgrütze zu machen, und dann musste ich in den Keller, um das Marmeladenglas zu holen. Und als ich zurückkam . . .«

»Moment. Du bist die Treppe runtergegangen, sagst du?«

Sie nickte.

»Und du bist niemandem begegnet?«

»Nein, auch da nicht.«

»Und es dauert einige Minuten, runterzugehen und wieder rauf.«

Sie nickte eifrig. »Ja! Das sage ich doch. Ich war – ich war bestimmt ungefähr zehn Minuten weg.«

Paulus Smith sagte: »Haben Sie die Zeit gestoppt?«

Sie sah ihn verwirrt an. »Nein, aber ich kann es mir denken, weil ich ein bisschen nach dem Glas suchen musste. Es war nur noch dieses eine Glas Erdbeermarmelade da. Sonst nur noch Himbeer und Preiselbeer.«

Ich sagte: »Zehn Minuten?«

»Ja«, sagte sie. »Und in der Zeit muss es passiert sein.«

Ich sagte: »Keine Frage. Zehn Minuten . . .« Ich wiederholte es, als läge darin eine verschlüsselte Botschaft.

Sie fuhr fort: »Und als ich zurückkam . . . Ich habe ja sofort gesehen, dass die Tür einen Spalt offen stand und dachte – Roar!. Jok . . . Diese Gang. Und dann lief ich.«

»Du sahst nicht nach unten zum Parkplatz? Du hast mich nicht gesehen?«

»Dich? Nein, warst du da schon da?«

»Ja. Ich dachte, das hättest du mitbekommen. Dass ich da unten stand und mit Joker sprach, als das Ganze passierte. Die Polizei hat mich auf ihrer Zeugenliste stehen.«

Sie sagte tonlos: »Ja, das stimmt. Du hast es ja dann erzählt. Aber es ist so viel passiert. Und dann Jonas, wie er auf dem Boden lag, als ich reinkam und blutete und blutete.«

»Er . . .« Ich sah sie eindringlich an. »War er schon tot – als du . . .«

Sie nickte heftig. »Jedenfalls bewusstlos. Oder doch, er muss tot gewesen sein. Er sah mich jedenfalls nicht, starrte nur auf die Wand. Und er sagte nichts. Es lief – Speichel aus seinem Mundwinkel, und das Messer stach – aus seinem Bauch, wie – wie – ich weiß auch nicht!« Sie sah aus, als wolle sie sich übergeben.

»Und was hast du dann getan?«

»Ich – ja, dann bin ich wohl auf den Balkon gelaufen und habe um Hilfe gerufen – und dann wieder hinein . . .«

»Und das Messer?«

»Ja, das Messer, das habe ich rausgezogen. Ich wollte – helfen . . . Es war . . .«

Ich hörte Paulus Smith hinter mir seufzen, aber er sagte nichts.

»Und das Marmeladenglas?«, fragte ich.

»Das Marmeladenglas? Das habe ich wohl fallen lassen – vor Schreck. Ich kann mich nicht genau daran erinnern. Der Schock . . .«

»Du kannst dich nicht daran erinnern, wo du es fallen gelassen hast? Auf den Boden?«

Sie nickte langsam. »Ja. Ich glaube. Und dann ging es kaputt.«

»Versuche dich zu erinnern. Du hast es nicht – es hat nicht vielleicht seinen Kopf getroffen, als du es fallen ließest?«

»Seinen Kopf? Wie er da lag – meinst du?« Sie sah total verwirrt aus.

Paulus Smith sagte: »Ich gehe davon aus, dass Ihnen klar ist, dass Ihre Fragen sehr manipulativ sind, Veum. Das würde vor Gericht niemals durchgehen.«

Ich sah ihn an. »Mag sein. Aber ich muss es einfach wissen. Ich muss versuchen, sie dazu zu kriegen, sich zu erinnern.«

Sie sagte: »Aber ich schaffe es nicht, Varg! Es ist alles ganz dunkel. Wie – o Gott! Vielleicht stimmt es, was all die anderen sagen. Vielleicht habe ich ihn doch getötet – und ich – und ich kann mich nur nicht daran erinnern.«

Sie wirkte so hilflos und verzweifelt, dass ich am liebsten zu ihr gegangen wäre, sie in die Arme genommen und ihr ins Ohr geflüstert hätte: Nein, meine Kleine, nein. Das hast du nicht getan. Denk nicht so etwas. Und wenn du es denkst, dann sag es nicht laut.

Aber ich tat nichts, und was ich sagte, war für einen Zuhörer bestimmt: »Red keinen Unsinn, Wenche. Du weißt genauso gut wie ich, dass du ihn nicht getötet hast.«

Sie saß mit krummem Rücken auf ihrem Stuhl, das Gesicht zum Boden gewandt. Dann starrte sie von unten zu mir herauf, knapp unter den Augenbrauen hervor, wie ein unsicheres Kind, das ausgeschimpft wurde. »Ja, ich weiß das, Varg«, sagte sie fast flüsternd.

Wir schwiegen einen Moment. Die Frau zwischen uns zog unsere Blicke auf sich, und ich registrierte, dass Smith sie keine Sekunde aus den Augen ließ. Ab und zu schüttelte er kaum merklich den Kopf, als sähe er keine Hoffnung, wie ein Chirurg, der nicht das Herz hat, einem jungen Krebspatienten zu sagen, dass es keine Hoffnung mehr gibt, dass es allzu schnell Abend geworden ist.

Dann sagte ich: »Richard Ljosne . . .«

Sie sah wieder zu mir auf. »Ja? Was ist mir ihm?«

»Ich habe dich ja mit ihm zusammen getroffen, Dienstag Vormittag. Wie ist deine Beziehung zu ihm?«

Sie wurde rot. »Meine Beziehung? Was meinst du eigentlich? Er ist mein Chef. Nicht mehr und nicht weniger.«

Ich betrachtete prüfend ihren Blick. Ihre Augen hingen an meiner Hemdbrust, am obersten Knopf, an meiner nackten Halsgrube. Aber sie waren wie Ballons mit zu viel Ballast, sie stiegen nicht zu meinem Gesicht, zu meinen Augen auf. Ich sagte: »Du musst daran denken, dass wir hier sind, um dir zu helfen, Wenche. Du musst versuchen, nicht wütend zu werden, wenn wir dumme Fragen stellen. Wenn wir sie nicht stellen, dann tut es wahrscheinlich die Polizei. Und es ist nicht sicher, ob sie sich dafür entschuldigen werden.«

Sie schluckte und nickte: »Entschuldige ...« Ihre Stimme war wieder kaum zu hören und sie hatte wieder diesen kindlichen Gesichtsausdruck.

Ich sagte: »Warum war er bei dir – an dem Vormittag!«

Ihr Blick glitt wieder davon. »Er – er ist doch bei der Marine, und er – ab und zu tut er mir einen Gefallen.«

»Einen Gefallen?«

»Ja.« Sie sah mich bittend an, als ob sie erwartete, dass ich es verstehen sollte. Ich begann tatsächlich zu ahnen, worum es ging, als sie hinzufügte: »Es ist nicht so, dass – Du weißt, dass ich nicht trinke, aber ab und zu tut mir ein kleiner Drink gut oder ein Glas Wein am Abend, wenn ich allein bin – weißt du?«

Ich nickte. »Aha. Und Kapitän Richard Ljosne hat Zugang zu zollfreien Waren?«

Sie nickte wieder. »Ja. Ich kaufe nicht viel, aber – und dann ist er so nett, es mir nach Hause zu bringen, wenn ich ...«

»Das war es also, was er an dem Tag bei dir wollte? Neue Ware liefern, sozusagen?«

»Ja. Genau. Mehr nicht. Und danach fuhr er mich zur Arbeit. Ich fühlte mich nämlich nicht wohl. Du weißt selbst – all das ...«

»Und welche Gefallen tatest du ihm?«

Sie sah mich verschreckt an. »Keine, Varg. Nicht das, was du meinst jedenfalls. Er – er ist mein Chef, wir haben ein Büro, wir arbeiten zusammen. Und wir sind gute Freunde, sozusagen. Er – wir sind ziemlich viel zusammen bei der Arbeit, weißt du? Er ist nett und wir trinken oft Kaffee zusammen, reden. Ich – ich habe ja keine Freundinnen – im Grunde ist Richard – im Grunde ist er der einzige Freund, den – ich habe.«

»Aber niemals mehr als ein Freund?«

»Nein, glaub mir! Ich habe nie – wir haben nie . . .« Sie suchte nach Worten.

Ich unterbrach sie und sagte: »Ist schon gut. Ich glaube dir. Wir glauben dir. Ist er verheiratet?«

»Richard? Ja. Aber nicht besonders glücklich glaube ich. Ich glaube, sie bleiben zusammen wegen der Kinder.«

»Er hat also Kinder?«

»Drei Stück. Zwei Jungs und ein Mädchen. Zwischen acht und zwölf Jahren, glaube ich.«

Ich fuhr fort: »Dienstag – als du mich im Büro anriefst und mich batst, mit Jonas zu sprechen . . .«

»Ja? Hast du mit ihm gesprochen?«

»Ja. Ich habe mit ihm gesprochen. Aber als du anriefst, habe ich dich gefragt, ob ich am Abend kurz zu dir rauskommen sollte, und du sagtest, dass es nicht passen würde, dass du verabredet seist.«

Dieses Mal sah sie nicht einmal auf meine Hemdbrust. Sie sah Smith an, ihren Anwalt, als wolle sie ihn bitten, mich aufzuhalten. In gewisser Weise fühlte ich mich plötzlich auf der Seite der Feinde, als würde ich Jagd auf sie machen mit meinen ganzen quälenden Fragen. Ich sagte: »Was hattest du an dem Abend vor?«

Dann wandte sie sich mir so ruckartig zu, dass ich fast zusammenzuckte. Trotzig starrte sie mir in die Augen und sagte: »Auszugehen!«

»Allein? Oder mit wem?«

»Mit Richard. Er hatte mich eingeladen. Er hatte mir schon seit langem ein feines Essen versprochen, und dieser Abend passte – und da lud er mich ein – in ein Restaurant.« Wie um sich zu entschuldigen, sagte sie: »Wenn du ahntest, wie lange es her ist – war, dass ich im Restaurant gewesen war. Und gegessen hatte. Und getanzt . . .«

»Ihr habt getanzt . . .«

»Ja. Ist da etwas dabei? Wir haben getanzt, und als das Restaurant schloss, hat er mich nach Hause gebracht, bis zur Tür – und dann ist er gegangen. Varg. Mehr ist nicht passiert – wirklich nicht!«

»Und Roar – wer . . .«

»Ein Mädchen aus dem Haus passte auf ihn auf. Er schlief.«

Ich sah sie an. Dienstagabend. Seitdem schien eine halbe Ewigkeit vergangen zu sein. Aber es war nicht länger als zweieinhalb Tage her. Und während ich in der Bryggestue saß und Jonas Andresen zuhörte, war sie mit Richard Ljosne ausgegangen. Hatte gegessen, getanzt . . .

»Hat er dir nie den Hof gemacht?«

»Wer? Richard? Nein, hat er nicht! Sind wir nicht jetzt bald fertig mit ihm? Ich verstehe nicht, was das überhaupt mit dem Ganzen zu tun haben soll – schließlich ist es nicht Richard, der tot ist, oder?«

»Nein. Es ist nicht Richard, der tot ist«, sagte ich leise.

Ich stand da und sah auf den Boden. Er war grau und aus Beton, und da dies keine Ausnüchterungszelle war, sondern nur so ähnlich aussah, lag dort ein verschlissener Läufer in allen Farben des Regenbogens. Ein schmutziger Regenbogen, aber immerhin ein Regenbogen.

Ich schaute wieder zu ihr. Sie sah müde und gequält aus. Ihre Schultern waren hochgezogen und angespannt und sie saß auf dem Stuhl, als wäre sie auf dem Sprung. Aber springen würde ihr nicht helfen, denn sie konnte nirgends hin springen. Ich sagte: »Nur noch eine kleine Sache zum Schluss, Wenche. Diese – Solveig Manger. Bist du ihr mal begegnet?«

»Ja.« Ihre Stimme klang kühl. »Ich bin ihr begegnet. Was ist mit ihr?«

»Sie war –«

Ihre Stimme war jetzt nicht mehr kühl. Sie barst wie dünnes Porzellan vor unseren Augen. »Ja, ich weiß, wer sie ist, was sie war! Sie war eine Hure! Sie war Jonas' kleine Hure!«

»Na ja . . .«

Sie sah mich herausfordernd an. »Ja, sie war eine Hure, Varg! Frauen, die anderen Frauen die Männer wegnehmen, sind Huren, egal womit du es entschuldigst.«

Ich sagte: »Ich finde, du gehst zu weit, Wenche. Aber okay, ich verstehe, du bist verletzt, du . . .«

»Aber als ich sie traf, da war sie so weich wie Seide, immer ganz lieb und freundlich. Ich sage dir, sie dachte, dass ich es nicht wüsste, sie begriff nicht, dass ich es kapiert hatte – schon beim ersten Mal, als ich sie sah – was für ein Typ sie war. Eine von diesen . . .«

»Und Richard Ljosne ist verheiratet, aber du bist mit ihm ausgegangen, stimmt's?«

»Ja, und? Ausgegangen, ja – aber ich habe nicht mit ihm geschlafen! Darin liegt der Unterschied, wusstest du das nicht, Varg, wo du doch sonst alles weißt?«

Ich sagte: »Nein, also darin liegt der Unterschied? Nein, das wusste ich nicht. Dann weiß ich also wohl doch nicht alles, wie du siehst.«

»Nein, das tust du wohl nicht. Du verstehst verflucht wenig von dem Ganzen, Varg. Verflucht wenig – von – dem Ganzen ...« Und dann hatte sie doch noch Tränen, ganz tief drinnen. Sie brauchten nur so lange, um bis zu den Augen zu kommen. Dann konnte sie weinen, und ihr Gesicht wurde rot und schrumpelig wie ein alter Apfel, und sie verbarg es hinter ihren Händen, schluchzte in ihre Handflächen, schluchzte mit den Schultern, dem Rücken, weinte mit ihrem ganzen Körper.

Paulus Smith sagte: »Ich glaube, wir haben jetzt genug geredet, Veum. Ich glaube, es wird Zeit, dass wir Frau Andresen in Ruhe lassen.« Er fasste mich hart am Arm und starrte verkniffen in mein Gesicht. Leise sagte er: »Wenn du noch eine Weile so weitermachst, dann ist sie nicht mal in der Lage, vor Gericht auszusagen!« Und nach einer kurzen, nachdenklichen Pause fügte er hinzu: »Aber das wäre vielleicht auch das Beste.«

Ich nickte. An Wenche Andresen gewandt sagte ich: »Entschuldige. Es tut mir Leid. Ich hätte das nicht sagen sollen. Du hast Recht: ich weiß verflucht wenig – von dem Ganzen.«

Sie sah von ihren Händen auf, sah uns mit großen, roten Augen an und nickte zustimmend oder zum Zeichen, dass sie die Entschuldigung annahm.

Smith sagte: »Wir gehen jetzt, Frau Andresen. Aber wir sehen uns wieder. Versuchen Sie, sich zu entspannen. Es wird schon alles gut werden. Das tut es meistens.«

Ich sagte: »Bevor wir gehen ... Kann ich zwei Worte mit Wenche – Frau Andresen sprechen – allein?«

Er betrachtete mich forschend. »Keine Dummheiten jetzt, Veum. Denk dran, was ich gesagt habe.«

Ich nickte. »Ich denke dran.«

Er sagte: »Na dann. Ich warte vor der Tür.« Er klopfte an die Zellentür, und die Polizistin ließ ihn hinaus. Er sagte ihr, sie solle die Tür zumachen, aber sie brauche nicht abzuschließen. Sie betrachtete mich misstrauisch und hatte ein Nein auf der Zunge, aber der Respekt vor Smith siegte. Mit einem missbilligenden Gesichtsausdruck schloss sie die Tür wieder.

Ich drehte mich zu Wenche Andresen um und ging zu ihr. Sie stand auf, und ich spürte ihr tränennasses Gesicht an meinem Hals und dachte: Jetzt wird mein Hemd nass. Und Smith, der alles sieht . . .

»Oh, Varg, Varg, Varg«, schniefte sie.

Ich hielt sie von mir weg, sah das geschwollene, rote Gesicht vor mir, die glänzenden Augen, die keine Ruhe finden konnten, die über mein Gesicht irrten, vom Mund zu den Augen und wieder hinunter. Ich sagte: »Sag mir nur eines, Wenche.«

»Ja?«

»Ich wollte nicht danach fragen, während Smith dabei war, aber wenn du willst, dass ich dir helfen soll, dann darfst du nicht sauer werden, sondern musst mir ehrlich antworten.«

»Ja . . .« nickte sie.

»Hast du eine Ahnung, wer sonst – kennst du jemanden, der möglicherweise – Jonas umbringen wollte?«

»Nein, ich – nein, Varg, niemanden.«

Das war nur eine einleitende Frage. In die andere musste ich einfach hineinspringen. Ich hielt sie fest in meinen Armen und fragte: »Sag mir – du hast ihn nicht umgebracht, oder?«

Ihre Augen wurden schwarz und dann wieder blau und das mehrmals, als hätte jemand eine Fahrradpumpe an ihre Pupillen angeschlossen, der sie nun heimlich aufpumpte und dann die Luft wieder herausließ. »Nein, Varg, das ist die Wahrheit: Ich habe ihn nicht umgebracht. Ich habe ihn nicht umgebracht!«

»Gut«, sagte ich und tätschelte ihre Wange. »Das war alles. Mach's gut. Bis bald.« Dann ließ ich sie schnell los und klopfte an die Zellentür. Ich warf einen letzten Blick zu ihr und versuchte, aufmunternd zu lächeln, aber ich weiß nicht, wie es gelang. Es fühlte sich jedenfalls nicht sehr aufmunternd an.

Ich hätte sie natürlich küssen können. Aber ich wollte sie nicht küssen – nicht hier und jetzt. Ich wollte die Küsse aufsparen für den Tag, wo sie vielleicht wieder aus diesem viereckigen Raum herauskam, bis ich sie in meinen Armen halten und sagen konnte: Du bist frei, Wenche, frei! Aber nicht vorher.

Paulus Smith wartete auf mich. »Na? Was wolltest du sie fragen, in meiner Abwesenheit?«

Ich sah keinen Grund, ihn zu belügen. »Ich habe sie gefragt – ganz direkt –, ob sie Jonas Andresen umgebracht hat.«

»Ja? Und was hat sie geantwortet?«

»Sie sagte Nein. Sie sagte, sie habe ihn nicht umgebracht.«

Er ließ den Atem langsam durch zusammengebissene Zähne strömen. Dann sagte er: »Das weiß der Himmel, Veum. Das weiß der Himmel.«

»Das weiß der Himmel – wenn der Himmel es weiß«, sagte ich.

Wir gingen mit schweren Schritten wieder zum Haupteingang hinauf. Es fühlte sich an, als kämen wir aus dem Reich des Todes.

Draußen vor dem Polizeigebäude sagte er: »Halten Sie mich auf dem Laufenden darüber, was Sie herausfinden, Veum.« Er war wieder formell geworden.

»Das werde ich tun«, antwortete ich.

Dann verabschiedeten wir uns. Der Anwalt ging federnden Schritts zurück zu seinen Büros und seinen Paragrafen, während der Detektiv sich auf den längsten aller Wege machte, auf den Weg zur Wahrheit.

33

Ich ging in eine der Telefonzellen im Postgebäude und rief die Werbeagentur Pallas an. Ich erkannte die Stimme am anderen Ende wieder, aber ich bedankte mich nicht für unsere letzte Begegnung, sondern fragte: »Guten Tag, ist Solveig Manger zu sprechen?«

Es entstand eine winzige Pause, dann sagte sie: »Nein, Frau Manger ist heute krank. Kann ich Sie mit jemand anderem verbinden?«

»Wie wäre es mit Ihnen selbst?«

Eine erneute Pause, etwas länger diesmal, dann kam kühl: »Kann ich Ihnen irgendwie behilflich sein?«

»Nein, danke«, sagte ich. »Heute nicht. Versuchen Sie es morgen noch mal.« Dann legte ich auf. Das war nicht besonders witzig, aber ich fühlte mich auch nicht besonders witzig. Es war einfach nicht mein Tag.

Ich hatte den Wagen oben auf dem Tårnplass geparkt. Es regnete immer noch, wenn auch etwas schwächer. Über den Bergen hingen niedrige Nebelwolken, und der Fløien war nur bis zur Taille oben im Fjellvei zu sehen.

Als ich den Wagen aufschloss, kam eine lärmende Hochzeitsgesellschaft die breiten Treppen des Tinghus herunter: die Braut in einem dunkelblauen Kleid mit winzigen Blumen darauf, der Bräutigam in einem grauen Anzug, die Hochzeitsgesellschaft sonst in unterschiedlichem Aufzug, vom dunklen Anzug bis zu Jeans und Lederjacke. Ein Mann in dunklen Hosen und grauem Jackett trat, als er rückwärts auf die Straße ging, in zwei Pfützen und verewigte das glückliche Paar mit einer Instamatic-Kamera. Die Brautleute hielten sich an den Händen und lächelten bewegt sich und der Welt zu, mit roten Rosen auf den Wangen und Wind und Regen im Haar. Ein neues Paar auf dem Weg zur Schlachtbank.

Unterwegs dachte ich an die Hochzeiten, an denen ich teilgenommen hatte, an all die Hochzeitszeremonien. Ich dachte an all die Reden, all die überschwänglich lustigen Hochzeitsgäste, mit denen ich viele Stunden an einem Tisch verbracht hatte, an all die glücklichen Brautpaare, die ich gesehen hatte. Während der Hochzeitsfeier denkt man selten an Tränen und Einsamkeit und Eifersucht. Man sieht das Brautpaar vor sich, als würde es durchs Leben tanzen und als würde die Ehe ebenso unbekümmert verlaufen wie jetzt ihr Eröffnungstanz. Man sieht sie nicht beim Anwalt sitzen, jeder auf seinem Stuhl, starr geradeaus blickend und so weit voneinander weg wie nur möglich. Oder im selben Bett liegend, vierzig Jahre später, einander den Rücken zukehrend und so weit wie möglich voneinander entfernt, wenn sie sich nichts mehr zu sagen haben, nichts mehr miteinander anzufangen wissen nach vierzig langen Jahren grauen Alltags, ohne Lichtblicke, ohne Sonntage. Immer neue Paare auf dem Weg zur Schlachtbank, immer neue Paare ...

Ich musste einen Schlachtplan entwerfen, aber zuallererst musste ich versuchen, das Geschehen um den Tatzeitpunkt zu rekonstruieren. Solfrid Brede, die ich aus dem Fahrstuhl hatte steigen sehen, als ich die Treppe hinauflief, noch bevor ich Jonas Andresen fand, und Wenche Andresen, über ihn gebeugt, mit einem Messer in der Hand, war die Erste, mit der ich sprechen musste.

Ich parkte den Wagen vor dem Block, stieg aus und sah an ihm hinauf, wie ein Gipfelbesteiger einen Berg hinauf sieht, den er schon hundert Mal bestiegen hat und den er jetzt noch einmal erklimmen soll. Hinten vor dem Eingang ging Gunnar Våge vorbei, den Rücken wegen des Regens gekrümmt, die grüne Regenjacke im Nacken hochgeschlagen, eine Strickmütze tief in die Stirn gezogen. Ich glaube, er sah mich, denn einen Moment lang ging er langsamer, dann aber wieder schneller, als wolle er nicht mit mir sprechen. Nein, nicht jetzt, dachte ich. Aber du bist schon auch noch an der Reihe. Warte es nur ab.

Ich ging in das Treppenhaus. Da ich noch so viele Treppen in so vielen Hochhäusern hinaufsteigen musste, nahm ich den Fahrstuhl dort, wo es möglich war. Ich stieg ein, fuhr direkt in den sechsten Stock, ging auf den Balkon und las die Namen auf allen Türschildern. Aber es war der falsche Balkon. Ich ging zurück, durch das Treppenhaus und drüben auf den anderen Balkon. An der zweiten Tür stand *S. Brede*.

Ich schaute zu ihrem Küchenfenster. Keine Ahnung, ob sie zu Hause war. Wahrscheinlich war sie bei der Arbeit. Aber andererseits hatte sie nicht wie eine Frau ausgesehen, die arbeitete. Das Küchenfenster verriet nichts. Es war dunkel und ordentlich dahinter. Die klein geblümten Gardinen waren zur Seite gezogen.

Ich klingelte.

Schnelle Schritte auf hohen Absätzen tönten mir von innen entgegen. Dann wurde die Tür geöffnet, und Solfrid Brede schaute zu mir heraus.

Sie hatte den Pelz abgelegt, und ihr Körper sah noch immer ein paar Jahrzehnte jünger aus als ihr Gesicht. Eine kompakte, feste Gestalt, mit einem breiten, kleinen Oberkörper und großen Brüsten. Sie trug einen beigen Mohairpullover und einen braunen Tweedrock.

Auch die braunen Augen zeigten jetzt bei Tageslicht eine Andeutung von Beige, und die Pflugfurchen in ihrem Gesicht und die Säcke unter den Augen waren noch deutlicher. Sie sah aus, als habe es in ihrem Leben mehr Winter als Sommer gegeben. Sie erinnerte mich an die Frau vom Vorabend, nur dass Solfrid Brede etwas freundlicher aussah.

Ich sagte: »Guten Tag, mein Name ist Veum. Ich weiß nicht, ob Sie sich an mich erinnern?«

Sie nickte langsam und sah mich fragend, aber nicht feindselig an.

Ich sagte: »Ich assistiere dem Verteidiger in Verbindung mit dem Verbrechen, das hier am Mittwoch geschah. Dürfte ich Ihnen ein paar Fragen stellen?«

Sie sagte: »Ich habe der Polizei schon erzählt, was ich weiß, aber – selbstverständlich.«

Als Willkommenszeichen trat sie zur Seite und hielt mir die Tür auf. Wie sie dort stand, war es unmöglich, an ihr vorbeizukommen, ohne ihre Brüste zu streifen. Sie duftete schwach nach Maiglöckchen, wie ein junges Mädchen.

Ich kannte mich in diesen Wohnungen jetzt aus und ging direkt ins Wohnzimmer. Es war ein warmer Raum, der zu ihr passte. Eine überladene Höhle, mit zwei Sofas und einer Menge breiter, altmodischer Sessel, auf denen man mit hochgezogenen Beinen hocken und vor sich hindösen konnte. In einer Ecke stand ein Schaukelstuhl, und auf dem Boden lagen übereinander geworfene Flickenteppiche wie auf den Boden gefallene Spielkarten. Die Tapete war dunkelbraun mit einem Muster aus grünen Königslilien und rundherum, auf Fensterbänken und Schränken, in Regalen und an der Wand hängend überall grüne Pflanzen – sie hätte einen ganzen botanischen Garten damit füllen können. Ich hätte mein Buschmesser mitbringen sollen. So kämpfte ich mich zum nächsten Sessel durch, blieb dort stehen und wartete auf weitere Anweisungen.

Solfrid Brede fragte: »Kann ich Ihnen etwas anbieten? Einen Likör, ein Glas Bier, einen Schnaps?«

Ich wollte schon Nein sagen, aber andererseits versprach es ein langer Tag zu werden, und ich konnte eine kleine Stärkung gebrauchen. »Vielleicht einen ganz kleinen«, sagte ich.

Sie lächelte. »Ein Mann nach meinem Geschmack! Endlich. Man trifft nicht so viele. Ein ganz kleiner – kommt sofort. Whisky? Kognak?«

Ich dachte an die Asche von den alten Zeitungen, die ich noch immer im Mund hatte, und sagte: »Kognak klingt gut, mit etwas Soda.«

Sie ging zu einem Regal und öffnete einen üppig bestückten Barschrank. Sie schenkte mir einen ganz kleinen und sich selbst einen größeren ein. Dann kam sie zurück, setzte sich auf das Sofa mir gegenüber, schlug die Beine übereinander, und wir hoben die Gläser.

»Wir sagen du, oder?«, fragte sie.

»Nachdem wir miteinander Fahrstuhl gefahren sind – was sonst?«

»O Gott, ja. Das war grauenhaft. Aber – erzähl.«

»Nein. Erzähl du. Was hat die Polizei gefragt?«

Sie sah mich etwas schief an. »Was sie gefragt haben?« Sie schien ihr Lächeln festzuhalten, es zu strecken, so lange sie konnte. »Sie haben gefragt, woher ich kam an dem Tag – mit dem Fahrstuhl, als der Mord geschah. Von hier, habe ich geantwortet. Und dann haben sie gefragt, ob ich im Fahrstuhl allein gewesen sei. Ja, habe ich geantwortet. Er war übrigens ganz süß, der Kommissar. Hamre hieß er, glaube ich. Höflich. Aber viel mehr hatte ich ihnen auch nicht zu erzählen.«

Ich war enttäuscht. Also nicht mehr als wir schon wussten. »Und du hast nichts gehört? Du hast Andresen nicht gesehen, als er kam?«

Sie schüttelte den Kopf.

»Kanntest du sie überhaupt, die Andresens?«

Sie schüttelte wieder den Kopf. »In diesem Block? Das wäre, als wenn man in Laksevåg zufällig ein paar Leute aus Landås kennt. Genauso wahrscheinlich, meine ich. Nein, ich hatte sie natürlich schon mal gesehen, aber sie gehörten nicht zu meinem Bekanntenkreis.«

»Hast du hier im Block überhaupt einen Bekanntenkreis?«

»Nein«, sagte sie, irgendwie verwundert. »Warum fragst du?«

»Na ja, nur so. Vielleicht um einen Eindruck zu bekommen, wie es ist, in so einem Haus zu leben.«

»Wie es ist, hier zu leben? Wie in einem Kühlschrank, denke ich. Die Milch ganz unten spricht nicht mit den Eiswürfeln ganz oben, der Hartkäse wechselt kein Wort mit den Essensresten im Regal darüber. Man wohnt einfach hier. Hier bringt man seine Freunde her oder verjagt seine Ehepartner. Aber es ist kein Ort, an dem man neue Freunde findet, neue Ehepartner übrigens auch nicht. Ich weiß das, ich habe einige gehabt. Ehemänner, meine ich.«

»Hattest du so viele?«, fragte ich.

»Das kommt darauf an, was du mit viele meinst.« Sie zählte sie an den Fingern ab. »Eins, zwei, drei, vier. Und ich wurde von allen geschieden. Ich habe keinen Einzigen umgebracht. Es ist natürlich wichtig, dass sie jedes Mal reicher sind. Damit dein Lebensstandard nicht sinkt. Der Letzte hat mich so geliebt, dass ich nicht einmal mehr arbeiten muss, um zu leben.«

Das erklärte ihr Gesicht. Man kann über Scheidungen sagen, was man will, aber Verjüngungskuren sind es jedenfalls nicht. Jede einzelne hinterlässt Spuren in deinem Gesicht. Und auch an anderen Stellen, die man aber nicht sieht.

Ich sagte lächelnd: »Ist es so schwierig, mit dir verheiratet zu sein?«

»Nicht schwieriger als mit den meisten anderen, glaube ich.« Sie rollte das Glas zwischen ihren Fingern hin und her, langen, weißen Fingern mit roten Spitzen. »Ich glaube nur nicht, dass die Ehe ein ewig andauerndes Wunder ist. Wenn du verstehst, was ich meine. Ich persönlich finde, es ist schwer, mit einem Menschen zusammenzuleben, wo jeder seine Eigenheiten und Vorlieben hat. Eigenschaften, die am Anfang noch charmant sind, die aber nach ein paar Jahren Zusammenlebens zum reinsten Nervenkrieg führen können, dann wenn die kleinen Details nicht mehr das Salz in der Suppe sind, sondern nur noch Irritationsmomente. Ich meine ein zerstreuter Typ ist okay, solange man frisch verliebt ist. Aber ein zerstreuter Typ, mit dem man einige Jahre verheiratet ist, das ist die Hölle. Nein, ich glaube im Großen und Ganzen an unser westliches Paarsystem, ich bilde mir nur nicht ein, dass es das ganze Leben dauert. Wenn wir mal von den wenigen glücklichen Ausnahmen absehen. Aber sonst? Später wird es Routine und Ärgernis. Entweder es explodiert, oder man wandert geradewegs ins Nebelland, in einen mindestens lebenslangen Dämmerzustand. Sogar im Grab bekommt man keine Ruhe. Sie begraben Paare gemeinsam.«

Sie stellte das Glas ab und hielt sich die Hände vor das Gesicht, krümmte die Finger und betrachtete ihre Nägel. »Ich glaube, ich kann behaupten, dass ich zumindest ehrlich gelebt habe. Wenn eine Beziehung zu Ende war, dann habe ich sie beendet. Wenn eine Ehe nicht mehr seetüchtig war, dann bin ich von Bord gegangen. Ich glaube, so sollten wir alle leben. Manchmal ist es hart, wenn man mittendrin ist, aber man kommt aufrechter wieder heraus, mehr im Gleichgewicht mit sich selbst.« Sie trank einen Schluck aus ihrem Glas. »Manchmal ist man natürlich auch einsam. Besonders wenn man nicht mehr zu den Jüngsten gehört. Aber andererseits . . .« Ihr Blick suchte über den Rand des Glases meinen. »Es gibt vieles, was eine erwachsene Frau für einen Mann tun kann, mit einem Mann tun kann, wovon ein junges Mädchen nicht einmal träumt. Ein Teenager hat vielleicht einen knackigeren Körper, aber sie ist wie ein Baby mit einer elektrischen Eisenbahn; sie hat keine Ahnung, was sie damit anfangen soll. Eine erwachsene Frau weiß – stimmt's – Veum?«

»Doch, ja. Das tut sie sicher.«

»Wie alt bist du?« Sie sah mich neugierig an.

Ich sagte: »Was schätzt du?«

Sie ließ ihren Blick an mir entlang wandern, verharrte beim Brustkorb (der weder breiter noch schmaler ist als bei den meisten anderen) und beim Bauch (der auf keinen Fall dicker ist) und studierte wieder mein Gesicht. »Ich würde tippen«, sagte sie und leckte sich kurz die Lippen, »Mitte dreißig oder bei gutem Training um die vierzig.«

Ich sagte: »Sechsunddreißig.«

Sie lächelte und hob ihr Glas. »Das beste Alter – für einen Mann. Alt genug, um den Weg zu kennen, aber noch nicht so alt, dass er sich verirrt und nicht mehr so jung, dass er schon an der Pforte ins Stottern gerät.«

Sie sprach in Bildern, wie ein wandelndes Neues Testament. Ich sagte: »Ich weiß nicht genau, worauf du hinauswillst, aber im Augenblick bin ich nämlich beschäftigt. Ich habe einen Job zu tun; und – ich bin schon verliebt. Glaube ich.«

Sie nickte. »Ich meinte auch nichts Bestimmtes. Aber du siehst aus wie ein netter Kerl, Veum. Wenn du dich jemals einsam fühlen solltest . . . Dann versuch's bei der alten Solfrid Brede. Es ist nicht ganz sicher, aber vielleicht ist sie zu Hause. Ich kann dir erzählen . . .«

Sie wollte mir erzählen, aber zuerst musste sie ihr Glas wieder füllen. Und es musste noch einen Daumen breit mehr sein als beim letzten Mal. Es war ein langer, grauer Tag, und sie hatte noch nichts Besonderes vor. Sie bot mir auch noch einen an, aber ich hatte meinen ersten noch nicht einmal halb ausgetrunken.

Sie setzte sich und fuhr fort: »Ich habe einen Freund. Einen Liebhaber, würden wohl manche sagen. Ich habe ihn tatsächlich bald seit zehn Jahren, mit kleinen Unterbrechungen. Durch zwei

Ehen hat er mich begleitet, und er hat sie beide überlebt – beide Ehemänner. Er ist – auch ein netter Kerl. Einer, mit dem man gern zusammen ist: warm und zärtlich im Bett, einer, mit dem du reden kannst, ohne eine Maske aufzusetzen. Aber ich möchte nie im Leben mit ihm verheiratet sein. Niemals!«

»Warum nicht?«

Sie sah vor sich hin, blickte in ihr Glas, trank einen Schluck. »Ich weiß es nicht genau. Vielleicht – vielleicht ist er zu gut, vielleicht hätte ich Angst, dass diese Ehe tatsächlich ein Leben lang halten würde.« Ihre Augen verdunkelten sich. »Und genau das weiß ich nicht, ob ich es ertragen könnte. Es müsste sein wie – wie auf eine Kreuzfahrt zu gehen und nie sicher zu sein, ob man wieder in den Hafen kommt. Außerdem ist er schon verheiratet.«

Ich nickte. Dann leerte ich mein Glas.

»Noch einen?«, fragte sie.

»Nein danke«, sagte ich. »Ich denke, ich muss – weiter.«

»Veum«, raunzte ihre Stimme mir vom Sofa aus zu.

»Ja?«

»Du siehst so nett aus ... Könntest du dir vorstellen – bevor du gehst – zu mir herüberzukommen und – mir einen Kuss zu geben?«

Ich blieb sitzen und sah sie an. Obwohl sie nur eineinhalb Meter von mir entfernt saß, kam es mir unendlich schwer vor, aufzustehen, als sei es eine Wüstenwanderung bis zu ihr hinüber.

Sie sagte: »Auch wenn du – verliebt bist, in eine andere. Ein Kuss bedeutet nichts. Ein Kuss ist nur ein Kuss.«

Trotz ihrer vier Ehemänner und ihrem wunderbaren Liebhaber sah sie eigentümlich verloren aus, wie sie da auf dem Sofa saß und um einen Kuss bat. Vergessen.

Ich stand auf und ging zu ihr, stützte mich mit der einen Hand auf den Couchtisch und beugte mich zu ihr hinunter. Der Maiglöckchenduft wurde stärker. Die großen Brüste wallten unter mir wie friedliche Wellen an einem Sommerstrand. Ich legte eine Hand unter ihr Kinn, hob ihr Gesicht und betrachtete es. Ehemänner waren mit Spikes darübergelaufen. Liebhaber hatten mit scharfen, frisch geschnittenen Nägeln ihre Spuren hineingeritzt. Männer hatten ihre Spuren auf diesem Gesicht hinterlassen, und es hatte sie aufgenommen. Es hatte dem Sturm getrotzt und zurückgespuckt. Und am Ende saß sie allein in einem Wohnzimmer, das für einen allein zu groß war, mit einem Gesicht, das für einen allein zu schwer zu tragen war, mit einem Glas, das man eigentlich nur zu zweit leeren konnte.

Ich hatte vorgehabt, ihr Gesicht zur Seite zu wenden und sie auf die Wange zu küssen, wie ein Sohn seine Mutter küsst. Aber ich küsste sie auf den Mund, langsam und lange, wie Menschen sich küssen, die sich viele Jahre geliebt haben: zuerst mit fast geschlossenem Mund, nippend; dann mit leicht geöffneten Lippen und einer vorsichtig suchenden Zungenspitze; dann mit weit offenem Mund und so hart, dass die Kiefer aneinanderschabten, als seien wir zwei Skelette in irgendeinem Grab, die sich in einer letzten, verzweifelten Umarmung aneinander klammerten; und ganz zum Schluss wieder mit geschlossenem Mund, die Lippen gespitzt, kleine, süße Abschiedsküsse zwischen zwei verliebten Teenagern, die sich auf einer Treppe in einer dämmrigen Gasse abends irgendwo in der Vergangenheit oder in der Zukunft verabschiedeten, irgendwo in den Erinnerungen, die wir mit uns tragen, irgendwo im Gepäck.

Sie klammerte sich an mich, mit heftigerem Atem, die Arme um meinen Hals und Nacken geschlungen. Ich beendete den Kuss und machte mich vorsichtig frei. Der Schaffner hatte zum letzten Mal gepfiffen, der Zug fuhr ab. Auf Wiedersehen, Geliebte, auf Wiedersehen ... Ich hörte meine eigene Stimme heiser sagen: »Ein andermal – Solfried – irgendwann ...«

Sie sagte: »Das ist dumm, es auf ein andermal zu verschieben – was du heute tun kannst. Jedenfalls was – solche Dinge angeht.«

»Aber ich habe einen Job zu tun, einen Mörder zu finden.«

Sie streckte mir eine Hand entgegen. Dann ließ sie sie sinken. Ihr Blick richtete sich wieder auf ihr Glas, die Hand folgte. Dann sagte sie: »Okay. Ich wollte nicht ... Du bist ja ... Aber denk an mich, Veum. Irgendwann einmal.«

Ich stand mitten im Raum und nickte und machte ein dummes Gesicht. »Ein andermal. Mach's gut bis dahin.«

»Mach's gut«, sagte sie und begleitete mich hinaus.

Sie hielt mir die Tür auf, und ich ging an ihr vorbei wie ein Luftgeist, ohne sie zu berühren. Hinterher, als sie die Tür geschlossen hatte, dachte ich, eigentlich hatte sie Recht gehabt. Man sollte niemals etwas auf ein andermal verschieben, was man heute tun konnte. Denn man wusste nie, wo man morgen war. Ehe man sich versah, lag man vielleicht in einem fremden Flur und verblutete.

34

Ich sah auf die Uhr. Es war fast halb zwölf. Ich fragte mich, wie lange Richard Ljosne in seinem Büro war. Er war der Mensch, mit dem ich jetzt am dringendsten sprechen wollte.

Warum nicht anrufen und fragen. Ich ging zur Telefonzelle unten vor einem der Blocks und wählte die Nummer des Haakonsvern. Nach kurzer Wartezeit wurde ich mit Kapitän Ljosne verbunden.

Ich sagte: »Guten Tag, Ljosne. Mein Name ist Veum. Wir haben uns vor ein paar Tagen kurz getroffen, hier draußen bei . . .«

»Ach ja«, sagte er. »Worum geht es?«

Ich sagte: »Um die Sache mit Wenche. Wir wissen ja beide, dass sie unschuldig ist . . .« Ich hielt inne, hielt die Luft an.

Er sagte: »Natürlich ist sie unschuldig. Es ist doch idiotisch, etwas anderes zu glauben. Wenche könnte noch nicht einmal eine Fliege umbringen – und dieser Kerl, sie hat ihn ja geradezu vergöttert. Wenn die Polizei was anderes glaubt, dann haben sie da alle den Verstand verloren.«

»Das haben sie. Aber ich arbeite für ihren Verteidiger, und wir sind sicher, dass sie unschuldig ist. Und ich muss mit Ihnen sprechen, Ljosne. Am liebsten so schnell wie möglich.«

»Hör mal, Veum – als wir uns getroffen haben, da sahst du aus wie jemand, der ein paar Meter laufen kann – trainierst du?«

Ich sagte: »Ich laufe manchmal, einmal die Woche oder so. Zweimal, wenn ich Zeit habe. Als ich beim Sozialamt angestellt war, habe ich ein bisschen Betriebssport gemacht. Ich war tatsächlich eine Weile ein ziemlich guter Langstreckenläufer. Aber das ist ein paar Jahre her. Was . . .«

»Hör zu. Jeden Freitag beende ich die Arbeitswoche gegen vierzehn Uhr und laufe eine schöne Runde, gehe in die Sauna – und dann am Schluss vielleicht noch ein, zwei Runden ins Schwimmbecken. Wir haben ein fantastisches Sportcenter. Könntest du nicht mitkommen – dann könnten wir dabei reden? Ich garantiere dir, dass es dir gut täte – und ich verspreche, dir nicht davonzulaufen.«

»Aber ich habe keine . . .«

»Ich werde dir vom Depot ein paar Shorts und einen Trainingsanzug raufschicken lassen. Welche Schuhgröße hast du?«

»42.«

»Dann kannst du Joggingschuhe von mir leihen. Du findest mich in der Verwaltung. Ich werde den Pförtner anrufen und ihm Bescheid geben, dass du kommst. Wann kannst du hier sein – gegen zwei?«

»Das sollte klappen.«

»Gut. Bis dann.«

Ich legte auf und fühlte nach, ob meine Muskeln sich nach den Reinigungsprozeduren des Vortages wieder erholt hatten. Dies war natürlich die beste aller Reinigungsprozeduren, und das hatte ich vergessen. Den ganzen verdammten Mist herauszulaufen. Und gleichzeitig vielleicht etwas zu erfahren.

Ich begann fast, mich auf die Begegnung mit Richard Ljosne zu freuen. Ich war immer gern gelaufen, aber am liebsten allein. Von Natur aus war ich ein einsamer Wolf – und deshalb Langstreckenläufer.

Sprint – das war wie ein unterbrochener Liebesakt, viel zu kurz und unbefriedigend. Die Mittelstrecken verlangten zu viel Seelenstärke und gaben zu wenig Ertrag für den Körper. Ein langer, harter Lauf im Wald oder die Landstraße entlang, ganz allein mit mir selbst und meinem Körper und meinen Gedanken, ein Lauf, der alle steifen Muskeln löste und mich in Schweiß badete – und dann eine kurze Dusche und direkt in die Sauna und nach zehn Minuten wieder raus und noch mal duschen – das war eine Verjüngungskur, nicht mehr und nicht weniger.

Ich setzte mich ins Auto und fuhr das kurze Stück zum Haakonsvern hinauf mit einer erwartungsvollen Spannung im Leib. Ich parkte vor dem Gelände, schrieb mich beim Pförtner ein und bekam die Richtung zum Verwaltungsgebäude gewiesen. Es war zehn vor zwei.

Als die größte und wichtigste Marinebasis liegt Haakonsvern natürlich am Meer, in einer idyllischen Landschaft, wo das Meer sich mit langen, schmalen Fingern an das Festland klammert. Das Gelände selbst war wie eine Art Mischung aus Kaserne und Parkgelände. Es gab reichlich frische Luft zwischen den Kasernen, und es gab Bäume genug, dass sich ein ganzes Heer von Spionen dahinter hätte verstecken können, wenn sie nur erst den Zaun überwanden, und wenn sie dünn genug waren – denn die meisten Bäume waren hohe, schlanke Birken, mit weißen, eleganten Stämmen und wohl frisierten Kronen, die sie im Sommerhalbjahr mit Grün schmückten.

Ich fand den Weg zum Verwaltungsgebäude und begab mich entsprechend der Instruktion des Pförtners hinauf in den ersten Stock. Ich ging einen langen und sehr militärisch anmutenden Korridor entlang, mit frisch gebohnertem, braungrauem Fußboden und grauweißen Wänden mit verschlossenen Türen. Vor der Tür, an der *Richard Ljosne, Oberleutnant. Wenche Andresen, Büroassistentin* stand, blieb ich stehen.

Ich klopfte an, und Richard Ljosne öffnete.

Er gab mir die Hand und sagte: »Wir können doch gleich du sagen, oder?«

Ich antwortete: »Von mir aus.«

Dann reichte er mir den Trainingsanzug und wies mir den Weg in sein Büro. Wir durchquerten das von Wenche Andresen, das mit einem Schreibtisch und einem Stuhl, einem Tresen und Wandregalen mit Aktenordnern spartanisch eingerichtet war. Sein Büro war ebenso asketisch, aber sein Schreibtisch war größer und in seinen Regalen standen nicht nur Akten, sondern auch Bücher. An einer der Wände hing eine große Karte des gesamten Geländes. An einer anderen hing ein Bild König Olavs.

Richard Ljosne trug schon einen roten Trainingsanzug mit einer leichten, dünnen Jacke darüber und einer weißen, selbst gestrickten Mütze mit rotem Rand. Er trippelte auf der Stelle, während er wartete.

Ich ging in sein Büro und ließ die Tür angelehnt, während ich mich umzog. Ich wollte mir nicht nachsagen lassen, dass Militärgeheimnisse aus seinem Büro verschwunden wären, als ich mich dort aufhielt. Der Trainingsanzug war eine Nummer zu klein und in den Shorts hätte eine ganze Ferienkolonie Platz gehabt, aber die Joggingschuhe passten, und das war an und für sich das Wichtigste.

»Und?«, sagte Richard Ljosne erwartungsvoll, als ich herauskam. »Es ist schön, beim Joggen Gesellschaft zu haben. Wir lassen es ruhig angehen, dann haben wir die Puste, um gleichzeitig zu reden. Denn deshalb bist du ja hier, nicht?«

»Eigentlich ja.«

Wie liefen langsam aus dem Gelände und hinauf in Richtung Tor. »Wir haben eine Waldloipe auf der anderen Seite der Straße«, erklärte er. »Die ist genau das Richtige für eine ruhige Runde wie diese. Siehst du da drüben?« Er zeigte auf das Lyderhorn. »Das Lyderhorn«, fuhr er fort. »Da rauf bis zur Spitze laufe ich immer, wenn ich mich wirklich verausgaben will. Eine ruhige Joggingrunde von hier bis dort und eine harte Kletterpartie bis auf die Spitze, den Grat entlang und nach Kjøkkelvik runter und dann an der Straße zurück. Wenn du das ohne Pause schaffst – dann bist du gut in Form, Veum.« Er lächelte mir aufmunternd zu, wie ein Trainer einen neuen, viel versprechenden Schützling anlächelt.

Aber ich fühlte mich ganz und gar nicht so. Ich fühlte mich eher wie ein alter Traber, der wieder angefangen hatte zu laufen, um den Herzinfarkt auf Abstand zu halten. Mein Atem ging schon schwer.

Es war eine kräftige Steigung hinauf zum Tor. Nachdem wir am Pförtner vorbei waren, überquerten wir die Straße und liefen einen weiteren Hügel hinauf, auf einem Schotterweg, an dem rechts vereinzelte Häuser lagen und links dichter Wald. Ein Auto fuhr an uns vorbei. Weit in der Ferne kam uns ein junges Mädchen auf einem braunschwarzen Pferd entgegengeschwebt. Aber die Luft war noch feucht und die Sicht alles andere als klar. Das Mädchen auf dem Pferd wirkte wie eine Fata Morgana, ein Traumbild.

Der Weg wurde ebener, und ich sagte: »Was meinst du zu – Wenche – und der ganzen Geschichte?«

Er sprach ohne Anstrengung, als mache ihm das Laufen nicht das Geringste aus. »Sie hat es nicht getan. Sie hat diesen Kerl vergöttert. Viel zu sehr, wenn du mich fragst. Auch nachdem sie getrennt waren – war es fast unmöglich für sie, sich von ihm loszureißen, ihr eigenes Leben anzufangen, wenn du verstehst, was ich meine.«

Wir kamen an der Reiterin vorbei. Sie sah herablassend auf uns herunter, wie eben eine junge Frau auf einem Pferd auf zwei Männer mittleren Alters herabsieht die in roten Trainingsanzügen durch den Wald rennen.

»Wie . . .« schnaufte ich. »Wie war deine Beziehung – zu Wenche? Kanntet ihr – euch gut?«

Seine dunklen Augen unter den buschigen grauschwarzen Brauen schauten kurz zur Seite. »Wir waren gute Freunde«, sagte er. »Sie war eine gute Kollegin. Wir kannten uns – gut, ja.«

Der Weg stürzte sich plötzlich in die Landschaft hinunter und bog nach links ab. Wir passierten eine Weide mit mehreren Pferden. Auf einem Zaun saßen zwei junge Leute und unterhielten sich, ein Junge und ein Mädchen, in dicken Isländerpullis und verschlissenen Jeans. Der Schotterweg war zu Ende, und wir liefen auf einem steinigen Waldpfad durch spärlichen Kiefernwald. Ein Stück weiter bogen wir nach links ab und kamen durch ein Moor, einen langen, matschigen Pfad hinauf. Er lief und lief. Ich spürte, wie meine Beine schwerer wurden und dass ich mehr Kraft brauchte, um mitzuhalten. Ich triefte vor Schweiß, aber ich spürte, dass es gut tat. Die lange Autofahrt und die missglückten Reinigungsprozeduren des vergangenen Tages (und der Nacht) begannen, durch die offenen, stöhnenden Poren herauszusickern, und der Körper entledigte sich des Mülls von gestern und all der Tage davor und machte sich bereit für neue, kommende Tage.

Er sagte: »Wenche hat mich schon angezogen, seit ich sie zum ersten Mal sah. Sie hat etwas so Unschuldiges und Reines an sich, findest du nicht? Jungfräulich, mädchenhaft – etwas, das selbst die versteinerten Herzen von alten Böcken wie uns zum Schmelzen bringt, oder?«

Ich war nicht so begeistert von der Schublade, in die er mich steckte, also antwortete ich nicht, sondern holte tief Luft und lief noch ein wenig schneller.

Er sah mich erstaunt an. »Du ziehst an, Veum?« Er grinste. »Na gut – du wirst sehen, was du davon hast.«

Er schien sich in der Luft nach vorn zu lehnen, und als fiele sein Körper nach vorn, erhöhte er das Tempo und seine Schrittlänge und zog davon. Der Weg führte noch immer bergauf. Wir hatten den Wald wieder verlassen. Auf beiden Seiten erstreckte sich Heideland, grauschwarze Heidebüsche, umgeben von welkem, gelblich blassem Moorgras und Felsengestein. Ich lief noch schneller, um ihn nicht zu verlieren und dachte, er ist besser in Form als du, aber verdammt noch mal, er muss auch fünfzehn Jahre älter sein.

Ich schwor mir, dass er mir nicht davonlaufen würde. Ich hängte mich an ihn, fünf, sechs Meter hinter seiner breiten, athletischen Rückfront. Ich wurde nicht mehr schneller, aber ich holte auch nicht auf.

Dann liefen wir plötzlich wieder auf einem Schotterweg, der unvermittelt steil abfiel und zu Asphalt wurde. Nach der nächsten Abzweigung waren wir wieder auf der Hauptstraße. Unterhalb der Straße breitete sich das gesamte Kasernengebiet vor uns aus. Es waren noch einige hundert Meter bis zum Tor, und er erhöhte noch einmal das Tempo, warf einen herausfordernden Blick nach hinten.

Ich nahm die Herausforderung an und setzte zum Endspurt an. Langsam erhöhte ich mein Tempo, langsam wurde sein Vorsprung geringer. Ich hörte meinen eigenen schnaufenden Atem – und zu meiner Zufriedenheit, als ich nah genug herangekommen war, auch seinen. Fünfzig Meter vor dem Tor lagen wir Seite an Seite, wie zwei Traberpferde in der Zielgeraden. »Du läufst gut, Veum«, warf er mir herüber.

»Du auch«, warf ich zurück, während schwarze Punkte vor meinen Augen tanzten.

Wir lagen immer noch gleich, bei etwas schnellerem Tempo, aber keiner von uns schaffte es, sich loszureißen. Als wir am Pförtner vorbeikamen, machte ich ein schnelles Manöver, sprang über eine Bordsteinkante und überholte ihn überraschend. Das verschaffte mir einen Vorsprung von ein bis zwei Metern.

Jetzt war ich vorn, und wie immer, wenn man als Erster läuft, war ich plötzlich ganz allein. Man hat alles hinter sich gelassen, alle Gegner, alle früheren Rennen, sein ganzes Leben, und ist allein im Universum, oben unter den Wolken. Man hat die Beine in den Wolken und den Kopf in den Sternen, und man läuft. Man läuft mit Füßen, die sich automatisch bewegen, mit einem leicht vornübergebeugten Körper, einem Atem, der immer heftiger wird, man ist ein Engel in einem himmlischen Streitwagen, man fegt alles beiseite, man ist der Sieger, man gewinnt . . .

Und dann schien sich alles in mir zu verkrampfen, und eine Sekunde lang sah ich, wie er an mir vorbeizog, und die letzten hundert Meter zum Verwaltungsgebäude wurde er schneller und schneller. Als ich selbst ankam, stand er vornübergebeugt und atmete in langen, schnaufenden Zügen, war aber nicht so fertig, dass er nicht aufsehen und mich mit einem Lächeln begrüßen konnte, mit dem Lächeln eines Siegers.

Später sagte ich mir immer, ich hätte ihn gewinnen lassen, weil ich ihn danach zum Reden bringen wollte, und Siegern sitzt die Zunge immer lockerer als Verlierern. Aber die Wahrheit war viel einfacher. Er hatte mehr Reserven gehabt. Es war besser in Form, und er hatte mich besiegt.

Als unser Atem sich erholt hatte, sagte er: »Prima Lauf, Veum. Jetzt gehen wir rauf und holen unsere Sachen, und dann runter in die Sportanlage und in die Sauna und Schwimmen, okay? Dabei können wir weiterreden.«

Ich nickte nur. Ich war zu erschöpft, um zu antworten.

In der Sauna legten wir uns ganz oben unter die Decke. Es war eine gute Sauna, mit ordentlicher Hitze, genau richtig für junge Männer mit guter Kondition. Die Feuchtigkeit vom Duschen wurde schnell von unserem Schweiß abgelöst.

Ljosne sah ungewöhnlich knackig aus für einen Mann um die fünfzig. Seine Hautfarbe hatte einen gesunden, rotbraunen Ton, was um diese Jahreszeit nur bedeuten konnte, dass er fleißig unter die Höhensonne ging. Seine Schambehaarung verlief in einem schmalen Streifen in den Bauch hinauf und einem breiten Dschungel auf der Brust und hatte denselben Grauton wie sein Kopfhaar.

Er musterte mich kritisch. »Du bist zu dünn, Veum. Ansonsten hast du dich ganz gut gehalten. Iss mehr gehaltvolles Essen. Blutige Steaks, grobes Brot und Ziegenkäse. Es macht nichts, wenn du Bier trinkst, wenn du es dir nur hinterher wieder abläufst. Man soll gerade genug Fleisch auf den Knochen haben, dass es aussieht, als bestünde man aus Muskeln, nicht aus Knochen – wie du. Eigentlich – eigentlich mögen Frauen keine so dünnen Männer – genauso wie die wenigsten Männer Frauen vorziehen, an denen sie sich schneiden. Man braucht eine weiche Unterlage, oder nicht?«

Ich trocknete mir den Schweiß von der Stirn und antwortete nicht.

Er sagte: »Hast du mit Wenche gesprochen? Nachdem . . .«

Ich nickte. »Kurz.«

»Hat sie etwas von mir erzählt?«

»Nichts Besonderes«, sagte ich vorläufig.

»Tja. Sie ist die Diskretion selbst. Das war auch etwas, was ich an ihr mochte, von Anfang an. Sie gehört nicht zu den Weibern, die sofort zu plappern anfangen, wenn sie nur in die Nähe einer Kaffeetasse kommen. Du weißt, die, die man immer in Konditoreien und so was sitzen sieht, über eine Tasse Kaffee gebeugt und plappernd, tratschend. Pausenloses Geplapper, und man fragt sich, ob sie jemals ihre verdammten Tassen leer kriegen – oder ob sie nur zur Tarnung dienen. Der einzige Moment, wo sie die Klappe halten ist, wenn sie Informationen aufsaugen, mit Stielaugen und Elefantenohren. Du kennst den Typ, oder? Aber so ist Wenche nicht.«

Er beugte sich nach vorn, die Ellenbogen auf die Knie gestützt, und ich sah, dass er auch auf dem Rücken eisengrau bepelzt war. Sie nannten ihn den Wolf. Irgendwann, irgendwo in Richard Ljosnes Leben musste es Menschen gegeben haben, von denen man hatte sagen können: Sie nannten ihn den Wolf.

Er fuhr fort: »Die ganzen – wie lange hat sie hier gearbeitet? Die ganzen zwei, drei Jahre habe ich versucht, sie zu kriegen, Veum. Ja, nicht so, wie man andere Frauen rumkriegt, das wäre nie gegangen, nicht bei Wenche. Sie war ein stilles Wasser, und sie konnte schüchtern und zurückhaltend wirken, aber sie war keine Blume, die man einfach so pflückte. Sie war nicht der Typ, in den du eine halbe Flasche Wein schüttest und ihr eine gute Geschichte erzählst, und bevor sie noch zu Ende gelacht hat, merkt sie, dass sie nackt in deinem Bett liegt und die Beine breit macht. Nicht Wenche.«

Der Schweiß lief in Strömen. Ich spürte, dass meine Augen brannten. Mein Körper wurde warm und schwer. Es war, als hätte man Fieber, und doch wieder nicht. Es war ein positives Fieber, ein heilendes Fieber. Ich sagte: »Nein? Aber du hast versucht, sie zu kriegen?«

»Ja. Meine Güte, ich konnte nicht anders. Keiner, der in ihre Nähe kam, konnte anders. Sie hat dich verhext. Hast du das denn nicht gemerkt?« Aus irgendeinem Grund sah er zwischen meine Beine und nicht in mein Gesicht.

»Nein«, sagte ich verbissen. »Nein.«

»Ich wusste instinktiv – ich habe viele Frauen gehabt, Veum –, ich wusste, dass dies eine Pflanze war, die man gut behandeln musste, mit der man sich Zeit lassen musste, sie verwöhnen – und wenn die Zeit dann endlich reif wäre, dann würde sie erblühen, ihre Blütenblätter entfalten – blühen wie keine zuvor, weder vorher noch danach . . . Und ich behielt Recht.«

Ein kalter Stich fuhr mir ins Herz, als hätte jemand darin plötzlich einen Eiszapfen umgedreht. »Ach ja?«

»Ja. Und erst diese Woche – am Dienstag.« Sein Kopf hing jetzt fast zwischen seinen Schenkeln. Sein Nacken war rot gefleckt, und er trug plötzlich schwerer an seinem Alter. Schweißperlen hingen in dem grauen Haar, und es wirkte matter und dünner. Er hatte eine deutliche kleine Lichtung auf dem Kopf und an den Schläfen traten die Adern hervor.

»Dienstag – dieser Woche?«

Er drehte den Kopf herum und sah zu mir auf, wie ein verletzter Ochse. Seine Augen hatten rote Ränder. »Zwei, drei Jahre lang, Veum, war ich ihr gefolgt – wie ein Hund. Stunde um Stunde habe ich mit ihr geredet, unzählige Kaffeetassen geteilt . . . Ich habe ihr Gefallen getan, die mir nicht schwer fielen. Habe ihr Dinge besorgt. Gab ihr extra freie Tage, wenn sie sie brauchte – wegen des Jungen. Und dann – dann trennte sie sich, und ich dachte: Jetzt, jetzt! Aber sie war immer noch so verdammt standhaft, genauso aufrecht und – starrköpfig. Und da schwor ich mir: Zum Teufel, du wirst mich nicht abhängen, Wenche. Wenn es eine Frau auf der Welt gibt, die ich begehre, dann dich, und du wirst mich verdammt noch mal nicht leer ausgehen lassen.

Früher, in der Messe, da haben wir immer gesagt, dass es keine Frau auf der Welt gibt, die man nicht flachlegen kann, wenn man nur seine Karten richtig ausspielt. Für jede Frau eine andere Vorgehensweise – und doch bei allen dieselbe. Es gibt immer einen Zugang: Er ist nur manchmal so verdammt schwer zu finden. Aber dann – am Dienstag . . .«

»Ja? Dienstag?«

»Ich hatte sie zum Essen eingeladen, schon vor langer Zeit, aber – na ja, ich bin schließlich verheiratet, und es musste ein Tag sein, an dem meine Frau – verreist war oder so. Und Dienstag war sie in Trondheim, irgendwas wegen der Familie. Also sagte ich zu Wenche: Du, dieses Essen . . . Und plötzlich sagte sie Ja.«

»Ihr wart vorher nie zusammen ausgegangen?«

»Nein. Waren wir nicht. Also kannst du dir denken, wie ich mich fühlte. Was ist los, Wenche?, fragte ich mich selbst. Was ist passiert? Bist du endlich über ihn weggekommen? – Und dann . . .«

Er zuckte heftig mit den Schultern. »Kurz gesagt: Wir waren aus und haben gegessen, ich brachte sie nach Hause, in ihre Wohnung, das heißt – ich wartete im Treppenhaus, bis sie den Babysitter weggeschickt hatte. Und dann, dann schlief ich dort mit ihr, wie ich noch nie mit einer Frau geschlafen haben Veum!« Er schlug mit einer Faust hart in die offene Handfläche der anderen Hand. »Verdammt! fügte er hinzu. »Und jetzt – drei Tage danach ...«

Dienstag ... während ich mit Jonas Andresen geredet hatte. Aber sie hatte doch gesagt ...

»Es war keine normale Nummer, Veum. Es war etwas – Großes – so wie es ein alter Räuber wie ich nicht mehr erwartet. Ich meine: Hast du eine Frau zwischen den Beinen gesehen, dann hast du sie alle gesehen. Was Neues gibt es da nicht –. Aber dann, plötzlich, plötzlich schläfst du mit einer Frau, die zwanzig Jahre jünger ist als du, und sie zeigt dir etwas Neues ... So dass dir die Tränen kommen, weißt du, Veum?«

Ich räusperte mich und sagte heiser: »Und sie – hat sie dir den Grund dafür gesagt, dass sie – sich plötzlich hingab?«

Er sah mich an, und ein schiefes Lächeln wuchs unter seiner Nase. »Hingab? Du redest wie eine alte Jungfer, Veum!« Sein Gesicht näherte sich meinem. »Sie hat sich nicht hingegeben! Sie hat gefickt, dass es nur so spritzte. Und sie sagte ...« Er entblößte seine Zähne. »Hinterher sagte sie, sie habe es noch nie so gut gehabt. Also habe ich auch ihr etwas gegeben.«

Ich sagte: »Willst du mir die Nase abbeißen, oder was?«

Er zog sein Gesicht wieder zurück. »Sei nicht so empfindlich, Veum. Bist du eifersüchtig? Hattest du es vielleicht selbst auf sie abgesehen?«

»Mein Verhältnis zu Frau Andresen ist – rein geschäftlich«, sagte ich.

»Jaja, dass ich nicht lache. Als ob jemand ein rein geschäftliches, wie du es nennst, Verhältnis zu Wenche haben könnte. Glaub mir, wenn jemand mich dazu bringen könnte, mich scheiden zu lassen, dann eine Frau wie sie.«

Ich sagte trocken: »Sie hatte nicht viel übrig für Scheidungen.«

»Nein? Nein. Aber vielleicht wollte sie sich irgendwie rächen. Ich kann dir eins sagen, Veum: Ich habe Hunderte von Frauen gehabt, und nur eine davon ist meine Frau. Wenn du verstehst, was ich meine. Ich hätte mich hundert Mal scheiden lassen und wieder heiraten können – aber wozu? Zwischen Bettlaken und Bettdecke ist alles dasselbe. Und außerdem hat man Kinder – und Verpflichtungen. Und um die Kinder soll man sich kümmern. Wenn du selbst einmal tot bist, dann leben sie weiter – wie lebende Zeugnisse dessen, was du gewesen bist, was du geschaffen hast.« Er erhob sich halb und setzte sich schwer wieder hin. »Kinder bedeuten mir etwas – meine Kinder! Ich habe mal eins außerehelich gekriegt. Ich war schon verheiratet und konnte nicht ... Aber ich habe mich um das Kind gekümmert, um den Jungen, sein ganzes Leben habe ich ihm gegeben, was ich konnte ... Alles, was ich durfte. Ich meine, er ist auch mein Kind, er ist auch mein Sohn – auch wenn er nicht meinen Namen trägt.

Also aus Rücksicht auf die Kinder habe ich mich nie scheiden lassen. Wozu? Ich habe genauso viele Muschis geknackt, als wäre ich Junggeselle gewesen, vielleicht noch mehr. Es ist weniger verpflichtend für ein Mädel, mit einem verheirateten Mann zu schlafen. Dann braucht sie sich keine Gedanken ums Heiraten zu machen.«

Zwei junge Männer betraten die Sauna. Sie schielten zu Ljosne herauf und setzten sich auf der untersten Bank in die Ecke, so weit wie möglich von uns entfernt. Ljosne verfolgte sie mit schweren Blicken, aber er nahm sie nicht eigentlich wahr, sie waren nur etwas, das sich bewegte. Sein Blick war weit, weit weg.

Ich sagte: »Und deine Frau – wie steht es mit ihr?«

Er sah mich verständnislos an. »Meine Frau? Sie muss mich so nehmen wie ich bin. Ich versorge sie und verpasse ihr eine Nummer, wenn sie es braucht – und das ist weiß Gott nicht oft. Ich meine, es gibt ja Gründe dafür, dass ein Kerl so durch die Gegend flattert wie ich, oder?«

Ich nickte langsam. »Meistens wohl, ja.«

Er dämpfte die Stimme. »Aber zurück zu Wenche. Sie war wunderbar. Wenn sie jemals wieder rauskommt ... Ich sage dir ...« Plötzlich sah er mir direkt in die Augen. »Hol sie mir da raus, Veum. Hol sie mir da raus.«

Ich stand auf. »Wollten wir nicht eine Runde schwimmen?«

»Ja?« Er stand auf. »Ja, lass uns schwimmen. Wir haben lange genug geschwitzt.«

Vor der Sauna zogen wir uns Badehosen an. Ich sagte: »Und Jonas Andresen – bist du ihm mal begegnet?«

»Ja, ein paar Mal. Er kam ins Büro und holte sie ab, und wir machten einen kleinen Deal. Ich besorgte ihm ein paar Flaschen.« Er blinzelte mir zur. »Aber das war rein geschäftlich, Veum, nichts weiter. Eigentlich mochte ich ihn. Aber er war ein Weichei. Ich glaube, er hätte keine zwanzig Meter laufen können, er wäre gestorben.«

»Ist er ja auch«, sagte ich.

»Ja. Aber ja wohl nicht beim Laufen, oder?«

Wir schwammen am Beckenrand hin und her, zunächst schweigend. Nach der Sauna war der erste Sprung ins Wasser wie ein Sprung in lauwarme Luft. Man spürte fast nicht, dass man im Wasser war. Nach ein paar Zügen begannen die äußeren Hautschichten zu prickeln und dann kam plötzlich das Temperaturempfinden zurück – und man fühlte sich noch munterer.

Das Wasser war grünlich und die Luft schwer von Chlor.

Er schwamm an meine Seite, an mir vorbei, wurde dann langsamer und wartete, dass ich ihn wieder einholte. Dann sagte er: »Worüber wir eben gesprochen haben, Veum. Ob Scheidung oder nicht – ich hatte eine Freundin, eine wirklich gute Freundin – sechs Jahre lang. Sechs lange, gute Jahre. Sie war selbst verheiratet, und ich war verheiratet, und keiner von uns sprach jemals davon, dass wir uns scheiden lassen und heiraten sollten. Ich kann nur wiederholen: Wozu? Wo es uns so gut ging wie es war? Wenn man heiratet, dann muss man alle Strapazen des Alltags ertragen, man muss rund um die Uhr dieselbe müde Visage sehen, morgens, mittags, abends – während wir ... Wir haben uns jede zweite Woche getroffen oder so, manchmal öfter, manchmal seltener, und es ging uns gut damit. Bis sie sich scheiden ließ, einen anderen heiratete und in eine andere Stadt zog.«

»Ich habt sozusagen das Beste rausgesucht? Aus dem Leben? Habt die Tage sortiert und euch die Besten gesichert?«

»Na ja ...«

Wir schwammen weiter, und ich sagte: »Diese Gefallen, die du Leuten tust – diese Flaschen –, verdienst du viel dabei?«

Er schüttelte den Kopf. »Nein, ich nicht. Für mich sind das wirklich nur Freundschaftsdienste. Ich besorge Flaschen für Leute, die ich mag. Leute wie – tja, Wenche – für mich selbst, natürlich.«

»Du magst dich also selbst?«

»Ja?« Er sah aus, als grüble er darüber nach, aber dann entblößte er die Zähne zu einem stolzen Lächeln. Er hatte die richtige Antwort gefunden. »Ja!«, sagte er.

»Aber du nimmst doch Geld dafür?«

»Nicht mehr als es mich selbst kostet. Ich mache das nicht wegen des Geldes. Andere verdienen natürlich gut dabei, aber ich nicht. Geld ist ehrlich gesagt nicht das, was mich im Leben am meisten interessiert.«

»Nein, ich habe verstanden, was das ist.«

Er lächelte, als habe ich einen schmutzigen Witz gemacht. »Weiber, was?«

»Nein, eigentlich nicht«, sagte ich. Ich machte ein paar kräftige Schwimmzüge und überholte ihn. Er kam rasch wieder an meine Seite. »Das bist du selbst«, fuhr ich fort. »Frauen sind nur etwas, was du benutzt, etwas, worin du dich spiegeln kannst, deinen wunderbaren, durchtrainierten Körper. Frauen sind etwas, das du benutzt, um dir zu beweisen, dass du noch immer ein Mann bist, viril, in der Lage zu ... Es ist das gute alte Wegwerfsystem. Frauen sind für dich nicht mehr wert als Milchkartons, Ljosne. Du trinkst die Milch und wirfst den Karton weg. Und es ist dir egal, wo er landet. Vielleicht könnte er ja kaputtgehen. Sie könnte ja plötzlich neben einer Leiche stehen. Mit einem Messer in der Hand.«

»Du meinst – dass ich ...«

»Ich meine gar nichts. Ich meine, was ich sage. Dass du dich für dich selbst und sonst nur für dich selbst interessierst, und Punkt. In ein paar Jahren musst du dich wohl deinen Rekruten zuwenden, um dir zu beweisen, dass du noch immer Chancen hast. Sieh dich um, es sind genug da.«

Er sah sich gehorsam um, mit einem völlig erschlagenen Gesichtsausdruck. »Meinst du ... dass ich ...« Er betrachtete bekümmert die jungen Männer, die sich am Beckenrand tummelten: Junge Männer mit jungen Körpern, neuer Verpackung, in allen Größen und in kleinen, engen Badehosen. »Dass ich ...«

Wir waren am Ende des Beckens angekommen, und ich stieg aus dem Wasser. Er blieb neben der Leiter. »Das ist lächerlich, Veum.« Dann stieg auch er heraus. Seine Fäuste waren geballt. »Ich soll – ich würde am liebsten – wenn nicht so viele Leute hier wären ...«

Ich starrte ihm in die Augen. »Versuch's doch, Dicker.«

Sein Blick – und die Hände – rutschten augenblicklich auf Bauchhöhe. »Meinst du ... Habe ich – zugenommen?«

Ich sagte trocken: »Keine Ahnung. Ich habe dich noch nie so gesehen. Danke, dass ich gucken durfte. Ich werde über all deine guten Ratschläge nachdenken. Wenn ich jemals heiraten sollte – noch mal.« Das letzte sagte ich so leise, dass ich es fast selbst nicht hören konnte.

Dann drehte ich mich um und ging zurück in die Umkleidekabine. Er kam mir nicht nach, und ich zog mich in Ruhe an. Die Sachen, die er mir geliehen hatte, legte ich neben seine und verließ die Sporthalle. Es war ein langer, zäher Weg mit mehreren Kurven hinauf zum Tor, und ich ging schnell. Nicht weil ich weiter trainieren wollten, sondern um etwas abzuschütteln.

Ich dachte: Untreue ist nicht gleich Untreue. Es gibt die Form von Jonas Andresen und die von Richard Ljosne. Und noch viele weitere. Aber von diesen beiden war die eine im Grund akzeptabel, während die andere nicht mehr wert war als ein Schulterzucken, ein Schuss in den Wind. Das hatte nichts mit Liebe zu tun, sondern eher mit Gymnastik. Es war wie ein Würfelspiel, wobei es darum ging, so schnell wie möglich als Erster auf zehntausend zu kommen. Mit wem man, spielte keine Rolle, und wie man sie hinterließ, das ging einen nichts an. So etwas konnte Leben kosten. So etwas konnte zu einem Toten in einem Flur führen. Menschen konnten durch so etwas auf der Seite liegen und aus tiefen Bauchwunden bluten. Aber das ging einen nichts an. Damit sollten andere sich herumschlagen.

Ich ging am Pförtner vorbei und setzte mich ins Auto, trat das Gaspedal voll durch und startete hitzig, bog auf die Hauptstraße ein und saugte den Asphalt unter dem Wagen weg: Ex und hopp. Zwei Überholmanöver und dann . . .

Und ich sagte zu mir selbst: Dann werde ich wohl wieder mit dir sprechen müssen, Wenche. Über den letzten Dienstag. Über das, was am letzten Dienstag tatsächlich geschah.

Aber noch nicht. Zunächst hatte ich anderes zu tun.

Ich hatte Hunger, aber ich wusste nicht, wie lange ich Gunnar Våge noch antreffen würde, deshalb fuhr ich wieder zu den vier Hochhäusern hinauf und parkte, wo ich es immer tat.

Langsam kannte ich mich hier aus. Und wenn es so weiterging, würde ich einen eigenen Parkplatz beantragen müssen.

35

Ich traf Gunnar Våge fast genau am selben Ort wie beim letzten Mal. Er war allein im Clubraum und stand auf einem Hocker, um eine große Wandzeitung aufzuhängen, deren Text mit rotem Filzstift auf graues Papier geschrieben war. Die Zeitung berichtete von einigen vortrefflichen Freizeitangeboten im März. Man musste sich nur eintragen. Es gab einen Fjellkurs für diejenigen, die es sich leisten konnten, in den Osterferien wegzufahren. Es gab einen Kurs zum Thema »Wie baust du dir deinen eigenen Radiosender« für die, die eventuell einem entsprechenden Radioamateur in Japan »Hallo-Hallo, Goodbye-Goodbye« sagen wollten. Und dann wurde natürlich »unser beliebter Gitarrenkurs« weitergeführt, er ging ins fünfte Jahr, und die meisten hatten schon die ersten drei Griffe gelernt.

Gunnar Våge heftete die Wandzeitung mit großen, grünköpfigen Nadeln an eine Korktafel. Er stand direkt unter einem grellen Scheinwerfer und seine Glatze flirtete zaghaft mit dem Licht.

Als ich hereinkam, warf er mir einen raschen Blick zu und fuhr dann mit seiner Arbeit fort. Es dauerte nicht sehr lange und schließlich würde er sich mit mir abfinden müssen. Also wartete ich ruhig und ohne ein Wort.

Langsam drehte er sich zu mir herum. Er trug verwaschene blaugrüne Kordhosen, die bei der Wäsche eingelaufen waren und deshalb ein wenig Hochwasser hatten, einen dunkelblauen Rollkragenpullover mit brauen Lederflicken auf den Ellenbogen und braune Schuhe. Er hatte sich seit einigen Tagen nicht rasiert und sein Gesicht war blass und grau. Das konnte von ein oder zwei durchwachten Nächten herrühren, aber es konnte auch an der Jahreszeit liegen oder an dem grellen Licht. Vielleicht konnte er mich aber auch nicht leiden und wechselte die Farbe je nach Umgebung, wie ein Chamäleon. Seine Augen waren genauso traurig wie beim letzten Mal, und sie schienen nicht gerade Aufmunterndes von mir zu erwarten. Die Augenlider waren schwer und er sah aus, als wolle er jeden Moment anfangen zu gähnen.

Ich sagte: »Guten Tag, Gunnar Våge.«

Er sagte: »Guten Tag, Varg Veum. Gibt es etwas Besonderes? Ich habe hier heute Clubabend, deshalb bin ich etwas in Eile.«

Wir standen ungefähr in der Mitte des großen Betonraumes. Es hätte ein Schutzraum sein können (was es ja auch war) und wir die letzten Überlebenden des allerletzten Krieges, und ich hatte gerade gefragt, ob er eine Runde Karten spielen wollte, oder vielleicht Mensch ärgere dich nicht – und er hatte Nein gesagt, er sei etwas in Eile.

Ich sagte: »Es geht um ein Messer.«

»Um ein Messer?«

Ich nickte. »Um ein Messer – und um einen Toten.«

Er verzog den Mund und sah mich aggressiv an. »Ach Gott, Meisterdetektiv Blomkvist schlägt wieder zu. Jaja. Du brauchst einen Sündenbock, was? Du und die Bullen? Sollst du vielleicht den Fall für sie lösen? Den *Joker* aus dem Spiel ziehen – sozusagen?« Er hielt inne, aber ich sah ihn abwartend an. Er schien zu einem weiteren Monolog aufgelegt zu sein.

»Aber das ist zu amateurhaft, Veum«, fuhr er fort. »Und es reicht nicht aus. Es gibt haufenweise Leute, die mit Springmessern herumlaufen. Joker ist bei Weitem nicht der Einzige. Und wenn du glaubst, dass diese Kleinigkeiten, die hier in der letzten Zeit passiert sind, zu so was Dramatischem führen könnten – wie einem Mord, dann irrst du dich, Veum, dann bist du verdammt noch mal auf dem Holzweg ... Aber, bitte ... du bist es, der sich lächerlich macht ...«

Er sah aus, als wolle er sich abwenden, und ich sagte: »Weißt du eigentlich, was sich am Mittwochabend abgespielt hat, Våge?«

Er wandte sich nicht ab, sondern zuckte mit den Schultern. »Nicht mehr als das, was in den Zeitungen stand. Aber ich kann gut verstehen, dass ihr auf der Jagd nach einem passenden Sündenbock seid, und wer böte sich da mehr an als Johan? Ein notorisch krimineller Jugendlicher«, sagte er mit verzerrter Stimme. »Der berüchtigte Gewaltverbrecher, der legendäre Kidnapper, der gefürchtete Vergewaltiger: Johan Pedersen – sie nannten ihn Joker. Merkst du es nicht, Veum? Das klingt wie in einem schlechten amerikanischen Gangsterfilm!«

»Du klingst wie ein schlechter amerikanischer Gangsterfilm, Våge. Und du kannst verdammt noch mal nicht mal Bogies Charme aufweisen. Du ziehst mir die Worte aus der Schnauze, bevor ich sie gesagt habe – Worte, die ich nicht im Traum sagen würde.«

Ich trat zwei Schritte vor.

Er sagte: »Wenn . . .«

Ich unterbrach ihn. »Wenn du mal für zwei Minuten deine Schnauze halten und dich nicht ständig an deiner eigenen Redegewandtheit berauschen würdest, dann könnte vielleicht ein anderer armer Sünder auch mal für ein, zwei Sekunden zu Wort kommen, okay?«

»Armer Sünder – soll das ein Konzentrat eines Selbstporträts sein, oder was?«

»Nenn es wie du willst. Nenn es einen fünfbändige Roman, wenn du Lust hast. Ich weiß, dass Joker Jonas Andresen nicht getötet hat, und ich hatte nie die Absicht, ihn dessen zu beschuldigen. Auch die Polizei tut das übrigens nicht.«

Ach, nein?, formte er unhörbar mit den Lippen.

Also fuhr ich fort: »Ich stand nämlich mit ihm auf dem Parkplatz vor dem Haus und habe mit ihm geredet, gerade als der Mord geschah. Schlau, was?«

Schlau, sagte er ebenso unhörbar, aber mit einem zynischen Gesichtsausdruck. Er erinnerte mich an einen Satyr, an einen enttäuschten Satyr, einen Nachkommen der Rotweinradikalen der sechziger Jahre, einen gescheiterten Optimisten.

Ich sagte: »Aber Jonas Andresen wurde ermordet – und zwar mit einem Springmesser. Und deshalb bin ich hier. Denn als ich das letzte Mal hier war, hast du mir erzählt, dass du ein ansehnliches Lager an beschlagnahmten Springmessern hättest – hier. Und ich dachte – manchmal denke ich tatsächlich, Våge –, ich dachte, ein Springmesser kauft man nicht am Tag vorher und sticht es dann einem Kerl in den Bauch. Ein Springmesser hat man, man ist damit geboren und aufgewachsen, sozusagen – oder man besorgt es sich. Aber man kauft es nicht, wie gesagt – nicht, wenn man vorhat, es jemandem in den Bauch zu rammen. Aber es wäre doch denkbar, dass man auf die Idee käme, zu stehlen. Und siehe da: Jetzt kommen wir zur Sache, Våge. Eine sehr einfache Frage – oder zwei: Wo bewahrst du deine Sammlung auf? Sicher? Ist es denkbar, dass jemand Unbefugtes sich ein Exemplar geklaut hat? Und wenn ja: hast du in der letzten Zeit ein Springmesser vermisst?« Ich hob ihm meine Hände entgegen. »So einfach ist das, Ginger. Willst du tanzen?« Ich machte ein paar schnelle Steppschritte auf ihn zu. Ich kann ein ganz schöner Komiker sein, wenn ich nur ein Publikum habe, das mir nicht gefällt oder umgekehrt.

Er sah mich missbildigend an und sagte mit dünnen, trockenen Lippen: »Nein. Ich habe in letzter Zeit kein Springmesser vermisst, Veum. O ja, ich verwahre sie sicher. Ich habe jedenfalls nie eins vermisst.«

»Und wo bewahrst du sie auf? Hier?«

Er sah mich säuerlich an. »Nein, Veum. Nicht hier, sondern zu Hause, in einer verschließbaren Schublade.«

»Und wo wohnst du?«

»Ich wohne hier. Wusstest du das nicht? Das gehört zum Job.«

Ich sah mich ironisch grinsend um, jedenfalls hoffte ich, dass es so aussah. »Und wo bewahrst du deine Schmutzwäsche auf?«

»Im zwölften Stock dieses Hauses, Veum. In einer hübschen kleinen Zweizimmerwohnung, mit Aussicht auf dieses ganze Paradies und eine Reihe angrenzender Herrlichkeiten.«

»Welche? Den so genannten Markt? Ist der noch nicht weggeschwemmt worden?«

»Also wie gesagt, du bist umsonst gekommen, Veum. Und ich muss mich jetzt wohl verabschieden.«

Ich hatte nichts Lustiges mehr zu sagen, aber ich konnte ihn natürlich noch ein wenig weiter beleidigen. Irgendetwas beunruhigte mich, ich war mir nur nicht sicher, was es war. Ich sagte: »Die Bullen haben natürlich Fingerabdrücke auf dem Messer gefunden. Ich gehe davon aus, dass du nichts dagegen hast, wenn sie auch deine abnehmen – wenn ich ihnen den Tipp gebe?«

Aber ich konnte ihn nicht mehr beleidigen. Er hatte jetzt zu sehr Oberwasser. »Selbstverständlich nicht. Mit dem größten Vergnügen. Ich habe die Schweine zwar nie gemocht, aber – was tut man nicht alles für alte Freunde? Doch, ich würde gerne tanzen, Fred, sehr gerne. Aber nicht mit dir.«

Ich stand da und sah ihn an. Die Glatze, die dünnen, hellen Locken um die Ohren, die dunklen Bartstoppeln . . .

»Tja dann . . .«, sagte ich, drehte mich um und ging zur Tür. »Danke für die Hilfe«, fügte ich hinzu, ging hinaus und den langen, feuchten Korridor an den roten Pfeilen entlang – und hielt inne.

Er war einmal jünger gewesen, natürlich. Und er hatte wahrscheinlich keine Glatze gehabt, sondern dichte, helle Locken überall. Und er war zu jung gewesen, um dunkle Bartstoppeln zu haben, es war nur Flaum oder er hatte sich fleißiger rasiert . . .

Ich drehte mich um und ging zurück in den Clubraum. Er stand am anderen Ende des Raumes, in der Tür zu seinem kleinen Büro und hielt in der Bewegung inne, als er mich zurückkommen sah, sagte aber kein Wort. Er schaute fast erwartungsvoll drein.

Ich trat zwei Schritte in den Raum und blieb stehen. Dann sagte ich: »Du hast Wenche Andresen gekannt, Våge. Früher einmal – in einem Fotoalbum.«

Und ich sah an seinem Gesicht, dass ich ins Schwarze getroffen hatte.

36

Er sah aus, als habe man ihn auf frischer Tat, mit der ganzen Hand im Marmeladenglas, ertappt. Ich betrachtete ihn genauer und war mir mit jeder Sekunde sicherer, dass ich Recht hatte. Er war einmal in Wenche Andresens Leben gewesen, er steckte noch immer in ihrem Fotoalbum, und jetzt befand er sich hier – wenige hundert Meter von dem Ort entfernt, an dem ihr Mann – oder Ex-Mann – vor kurzem eines ziemlich brutalen Todes gestorben war. Das musste natürlich nichs bedeuten. Allerdings war verdächtig, dass er es nicht selbst erwähnt hatte.

Er sagte: »Na und?« Seine Stimme war jetzt sehr dünn und alles andere als sarkastisch: »Was hat das schon zu bedeuten – wen ich einmal vor langer Zeit gekannt habe?«

Ich antwortete: »Alles hat Bedeutung, wenn ein Mensch stirbt. Auf diese Weise. Du hast sie geliebt, stimmt's? Du bist ihr gefolgt, überall hin? Wohin sie zog, dorthin zogst auch du? Ich habe schon von verschmähten Liebhabern gehört, die an weitaus schlimmere Orte als diesen gezogen sind, nur um in der Nähe der Geliebten zu sein.«

Er sagte wütend: »Der Teufel soll dich holen, Veum. Ich – ich kann dich verdammt noch mal absolut nicht ausstehen . . .« Er machte einen unsicheren Schritt auf mich zu.

»So dass du dir vorstellen könntest, mir ein Springmesser in den Bauch zu jagen? Machst du das öfter mit Leuten, die du nicht magst, Våge?«

Sein Gesicht wurde rot und hart. »Sei froh, dass es keine Zeugen gibt, die das gehört haben, Veum, sonst hättest du es in irgendeinem Gerichtssaal rückwärts aufsagen dürfen. Ich kann dich nicht leiden, weil du übereilige Schlüsse ziehst, weil du den Leuten ständig Dinge unterjubelst, die überhaupt nicht wahr sind ...«

»Der Typ kommt mir bekannt vor«, sagte ich. »Hab ihn vor kurzem getroffen.«

»Es war einfach nicht so, Veum. Ja, ich kannte Wenche – früher einmal. Wir waren ein paar Sommermonate zusammen, August, September, und dann war es vorbei. Ich ...« Er zuckte mit den Schultern. »Ich hatte vielleicht gedacht, es würde mehr daraus werden. Sie – sie war anders als die anderen Frauen – mit denen ich zu tun hatte. Nicht so intellektuell vielleicht. Aber offener, empfänglicher für neue Impulse. Eine warme und liebevolle – ja, Frau – eine Frau, in die man sich verlieben musste, mehr als in andere Frauen. Aber sie – für sie bedeutete es nicht so viel – ich war nicht – ich meine ... Also – trennten wir uns, schon nach ... Ja, mehr war es nicht. Mehr wurde nicht daraus. Wir lebten jeder unser Leben, und als ich sie zufällig hier traf, als ich erfuhr, dass sie auch hier draußen wohnte – das war ein absoluter ...«

»Wann war das? Diese späten Sommermonate?«

Er sah mich mit einem Gesicht an, das merkwürdig gefühlsleer wirkte, wie ein vertrockneter alter Schwamm vor der Tafel in einem abgeschlossenen Klassenraum am Ende langer, trockener Sommerferien. »Das war – das muss gewesen sein – 1966, nein 67. Vor elf Jahren. Das ist eine Ewigkeit her, Veum.«

Elf Jahre. Er hatte Recht: das war eine Ewigkeit her. Im August, September 1967 war ich auf die Sozialhochschule in Stavanger gegangen. Ich hatte gerade Beate kennen gelernt, und wir machten endlose Wanderungen am Strand in Sola und hatten das Gefühl, wir könnten immer so weitergehen – um Jæren herum, wenn es sein musste, Hand in Hand, in einer kalten Meeresbrise und mit einer blutenden Sonne im Rücken. 1967, das war eine Ewigkeit her, so viele Ewigkeiten ...

Ich sagte: »Also war es nicht so, dass du sie nie vergessen konntest? Sie war doch etwas Besonderes, sagst du. Das geht uns Männern doch so. Es gibt immer irgendeine, die wir einmal geliebt haben und von der wir den Rest des Lebens träumen. Aber wir tun gut daran, sie nicht wieder zu treffen, denn dann hat sie sich die Haare gefärbt, ihre Brüste sind geschrumpft, und sie hat einen

Bauch bekommen. Jedenfalls ist sie älter geworden, wie wir selbst auch. Und kein Traum hält ewig, alle Träume sind im Grunde reine Illusion. Es ist nur so, dass manche von uns größere Schwierigkeiten haben, das zu akzeptieren, als andere.«

»Okay, ich habe es akzeptiert, Veum. Oder eher – ich hatte den Traum nicht. Jedenfalls nicht lange. Als ich Wenche hier draußen wieder traf, das war – ganz normal. Wie wenn du eine alte Schulkameradin wieder triffst, jemanden, den du vor langer Zeit einmal gekannt hast und den du einmal mochtest, als ihr etwas gemeinsam hattet. Aber ihr habt nichts mehr gemeinsam. Die Zeit ist vorbei. Ich habe also mit Wenche geredet, wie man mit alten Bekannten redet. Und das war alles.«

»Wirklich? Das war alles? Hast du sie oft getroffen?«

»Ich habe sie nicht getroffen, Veum! Ich bin ihr zufällig begegnet, hin und wieder.«

»Und ihr Mann?«

»Hab ich nie kennen gelernt. Ich habe nicht einmal eine Ahnung, wie er aussah.«

»Dir ist klar, dass ich Wenche selbst fragen kann?«

»Dann frag sie doch! Frag bis deine Lungen platzen, Veum. Sie kann nichts anderes sagen, als die – Wahrheit.«

Aber Wahrheit ist ein Wort, das man nicht gefahrlos in den Mund nimmt. Man weiß nie, wann es zu wachsen beginnt – und es wird schnell zu groß. Und Gunnar Våge sah nicht aus, als wisse er das, denn er machte ein verdutztes Gesicht, als probiere er etwas mit unbekanntem Geschmack.

Ich sagte: »Und wo warst du Mittwochabend, Våge?«

»Ich finde, die Frage solltest du der Polizei überlassen, Veum. Das geht dich sowieso nichts an.«

Ich sagte: »Nein, vielleicht hast du Recht. Du wirst von mir hören, Våge. Viel Glück.« Ich drehte mich um und ging zur Tür.

Aber ich wusste, dass er mich vorher aufhalten würde. Ich sah es an seinem Gesicht, und ich wusste, dass er ein Typ war, der zu Ende sprechen musste, wenn er erst einmal angefangen hatte. Er rief mir nach: »Aber wenn du es absolut wissen musst – ich war zu Hause, Veum. Allein. Ganz allein im zwölften Stock. Aber nicht im selben Block, im Nachbarblock. An und für sich kein tolles Alibi, aber ich würde gern den Menschen treffen, der mich an dem Nachmittag gesehen haben sollte.«

»Wo?«

»Was wo?«

»Wo würdest du ihn gerne treffen?«, fragte ich. »Mitten zwischen die Augen? Oder in den Bauch?«

Ich fand, das hatte er verdient, denn er hatte gesagt, dass er mich nicht leiden konnte. Und ich bin ein Mensch, der gern gemocht werden will. Ich bin ein Mensch, der jeden Mitmenschen, dem er begegnet, anfleht, ihn doch bitte zu mögen.

Ich ließ ihn in der Tür zu seinem Büro stehen, wo er das abendliche Clubtreffen vorbereiten sollte, und ging schnell durch den Korridor und in das schwindende, graue Tageslicht hinaus.

Ich betrachtete das Lyderhorn, wie ich es immer tat. Der alte Teufel lag dort auf der Lauer. Immer auf der Hut, immer bereit. Vielleicht sollte ich tun, was Ljosne mir empfohlen hatte? Hinauflaufen und den Berg in die Stirn treten und hören, ob er ›aua‹ schrie?

Man konnte so vieles tun, wenn man nur Zeit hatte. Es gab so viele Berge zu besteigen – und auch ebenso viele Abstiege. Denn das hatte mich das Leben gelehrt: Man bleibt nie auf der Spitze. Man geht immer wieder hinunter. Man muss wieder hinuntergehen. Der Himmel weiß, was man zu finden hofft, am Fuße der Berge. Denn man findet nie etwas.

37

Ich muss etwas essen, aber mein Magen war noch nicht bereit für ein Drei-Gänge-Menü, und ich hatte keine Lust, ganz in die Stadt zu fahren. Also fuhr ich zur nächsten Pommesbude. Dort servierte man außer Pommes und heißen Würstchen auch eine Menge anderer ungenießbarer Dinge, und zwar von der denkbar ungesundesten Sorte, serviert mit Senf, Ketchup und Zwiebeln, damit es jedenfalls nach irgendetwas schmeckt. Und wenn man Durst hatte, konnte man gefärbtes Zuckerwasser kaufen oder Kaffee aus der Maschine, der wie Dreckwasser schmeckte und auch nicht besser aussah.

Die Pommesbude befand sich an einem Verkehrsvakuum, neben einem Parkplatz und fünfzig Meter entfernt von einer selbstleuchtenden Tankstelle an einer Straße, die so breit und trostlos war, dass niemand sich hatte entschließen können, sich dort anzusiedeln.

Ich parkte auf dem Parkplatz, in Gesellschaft von zehn, zwölf glänzenden, neuen Motorrädern in den Farben der Saison: rot, gelb und dunkelgrünblau. Sie erinnerten mich an verwachsene Mofas und schienen ein passendes Fortbewegungsmittel für die Jugend des Jahrzehnts zu sein. Diese war vor der Pommesbude durch ungefähr gleich viele Jungen wie Mädchen reichlich vertreten.

Irgendjemand sagte etwas, das ich nicht verstand.

Unisones Gelächter.

»Wo hast du denn die Karre aufgegabelt – im Hinstorischen Museum?«

Erneutes Gelächter. Gackerndes Gelächter wie von einem entfernten Hexenreigen.

Ich lächelte. Diese hier hatten ein anderes Kaliber als Jokers Gang. Diese hier hatten nur eine große Klappe. So etwas erkennt man an den Gesichtern. Sie waren einfach in dem Alter, wo jeder über zwanzig lächerlich ist, und sobald sie zu mehreren waren, musste immer irgendjemand witzig sein. Ich hatte auch einmal dort gestanden, mitten unter ihnen. Ohne Motorrad zwar, aber dennoch. Es war ein umbarmherziges, unglückliches, ein verwirrtes Alter, über das man nie hinwegkommt – denn die Spuren dieser Jahre trägt man wie Narben auf der Seele noch jahrelang mit sich herum. Es waren Jahre, nach denen ich mich nie zurücksehnte. Es gab Momente, da wünschte ich mir, noch einmal sieben zu sein, und es gab Momente, da wäre ich gern noch einmal zweiundzwanzig gewesen. Aber ich habe mir nie gewünscht, noch einmal siebzehn zu sein.

Ich trat an den Tresen. Dahinter standen zwei Oldies, zwei junge Frauen Mitte zwanzig. Ich bestellte vier Hot Dogs nur mit Ketchup und war optimistisch genug, zu fragen, ob sie eine Flasche Orangejuice hatten. Das hatten sie nicht, also musste ich stattdessen Limonade nehmen.

»Na, mal wieder auf der Piste, Opa?«, fragte einer aus der Versammlung um mich herum.

Ich lächelte und stopfte mir die erste Wurst zwischen die Zähne. »Dabei, mein Leben um ein paar Stunden zu verkürzen«, sagte ich. »Ist dir klar, wie viel Fett eine solche Wurst enthält?«, fragte ich einen Jungen, der so aussah, als sei er sich nicht einmal seines eigenen Fettgehalts bewusst. Er lächelte dümmlich.

Die anderen überhörten die Frage. Es war unmöglich, dazustehen und mit einem Menschen über dreißig zu reden, also zogen sie sich ziemlich schnell zurück und überließen die Würste und die beiden Mädchen in der Bude mir.

Sie sahen aus wie siamesische Zwillinge, so eng standen sie beisammen. Aber nicht, weil sie einander so liebten, sondern weil sie nicht mehr Platz hatten. Sie trugen indigofarbene Kittel mit einer reichen Auswahl an Fettflecken, Ketchupflecken und Senfflecken auf der Vorderseite. Sie wirkten recht schwer, oben wie unten herum, ganz zu schweigen von links und rechts der Nase. In ein paar Jahren würden sie wie Hildur Pedersen aussehen.

Offenbar hatten wir nicht viele gemeinsame Interessen, also beendete ich die Mahlzeit, trank meine Limonade aus und kehrte zurück zu den Betonkolossen.

Bevor ich einen davon betrat, stand ich einen Moment neben meinem Wagen und betrachtete ihn. Vier Betonkolosse und wie viele Menschen? Zwei-, dreihundert mit Alt und Jung in jedem Block. Ungefähr tausend insgesamt. Tausend Menschen aufeinander gestapelt, in Schubladen mit Namensschild, hinein- und herausspringend wie mechanische Puppen. Mechanische Puppen, die schlafen, aufstehen, essen, hinuntergehen und sich in ihre Spielzeugautos setzen, wegfahren und um vier Uhr wiederkommen. Essen, schlafen, Zeitung lesen, fernsehen und wieder schlafen. Andere mechanische Puppen, die schlafen, aufstehen, essen, auf die Kinder aufpassen, Essen kochen, essen, schlafen, abwaschen, Zeitung lesen, fernsehen, schlafen. Wieder andere, die zu klein sind, um schon zu wissen, was sie alles tun sollen, und die all die falschen Dinge tun: Spielen, weinen, gegenseitig auf dunklen Kellertreppen ihre Geschlechtsorgane untersuchen, Fußball spielen und sich prügeln. Und schlafen und essen.

Manche der mechanischen Puppen schliefen miteinander, die meisten einmal in der Woche und dann meist am Samstag, nach einer Flasche Wein und nachdem sie das Licht ausgemacht hatten. Manche schliefen einmal im Monat miteinander und fanden selbst das nicht zu viel. Die wenigsten schliefen jeden Tag miteinander. Aber dann wird plötzlich eine der Puppen ungehorsam, schläft mit der falschen Puppe. Und wenn du ein Messer in ihn hineinstichst, dann zeigt sich, dass er blutet. Und dann fragst du dich: Sind es etwa doch keine mechanischen Puppen? Vielleicht tragen sie alle ihre Geheimnisse in sich, wie Jonas Andresen? Aber nur die wenigsten von ihnen teilten ihre Geheimnisse und machten ihre Träume wahr wie Jonas Andresen. Deshalb starben nur die wenigsten daran.

Vier Blocks. In einem wohnte Gunnar Våge. Im mittleren wohnten Solfrid Brede und – wenn auch zurzeit verreist – Wenche Andresen. In dem dritten wohnte Joker mit seiner Mutter, Hildur Pedersen. Zu ihr wollte ich.

Es wurde langsam wieder dunkel, graublaue Nachmittagsdunkelheit, die rasch in Blauschwarz überging und am Ende nur noch schwarz war. Schwarze, sternenlose Dunkelheit mit einem leisen Regen in der Luft.

Die Tür der Wohnung öffnete sich, bevor ich klingeln konnte, aber Joker sah ebenso überrascht aus wie ich, als wir uns plötzlich von Angesicht zu Angesicht gegenüberstanden.

Ich erinnerte mich an seine dünne Stimme am Mittwoch: Was ist da los? Aber seine Stimme war nicht dünn, als er sagte: »Ich hab dich gewarnt, Harry. Du weißt, was ich gesagt hab?«

Ich sagte: »Mein Gedächtnis ist so schlecht. Das muss am Alter liegen.«

Er kniff die Augen zusamen. »Lass meine Mutter in Ruhe, hab ich gesagt. Lass sie in Ruhe!«

Ich sagte: »Nun mal halblang, Johan. Ich bin nicht gekommen, um ihr . . .«

Er sagte scharf: »Ich bin nicht Johan. Nicht für dich, Harry. Du gehörst zu – den anderen.«

»Bist du sicher?, fragte ich, aber er antwortete nicht. »Und Gunnar Våge – gehört der zu euch? Er ist auf der richtigen Seite, was?«

»Er ist jedenfalls reell.«

»Aber was ist die richtige und was die falsche Seite?«

Er sagte, fast formell: »Die einen gehören zu uns. Und dann sind da die anderen – ihr –, die gegen uns sind.«

»Du erinnerst mich an irgendjemanden«, sagte ich. »Aus irgendeinem Buch, das ich mal gelesen habe.«

Er machte ein Zeichen, dass er an mir vorbei wollte.

Ich sagte: »Moment mal. Ich habe – ich habe in vieler Hinsicht den gleichen Hintergrund wie Gunnar Våge. Und ich glaube, ich kann dich verstehen. Ich kann verstehen, dass du – nach etwas suchst, an das du dich halten kannst. Aber ein Springmesser ist nicht genug. Das endet nur damit, dass du dich selbst daran schneidest. Und eine Terrorherrschaft über kleine Jungs ist nichts, worauf man seine Zukunft aufbauen kann, Johan.«

»Ich hab doch gesagt, du sollst mich nicht . . .«

»Okay. Wie soll ich dich denn nennen? Billy the Kid?«

»Ich sage nur . . . Ich warne dich ganz einfach. Geh nicht rein zu meiner Mutter. Sonst wirst du dafür bezahlen.«

Aus dem Inneren der Wohnung hörte ich Hildur Pedersens grobe Stimme: »Mit wem redest du da, Johan?«

Er starrte mich stumm an und rief laut: »Mit niemand – Mama.«

Ich sagte: »Wenn du mich Niemand nennst, dann nenn ich dich Keiner. Dann können wir als Duo auftreten und uns Keiner und Niemand nennen. Klingt doch lustig, oder?«

Nein, das klang nicht lustig. Er sagte: »Verschwinde, Veum.«

Ich sagte: »Immer mit der Ruhe, Johan. Ich will deiner Mutter nur eine Frage stellen. Nicht mehr und nicht weniger. Und ich lasse mich von niemandem daran hindern.«

Er hob einen schmalen, blassen Zeigefinger und erinnerte mich mehr denn je an einen Pastor. »Letzte Warnung, Veum.«

Ich schob den Zeigefinger zur Seite, ging in die Wohnung und machte die Tür fest hinter mir zu. Er trat heftig von außen dagegen, dann hörte ich seine schnellen Schritte auf dem Balkon verschwinden.

»Johan?«, hörte ich die heisere Stimme seiner Mutter aus dem Wohnzimmer fragen.

»Veum«, sagte ich sanft und ging hinein.

Sie lag auf dem Sofa, mit all ihren Kilos. Das gesprenkelte Haar stand in alle Richtungen, und ihre Augen hatten Schwierigkeiten, mich in dem dämmrigen Licht zu finden. Sie hatte keine Beleuchtung an, aber sie hatte viele Flaschen, aus denen man Lampen hätte machen können, wenn man ein Händchen dafür hatte. Und die Flaschen waren leer, also konnte man gleich anfangen.

Sie lag auf der Seite, den Kopf auf der Sofalehne, mit dem fetten, weißen Arm als Kopfkissen. Als ich hereinkam, versuchte sie, den Ellenbogen aufzustützen und den Kopf auf die Hand zu legen, aber es gelang ihr nicht, die Bewegungen zu koordinieren. Sie lächelte mir entschuldigend zu. »Hallo, Veum«, sagte sie. »Nett, dass du kommst.« Ihre Sprache war nicht ganz klar und ihr ›S‹ war sehr feucht.

»Na, gibt's Seegang?«

Ihr Blick kämpfte sich durch den Flaschenwald. »Sss-seegang?«

Ich setzte mich ihr gegenüber an den Tisch. Sie machte einen Schlenker mit der Hand in Richtung Tisch und sagte: »Bedien dich. Help yourself, sozusagen.« Sie lachte scheppernd.

Ich sagte: »Sie sind leer.«

Ihr Blick wurde melancholisch. »Alle?«

»Alle.«

Dann lächelte sie ein erlösendes Lächeln, streckte die freie Hand hinter ihren Rücken und wühlte zwischen den Sofakissen herum. Sie wurde fündig und die Hand kam mit einer ungeöffneten Wodkaflasche der gleichen Marke wie beim letzten Mal wieder hervor.

»Wer suchet, der findet«, sagte sie. Mit erfahrenen Fingern öffnete sie die Flasche und setzte sie zu einer schnellen Geschmacksprobe an den Mund, bevor sie sie mir über den Tisch reichte.

Ich nahm sie entgegen und stellte sie ab. Möglicherweise war sie eine praktische Geisel, für den Fall, dass sie nicht reden wollte.

»Hast du keinen Durst?«, fragte sie ungläubig – als sei es unmöglich, ständig keinen Durst zu haben.

Ich sagte: »Im Moment nicht. Ich fahre, immer noch.«

Sie sagte: »Aber was zum Teufel willste dann?« Sie zeigte mir noch ein breites Grinsen. »Ja, denn ich geh davon aus, dass du nicht wegen 'ner Nummer gekommen bist?« Sie schlug die Arme auseinander wie eine übergewichtige Robbe mit den Flossen schlägt und verharrte so, als offene Einladung.

Ich sagte: »Ich hab da nur noch eine Frage.«

»Ja?«

»Als du letztens von Johans Vater gesprochen hast, ich glaube, da warst du nicht ganz ehrlich, oder?«

Ihr Blick ging über Kreuz. »War ich nicht?«, sagte sie, als würde sie sich überhaupt nicht daran erinnern, dass wir über so was gesprochen hatten.

»Nein. Nicht ganz. Du hast zum Beispiel gesagt, er würde jeden Monat Geld schicken, und das tut er vielleicht auch, aber du hast nicht gesagt, dass er regelmäßig zu Besuch kommt.«

»Naja, ich ...« Es ist nicht leicht zu lügen, wenn man hingegossen auf einem Sofa liegt und der Wodka unverbrannt in einem herumschwappt. »Ich – das – ich fand – das geht dich nichts an.«

»Nein. Vielleicht nicht. Aber vielleicht doch. Er kommt also hierher, wie oft? Einmal im Monat?«

Sie zuckte mit den Schultern und nickte gleichzeitig.

»Jeden zweiten Monat?«

Sie nickte, etwas schief diesmal.

»Und es kommt wohl auch vor, dass Johan ihm begegnet, oder? Denn er kommt ja, um ihn zu sehen, stimmt's? Um zu sehen, wie es ihm geht?«

Sie nickte wieder.

»Aber Johan glaubt, er sei nur einer von deinen gewöhnlichen Kavalieren? Du hast ihn seinen Vater treffen lassen, immer wieder, all die Jahre, aber du hast nie den Mut gehabt, ihm zu erzählen, dass das sein Vater ist?«

»Nein«, flüsterte sie heiser. »Irgendwie ging . . .«

». . . ihn das nichts an? Sein eigener Vater?«

»Es war nicht sein eigener Vater – nicht, nachdem er mich so verlassen hatte. Er – er hätte seine Frau verlassen können und mich nicht allein sitzen lassen mit – der Schande. Es war nicht so, wie ich es dir beim letzten Mal erzählt habe, Veum. Es war nicht so, wie ich es allen erzählt habe, die mich gefragt haben.«

Mit einer Bewegung, die wie eine sportliche Leistung wirkte, setzte sie sich im Sofa auf. So blieb sie aufrecht sitzen, mit beiden Händen auf den Knien und dem großen Kopf zwischen den Schultern schaukelnd. Sie fuhr fort: »Ich werde es dir erzählen. Du bist ein – netter Kerl – ich werde dir die Wahrheit erzählen über . . . Denn es war keine Zufallsbekanntschaft aus der Tanzbar. Es war – die einzige wirkliche Liebesbeziehung, die ich je hatte. Die Einzige, an die ich mich immer noch erinnere, sodass es mich schüttelt, die Einzige, die mich immer noch nachts aufwachen lässt, wenn ich von ihm geträumt habe. Aber ich habe ihn geliebt, Veum, und er – er hat mir nicht erzählt, dass er verheiratet war. Er nahm seinen Ring ab, bevor wir uns trafen, und wir – ich habe ihm alles geglaubt, bis – bis ich mit Johan schwanger wurde . . . Und da erzählte er mir alles: Dass er verheiratet war, dass seine Frau auch schwanger war – und dass wir . . . Er wollte mir helfen, sagte er, aber er konnte mich nicht heiraten.

Und ich – ich habe ihn geliebt. Ich habe ihn so sehr geliebt, dass ich nicht Nein sagen konnte, zu gar nichts. Also ließ ich ihn sich seine Freiheit erkaufen, wenn man das so nennen kann. Ich ließ ihn mir diese Wohnung kaufen – und die, in der ich vorher gewohnt habe. Ich ließ ihn Johans Unterhalt bezahlen, seine Ausbildung, ich ließ ihn sogar zu Besuch kommen, um seinen Jungen zu sehen. Er ist gekommen, all die Jahre, seit Johan ein halbes Jahr alt war, bis heute.«

»Und ihr habt Johan so aufwachsen lassen, ohne auf wichtigste Fragen in seinem Leben zu antworten, ohne ihm den – festen Verankerungspunkt zu geben, der ein Vater ist. Oder sein kann.«

»Es war – naja, er wollte es so. Er wollte nicht riskieren, dass Johan, wenn er älter würde, plötzlich vor seiner Tür stünde und – Probleme machte.«

»Und du hast das akzeptiert?«

Es war eine plötzliche Wildheit in ihrer Stimme, als sie hervorstieß: »Ich hab doch gesagt: Ich liebte ihn!« Eine Wildheit, die in einem traurigen Seufzer erstarb. »Ich liebe ihn noch heute.«

Ich sagte nichts. Es war merkwürdig in dem großen, nackten Wohnzimmer zu sitzen, während die Dunkelheit draußen schwärzer und schwärzer wurde. Die leeren Flaschen schimmerten, und auf der anderen Seite des Tisches saß eine Frau von 120 Kilo und vertraute mir das bestgehütete Geheimnis ihres Lebens an.

Mit schwächerer Stimme fuhr sie fort: »Aber für ihn – für ihn war es nur ein Abenteuer. Er – die ersten Male, die ersten Male, als er – uns besuchen kam, da kam es noch vor, dass wir – dass er mit mir ... Ich war jünger damals, und hübscher, und nicht so – schwer. Aber jetzt, jetzt ist es viele Jahre her, dass er – mir auch nur einen Kuss gegeben hat. Es ist fast wie – eine normale Ehe. Für ihn ist es schon seit Jahren vorbei. Wenn es überhaupt jemals etwas war. Für mich wird es erst vorbei sein, wenn ich es auch bin. Vorbei.« Sie suchte mit tastenden Augen im Dunkeln nach mir. »Es ist merkwürdig mit der Liebe – oder nicht, Veum? Dass sie uns so viel, viel zu selten – gleichzeitig trifft?«

Ich nickte. Sie hatte Recht. Wenn ich in den letzten paar Tagen etwas gelernt hatte, dann das. Dass die Liebe ein schlechter Schütze ist, und selten zwei Ziele zugleich trifft.

Sie sagte: »Viel zu viele Ehen sind nur Dreck. Eigentlich bin ich froh, dass mir das jedenfalls erspart geblieben ist. Ich brauche mein Leben nicht mit halben Lügen, halber Liebe und halbem – allem nur halb zu verbringen.«

Eine andere Erkenntnis der letzten Tage hatte mich gelehrt, dass die, die ihr Leben allein leben müssen, immer eine gute Entschuldigung haben oder einen guten Trost. Das ist das Einzige, was sie überleben lässt.

Ich fand den Faden wieder: »Und du warst auch nicht ganz ehrlich, als du sagtest, er sei Seemann gewesen, stimmt's? Nicht ganz.«

»Nein. Du hast Recht.«

»Er war Marineoffizier.«

Sie nickte schwer.

»Und er heißt Richard Ljosne.«

Sie starrte mich düster an. »Wie – wie hast du das rausgefunden, Veum?«

Ich sagte: »Er hat es mir selbst erzählt – indirekt. Oder ich habe ein paar voreilige Schlüsse gezogen, die dann doch nicht so voreilig waren.«

Ich stand auf. Nun wusste ich es also. Ohne dass mir ganz klar war, was es bedeutete oder ob es überhaupt etwas bedeutete. Vielleicht war es nur ein Zufall. Vielleicht war es so, dass du, wenn du erst einmal anfängst, in der Vergangenheit der Leute herumzuwühlen, immer eine Leiche im Keller findest. Denn jeder hat eine, irgendwo.

Ich reichte ihr die Flasche über den Tisch. »Hier, Frau Pedersen. Der Morgen ist noch weit.«

Sie nahm die Flasche und betrachtete sie düster. »Viel zu viele Nächte, Veum. Viel zu viele Flaschen.«

Ich nickte. Das war eine Grabinschrift, und ich könnte sie selbst gebrauchen, irgendwann. Ich sagte: »Mach's gut, so lange.«

»Mach's gut, Veum. Und danke für deinen Besuch. Ist immer nett. Findest du raus?«

»Mmmh.«

Sie saß da, die Flasche zwischen ihren Schenkeln ruhend, wie ein hilfloser Liebhaber. So verließ ich sie. Ich hatte ihr nicht mehr zu geben, und ich hatte ihr nichts gegeben. Ich war der Wind: Ich stellte meine Fragen, bekam meine Antworten und wehte weiter. Ich war der Heuschreckenschwarm: Ich fraß alles ab, was mir in den Weg kam und hinterließ ein kahl gefressenes Leben, eine

Nacht ohne Geheimnisse. Ich war die Sonne: Ich hinterließ verbrannte Wiesen, sterbende Wälder, erlöschendes Leben. Aber das Merkwürdige an der Sonne ist, dass sie zuerst tötet und dann wieder zum Leben erweckt. Nach der Trockenheit kommt immer ein Regentag. Nach dem Winter kommt immer ein Frühling. Aber die Trockenheit und der Winter kommen immer zuerst – die Wahrheit fordert ihr Vorrecht.

Ich tastete mich vorsichtig aus Hildur Pedersens Leben hinaus.

Ich hatte nichts mehr zu tun, war selbst ausgebrannt und kahl gefressen. Ich überquerte den Parkplatz und ging zum Auto, schloss auf, steckte den Zündschlüssel ins Schloss, trat die Kupplung durch und drehte den Schlüssel herum.

Keine Reaktion, nur ein unwilliges Grunzen.

Ich wiederholte das Ganze, etwas heftiger. »Na los!«, knurrte ich.

Nichts geschah. Der Motor war tot.

Ich beugte mich vorsichtig zur Windschutzscheibe. Ich hätte es wissen sollen: Der Motor war nicht nur tot, er war ermordet worden.

Draußen waren die Schatten zum Leben erwacht, und es waren diesmal mehr als fünf. Es waren viele.

38

Es waren zu viele.

Ich überlegte einen Moment, ob ich die Türen verriegeln sollte, aber das hätte wahrscheinlich nur dazu geführt, dass sie die Scheiben zerschlugen, die Reifen durchstachen, die Karosserie auseinander brachen, also den Wagen noch mehr zum Wrack machten, als er es ohnehin schon war.

Sie kamen näher, bildeten einen Kreis um das Auto. Lange, dunkle Schatten, mit blassen, starren Gesichtern. Mehrere von ihnen hielten etwas in den Händen. Es waren keine Messer, sondern Stahlrohre, Fahrradketten und ähnliche erfreuliche Gegenstände.

Ich bin kein mutiger Mensch, nur etwas dummdreist ab und zu. Ich spürte, wie mir der Schweiß ausbrach, auf der Stirn und den

Rücken hinunter lief. Ich fühlte mich unwohl in der Magengegend, spürte, wie meine Beine zitterten.

Sie standen jetzt still, in einem dichten Kreis um den Wagen herum. Der nächste Block schien unendlich weit entfernt, und die hellen Lichter waren ebenso unerreichbar wie die Spitze des Mount Everest. Abgesehen von dem Hexenring um meinen Wagen war der Parkplatz so leer und verlassen wie der Stille Ozean. Sogar das Lyderhorn schien sich erwartungsvoll vorzubeugen, ebenso abwartend wie alle anderen.

Ich stieg schnell aus dem Wagen. Sie waren zwölf, dreizehn und meine einzige Chance war, sie mit Worten auf Abstand zu halten, eine Lücke zu finden und so schnell ich konnte davonzurennen und zu allen Göttern zu beten, dass es schnell genug wäre.

Aber Joker hatte aus seinen Fehlern gelernt. Bevor ich den Mund aufmachen konnte, hörte ich seine Stimme: »Gebt's ihm!«

Und das taten sie.

Sie waren über mir von allen Seiten, so schnell und brutal, dass ich kaum die Fäuste heben konnte. Ich spürte wie Finger, Fäuste, Beine, Stiefel und Stahlrohre empfindliche Körperteile trafen. Eine Fahrradkette fing meinen Unterarm ein, biss sich durch die Ärmel und riss die Haut auf. Ich wurde umgeworfen, traf den Wagen auf dem Weg zu Boden und bekam einen Stiefel gegen das Kinn, bevor ich den Asphalt erreichte. Ich fühlte ein hartes Knie im Magen, hämmernde Fäuste gegen meine Brust. Ich schlug nach oben in die Menge, traf etwas Hartes, dann etwas Weiches, löste einen Fluch aus und bekam einen Stiefeltritt in den Schritt, dass es in mir zu singen begann, ein schrilles, disharmonisches Lied. Über mir stöhnte es, jemand lachte, andere fluchten.

Ich krümmte mich zusammen, hob die Ellenbogen neben den Kopf, zog den Kopf zur Körpermitte hinunter und versammelte meine Schenkel um meine weichsten Teile. Ohne etwas dagegen tun zu können, spürte ich warme Tränen aus meinen Augen laufen, ebenso vor Wut und Demütigung wie vor Schmerz und Angst, und ich dachte: Ist das das Ende? So kläglich, so ungerecht!

Und ich sank in eine bodenlose Dunkelheit. Der Asphalt breitete sich unter mir aus, wurde weich wie eine Daunendecke, öffnete sich wie ein warmes Bett. Eine wundersame Wärme breitete sich in meinem Körper aus, eine Wärme, die alle Schmerzen verbrannte, eine große, gefühllose Wärme. Halb bewusstlos merkte ich, wie die Schläge und Tritte verebbten. Ein letzter Stiefel im Kreuz, ein verächtlicher Tritt gegen ein schlaffes Bein, Spucke im Gesicht. Ich spürte, dass nicht nur Tränen über mein Gesicht liefen, das hier war zäher, dicker, klebriger.

Plötzlich war jemand sehr, sehr nah. Ich fühlte, wie mich harte Fäuste hochhoben und sah durch einen flimmernden gelbroten Schleier ein Gesicht auf meines zufallen, ein blasses und kaltes Gesicht, einen Pastor: »Ich hatte dich gewarnt, Veum. Du lässt jetzt meine Mutter in Ruhe, endgültig.«

Dann ließ er mich los und ich sank zurück auf den Asphalt. Auch dieses Mal tat es nicht weh. Es war nur weich und warm, und ich wollte nur eines: Schlafen, schlafen . . .

Ich hörte Schritte sich entfernen. Sie dröhnten in meinen Ohren, wie eine vorbeipolternde Büffelherde. Dann wurde es still. Und plötzlich war die Stimme wieder da, am Ende einer dünnen Stiefelspitze, einer Stiefelspitze, die sich zielbewusst in meine Seite bewegte. Die Stimme sagte: »Und wenn du glaubst, du wärst der Einzige, der deiner Hure den Hof macht, dann irrst du dich. Die Leute haben da oben schon die volle Packung gekriegt, lange bevor du auf der Bildfläche erschienen bist!«

Ein letzter Tritt, und dann ein Paar Füße, die sich entfernten: Ein Racheengel, der über einem Meer von Flammen aufstieg.

Ich versuchte, den Kopf zu heben, um ihn zu sehen. Um ihm mit dem Blick zu folgen und zu sehen, ob er ein Feuerschwert trug, ob ein Flammenkranz um seinen Kopf stünde.

Aber was half es, den Kopf zu heben? Wozu sollte das gut sein?

Ich blieb auf dem Asphalt liegen. Schwach spürte ich den Geruch meines Autos, von Benzin und Öl. Ich lag mit dem Kopf darunter und sah hinauf in eine graue, verbeulte Mondlandschaft aus braunen Rostflecken und erstarrtem Dreck. Es war wie in einem Himmelbett, mit einem Himmel aus Grau, Braun und Schwarz, einem Himmel aus verrotteter Seide, umrandet mit Spinnweben und Mäusedreck. Und da war ein starker Geruch, ein Geruch von Tod . . .

Ich übergab mich, langsam und ohne heftige Bewegungen. Ich lag ganz still, auf dem Rücken, und fühlte, wie ich von unten her angefüllt wurde, wie sich meine kaputten Lippen öffneten, wie mein Mund überlief und ich mich übergab, so unendlich langsam und so unendlich vorsichtig – wie der zärtlichste sanfteste Kuss ...

Dann verlor ich das Bewusstsein.

39

»Hallo?«

Ich schlief. Ich war im Paradies. Eine Frau mit Haaren, die weder blond noch braun noch rot waren, beugte sich vorsichtig über mich und atmete in mein Gesicht. Ihr Gesicht war rein und schön, und sie hatte schon Fächer von reifen Lachfältchen in jedem Augenwinkel. Ihre Lippen ...

»Hallo?«

Ihre Lippen: Ich versuchte, mich an ihren Lippen festzuhalten – als ob – als ob ...

»Hallo, Sie! Sind Sie tot, Mann?«

Ich öffnete die Augen. Es tat weh. Es war wie eine verrostete Keksdose zu öffnen, die seit Weihnachten vor zwei Jahren nicht mehr geöffnet worden war. Mein Gesichtsfeld war mit Rost umrandet und der Mann, der sich über mich beugte, war zu zweit. Und dann zu dritt. Und dann wieder zu zweit.

Ich schloss die Augen ganz fest.

»Hallo?«

Jemand rief im Dunkeln, aber wer in den Wald hineinruft – wie war das doch gleich? Wie man in den Wald hineinruft ...

»Hallo.« Das war meine eigene Stimme, und sie erschreckte mich so, dass ich die Augen wieder öffnete. Der Mann war jetzt allein, aber meine Stimme hatte wie ein zweistimmiger Männerchor geklungen, die Kastraten ganz links.

Das Gesicht über mir war alt, um die siebzig. Nur Leute um die siebzig reden heutzutage mit Leuten, die langsam unter alten Autos dahinsterben. »Ist Ihnen was passiert?«, fragte er.

»Hallo«, sagte ich.

»Ist Ihnen was passiert?«, wiederholte er jetzt lauter.

Er hatte einen Bart, wie ihn alte Männer haben, kurze, weiße Stoppeln mit irgendwas Braunem vermischt. Der Mund war innen dunkel und die Zähne waren braun. Seine Augen wirkten schwarz, das Gesicht weiß. Das Haar unter dem Hut war weißgrau. Er trug einen Schal um den Hals und einen dicken, dunklen Mantel. In der einen Hand hielt er einen Spazierstock. Die andere Hand hing neben ihm herunter, als gehörte sie eigentlich nicht zu ihm. Ich sah ihn jetzt ganz klar.

Ich versuchte aufzustehen und begnügte mich dann damit zu sitzen. Der ganze Parkplatz drehte sich um mich. Ich lehnte mich schwer gegen das Auto und wartete geduldig, dass sich das Universum wieder beruhigte.

»Sie bluten«, sagte er.

Ich hob eine Hand zu meinem Gesicht. Es fühlte sich an, als hätte ich einen Boxerhandschuh an. Ich ließ ihn über das Gesicht streichen. Es war nass, und es tat weh.

»Sie sehen nicht schön aus«, fuhr der Mann über mir fort.

»Das war ich noch nie«, murmelte ich.

»Wie bitte?«, fragte er.

Ich schüttelte den Kopf.

»Ich habe Sie nicht verstanden.«

Der Parkplatz kam zur Ruhe. Ich versuchte, mich an der Wagentür hochzuziehen. Es ging – langsam. Aber mir wurde schlecht, fürchterlich schlecht. Ich musste eine kräftige Gehirnerschütterung haben. Wenn von meinem Hirn noch etwas übrig war. Ich hatte das Gefühl, dass mir das ganze Hirn langsam aus dem Gesicht tropfte, auf die Hände hinunter und von dort auf den Asphalt. Von Asphalt bist du genommen, zu Asphalt sollst du werden.

»Waren das diese Jugendlichen?«, fragte er.

Ich sagte: »Nein nein. Ich liege hier nur so auf dem Parkplatz und sehe unter mein Auto. Die beste Aussicht der Welt.«

Er nickte verständnisvoll. »Ich kann hören, dass Sie einen ordentlichen Schlag bekommen haben. Es ist eine Schande. Wollen Sie, dass ich die Polizei rufe? Oder einen Arzt?«

»Einen Arzt? Um diese Tageszeit?« Ich versuchte zu lachen.

»Tut es weh?«, fragte er besorgt.

»Nur wenn ich lache«, sagte ich.

Aber es tat auch weh, wenn ich aufhörte zu lachen. Ich sagte: »Verstehen Sie was von Autos?«

Er strahlte. »Ich hatte einmal einen Graham, von vor dem Krieg bis 1963. Ein richtiges Auto, von damals, als sie noch richtige Autos bauten.«

»Tja. Dies hier ist nicht gerade ein Auto. Es ist fast ein Haufen Schrott auf vier Rädern, aber wenn Sie mir helfen könnten, die Motorhaube aufzumachen?«

Ich drehte mich herum. Das hätte ich nicht tun sollen. Das eine Bein gab einfach unter mir nach, und das Auto stand nicht mehr da, wo es vorher gestanden hatte. Ich merkte, dass ich mich einen Augenblick an den Asphalt unter mir anlehnte, bis sich der Asphalt um mich drehte und mir einen Handkantenschlag in den Nacken versetzte.

»Hallo? Hallo!«, ertönte es mehrstimmig um mich herum.

Mir hing der Magen oben im Hals und drehte sich um. Ich übergab mich wieder. »Ich hole Hilfe«, hörte ich eine Stimme sagen. »Bleiben Sie, wo Sie sind. Bewegen Sie sich nicht vom Fleck.«

Ich murmelte: »Ich werd's versuchen.«

Dann war sie wieder da, die Frau mit dem eigentümlichen Haar. Aber sie war aufgestanden und ihr Gesicht war verzerrt, lang gezogen auf einer Seite und auf der anderen zusammengedrückt. Es tat weh, sie anzusehen. Ich öffnete die Augen, um dem Anblick zu entgehen. Ich lag ganz still, mit offenen Augen und atmete langsam durch Mund und Nase. Ganz ruhig, sagte ich zu mir.

Und dann versuchte ich wieder aufzustehen, langsamer und vorsichtiger als je zuvor.

Ich stützte mich auf das Auto und richtete mich langsam ganz auf. Es fühlte sich an, wie allein eine Fahnenstange aufzustellen, dabei die eine Hand auf den Rücken gebunden.

Aber es ging. Der Asphalt unter mir kam zur Ruhe, und das Auto hinter meinem Rücken löste sich nicht auf.

Ich bewegte mich Stück für Stück zur Motorhaube nach vorn, suchte unter der Haube nach dem Öffnungshaken, fand ihn und drückte zu. Das kostete mich den Rest meiner Kräfte. Die Haube öffnete sich mit einem widerwilligen Klick. Aber ich triefte überall von Schweiß und kleine, schwarze Punkte strichen vor meinen Augen vorbei wie aufgeschreckte Fasanen.

Ich ruhte mich aus. Dann hob ich die Motorhaube ganz an und steckte den Kopf in den Autorachen. Meine müden, brennenden Augen wanderten über den verschlungenen Leyland-Motor.

Sie hatten keine große Operation vorgenommen. Ich schraubte die Zündkerzen wieder rein und befestigte den Benzinschlauch dort, wo er hingehörte.

Ohne die Haube wieder zu schließen, tastete ich mich zur Tür zurück, öffnete sie und setzte mich hinter das Steuer. Ich drehte den Zündschlüssel herum, und der Wagen startete wie ein frisch verliebter Greis. Ein Greis zwar, aber nichts desto weniger frisch verliebt. Am Anfang lief er etwas träge, aber als er erst einmal in Gang gekommen war, war er nicht mehr zu bremsen.

Ich ließ den Motor laufen, kletterte heraus, ging den endlosen Weg nach vorn, klappte die Motorhaube zu und kehrte auf den Fahrersitz zurück. Es war ein weiter Weg, und ich musste mich erst einmal erholen. Also blieb ich ruhig sitzen und klammerte mich ans Lenkrad, während ich nur vor mich hin sah: Ein kleiner Junge, der Auto spielte.

Dann holte ich tief Luft, ließ die Kupplung kommen, fuhr vom Parkplatz herunter und peilte die Ausfahrt zur Hauptstraße an. Zwei Räder blieben auf dem Gehsteig, die beiden anderen waren auf der Fahrbahn, allerdings auf der linken Seite. Ich bog auf die Straße, fand den rechten Kantstein und orientierte mich an ihm.

Es ging am besten, wenn ich das linke Auge zumachte und eine Geschwindigkeit von 20 bis 30 Stundenkilometern hielt. Und keinen anderen Autos begegnete. Die Lichter, die mir entgegen kamen, verwirrten mich, denn sie verteilten sich in lockerer Formation und hüpften und tanzten auf und ab. Und sie waren so grell, wie ich sie noch nie erlebt hatte.

Auf dem Weg in die Stadt hielt ich fünf, sechs Mal an, öffnete die Tür, beugte mich hinaus und spuckte. Ich hatte nicht die Kraft, auszusteigen und an den Straßenrand zu gehen, sondern blieb sitzen, wo ich war. Aber ich versuchte, diskret zu sein: Wenn andere Autos vorbeifuhren, tat ich, als würde ich den Hinterreifen inspizieren. Der war allerdings völlig in Ordnung.

Wäre es zur Hauptverkehrszeit gewesen, wäre ich wohl kaum weiter als bis zum Bjøndalsvingen gekommen. Jetzt kam ich tatsächlich gut durch. Ich verfehlte nicht einmal die Puddefjordbrücke, und ich vergaß nicht, mich beim Zentralbad rechts einzuordnen.

Wie es dem alten Mann erging, der einmal einen Graham besessen hatte, erfuhr ich nie. Vielleicht ist er immer noch auf der Suche nach Hilfe. Die ist zurzeit nicht leicht zu finden.

Über die Ambulanz in Bergen ist gesagt worden, sie hätte folgende klassische Devise in Goldbuchstaben über der Eingangstür verdient: »Lasst alle Hoffnung fahren, die ihr hier eintretet.«

Das ist eine Übertreibung. Die meisten überleben. Dass sie ihren Aufenthalt möglicherweise ein Leben lang nicht vergessen, ist nicht zu ändern. Und dass sie sich, wenn sie gehen, nicht viel besser fühlen als vorher, darüber sollten sie sich auch nicht beschweren.

Es kursierte einmal eine Geschichte von einem Ostnorweger, der sich in der Ambulanz in Bergen einen verstauchten Knöchel verarzten ließ. Als er nach Oslo zurückkam und dort zur Kontrolle ging, soll der Arzt einen Blick auf den Knöchel geworfen haben, um dann besorgt aufzustehen und zu fragen: Die Ambulanz in Bergen? Der Patient habe erschrocken genickt, und der Arzt habe eine Horde Medizinstudenten herbeigerufen, die sich gerade in der Nähe befanden. Sie liefen zusammen und starrten auf ihn, als sei er ein ungewöhnlich seltener medizinischer Fall. Der Arzt habe sich vor Freude die Hände gerieben und gesagt: Nun sollt ihr einmal sehen, wie man es *nicht* macht.

Man soll natürlich nichts auf solche Geschichten geben. Sie sind selten wahr. Man soll auch keine Gesundheitsratgeber lesen. Und wenn man es vermeiden kann, dann sollte man sich von Orten wie der Ambulanz in Bergen weit entfernt halten.

Ich parkte am Straßenrand. Es war nach zehn Uhr, und der Haupteingang war geschlossen. Ein Schild und ein Pfeil wiesen mich zum Eingang bei der Auffahrt. Ich folgte dem Pfeil, erklomm eine breite Betontreppe und kam zu einer verschlossenen Tür und einer Klingel. Nach ein paar vergeblichen Versuchen traf mein Zeigefinger den Klingelknopf.

Eine Frau in Weiß öffnete. Sie war Ende dreißig, garantiert unverheiratet (und hatte sicher niemals daran gedacht) und sah aus, als wolle sie sagen, dass sie in dieser Abteilung nichts an der Tür kauften. Aber sie hielt mir die Tür auf, und ich trat ein.

»Was fehlt Ihnen?«, fragte sie.

Ich zeigte unbeholfen auf mein Gesicht, von dem ich annahm, das es für sich sprach. »Ich bin so geschwollen«, sagte ich. »Kann das – Mumps sein?«

Sie sah mich streng an und nickte zu ein paar Stühlen hin. »Setzen Sie sich.« Dann trabte sie den Korridor entlang und um die Ecke.

Ich sah mich um. Es war kein Arzt zu sehen. Auf einem der

Stühle saß sehr gekrümmt ein dunkelhäutiger Ausländer. Das schwarze Haar fiel ihm in die Stirn. Er blutete aus einer hässlichen Wunde über der einen Augenbraue, das linke Ohr sah aus, als könne es jeden Moment abfallen, und die Hälfte seiner Zähne hielt er in der Hand. Blut tropfte in drei Seen auf den Boden vor ihm, langsam und rhythmisch, als käme es direkt vom Herzen.

Hinter einem grünen Vorhang hörte ich ein kleines Kind weinen.

Ein Mann in Taxifahreruniform lief rastlos hin und her, während er auf ein Schild schielte, das verkündete, dass das Rauchen verboten sei. Er sah aus, als hätte er Lust, es abzunehmen und als Zahnstocher zu verwenden. Die Größe hätte gestimmt.

Es roch streng nach Äther oder wonach es an solchen Orten immer riecht.

In einer Ecke hing ein Spiegel über einem Waschbecken. Ich ging hin und entdeckte, dass es kein Spiegel war. Es war ein Gemälde, ein Porträt eines ungewöhnlich unschönen Menschen. Erst da hob ich die Hand und befühlte das, was einmal mein Mund gewesen war, und begriff, dass tatsächlich ich es war, der mir aus dem Spiegel entgegensah.

Das war zu viel des Guten, und ich duckte mich schnell außer Sichtweite. Ich füllte das Waschbecken mit Wasser und versuchte, mich abzuspülen. Als ich den Kopf wieder vor den Spiegel hob, war ich mir schon etwas ähnlicher, aber nicht viel. Sogar meine Mutter hätte Probleme gehabt, mich wieder zu erkennen. Alte Bekannte wären auf der Straße an mir vorbeigelaufen.

Meine Augen waren verklebte, schmale Streifen. Mein Mund war zwei Nummern zu groß geworden und beulte sich hässlich zum einen Auge hin aus. Mein Kinn erinnerte an solche Kartoffeln, mit denen die Leute zur Zeitung gehen, weil sie so komisch aussehen. Und meine schöne, zarte Haut von heute Morgen hatte sich in eine Landschaft verwandelt, die auf einer Landwirtschaftsmesse eine Sensation gewesen wäre.

Ich ging mühsam zu dem Ausländer und setzte mich neben ihn.

Er sah zu mir auf. Seine Augen waren schwarz und traurig und verständnislos. »Ich hatte ihnen nichts getan!«, stieß er hervor. »Warum sie schlagen mich dann, alle die Männer. Weil ich nicht gleiche Hautfarbe habe wie sie? Weil ich nicht aus gleichem Land komme? Ich nicht versteh. Ich nicht versteh!«

Ich versuchte, etwas zu sagen, aber die Worte stolperten in meinem Mund übereinander.

Er sah mich an, ließ seinen Blick über die Reste meines Gesichts wandern. Er sah verwirrt aus. »Aber du – du aus Norwegen? Und sie schlagen auch dich? Aber warum?«

»Ich kam nicht aus dem gleichen Stadtteil.«

Er schüttelte ungläubig den Kopf, sah auf die großen, weißen Zähne hinunter, die wie frisch gewaschene Diamanten in seiner Handfläche lagen. »Ich nicht versteh, warum Leute sich schlagen – überhaupt!«

Ein Arzt kam. Es war einer dieser jungen Ärzte, die sie dort zur Spätschicht einsetzen, immer einen Witz auf den Lippen, immer eine nette Fehldiagnose in der Hinterhand. Er baute sich vor uns auf und sah von einem zum anderen. »Wer von euch hat noch am längsten zu leben?«, fragte er.

»Er war zuerst da«, sagte ich.

»Er ist hier falsch«, sagte der Arzt. »Er sollte zum Zahnarzt gehen. Die Reserven einsetzen lassen.« Er gab ein Zeichen, dass der Mann mit ihm kommen sollte. »Na komm, Kamerad. Wir sehen uns zuerst mal die Schnittwunden an.«

Er nahm ihn mit hinter einen grünen Vorhang.

Der Arzt und der Ausländer kamen hinter dem Vorhang hervor. Der Ausländer wurde zu einem Büro geschickt, wo er nähere Angaben machen sollte. Der Arzt wandte seine Aufmerksamkeit mir zu. »Und aus welcher Straßenbahn bist du gefallen?«

»Sandviksbahn«, sagte ich. »Vor zwanzig Jahren. Es dauert so verdammt lange, bis man hier mal drankommt.«

»Dann hast du ja noch Glück gehabt«, antwortete er.

Zwanzig Minuten später sagte er: »Okay. Hier hast du ein Rezept. Hol dir diese Sachen hier und geh sofort nach Hause und leg dich ins Bett. Bleib zwei, drei Tage liegen und ruh dich mindestens eine Woche lang aus. Keine hastigen Bewegungen, keine Aufregung. Okay?«

Keine hastigen Bewegungen, keine Aufregung? Ich hatte den falschen Beruf gewählt. Ich hätte in einem Blumengeschäft arbeiten sollen.

»Und noch eins«, fügte er hinzu. »Alkohol? Njet!«

Bevor ich ging, trat ich kurz vor den Spiegel, um zu sehen, ob dort noch das gleiche Bild hing. Das tat es. Es hatte nur ein wenig seinen Stil verändert: Eine verpflasterte Landschaft.

Ich verließ den Tatort, das Leben in den Händen. Das Leben ist ein Rezept, von einem unerfahrenen Arzt in einer Ambulanz ausgeschrieben, mit einer Schrift, die kein Mensch lesen kann und die auch niemand lesen können soll. Der Apotheker versucht sein Bestes, wie wir alle.

40

Ich hatte einen Traum.

Ein polnisches Mädchen saß aus irgendeinem Grund in meinem Büro, mit einem Gesicht, das wie gemeißelt schien, mit kurzen, dunklen Haaren und Augen, die unnatürlich groß und schwarz wirkten.

Sie sollte in nur einer Stunde abreisen, aber auf irgendeine Weise wussten wir beide, dass wir einander liebten. Ohne es zu wissen, waren wir zwei Zwillingsseelen, die sich plötzlich gefunden hatten, um sofort wieder auseinander gerissen zu werden. Und ich verstand kein Wort von dem, was sie sagte.

»Do you speak English?«, fragte ich, und sie schüttelte lächelnd den Kopf, »Parlez-vous français?« Nein, sie lachte resigniert. Nein, nein, nein. Sie lächelte und lächelte und sprach Polnisch mit klaren, starken Diphtongen und Lauten, die in ihrer Kehle Purzelbäume zu schlagen schienen.

Und dann brachte ich sie zum Bus. Es war ein großer, grüner Touristenbus, der vor dem Bristol geparkt stand. Auf irgendeine Weise hatte ich ihr einen Brief geschrieben, auf Norwegisch, den ich ihr gab. Ich begriff, dass sie meine Adresse haben wollte und holte einen zerknüllten Zettel aus der Tasche. Sie hatte einen Bleistift, der aber kaum schrieb. Die Spitze war ganz flach, und ich konnte nur mit Mühe meinen Namen und meine Adresse auf den kleinen Zettel ritzen. Es war ein verzweifelter Kampf gegen die Zeit. Und dann musste sie fahren. Und wir küssten uns.

Als ich aufwachte, blieb ich noch einen Moment liegen und überlegte, wie ich ihre Briefe aus dem Polnischen übersetzen sollte. Ob ich jemanden kannte, der die Sprache beherrschte oder ob ich mir ein Wörterbuch besorgen und es selbst versuchen sollte.

Ich lag auf dem Bett, auf der Bettdecke. Ich hatte die Schuhe und die Jacke ausgezogen. Hemd und Hose hatte ich noch an. Vor den Fenstern war es hell, und ich hatte keine Ahnung, wie spät es war. Ich wusste nicht mehr, wie ich nach Hause gekommen war. Ich musste nachdenken, um mich an meinen Namen zu erinnern. Wenn mich jemand nach meinem Alter gefragt hätte, hätte ich »siebzehn« geantwortet.

Ich lag ganz still. Aus der Wohnung über mir hörte ich gedämpfte Stimmen. Von draußen in der Gasse klangen Kinderstimmen und vom Stadtzentrum her das ewige Verkehrsrauschen herüber. Ein Schiff tutete irgendwo auf dem Fjord, ein Düsenflugzeug überquerte den Himmel und legte einen Schleier fernen Lärms über die Stadt.

Ich bewegte vorsichtig den Kopf, sodass ich aus dem Fenster sehen konnte, über die Hausdächer und in den Himmel. Er war grauweiß, mit einer Ahnung von Hellbraun, wie Krepppapier. Mein Kopf fühlte sich an wie eine vergammelte Apfelsine, auf die jemand getreten war.

Ich hob den linken Arm in die Luft und hielt ihn angewinkelt vor meine Augen. Der Arm war aus Blei, und die Uhr stand still. Das Glas war zerbrochen.

Ich hob den Kopf und suchte den Wecker. Mein Gesichtsfeld war gespalten, und der Raum schwankte. Ich sank zurück auf das Bett. Als ich die Augen wieder öffnete, war es schon dunkel.

Die Luft im Zimmer war stickig. Über mir hörte ich tappende Schritte, jemand schaltete den Fernseher ein und tapste weiter durch das Leben. Es war Abend in der Welt, und kleine Jungs schliefen.

Große Jungs lagen auf dem Bett im Hemd und Hose, mit einem Kopf wie eine zerschnittene Tomate und einem Bauch, der sich fürchterlich hohl anfühlte.

Ich setzte mich vorsichtig auf. Das Zimmer blieb wogend um mich herum liegen, aber ich behielt den Überblick. Ich stellte die Beine auf den Boden vor dem Bett und stand vorsichtig auf. Ich schaffte es, aufrecht zu bleiben.

Dann ging ich zum Fenster und öffnete es. Es schlug gegen die Wand, und ich beugte mich weit hinaus. Klare, kalte Abendluft floss an mir hinab, eine Mischung aus Rauch, alten Abgasen und kalten Autos.

Ich blieb mit den Ellenbogen auf die Fensterbank gestützt stehen und atmete einfach nur ein und aus. Ich atmete, also war ich. Aber wie spät war es? Und welcher Wochentag?

Ich ließ das Fenster offen stehen und ging ins Zimmer zurück. Der Wecker behielt das Rätsel der Zeit für sich. Niemand hatte ihn eingeschaltet, die Zeiger standen stramm auf Viertel nach drei.

Ich ging zum Telefon. Die einzige Nummer, die mir einfiel, war die von Beate. Und von Beates neuem Mann. Ich wählte und hörte es in der Ferne klingeln. Es klingelte fünf Mal, dann antwortete eine Frauenstimme. Sie klang so anders, das konnte nicht . . .

»Hallo? Beate?«

»Hallo? Frau Wiik ist ausgegangen, leider. Ich bin der Babysitter.«

»Oh, guten Tag. Hier ist Frau Wiiks – Mann.«

Fragende Stille am anderen Ende.

»Ich meine – Frau Wiiks früherer Mann.«

»Ach so«, ertönte es fern und unmenschlich, wie von einem Roboter.

»Ist Thomas – ist mein Sohn da?«

»Er schläft.«

»Ach so. Entschuldigen Sie, aber könnten Sie mir sagen – wie spät es ist?«

»Wie spät? Es ist halb elf.« Ich konnte ihre Kälte jetzt hören, quer durch das Telefonnetz.

»Und welcher Tag ist heute?«

»Welcher Tag?« Lange Pause. »Samstag.«

»Samstag? Na gut. Ich danke Ihnen.«

»Oh, nichts zu danken. Auf Wiederhören.«

»Auf Wiederhören.«

Ich legte den Hörer auf. »Fröhlichen Samstag, Varg«, sagte ich laut. »Schönes Wochenende.«

Ich ging in die Küche, schnitt drei trockene Scheiben von einem drei Tage alten Brot ab, schmierte zwei Schichten Butter drauf und kippte Himbeermarmelade über die Brote, die Anrichte und ein Stückchen Fußboden. Ich trank Milch, die nach alter Pappe schmeckte, und aß eine doppelte Dosis der Tabletten, die ich mir am Abend zuvor aus der Apotheke geholt hatte. »Für Kinder unzugänglich aufbewahren«, stand auf der Flasche.

Dann legte ich mich wieder hin und schlief lang und traumlos bis weit in den Sonntag hinein.

Es wurde ein langer Sonntag. Mir tat der ganze Körper weh, mein Gesicht erinnerte an eine Requisite aus einem altmodischen Horrorfilm, und ich war nicht in der Lage, etwas Vernünftiges zu tun. Ich versuchte, in Bewegung zu bleiben und lief im Wohnzimmer auf und ab. Eine Weile lief ich mit einer Flasche Aquavit in der Hand, um nicht so allein zu sein. Aber ich wagte es nicht, sie zu öffnen. Es würde ein hektischer Montag werden.

Gegen ein Uhr klingelte das Telefon. Es war Beate, und sie war auf Hundertachtzig. »Varg? Hier ist Beate. Ich verbitte mir, dass du meinen Babysitter anrufst, wenn du betrunken bist!«

»Aber ich . . .«

»Du machst mich total lächerlich. Es reicht, wie du dich aufgeführt hast, als wir noch verheiratet waren und dass wir es überhaupt aushalten, in der gleichen Stadt wie du zu leben. Was glaubst du eigentlich, was Thomas denkt, wenn sein Vater so was Lächerliches ist wie Privatdetektiv, der sogar anruft und die Babysitterin mit seinem besoffenen Gerede schikaniert. Wenn sich das auch nur ein einziges Mal wiederholt, Varg, dann hörst du nicht von mir, sondern von meinem Anwalt.« Dann knallte sie den Hörer auf.

»Hallo? Hallo?«, sagte ich zum Summton, nur um überhaupt etwas gesagt zu haben.

Ich hätte natürlich zurückrufen können – versuchen, ihr die Situation zu erklären. Aber ich kannte sie, wenn sie auf Hundertachtzig war. Das würde zu viel Kraft kosten. Und ich war viel zu müde dafür.

Ich fand im Küchenschrank eine Dose Fleischklöße in brauner Soße und im Kühlschrank eine grüne Paprika, die schon etwas verschrumpelt war. Ich hackte die Paprika klein und machte eine Art Eintopf daraus. Kartoffeln zu kochen war mir zu anstrengend, also aß ich trockenes Brot dazu. Ich goss mir ein Glas Rotwein aus einer halb vollen Flasche ein, trank aber nur einen Schluck davon. Das reichte, um mir bis spät in die Nacht Kopfschmerzen zu bescheren.

Um mich herum welkten die Stunden langsam dahin. Eine neue Nacht holte die Stadt ein, ein weiterer Tag wurde weggewischt.

Ich saß allein vor dem Fernseher, der Bilder von Schlittschuhläufern zeigte, die auf einer russischen Hochgebirgsbahn Weltrekorde liefen. Ich dachte an Joker. Ich dachte intensiver an Joker, als ich seit langer Zeit an einen anderen Menschen gedacht hatte. Und ich sagte zu mir selbst: Nächstes Mal, Joker – nächstes Mal ... Dann werde ich die Karten mischen. Und dann, Joker, dann wirst du hinterher ganz schön gezinkt sein.

Am Sonntag Abend ging ich gegen zehn Uhr ins Bett und schlief wie ein Stein bis elf Uhr am Montag Vormittag.

Es ist etwas Merkwürdiges, am Montagmorgen aufzuwachen. Montag ist für manche ein Tag zum Sterben. Und gerade an diesem Montag lag eine eigentümliche Atmosphäre von Tod in der Luft, als hätte ein dunkler Engel in der Nacht seine schwarzen Flügel über der Stadt ausgebreitet und sich ein Opfer ausgewählt ...

41

Ich versuchte, Paulus Smith anzurufen, aber ich kam nur bis zu seiner Sekretärin. Smith habe im Untersuchungsgericht zu tun, erzählte sie mir.

Ich sagte: »Richten Sie Smith aus, dass ich angerufen habe. Sagen Sie ihm, dass ich nichts gefunden habe, das uns weiterhilft. Noch nicht. Erzählen Sie ihm, dass ich gegangen bin, um noch einmal mit Wenche Andresen zu sprechen, und dass ich ein paar neue Fragen an sie habe. Haben Sie das?«

Sie hatte es. Ich bedankte mich für das Gespräch, legte auf und trat in den Montag hinaus.

Es war noch einer dieser grauen Tage. Regen lag in der Luft, als hielte das Unwetter die Luft an, als wartete alles nur darauf, dass die Wolken sich über uns öffneten und ihn los ließen, den Regen, von dem wir wussten, dass er kommen würde, irgendwann im Laufe des Tages.

Es war nach zwölf Uhr, und es war richtig März geworden. Das Licht war klarer, und die Sonne hing höher hinter den Wolken. Obwohl es ein grauer Tag war, lag ein anderer Schimmer über der Stadt als im Februar.

Der Februar ist ein kurzbeiniger Mann irgendwo im Wald, mit Raureif im Bart, die Strickmütze tief in die Stirn gezogen und tief liegenden, winterblassen Augen in einem breiten, kräftigen Gesicht.

Der März ist eine Frau. Eine Frau, die gerade am Morgen erwacht ist, sich im Bett herumdreht, wenn die Sonne auf ihr Gesicht trifft, und die dich mit noch verschlafener Stimme fragt: Ist es schon Morgen?

Ja, es war Morgen. Nicht nur das Licht war anders, sondern auch die Temperatur, der Widerschein von den Hausdächern, der kalte Wind, der von Nordwest hereinzog, Mildwettersprossen im Gepäck, eine Frau, die auf dem Gehsteig an dir vorbeiging, sich an den Hals griff und das Halstuch eine Ahnung lockerte, der Schatten in ihrer Halsgrube.

Doch, es war Morgen, und es war März.

Dieses Mal durfte ich Wenche Andresen nicht in der Zelle besuchen. Ich wurde zu einem Besuchsraum geführt, der einen Holztisch, ein paar Stühle und eine Wächterin enthielt. Die Wächterin saß auf einem Stuhl direkt an der Tür und tat so, als würde sie nichts hören oder sehen.

Wenche Andresen ging mit kurzen Schritten, als habe sie ihren Gang schon dem begrenzten Raum, der ihr zur Verfügung stand, angepasst, und ihre Art, sich zu bewegen, strahlte etwas Passives aus, eine plötzliche Trägheit.

Als sie hereinkam lächelte sie mir matt zu und setzte sich auf den Stuhl, der am nächsten bei der Tür stand. Sie hatte sich verändert. Es war drei Tage her, dass ich sie zuletzt gesehen hatte. Weitere drei Tage und Nächte, die sie zwischen vier Mauern und hinter einer schweren Stahltür verbracht hatte, beleuchtet durch ein viereckiges Fenster mit mattem Glas.

Die Tage und Nächte in einer Zelle sind länger als andere Nächte. Sie können wie Jahre sein, und sie können sich wie Jahre im Gemüt niederschlagen. Wenche Andresen sah aus, als habe sie sechs Jahre und nicht drei Tage hinter Gittern verbracht. Ihre Haut hatte schon eine neue Blässe bekommen, kränker und feuchter als die, die sie früher hatte. Die grauen Schatten unter den Augen rührten nicht mehr vom Schlafmangel, sondern von einem unsichtbaren Fieber her, dem, das den matten Augen einen glasigen grauen Glanz verlieh.

Sie hatte den Fall schon verloren. Vor sechs Jahren.

Ihre Hände lagen kraftlos und schlaff auf dem Tisch. Ich beugte mich vor und ergriff sie, drückte sie und versuchte, sie wieder zum Leben zu erwecken. Aber sie reagierte nicht. Sie erwiderte den Druck nicht, versuchte nicht, festzuhalten. Ihre Hände lagen wie halb aufgegessene Hefebrötchen zwischen meinen Fingern.

Ich fragte: »Wie geht es dir, Wenche?«

Sie antwortete nicht, sondern betrachtete mein Gesicht, und ganz tief in ihren Augen leuchtete etwas auf. »Was – was ist passiert?«, fragte sie.

Ich ließ ihre eine Hand los und strich mir mit einem fragenden Blick schnell über das Gesicht. »Das hier meinst du?«

Sie nickte langsam.

»Eine kleine – Begegnung. Mit Joker und seiner Gang. Ich habe heute noch eine Verabredung mit ihm, ob er will oder nicht.«

»Du musst – vorsichtig sein«, sagte sie und sah sich um, als wolle sie mir erzählen, dass ich, wenn ich nicht vorsichtig wäre, dort landen würde, wo sie war. Auf der falschen Seite des Tisches, auf der falschen Seite der Mauern.

Ich sagte: »Ich habe einige – Fragen, Wenche.«

Sie sah mich an und wartete, dass ich fortfuhr, aber es war nichts Erwartungsvolles in ihrem Blick. Es interessiert sie überhaupt nicht, wonach ich fragen würde.

Das ließ mich plötzlich überlegen, wie wohl ihre Nächte sein mochten, was für Träume sie hatte. Es mussten anstrengende Träume sein, wenn sie sie seit Freitag so sehr verändert hatten.

Ich sagte: »Richard Ljosne. Ich habe mit Richard Ljosne gesprochen. Unter anderem über den letzten Dienstag. Dienstag Abend, von dem du mir erzählt hast ...«

Ich beobachtete sie wachsam, ließ sie nicht aus den Augen, aber vorläufig konnte ich keine Reaktion feststellen, absolut nichts.

Ich fuhr fort: »Er hat mir etwas anderes erzählt als du. Seine Beschreibung des Abends war etwas – anders als deine.«

Ihr Blick war der eines ausgestopften Tieres oder einer Schlafpuppe. Sie war in einen wachen Dornröschenschlaf gefallen, als befände sie sich in Trance. Vielleicht sollte ich mich vorbeugen und sie küssen ...

»Was ist eigentlich passiert, als ihr nach Hause kamt, Wenche?«

Nach einer Pause sagte sie tonlos: »Passiert? Ist was passiert? Ich habe dir erzählt, was passiert ist.«

»Ja? Ja, aber er erzählt etwas anderes. Er hat erzählt – er hat erzählt, dass – dass ihr miteinander geschlafen hättet, Wenche. Du und er, ihr habt miteinander geschlafen! Stimmt's?«

Ihre Hände erwachten nicht wieder zum Leben. Sie wurden nur zurückgezogen aus meinem Griff und in Sicherheit, hinter die Tischkante. Sie sagte: »Dann lügt er, Varg. Und wenn du ihm glaubst, seine Lügen glaubst, dann bist du nicht mehr mein Freund.« Sie hätte diese Sätze herausschreien können, aber es klang, als wären wir seit zwanzig Jahren verheiratet, und sie würde mir anvertrauen, dass wir zum Mittag Fischklöße essen würden.

»Ich bin dein Freund, Wenche! Das weißt du. Und ich glaube ihm nicht, wenn du das Gegenteil sagst. Aber warum? Warum sollte er lügen?«

Sie zuckte schwach mit den Schultern. »Männer.«

Sie brauchte nicht mehr zu sagen. Dieses eine Wort genügte. Es war ein Urteilsspruch, der keinen Widerspruch zuließ, ein Urteil, das ein ganzes Geschlecht zur Hinrichtung bei Tagesanbruch verurteilte.

Ich würde sie nicht mehr danach fragen. Es gab auch für sie keinen Grund zu lügen. Also ging ich zum nächsten Punkt über. »Gunnar Våge«, sagte ich.

Es geschah etwas mit ihr. Sie schloss die Augen und schüttelte heftig den Kopf. Als sie die Augen wieder öffnete, war ihr Blick klarer, und sie war präsenter. »Ja? Was ist mit ihm?«

»Warum hast du mir nicht erzählt, dass du ihn kanntest?«

Sie zögerte. »Ich verstehe nicht ... Ich kann nicht sehen, was das mit – was das zu bedeuten haben soll für – das hier. Ich habe überhaupt nicht an ihn gedacht, bis du ...«

»Ihr wart einmal zusammen.«

»Ja, aber du meine Güte, Varg, das ist eine Ewigkeit her! Und Jahre später denke ich doch nicht mehr an jemanden, mit dem ich vor langer Zeit mal ein paar Monate zusammen war.«

»Aber er hat dich geliebt.«

»Davon – weiß ich nichts«, sagte sie schroff.

»Nein«, sagte ich. »Nein, vielleicht nicht. Aber findest du es nicht merkwürdig, dass er plötzlich da war, im gleichen Stadtteil wie du, ja im Block nebenan?«

»Nein, warum denn? Es gibt doch so viele Menschen, die man auf diese Weise wiedertrifft. Du gehst auf eine Feier, und plötzlich triffst du einen Menschen, den du zehn Jahre nicht gesehen hast. Du gehst ins Kino, und in der Reihe vor dir sitzt eine Frau, mit der du vor zwanzig Jahren zur Schule gegangen bist.«

»Aber du hast dich mit Gunnar Våge getroffen, und du hast mit ihm gesprochen.«

»Mich mit ihm getroffen? Ich bin ihm ein paar Mal begegnet, draußen auf der Straße, und wir haben ein paar Worte gewechselt. Wir hatten nicht mehr viel gemeinsam.«

»Aber früher schon . . .«

»Gunnar und ich – doch. Wir hatten es gar nicht so schlecht zusammen, zwei Monate lang, in einem Sommer vor langer Zeit. Das war, bevor ich Jonas begegnete. Ja, das war sogar in dem Herbst, als ich Jonas kennen lernte. Wenn er mir nicht begegnet wäre, wer weiß? Aber ich bin Jonas begegnet, und das war's. Danach habe ich keinen anderen Mann mehr zwei Mal angeschaut. Es gab nur ihn. So ist es, wenn man liebt, oder?«

»Ich habe davon gehört«, antwortete ich. »Also war es Jonas, der – die Begegnung mit Jonas führte dazu, dass du mit Gunnar Våge Schluss gemacht hast – damals?«

»Ja. Vielleicht. Aber – das bedeutet nicht . . .«

»Was bedeutet das nicht?«

»Du glaubst doch nicht etwa – du meinst doch wohl nicht–«

»Was denn? Was meine ich doch wohl nicht?«

»Nein. Das ist zu lächerlich, Varg. Es ist hundert Jahre her, und es hat nichts mit – es kann nichts mit dieser Geschichte zu tun haben.«

»Du brauchst nicht –« Ich merkte, dass ich zu heftig angesetzt hatte. Meine Stimme war zu laut. Ich hielt inne und fuhr mit leiserer Stimme fort. »Du brauchst nicht andere zu verteidigen, Wenche. Soll Gunnar Våge sich selbst verteidigen, wenn das notwendig sein sollte. Er hat das passende Talent zum Reden. Du bist es, die wir freikriegen wollen, oder?«

»Schon, aber . . .« Der Schleier legte sich wieder über ihre Augen. Ihre Stimme verlor an Farbe, wurde wieder neutral. »Es ist hoffnungslos, Varg. Sie werden mich verurteilen. Ich weiß es. Sie werden mich für den Rest meines Lebens einsperren, und ich werde Roar nie wieder sehen. Vielleicht ist das auch okay. Es ist mir egal. Jonas ist tot, und er hatte mich schon verraten. Was habe ich – da draußen – noch zu tun?«

Ich beugte mich wieder über den Tisch. »Alles, Wenche! Du bist jung, zum Teufel. Du kannst neu anfangen. Du kannst neue Männer treffen, einen neuen Mann! Wir lieben nicht nur einen einzigen Menschen im Laufe unseres Lebens. Wir lieben mehrere – Mütter und Töchter, Väter und Söhne, Ehemänner und Ehefrauen, Liebhaber und Geliebte. Du wirst einem anderen begegnen – wenn nicht dieses, dann nächstes Jahr; wenn nicht heute, dann morgen. Du darfst nicht aufgeben, nicht jetzt. Verstehst du?«

Sie schwieg.

Ich sagte: »Nachdem – nachdem Jonas dich verlassen hat, und du wusstest, dass Gunnar Våge in der Nähe war, hast du da nie daran gedacht – die Beziehung neu aufleben zu lassen? Könntest du – hast du nie daran gedacht, dass du eine neue Beziehung mit ihm anfangen könntest? Er war doch ein Mensch, den du kanntest, und ihr habt euch gut verstanden – damals.«

»Nein, Varg. Nein, niemals.« Dann schluckte sie heftig, und plötzlich füllten ihre Augen sich mit Tränen. Auch ihre Stimme war voller Tränen, als sie sagte: »Es gibt für mich nur . . .« Und ihre Lippen formten stumm seinen Namen – den Namen eines Toten.

Ich ließ sie weinen. Es kam kein Laut aus ihrem Mund, und sie saß mit geradem Rücken da und ohne die Hände zum Gesicht zu heben. Die Tränen liefen einfach aus ihren Augen, liefen in schimmernden Streifen ihre Wangen hinunter, an ihren Nasenflügeln vorbei, liefen weiter zum Mund, an den Mundwinkeln vorbei und zum Kinn. Ich folgte ihnen mit dem Blick, als sähe ich den ersten Frühlingsbach, das allererste Frühlingszeichen im März, wenn es ist, als würden die Gletscher unter der jungen Sonne dahinschmelzen, als würde sich die ganze Nacht dem kommenden Fest entgegenbäumen.

Dann waren ihre Tränen versiegt. Als sie zu weinen aufhörte, holte ich ein sauberes Taschentuch hervor und beugte mich zu ihr. Ich trocknete ihr die Tränenspuren vom Gesicht, bis nur noch ein geschwollener, roter Rand um die Augen übrig war. Ich sagte: »Ich werde wiederkommen, Wenche. Sei ganz ruhig. Alles wird gut. Ich weiß es.«

Sie nickte mit geschwollenen Lippen.

Ich spürte einen merkwürdigen Sog im Bauch und hob den

Blick langsam von ihren Lippen zu ihren Augen. Ich versuchte, meinen Blick hinter ihrer Netzhaut einzubrennen, um die Trägheit und den Schleier in ihr zum Platzen zu bringen und sie aus dem Dornröschenschlaf zu wecken.

Ich konnte nicht anders und lehnte mich über den Tisch, fühlte die Tischkante im Bauch, sah ihr Gesicht wachsen.

Wenn sie sich zu mir vorgebeugt hätte, hätte ich sie geküsst.

Aber sie beugte sich nicht vor. Sie saß aufrecht und gerade auf der anderen Seite des Tisches, zweitausend Meilen und eine andere Liebe lagen zwischen uns. Also lehnte ich mich wieder zurück und sagte: »Okay. Das war alles.«

Wir standen ungefähr gleichzeitig auf, und es gab nichts mehr zu sagen.

Sie sagte nur: »Sei vorsichtig, Varg.«

Und ich antwortete: »Ja.«

Die Wächterin war auch aufgestanden. Ich sah zu, wie sie Wenche Andresen wieder in die Zelle zurückführte. Wenche Andresen bewegte sich wie eine Patientin, die nach langer Krankheit gerade wieder anfing zu gehen. Die Wächterin war eine strenge Stationsschwester, die sie resolut wieder zum Bett zurückbrachte.

Und ich? Ich war der Wind. Ich strich vorbei, und die Leute bemerkten es kaum. Ich stellte meine Fragen und bekam neue Fragen zurück. – So ist es, wenn man liebt, oder? hatte sie gefragt.

Schon möglich. Die Liebe ist eine einsame Sache, wie ein Stein, den man einmal an einem Strand gefunden und in der Tasche einer Hose verstaut hat, die man nur selten trägt. Aber er liegt da, irgendwo im Schrank, und du weißt das. Er wird dich dein Leben lang begleiten, von der Geburt bis zum Tod, und du weißt das. Die Liebe ist blind wie ein Stein und einsam wie ein verlassener Strand, und du weißt das.

Ich verließ das Polizeigebäude.

42

Ein grauer Zementblock hatte sich über die Stadt gesenkt, und es war unnatürlich dunkel geworden. Bald würde es regnen.

Ich ging schnell zum Strandkai und in das Gebäude, in dem sich mein Büro befindet, auch wenn ich nicht da bin. Als ich an der Cafeteria im ersten Stock vorbeikam, streifte starker Kaffeegeruch meine Nase. Aber ich ließ mich nicht verführen, sondern ging weiter nach oben.

Ich schloss mein Büro auf. Drinnen erwartete mich stickige, trockene Heizungsluft und alter Staub. Es roch wie in einer verlassenen Grabkammer. »Hallo Grab! Hier kommt die Leiche«, sagte ich laut.

Aber niemand antwortete, nicht einmal das Echo meiner eigenen Stimme.

Ich hängte meine Jacke auf und setzte mich an den Schreibtisch. An der Wand gegenüber hing ein Kalender. Darauf war noch Februar, und ich hatte das Gefühl, mir würde es zu anstrengend sein, hinzugehen und das Blatt abzureißen, die Zeit auf März vorzustellen. Außerdem gefiel mir das Februarbild besser. Es war ein Foto vom Hafen, mit Pulverschnee auf den Dächern, und Berge und Himmel sahen aus, wie ein sechs Jahre altes Kind sie gemalt hätte, rein und blau.

Ich drehte den Stuhl herum und schaute aus dem Fenster. Eine himmlische Hand hatte eine Hand voll Wasser an die Scheiben gespritzt. Draußen war es jetzt finster geworden. Die Autos auf Bryggen fuhren mit Licht, und nicht nur, weil sie vergessen hatten, es hinter dem Eidsvågtunnel auszuschalten.

Ich sah, wie unten auf dem Marktplatz die Markthändler Plastikplanen über ihre Tische spannten, und die Leute liefen mit Regenschirmen in Verteidigungsposition auf hohe Hauswände zu.

Dann riss der Himmel in der Mitte durch. Ein Blitz zerriss die Dunkelheit in zwei große Stücke, gefolgt von einem Donnergetöse, das klang, als seien Fløien und Ulriken zusammengestoßen und explodierten nun in Tausende von Teilen. Wie polternde Hinkelsteine fiel der Donner zwischen die Berge. Ein Schwarm kreideweißer Möwen wurde von einer unsichtbaren Hand in Richtung Askøy geschleudert, und sie schrien erschrocken dem Schicksal zu und schlugen verzweifelt mit den Flügeln. Eine Taube landete auf dem Gesims vor meinem Fenster und flüchtete sich in eine Ecke, wo sie sitzen blieb, mit schiefem Kopf und Stecknadelaugen, während sie darauf wartete, dass die Stimme des Jüngsten Gerichts verstummte und die Schuldigen von den Unschuldigen geschieden würden.

Und dann kam der Regen.

Es war, als habe sich das Meer wie eine Wand vor der Stadt erhoben. Die Regentropfen waren groß, schwer und grau, und sie fielen nicht einzeln, sondern in Kaskaden. Sie explodierten auf Gehwegen und Straßen und füllten die Plastikplanen auf dem Marktplatz im Laufe von Sekunden, sodass sie schwer wie Hängematten wurden, und sie ließen die Rinnsteine zu Bergbächen voller braunem, sprudelndem Dreckwasser anschwellen, die mit der Geschwindigkeit eines Orkans auf die Gullys zuschossen.

Im Laufe weniger Minuten waren die Straßen menschenleer. Sie standen an Häuserwänden, in Eingängen, in Türöffnungen und an den Eingängen der öffentlichen Toiletten, gut geschützt unter der Straßenhöhe. Die Läden füllten sich mit Menschen, die sich nur etwas umsehen wollten, und in den Cafeterias saß man zu viert an einem Tisch, und keiner kannte den anderen.

Ich saß allein in meinem Büro und verfolgte das gigantische Schauspiel. Neue Blitze schlugen wie Feuerquellen über der Stadt nieder. Neues Donnergrollen brach über uns herein. Eine Sintflut reinigte die Stadt für die neue Woche, wusch alle frischen Spuren des Wochenendes weg.

Es dauerte fast eine halbe Stunde, dann war es vorbei. Die Blitze starben dahin wie ferne SOS-Signale von einer Taschenlampe mit schlechter Batterie irgendwo drüben in Fana. Der Donner wurde schwächer und war zum Schluss nur noch ein Grummeln aus einem Bauch in einem Zimmer am Ende des Korridors. Der Regen versiegte und legte sich wie glänzende Seide über die Hausdächer, die Bäume am Berghang und weiter unten am Strandkai, auf die farbenprächtigen Regenschirme der Menschen, die sich einer nach dem anderen wieder aus ihren Verstecken heraustrauten, mit nach oben gewandten, weißen Gesichtern. Es war vorbei, und das Leben konnte weitergehen.

Ich blätterte schnell im Telefonbuch, fand die richtige Nummer und rief Richard Ljosne an. Als ich ihn am Apparat hatte, sagte ich: »Ljosne? Hier ist Veum.«

»Ach? Hallo. Das ist ja nett.« Ich lauschte auf seine Stimme, sah ihn vor mir: Ein Wolf – mit wolfsgrauem Haar, auf der Lauer hinter seinem Schreibtisch, mit Stahl in Beinen und Armen.

Ich sagte: »Ich habe gerade mit Wenche gesprochen. Ich soll dich nicht grüßen.«

»Äh, was? Was meinst du?«

»Sie bat mich, dich nicht zu grüßen.«

»Nein?«

»Nein. Sie war nicht besonders begeistert von dem, was du mir erzählt hast.«

»Was ich – aber hast du es ihr denn . . .«

»Es war gelogen, stimmt's – Ljosne? Du hast letzten Dienstag nicht mit ihr geschlafen – oder? So weit kamst du nicht. Dieses eine Mal musstest du passen.«

Ich lauschte auf die Stille. Der Himmel war schon wieder gefleckt von Licht. Es regnete nicht mehr. »Was – Ljosne?«

Seine Stimme kam spät und langsam. »Na ja. Vielleicht nicht«, sagte er.

»Aber warum hast du gelogen, Ljosne?«

Ich hätte ihn gern gesehen, aber ich hatte keine Zeit, den weiten Weg zu fahren, um sein dummes Gesicht zu sehen, als er sagte: »Du weißt doch wie das ist, Veum. Unter uns Männern.«

»Ja? Nein. Nein, das weiß ich nicht. Erzähl es mir, du Mann von Welt und Frauenkenner.«

»Hör zu, Veum. Ich – du brauchst dich nicht lustig zu machen. Ich weiß, dass ich – ich merke selbst, wenn ich eine Dummheit gemacht habe. Ab und zu ist es schlauer, die Schnauze zu halten.«

»Nicht nur ab und zu, sondern fast immer. Aber du hast mir immer noch nicht erzählt, wie das ist. Unter uns Männern.«

»Gut, gut, gut. Nein, ich habe nicht mit ihr geschlafen. Das ist wahr. Aber mein loses Mundwerk ist eben mit mir durchgegangen, verstehst du? Ist mir halt davongerannt. Ich hatte dir schon so viel erzählt. Ich hatte dir erzählt – von all den anderen Frauen. Und ich hatte dir erzählt, wie sehr mich Wenche – wie verrückt ich nach ihr war. Sollte ich dir dann plötzlich von meiner größten Niederlage erzählen? Das konnte ich einfach nicht, Veum. Ich konnte nicht – ich bin zu sehr Mann, um dazusitzen und zu jammern über ein – nein.«

»Also hat sie Nein gesagt?«

»Ja. Sie hat Nein gesagt. Einfach so geraderaus: Nein. Ich fragte sie, ob ich nicht mit reinkommen könnte. Und sie antwortete: Nein. Das kommt nicht in Frage, Richard. Auf keinen Fall. – Das war alles. Sie sagte Nein und ich fuhr nach Hause und ging stattdessen mit mir selbst ins Bett.«

»Und das war so schwierig mir zu erzählen?«

»Ja. Das war es wirklich, Veum.«

»Genau wie das andere, was du mir nicht erzählt hast.«

»Das – andere?« Lange Pause zwischen den Worten.

»Ja. Von deinem Sohn. Deinem eigenen Sohn. Johan Pedersen, den manche Joker nennen. Den du mit einer Frau namens Hildur Pedersen hast, ein Sohn, den du begleitet und dem du geholfen hast, seit er auf der Welt ist – aber auf Abstand. Warum hast du mir das nicht erzählt, Ljosne?«

»Ich – ich ... Ich verstehe nicht, was das – dich überhaupt angeht. Ich – manche Geheimnisse wird ein Mann doch wohl noch für sich behalten dürfen, oder?«

»Solange man keinen Mörder deckt, schon.«

»Einen Mörder? Aber das ist doch lächerlich, Veum. Du meinst doch wohl nicht, dass – dass Johan etwas – was mit ...«

»Nein, Ljosne. Das meine ich nicht. Ich weiß, dass er das nicht hat. Aber es geht um einen Mord und je mehr Dinge dabei geheim gehalten werden, desto schwerer wird es, die Wahrheit herauszufinden. Wenn es eine Wahrheit gibt. Außer ...«

»Veum ...« Seine Stimme war jetzt heiser. »Ich habe Geld, Veum. Ich kann bezahlen. Wenn du nur, wenn du meinen Namen da raus hältst, sodass die Leute nicht von Johan erfahren. Ich kann ...«

»Was ist so schlimm an einem unehelichen Kind heutzutage, Ljosne?«

»Das ist es nicht. Aber die Leute werden wissen wollen, die Leute werden sagen – dass es – dass ich ihn verraten habe. Dass ich ihn zu dem gemacht habe, der er – heute ist.«

»Werden die Leute sagen. Und vielleicht haben sie Recht.«

»Aber, hör zu – ich weiß, wer das Honorar für deine Arbeit bezahlt. Aber ich glaube auch nicht, dass Wenche es getan hat. Ich bin bereit – meinen Teil zu deinem Honorar beizutragen, Veum. Dafür, dass du ihr hilfst. Wenn du nur ...«

Ich starrte an die Decke. Bald würde jemand ein Loch hineinschlagen und Goldmünzen auf mich regnen lassen. Die Leute versprachen mir an allen Ecken und Enden Geld, aber es kam nie in meinem Briefkasten an. Warum auch immer. Vielleicht lag es nur an der Post.

Ich sagte: »Mein Honorar wird schon bezahlt, Ljosne. Hast du mir noch irgendwelche Geheimnisse anzuvertrauen, bevor wir auflegen?«

»Ich – nein. Nein, aber ...«

»Dann mach's gut. Wir sehen uns bei einem Old-Boys-Kampf irgendwann oder wenn mal irgendwo gebrauchte Suspensorien im Ausverkauf sind. Und wenn du heute joggst, Ljosne, dann nicht auf meinen Wegen, okay?«

»Ich ...«

Den Rest hörte ich nicht mehr, ich legte auf. Hinterher fiel mir ein, dass er mir sicher ein paar billige Flaschen Aquavit hätte besorgen können. Aber gleich darauf dachte ich, dass sie mir nicht geschmeckt hätten. Nicht ein Tropfen.

Ich hatte noch einen Anruf zu tätigen. Einen sehr wichtigen Anruf.

Die weißen Flecken am Himmel hatten sich ausgedehnt. Vielleicht würden wir noch einen kurzen Blick auf den blauen Himmel erhaschen, bevor er wieder in schwarze Tinte getaucht würde.

Ich rief die Werbeagentur Pallas an und bat, mit Solveig Manger sprechen zu dürfen. »Einen Augenblick«, ertönte es mit müder Routine.

Ich wartete und sah auf die Uhr. Unter dem zerbrochenen Glas taten die Zeiger ihre Arbeit. Es war schon nach zwei. Irgendwo hinter dem grauweißen Wollteppich war die Sonne dem Horizont um zwei Grade näher gerückt. Wie das Gespenst eines fernen Sommers schlich sie schnell und schuldbewusst über den Himmel, ohne sich zu zeigen.

Dann hörte ich ihre Stimme. Sie klang ängstlich, als habe man sie in der letzten Zeit nicht gerade mit guten Neuigkeiten verwöhnt. »Hallo? Hier ist Solveig Manger.«

»Guten Tag. Mein Name ist Veum. Varg Veum. Ich bin Privatdetektiv und ich ...«

Sie unterbrach mich. »Wenn das ein Witz sein soll, dann ...«

»Nein, nein, Frau Manger. Das ist kein Witz. Es tut mir wirklich Leid, wenn es sich so anhört, aber ...«

»Entschuldigung, aber ich bin etwas empfindlich zurzeit. Ich – ich habe wohl noch nie mit einem richtigen Privatdetektiv gesprochen.«

»Nein, natürlich nicht«, sagte ich leichthin. »Das haben die wenigsten. Bevor ich sie anrufe. Aber ich – es ist wohl übertrieben, wenn ich sage, dass ich Jonas kannte, aber wir – wir sind uns tatsächlich ziemlich nah gekommen, und zwar erst am Abend, bevor er ... Und er, er hat mir von Ihnen erzählt – auf eine Weise, die ... Tja, ich könnte mir vorstellen, dass Sie manches davon vielleicht gern hören würden. Und vielleicht könnten Sie mir im Gegenzug etwas über ihn erzählen. Ich versuche nämlich, herauszufinden – was passiert ist. Was wirklich passiert ist.«

»Wieso wirklich? Ich dachte – die Polizei ... Ich – oh, nur einen Moment bitte.« Ich hörte ihre Stimme zu jemandem sagen: »Nein, jetzt nicht. Nur einen Moment. Gibst du mir fünf Minuten? Okay. Und mach die Tür zu, bitte.« Dann war sie wieder bei mir. »Ja? Hallo?«

»Hallo.«

»Wo waren wir? Ich – Sie wollten mit mir sprechen?«

»Sehr gerne. Wenn es Ihnen nicht zu viele Umstände macht. Ich – ich mochte Jonas sehr gern, obwohl ich ihn kaum kannte. Ich ...«

Sie unterbrach mich wieder. »Nur um das klarzustellen – Veum? So heißen Sie doch, oder?«

»Ja.«

»Mein Mann weiß natürlich alles über Jonas und mich. Jetzt. Die Polizei war so liebenswürdig, es ihm zu erzählen. Aber das war wohl auch – notwendig.« Sie holte so tief Luft, dass man es bis auf die andere Seite von Vågen hören konnte. »Also Geld ist hier nicht zu holen, wenn Sie das im Sinn hatten. Ich will Ihnen ja nicht zu nahe treten, aber ...«

Jetzt war es an mir, sie zu unterbrechen. Ich sagte so sanft ich konnte: »Die Leute haben eine falsche Vorstellung von Privatdetektiven. Sie sehen zu viele amerikanische Krimis. Entweder glauben sie, wir seien breitschultrige, dunkle Machos mit einer Whiskyflasche in der einen Jackentasche und einer Blondine in der anderen. Oder wir sind fiese Männlein, die sich das Haar über ihren blanken Schädel kämmen und Eigelbflecken auf dem Schlips haben und von irregeleiteten Ehefrauen Geld erpressen. In Wirklichkeit ...« Ich sah mich in meinem Büro um. »In Wirklichkeit sind wir graue Männlein, die in kleinen, verwahrlosten Büros sitzen, mit einem Haufen unbezahlten Rechnungen, die uns nicht einmal mehr ein schlechtes Gewissen bereiten und die es nicht übers Herz bringen, das Kalenderblatt vom Februar abzureißen, damit es März wird. Wir ähneln Rechnungsboten.« Ich holte tief Luft und sagte: »Wann können wir uns treffen?«

Sie sagte nachdenklich: »Sagen Sie, reden Sie immer so?«

»Nur, wenn ich nüchtern bin.«

»Ich weiß nicht, ob wir uns eigentlich so viel zu ...«

»Lassen Sie sich von meinem Gerede bitte nicht abschrecken. Es geht manchmal mit mir durch. Ich kann nichts dafür. Wenn ich Auge in Auge einer Frau unter sechzig gegenübersitze, dann bin ich wie ein Dreizehnjähriger auf Freiersfüßen, so ungefährlich wie eine flügellose Fliege.«

»Es gibt da eine kleine Konditorei – hier oben in der Øvregate, hinter der Mariakirche.«

»Ja, genau. Ich weiß, wo das ist.«

»Wir könnten uns dort treffen, ungefähr um halb vier?«

»Gut. Ich werde dort sein.«

»Aber ich muss um halb fünf zu Hause sein. Mein Mann ...« Sie sprach nicht weiter, aber ich konnte mir vorstellen, dass die Toleranzgrenze ihres Mannes zurzeit nicht so hoch war.

»Also gut. Bis dann.«

»Bis dann.«

Ich legte den Hörer auf und holte tief Luft. Ich hatte es geschafft.

Dann ging ich entschlossen um den Schreibtisch herum zum Kalender. Ich hatte die Hand schon erhoben, entschied mich dann aber doch anders. Nein, noch nicht, sagte ich zu mir selbst. Noch nicht.

Darauf schloss ich das Büro ab und ging die zwei Stockwerke hinunter zum Beerdigungsinstitut aller guten Mahlzeiten. Ich aß ein warmes Gericht, langsam und umständlich, wie ein Todeskandidat. Aber nicht einmal einem Todeskandidaten hätte dieses Essen geschmeckt.

43

Bergens Elektriske Faergeselskap heißt die Reederei, die – allerdings mit immer größerer kommunaler Unterstützung – die kleine Fähre betreibt, die von der Nykirke nach Bredbenken Vågen überquert. BEF steht darauf geschrieben und damals, als wir uns als Jungs auf die endlose Fahrt über das Vågenmeer machten, um zum Turntraining in die Vikinghalle zu gehen, nannten wir sie die Beffe.

Mit der Beffe fuhren wir auch, als wir einige Jahre später das gleiche Wasser überquerten, um in der gleichen Halle tanzen zu gehen. Nachher fuhr die Fähre nicht mehr und diejenigen von uns, die kein Mädchen kennen gelernt hatten, das sie nach Hause begleiten konnten – »irgendwo draußen nach Sandviken«, denn die Mädchen, die jemand nach Hause begleitete, wohnten immer »irgendwo draußen in Sandviken«, jedenfalls mussten sie immer in eine ganz andere Richtung als wir, die wir kein Mädchen nach Hause begleiten sollten – wir mussten um Vågen herum nach Hause laufen.

Seit damals hatten sie die Beffe ausgewechselt. Die alte weißbraunschwarze aus Holz war durch eine grünorange Fähre aus Plastik ersetzt worden, die höher als die alte auf den Wellen tanzt und ein anderes Motorengeräusch macht.

Fast nur aus nostalgischen Gründen ging ich in die Fußgängerzone, kaufte an einem Kiosk eine Zeitung und ging zum Kai, um mit der Beffe über Vågen nach Dreggen zu fahren.

Die Jahre in Nordnes traten immer klarer hervor, wenn ich so ging, mitten zwischen den Jahreszeiten, und wenn ich Zeit hatte, an sie zu denken. Ich konnte mich nicht daran erinnern, dass die Straßenbahn ganz hinausgefahren war, aber ich erinnerte mich, dass mein Vater, der Straßenbahnschaffner, oben im Haugevei aus dem Bus stieg, mit der Schaffnertasche über der Schulter, die Mütze immer gerade und korrekt auf dem Kopf. Sein Gesicht war im Sommer rot und hatte im Winter einen gräulichen Rotton. Er hatte ein kräftiges, rundes Gesicht, mit deutlichen Hamsterbacken. Sein Mund war immer zusammengekniffen, verkniffen, als hinge er in der Schwebe beim Aus- oder Einsteigen in eine Straßenbahn, die noch nicht gehalten hatte oder gerade losgefahren war. Er kam die Treppen vom Haugeveien herunter, und ich kam ihm entgegengelaufen und rief »Hei!«. Und er zerzauste mein Haar und sah mich mit seinen durchsichtigen, blassen Augen an und fragte, ob ich heute ein lieber Junge gewesen war.

Und dann ging er nach Hause – zu seinen Büchern. Und zu seinen Zeitungen. Und nach einer Viertelstunde kam meine Mutter aus der Gasse herauf und rief: »Va-arg! Es gibt E-e-ssen!« Und noch heute kann ich die Augen schließen und ihr Gesicht dort unten sehen, immer blass, aber mit weichen Zügen, wie sie überhaupt sehr weich gewesen war: ihr Mund, der in ein schöneres – oder vielleicht jüngeres – Gesicht zu gehören schien, ihre Augen, die dunkler und wärmer waren als die meines Vaters, ihre Stimme, die wie ein einladendes Signal herauftönte.

Unsere Mittagessen: kariertes Wachstuch, gedünsteter Dorsch den einen, Plukkfisk am nächsten Tag, Fischklöße den einen und Fischauflauf am nächsten Tag, Kartoffelknödel und Salzfleisch den einen, Labskaus am nächsten Tag. Dessert einmal die Woche, sonntags. Gelee mit synthetischem Geschmack, dazu noch warme Vanillesauce. Mein Vater auf der einen Seite des Tisches, meine Mutter auf der anderen, ich in der Mitte, und mir gegenüber das Fenster. Das Fenster war die vierte Person am Mittagstisch, weil sich dahinter das Jahr und die Zeit befanden: strahlender Sonnenschein, strömender Regen, fallende Schneeflocken und knisternder Frost. Das war eine Ewigkeit her.

Jetzt waren beide tot. Und es war lange her, seit ich zu dritt an einem Mittagstisch gesessen hatte. Und von dem Nordnes von damals war so gut wie nichts mehr übrig.

Ich ging an Bord der Beffe, blieb in der hinteren Türöffnung stehen und schaute zurück auf Nordnes, auf die hohen, hässlichen Steinfassaden, die Vågen jetzt umgaben, auf die endlose Vielfalt missglückter Architektur, die sich wie eine chinesische Mauer vom Marktplatz bis zum Nordnesbakken erstreckte. Plötzlich wurde ich wehmütig: als würde ich mit der Beffe mein eigenes Traumland, meine eigene Kindheit verlassen. Und ich musste an die denken, die ich dort hinterlassen hatte, die Toten, die ich zu Grabe getragen hatte, die Gesichter, die ich nie mehr wieder sehen würde, die Häuser, zwischen denen ich nie mehr herumlaufen würde, nicht als kleiner Junge und nicht als erwachsener Mann – weil nicht einmal die Häuser mehr standen. Nicht einmal die.

Wir segelten auf Fløien und Deggen und Stadtteile zu, die noch relativ unberührt waren. Den Berghang hinauf stritten sich immer noch die kleinen Holzhäuser um den Platz, Bryggen entlang stand noch immer eine gezahnte Reihe alter Häuser. Und Fløien über dem allen, mit den alten Konturen. Sie konnte niemand verändern. Oder doch?

Ich durchquerte die Beffe und ging am anderen Ende an Land.

44

Es war eine Konditorei en miniature und zugleich auch der Verkaufsraum. Jedenfalls war sie nicht gerade groß. Da war kein Platz für Arien, und es würde schwierig werden, über persönliche Dinge zu sprechen. Ich hätte einen anderen Ort gewählt.

Eine Glastheke mit Kuchen und Brot teilte den Raum in zwei Hälften. Ganz rechts stand ein Kühlschrank mit einigen Limonadenflaschen. Zwischen dem Kühlschrank und der Tür standen zwei kleine Tische mit jeweils zwei Stühlen. Links von der Tür, direkt beim Fenster, gab es einen weiteren Tisch. Das war alles. Ich wählte den Tisch beim Kühlschrank. Er wirkte am diskretesten, wenn man es diskret nennen konnte, eineinhalb Meter vom Tresen und zwei Meter von der Tür entfernt zu sitzen.

Hinter dem Tresen stand eine ältere Frau mit grauem Haar und einem Gesicht voller freundlicher Falten. Sie trug Gelb: Bluse, Rock und Schürze, wie eine Serviererin.

Ich bestellte zwei Rumkugeln und eine Tasse Schokolade mit Sahne. Es war fünf vor halb vier. Das ist eine meiner schlechten Angewohnheiten: Ich komme immer fünf Minuten zu früh.

Sie kam durch die Tür mit schwachem Nachmittagslicht im Rücken und sie brauchte nicht nach mir zu suchen. Es war sonst niemand da.

Als sie an meinen Tisch trat, sah ich, dass sie ziemlich klein war. Sie streckte mir eine blasse, schmale Hand entgegen und sagte: »Hallo. Solveig Manger.«

Ich stand auf und ergriff gleichzeitig ihre Hand. »Varg Veum. Guten Tag.«

Sie drückte meine Hand schnell und fest. Es täte ihr Leid, dass sie fünf Minuten verspätet sei. Ich sagte, das mache nichts, und sie lächelte zerstreut, als sei sie es gewohnt, dass Männer genau das sagten. Sie ging zum Tresen und bestellte eine Tasse Kaffee und ein halbes Brötchen.

Als sie zurückkam, knöpfte sie ihren Mantel auf, bevor sie sich setzte. Es war ein Mantel, den sie schon ein paar Jahre trug: aus grünem, teilweise von Wetter gebleichtem Samt, mit breiten Aufschlägen und einem breiten Gürtel mit dunkelbrauner Schnalle. Darunter trug sie eine beigefarbene Bluse mit einem kleinen, braunorangen Muster. Das gab ihr ein herbstliches Aussehen. Die Bluse hing locker um ihren Körper, ohne viel von den Konturen dahinter zu verraten. Sie hatte etwas Romantisches und Geheimnisvolles an sich. Man konnte ihren Körper nur erahnen: die weichen Spitzen der kleinen Brüste, den festen Oberkörper und – weiter unten – den weichen Bauch. Ihre Schultern waren schmal, aber gerade. Sie saß mit geradem Rücken in einer natürlich aufrechten Haltung.

Zur Bluse trug sie einen grünen Samtrock. Sie hatte breite Hüften, die zusammen mit dem schmalen, fast zierlichen Oberkörper auf den ersten Blick einen putzigen Eindruck machten. Ihre Gestalt hatte nicht die klassischen Maße, sie hatte keine üppige Venus-Figur, sie war keine erblühende Diana. Aber es war eine Gestalt, in die man sich furchtbar leicht verlieben konnte, weil sie sofort irgendeine Form von Beschützerdrang und Zärtlichkeit in einem auslöste.

Neben ihr empfand ich mein eigenes zerschlagenes Gesicht als unpassend, klobig und hässlich oder unschön. Ich strich mir nachdenklich über die Barstoppeln, vielleicht um wenigstens die untere Gesichtshälfte zu verbergen.

»Ich habe – Sie schon mal gesehen«, sagte sie und sah forschend in mein Gesicht.

Ich ließ meine Hand wieder auf den Tisch fallen. »Bitte«, sagte ich. »Können wir uns nicht duzen? Es ist so anstrengend, die ganze Zeit an das Sie zu denken.«

Sie lächelte vorsichtig. »Na gut. Aber dann musst du mich Solveig nennen. Und ich nenne dich . . . Warte – wie war das? Vidar?«

»Ich würde mir fast wünschen, es wäre so.«

»Ja?« Ihre Augen waren dunkelblau, so dunkel, dass sie fast schwarz wirkten. Ihr Haar fiel glatt und jungmädchenhaft um ihr Gesicht, nicht blond und nicht braun und nicht rot, sondern alles zugleich. Ich musste Jonas Recht geben. Auch aus der Ferne wäre es das Erste, was einem an ihr auffiel.

»Varg«, sagte ich.

Sie lachte nicht, sondern sagte: »Hör mal, du, ich glaube, das hier könnte eine schwierige Bekanntschaft werden. Ich glaube nie ganz, was du sagst. Ich habe nicht geglaubt, dass du Privatdetektiv bist und nun – heißt du wirklich . . .?«

Ich nickte. »Ja. Ich heiße Varg. Und ich bin Privatdetektiv.«

Sie nickte langsam und lächelte wieder. »Gut. Ich glaube dir. Ich glaube dir, wenn ich dich sehe.«

Ihr Gesicht war wunderhübsch, aber auch nicht nach klassischem Schönheitsideal geformt. Dazu war es zu individuell. Ihr Mund war ziemlich klein und ihre Lippen waren weder voll noch zu schmal. Wenn sie lächelte, bekam sie runde, hübsche Wangen und eine Andeutung von Grübchen direkt neben den Mundwinkeln. Wenn ihr Haar und ihre Augen nicht gewesen wären, hätte sie ausgesehen wie eine x-beliebige, nette, hübsche Frau. Aber ihre Augen waren die einer sehr warmherzigen Frau und ihr Haar . . .

Ich betrachtete ihr Haar, und sie sagte: »Jetzt wirst du mich gleich fragen: Welche Farbe hat eigentlich dein Haar?«

»Tatsächlich?«, sagte ich lächelnd.

»Alle tun das, früher oder später. Meistens früher.«

»Und was antwortest du?«

»Irgendeine Mischung, antworte ich. Oder kastanienblond, denn dann wissen sie nicht recht, was sie sagen sollen.«

Sie gefiel mir. Sie saß mit geradem Rücken auf der anderen Seite des kleinen Tisches und sah in ihre Kaffeetasse hinunter, während sie sprach. Zwischendurch warf sie mir schnelle, forschende Blicke zu, aber ihre Augen verweilten nicht, sondern zogen sich schnell wieder in die sichere Dunkelheit der Kaffeetasse zurück.

Sie war kein junges Mädchen mehr. Die feinen Fächer von Lachfältchen in ihren Augenwinkeln deuteten an, dass sie die dreißig überschritten hatte. Und die letzten Tage waren auch nicht spurlos an ihr vorübergegangen. Ich nahm an, dass die dunklen, blaugrauen Schatten unter ihren Augen vor einer Woche nicht so sichtbar gewesen waren und dass die zwei angespannten Falten am Ende der Augenbrauen vielleicht letzte Woche noch gar nicht da gewesen waren. Es waren Falten, die an Fühler erinnerten. Solche Falten werden entweder weggewischt, wenn die Trauer verblasst, oder sie beißen sich fest und begleiten dich für den Rest deines Lebens, bis du selbst eines Tages – wenn du Glück hast – einen kleinen Kreis von Trauernden hinterlässt.

Ich sagte: »Solveig . . .«

Sie sah abrupt auf und es war eine plötzliche Angst in ihrer Stimme als sie sagte: »Ja?«

»Ich . . . Vor einer Woche – letzten Dienstag – saß ich in der Bryggestue – zusammen mit Jonas, und er . . .«

Ihre Augen wurden glasig. Ein rasches Zucken lief über ihre weichen Lippen, und der ganze Mund erzitterte. Dann presste sie die Lippen zusammen und wischte sich rasch mit der rechten Hand über die Augen. »Ich – entschuldige . . .«

Die Frau hinter dem Tresen ging diskret in ein Hinterzimmer und wir hörten Stuhlbeine schaben. Dort begann sie, laut in einer Zeitung zu blättern.

Ich sagte: »Ich will dich nicht – quälen. Das musst du nicht glauben. Ich will ehrlich sein. Ich habe dich um ein Treffen gebeten, weil ich gerne mehr von dir und – Jonas wissen möchte. Weil ich herausfinden will, wer ihn wirklich getötet hat. Und weil ich ihn selbst nicht sehr gut kannte. Ich habe ihn nur einmal an dem Tag getroffen.«

»Nur – letzten Dienstag?« Sie sah mich verwundert an.

Ich nickte. »Ja«, sagte ich heiser.

»Das war – sein letzter Tag. Ich habe darüber nachgedacht, hinterher. Ich habe versucht, mich an alles zu erinnern, was wir an dem Tag gemacht haben, an alles, was wir einander gesagt haben. Aber es war ja nichts Besonderes, denn es war nur ein ganz normaler Tag. Ein ganz normaler Alltag. Und ich wusste nicht – wir wussten nicht – dass es der Letzte war. Wie würden wir leben, Varg, wenn wir wüssten – oder – sollten wir jeden Tag so leben, als sei es der Letzte?« Sie sah mir direkt in die Augen. »Hättest du dann nicht auch vieles anders gemacht?«

»Doch. Doch, das hätte ich – glaube ich.«

»Das hättest du! Alle täten das. Aber wir wissen es einfach nicht, bevor – bevor es zu spät ist.« Sie biss sich mit kleinen Zähnen auf die Lippen. »Ich – ich habe ihn geliebt!«

Ich fühlte mich ungeheuer verwirrt und sagte: »Hör zu, Solveig, ich – bevor du weitersprichst – möchte ich, dass du weißt, dass ich – dass du mir vertrauen kannst – dass ich . . .«

Sie legte eine Hand leicht auf meine, ein paar Sekunden lang, drückte rasch mein Handgelenk und zog sie dann wieder zurück. Ihre Stimme war weich und warm. »Ich weiß, Varg. Ich weiß, dass du Varg heißt, und ich weiß, dass du Privatdetektiv bist, und ich weiß, dass ich mich darauf verlassen kann, dass du nichts von dem, was ich sage, weitererzählst. Ich kann es dir ansehen. An deinen Augen. Ich glaube sogar – unter anderen Umständen glaube ich, wir hätten Freunde werden können . . .«

Ich sagte: »Jonas hat erzählt . . .«

Sie sagte: »Entschuldige. Ich habe dich unterbrochen. Jonas hat erzählt . . .«

»Er hat mir – von dir erzählt. Er hat gesagt – er hat gesagt, er habe nie jemandem davon erzählt – von dir. Vorher. Ich weiß nicht, warum er gerade mich ausgewählt hat. Er war ein bisschen betrunken, aber . . .«

»Eines Tages – es kommt ein Tag, Varg, da müssen alle Geheimnisse einfach heraus. Du trägst etwas mit dir herum, das nur du weißt – nur du – und du kannst es niemandem erzählen. Du möchtest, du hast das Bedürfnis – davon zu erzählen, aber deine Mutter wäre nur erschrocken, und sogar deine beste Freundin würde dich wahrscheinlich nicht verstehen. Du weißt – ganz tief drinnen weißt du natürlich –, dass du es niemandem erzählen kannst: nur ihm – ihm, der das Geheimnis ist. Aber eines Tages triffst du einen Menschen – und es sollte am liebsten eine zufällige Begegnung sein – nicht um dich zu beleidigen, aber: ein Mensch, den du höchstwahrscheinlich nicht so bald wieder triffst oder nicht oft. Und plötzlich – plötzlich tut es gut, unendlich gut, erzählen zu können. Denn du trägst ja eine Liebe mit dir herum, und du willst ja – irgendwie willst du diese Liebe ja mit jemandem teilen, die Freude, die diese Liebe dir bereitet, auch wenn sie – verboten ist.« Das letzte Wort kam fast wie ein Nachsatz, und sie bekam eine nachdenkliche, senkrechte Furche zwischen den Augenbrauen. Sie hatte schmale, ziemlich dunkle, ungefärbte Augenbrauen. Ihre Wimpern waren diskret getuscht. Sie hatte eine dünne Schicht rosa Lippenstift aufgetragen. Sonst war sie ungeschminkt, soweit ich sehen konnte.

Ich sagte: »Jonas hat von dir erzählt, auf eine Weise, wie – wie ich jedenfalls noch nie einen Mann von einer Frau habe sprechen hören. Er – es war fast – ansteckend.« Das letzte Wort war nicht überlegt, sondern es rutschte mir einfach so heraus. Ich sagte: »Ich meine, ich . . .«

Sie sah mich nachdenklich an. »Ich habe nachgedacht . . . Glaub mir, ich habe viel nachgedacht in diesen Tagen, seit – seit dem Morgen, als die Polizei anrief und sagte . . .« Sie sprach es flüsternd aus: »Dass er tot ist.«

Dann räusperte sie sich leise und fuhr mit klarer Stimme fort. »Ich habe über unsere gemeinsame Zeit nachgedacht, die Zeit, die wir hatten. Ich bin nie – es waren die glücklichsten Jahre meines Lebens, Varg. Ganz ehrlich. Auch wenn andere es Untreue nennen würden: Ich bin nie vorher so glücklich gewesen. Von der ersten, ängstlichen Verliebtheit bis zu – der Wärme, die zwischen uns war, jetzt – am Ende. Ich weiß noch, wie ich mich in ihn verliebt habe. Zuerst waren es nur merkwürdige Signale, und ich versuchte, sie zu verdrängen, versuchte, mich zusammenzureißen und sagte zu mir selbst: Du bist glücklich verheiratet, Solveig, glücklich verheiratet! Aber mein Gott es war wie der Versuch, eine Lokomotive aufzuhalten. Und der nächste Gedanke war natürlich: War ich wirklich glücklich verheiratet, wenn ich mich so sehr in einen anderen verlieben konnte?« Sie sah mich fragend an.

Ich sagte: »Wahrscheinlich nicht. Aber man kann wohl – man kann wohl vielleicht mehrere lieben – gleichzeitig?«

Sie nickte langsam. »Doch. Vielleicht. Aber nicht mit der gleichen Intensität. Und später, sogar viel später, denn es ging langsam – jedenfalls am Anfang – zwischen Jonas und mir. Aber später, als wir dann richtig – zusammen waren . . . da, da haben wir uns so sehr geliebt, dass kein Platz mehr war für andere. Für Jonas und mich gab es nur uns beide. Er, nur er schaffte es, die Konsequenzen daraus zu ziehen. Ich dagegen, ich habe gezögert. Und genau darüber habe ich nachgedacht, ich meine unter anderem. Vielleicht habe ich zu lange gezögert. Vielleicht ist es passiert, weil ich so lange gezögert habe. Wenn ich – wenn ich getan hätte, worüber wir gesprochen haben, alles – alle Brücken abgebrochen hätte – in eine andere Stadt gezogen wäre – dann würde er vielleicht heute noch leben, mein – Geliebter.« Das letzte sagte sie leise und fast unhörbar, in die Kaffeetasse hinunter.

Sie fuhr fort: »Jonas hat immer gesagt – ich glaube, es ging ihm ganz gut – jedenfalls sexuell – mit seiner Frau. Er hat immer gesagt, dass das, was er für mich empfand, dass das nicht in erster Linie etwas Sexuelles war, nicht bevor wir zusammen gewesen waren, jedenfalls – richtig. Es war – etwas Romantisches, sagte er immer. Aber für mich ... Ich meine, auch meine romantischen Gefühle für Jonas waren stark, das meine ich nicht. Aber auch sexuell – für mich war er – ich hatte nie etwas Ähnliches erlebt. Er war ...« Sie dämpfte die Stimme, faltete ihre Hände, wickelte ihre Finger ineinander. Ihr Goldring schimmerte. Draußen war es dunkler geworden, eine bleigraue Dämmerung. Man hörte das gleichmäßige Rauschen des Verkehrs. Ein gelber Bus hielt auf der anderen Straßenseite, vor Schøttstuene. »Er war der Erste – der einzige –, der es geschafft hat, dass ich mich wirklich als Frau fühlte. Ganz und gar.« Sie dämpfte die Stimme noch eine Nuance. »Wir – Reidar, mein Mann, und ich – wir hatten es nicht so gut miteinander, nicht so ...«

Sie errötete plötzlich. Es war eine leichte, fast durchsichtige Röte, als würde sie erst jetzt bemerken, dass sie hier saß und einem Menschen – einem Mann –, den sie erst seit einer halben Stunde kannte, die intimsten Dinge anvertraute.

Wir saßen eine Weile stumm. Ein Kunde kam herein. Es war ein Mann mittleren Alters, der ein halbes Kneippbrot kaufte und wieder ging. Die alte Frau bediente ihn und ging dann wieder in das Hinterzimmer. Auf dem Weg dorthin blickte sie auf die Uhr.

Solveig Manger sagte: »Kennst du Reidar – meinen Mann?«

Ich schüttelte den Kopf. »Nein.«

Sie suchte in ihrer Tasche nach einer Brieftasche, zog ein Foto heraus und reichte es mir über den Tisch. Es war ein Amateurfoto von einem Mann in hohen, grünen Gummistiefeln, hellblauen Jeans, blauem Anorak und einem offenen, karierten Flanellhemd. Er saß auf einem Stein irgendwo an einem Fluss. Sein Haar war struppig und recht kurz geschnitten und er trug einen roten Vollbart. In dem Bart lächelte er angestrengt mit einem kleinen jungfräulichen Lehrerinnenmund.

»Reidar«, sagte sie.

Ich nickte. »Jonas sagte, dass er ihn mochte. Er arbeite irgendwie mit amerikanischer Literatur an der Universität, sein Spezialgebiet sei Hemingway, und er würde beim Anblick einer lebenden Forelle ohnmächtig werden.«

Sie lächelte blass. »Jonas' Fehler war – ab und zu –, dass er sich etwas zu kategorisch über andere ausließ. Er war der Typ, der seine Großmutter für einen guten Spruch verkauft hätte. Reidar ist wirklich kein Hemingway, Gott bewahre! Dann hätte ich ihn nie geheiratet. Aber ich vermute, er hat in seinem Leben mehr lebende Forellen gesehen als Jonas. Und er liebt die Natur. So haben wir uns übrigens kennen gelernt, auf einer Fjellwanderung. Im Jotunheimen. Er – wir waren gute Kameraden. Wir leben zusammen und ich habe ihn einmal sehr geliebt, ich habe ihn früher mehr geliebt – bevor ich Jonas traf, meine ich. Und jetzt – jetzt weiß ich nicht. Jetzt, wo Jonas nicht mehr da ist: Vielleicht kann ich ihn wieder lieben lernen. Wenn er mich haben will. Es kam immerhin wie ein Schock – auch für ihn. Er hatte wirklich keine Ahnung . . .«

»Von dir und . . .«

»Ja. Gar keine. Er – nachdem die Polizei mit ihm gesprochen hatte, kam er blass und erschöpft nach Hause, mit ganz verzerrtem Gesicht. Aber er sagte nichts, er machte mir keinen Vorwurf. Er sah mich nur an. Ich – das war fast schlimmer als alles andere, verstehst du? Aber er ist ein guter Mensch – er würde nie – es würde ihm zum Beispiel nie einfallen – gewalttätig zu werden. Aber ich weiß nicht, wie es mit – uns weitergehen soll . . .«

Sie sah vor sich hin, als spiele es eigentlich keine Rolle, als läge der Rest des Lebens sowieso vor ihr wie eine endlose Busfahrt, eine Busfahrt von der Arbeit nach Hause durch eine bleigraue Dämmerung, die nie Nacht und nie Tag werden würde und nie zu Ende ginge. »Reidar – hätte es niemals verstanden. Was Jonas und ich miteinander hatten – es war etwas, das niemand anders verstehen konnte, nur wir beide.«

»Das Privileg aller Liebenden?«, fragte ich vorsichtig.

»Ja – vielleicht. Vielleicht ist es nur eine Illusion. Vielleicht war es doch nichts so Besonderes, sondern etwas, das alle irgendwann einmal erleben – wenn sie Glück haben.«

Sie leerte ihre Kaffeetasse. »Es ist merkwürdig«, fuhr sie fort. »Es ist merkwürdig, wie uns das Leben irgendwie einfach widerfährt, ab und zu. Zehn Jahre zu spät. Denn wir hätten uns vor zehn Jahren begegnen sollen, Jonas und ich. Da waren wir beide jung und frei und ungebunden. Wir waren doch füreinander bestimmt, von Anfang an. Es konnte nicht anders kommen. Nach einer Weile – es wurde mit der Zeit einfach so, dass ich mir mein Leben nicht mehr vorstellen konnte, ohne Jonas. Und so – so ging es ihm auch, sagte er. Wir – wir taten ja etwas, das die Leute verurteilen würden, aber – aber wir konnten einfach nicht anders. Wir haben uns geliebt. Es war – Liebe.«

Ich leerte auch meine Tasse. Es war nur noch weißer Sahneschaum auf dem Boden übrig.

Sie sagte: »Wir haben natürlich über Scheidung gesprochen. Und er – er hielt es nicht aus. Er sagte: Egal, wie du dich entscheidest, Solveig, ich tue es! Und er tat es. Aber ich – ich zögerte. Ich habe natürlich an die Kinder gedacht. Was würde aus ihnen werden? Und ich gebe es zu, ich machte mir Gedanken, was die Leute sagen würden. Ich dachte an Freunde und Bekannte, an Verwandte und Kollegen, an die Familie – meine Familie – seine Familie. Ich dachte an all die Menschen, die mich mögen, und die mich dann plötzlich nicht mehr mögen würden. An all die, die mir den Rücken kehren würden, die uns den Rücken kehren würden. Und ich dachte, dass man sowohl einen starken Rücken als auch einen starken Magen braucht, um all das zu verkraften. Und ich war mir wirklich nicht sicher, ob ich das schaffen würde. Erst jetzt ... Oh, es ist zum Verzweifeln, Varg – erst jetzt, die letzten Wochen, habe ich angefangen, zu einer endgültigen Entscheidung zu kommen. Es war ein langer und schmerzvoller Prozess, aber jetzt war ich tatsächlich dabei, mich darauf einzustellen. Jetzt musste ich nur wählen zwischen meiner Pflicht und meiner Liebe. Wir sind schließlich alle Egoisten, oder? Wir wollen, dass es uns selbst gut geht. Wir wollen ein richtiges, eigenes Leben leben. Also was soll ein kleiner Mensch da schon tun?«

Ihre Augen waren jetzt ganz schwarz. »Ich hatte mich geistig auf die Scheidung eingestellt, und dann auf Jonas. Aber dann – dann passierte – dieser furchtbare ...!« Sie atmete heftig ein. »Und alles ist umsonst. Alles war vergeblich. Jonas ist nicht mehr da, und Reidar hat es jetzt erfahren, und vielleicht verlässt er mich. Dann sitze ich da, ganz allein mit mir selbst und meinen Erinnerungen – an ein paar glückliche Jahre, in Untreue.«

»Ich ...«

»Aber was ist Untreue? Das, was du tust, wenn du mit dem einzigen Mann zusammen bist, den du liebst? Oder was du tust, wenn du mit dem zusammen bist, mit dem du verheiratet bist, und den du nicht mehr liebst? Wenn Reidar und ich miteinander geschlafen haben – ich konnte nicht anders, ich wurde wirklich böse auf mich selbst – aber ich konnte nicht anders, als an Jonas zu denken – wie schön es mit ihm war, wenn wir ... Am Ende war es tatsächlich so, dass ich das Gefühl hatte, Jonas untreu zu sein! Kannst du – stell dir das vor!«

Ich sagte: »Jonas hat übrigens ungefähr dasselbe gesagt. Als er von dir erzählte.«

Sie hob resigniert die schmalen Schultern und starrte forschend in mein Gesicht. Ihr Lächeln war unglaublich traurig. Es war das traurigste Lächeln, das ich jemals gesehen hatte. Es war das Lächeln einer Frau, die an einem Grab steht und fragt: Was war das Leben? So schnell, so plötzlich? Das Lächeln eines Kindes, das am Strand steht und über das Meer hinausblickt und sagt: Ist das das Meer? Diese ganze Leere? Und es war ein ungeheuer schönes Lächeln.

Sie sah erst auf die Uhr und dann mich an. »Ich glaube, ich muss – gehen. Wolltest du – mich noch mehr fragen?«

Ich versuchte nachzudenken, aber es gelang mir nicht. Sie sagte: »Ich habe dich ja kaum zu Wort kommen lassen. Ich habe dir bestimmt ein Loch in den Kopf geredet. Habe ich – habe ich dir helfen können?«

Ich sagte: »Ich weiß es nicht. Ich glaube es eigentlich nicht. Jedenfalls nicht dabei, herauszufinden . . . Aber du – und Jonas – ihr habt mir jedenfalls etwas beigebracht, das mir bis jetzt nicht klar war, und das ich nie verstanden hatte. Etwas über die Liebe.«

Sie nickte traurig und schenkte mir einen Schatten des wehmütigen Lächelns. »Na gut. Dann ist es wohl doch nicht – vergebens gewesen.« Sie nahm sich zusammen und versuchte, munterer zu klingen. »Ein andermal – ein andermal musst du mir von dir erzählen. Gehen wir?«

Ich nickte und stand auf. Sie knöpfte ihren Mantel wieder zu, und wir gingen nach draußen. Ich schloss die Tür vorsichtig hinter uns und nickte der alten Frau zu, die hinter dem Tresen hervorkam und zu unserem Tisch ging, um die Tassen abzuräumen.

Draußen vor der Konditorei blieben wir stehen. Es war windig geworden, ein kalter und frühlingshafter Wind, der ihr das Haar aus dem Gesicht wehte und es nackt und offen vor mir entblößte. Sie sagte: »Du hast vergessen, mir zu erzählen – hatte ich dich nicht schon mal irgendwo gesehen?«

Ich sagte: »Letzten Dienstag. Ich war kurz in der Agentur, um mit Jonas zu sprechen. Ich stand an der Rezeption und du gingst direkt an mir vorbei.«

Sie sagte: »O ja – jetzt erinnere ich mich. Tja.« Sie streckte mir ihre Hand entgegen. »Dann verabschiede ich mich. Ich bin froh, dass ich mit dir sprechen konnte. Es – ich glaube, es hat mir gut getan. Danke.«

Ich nahm ihre Hand zwischen meine Hände und hielt sie fest. »Danke, Solveig«, sagte ich. Meine Stimme war belegt und meine Augen wanderten über ihr Gesicht, als wollte ich mir jeden ihrer Züge einprägen, für den Fall, dass ich sie niemals wieder sähe, für den Fall, dass dieser Tag der letzte wäre – für einen von uns.

Dann war es vorbei. Ich ließ ihre Hand los und sie drehte sich um und ging in Richtung Skuteviken. Einmal sah sie sich um und lächelte mir über die Schulter zu. Der grüne Samtmantel flatterte im scharfen Wind.

Ich blieb stehen und sah ihr nach, bis sie verschwand. Sie drehte sich nicht mehr um.

Es war ein merkwürdiges Gefühl, dort zu stehen und ihr hinterher zu starren. Ich konnte mich nicht losreißen. Es war, als sei es ein Teil von mir selbst, der mich dort auf dem Bürgersteig verließ, als würde ich nie wieder ganz derselbe sein. Als hätte das Leben – und alles andere auch – plötzlich einen neuen und beunruhigenden Sinn bekommen.

Über mir schwebte eine einsame Krähe tief an den zwei mittelalterlichen Türmen der Mariakirche vorbei, als habe ein bleigraues Stück Dämmerung sich losgerissen und flattere vorüber, wie eine zufällige Seite einer zufälligen Zeitung, ein zufälliger Tag in einem alten Leben.

45

Ich fuhr durch das, was einmal die Kommune Laksevåg gewesen war in Richtung der Stadtteile hinter dem Lyderhorn.

Es war jetzt völlig dunkel und unmöglich zu sagen, ob Winter war, Frühling oder Herbst. Aber Laksevåg war ein Stadtteil, den ich mit dem Frühling verband. Durch Laksevåg waren wir mit dem Fahrrad gefahren, als ich ein Junge war, und damals war immer Frühling gewesen. Es waren die ersten langen Fahrradtouren mit frisch geölten Fahrrädern, die ersten spannenden Ausflüge, bevor es wirklich Sommer wurde und wir anderes zu tun bekamen. Der Frühling lag über Laksevåg, und wir radelten über Asphalt, der noch nass war von monatelangem Schneeregen, Schnee und Regen, durch eine Luft, die kalt und klar war von einem verspäteten Frost, unter einer Sonne, die noch nicht höher am Himmel stand, als dass sie mehr als einen goldenen Schimmer auf die nackten Jungennacken, die kurz geschnittenen Schöpfe warf. Wir froren an den Fingern.

Später hatte ich immer das Gefühl von Frühling, wenn ich durch Laksevåg kam, oder von Ferien. Eine Postfiliale lässt mich an Postbankbücher und aufgespartes Feriengeld denken, ein Café lässt mich an diese Cafés denken, in die man auf einer jugendlichen Fahrradtour im Sørland kam, mit wässerigen Frikadellen, Brause in Wassergläsern und Fliegen auf den Tischen und im Fenster.

Mein Gesicht schmerzte immer mehr, je näher ich dem Ziel kam. Es war, als bekämen die Schrammen neues Leben, als würde der Körper einen erneuten Besuch dort draußen, eine neue Begegnung mit hartem Asphalt, jugendlichen Fäusten und flinken Stiefeln verweigern.

Das große Einkaufszentrum lag immer noch da und wartete auf den Take-off. Ich bog in Richtung der vier Blöcke ab und parkte vor dem zweiten. Zunächst blieb ich im Auto sitzen und sah mich um. Aber ich sah nichts. Die Schatten hatten keine Gesichter, die Dunkelheit hatte keine Finger – soweit ich sehen konnte.

Ich stieg aus. Die Luft war klar und kalt, und ich hatte das Gefühl, dass es in der Nacht wieder Frost geben würde. Kleine Pfützen würden zufrieren und alte Menschen würden sich morgen früh den Oberschenkelhals brechen.

Automatisch sah ich zur Wohnung von Wenche Andresen hinauf. Sie lag im Dunkeln. Dort war es schon Nacht.

Aber das war nicht der Block, zu dem ich wollte. Ich betrat das Gebäude, in dem der Jugendclub lag, aber diesmal folgte ich nicht den Pfeilen in den Keller. Ich ging zu den Briefkästen. Gunnar Våge wohnte im zwölften Stock, stand da.

Ich ging um die Ecke und zum Fahrstuhl. Einer wartete abfahrbereit. Ich trat ein, schloss die Tür und drückte auf den zwölften Knopf von unten.

Irgendwo im Himmel holte ein Riese tief Luft und der Fahrstuhl wurde zwölf Stockwerke nach oben gezogen. Die Tür öffnete sich und ich stieg aus.

Gunnar Våges Wohnung lag im nördlichen Flügel, gleich hinter der ersten Tür, wenn man aus dem Fahrstuhl stieg. Als ich klingelte, machte niemand auf.

Ich blieb eine Weile am Geländer stehen und sah hinaus. Nur das Dach war jetzt noch über mir. Die nächsthöhere Treppenstufe war das Lyderhorn selbst. Die Menschen unten vor dem Haus waren noch kleiner geworden. Ich sah mein Auto. Es wirkte irgendwie verlassen, wie ein liegen gelassenes Spielzeug. Es war niemand in seiner Nähe. Niemand, der die Kühlerhaube öffnete und Leitungen abriss, niemand, der sich in den Schatten darum aufbaute.

Ich klingelte noch einmal. Vergeblich.

Dann fuhr ich wieder nach unten, ging hinaus, am nächsten Block vorbei und betrat den, in dem Joker wohnte. Ich nahm auch hier den Fahrstuhl, diesmal zusammen mit einem nicht gerade geselligen Mann im Parka, mit Hornbrille und einem Gesicht, das einem Lebemann hätte gehören können, damals, als es solche noch gab, und als Parkas etwas waren, das man von Bildern aus der Eiswüste kannte.

Ich klingelte bei Hildur Pedersen, und Hildur Pedersen öffnete nach der gewöhnlichen Wartezeit die Tür. Sie schien nicht sonderlich begeistert, mich zu sehen. »Ich habe nichts mehr zu erzählen«, sagte sie, bevor ich den Mund aufmachen konnte. »Hau ab hier. Du hast schon genug . . .«

Ich sagte: »Ich bin nicht gekommen, um mit dir zu sprechen. Ich will mit Jo- . . . mit Johan reden.«

»Und warum?«, fragte sie misstrauisch.

»Sagen wir, ich habe noch eine – Stiefelrechnung mit ihm offen.«

»Stiefelrechnung?« Sie betrachtete forschend mein Gesicht und etwas, das an ein Lächeln erinnern mochte, huschte vorbei. »Hat dich jemand als Tanzboden benutzt, Veum?«

»Sie hatten nicht einmal Tanzschuhe an«, antwortete ich. »Jedenfalls haben sie mich nicht aufgefordert. Und wo ich doch früher nie Mauerblümchen war – jetzt haben sie mich benutzt, um den Asphalt mit mir zu schmücken.«

Sie sagte: »Es ist wahnsinnig lustig, dir zuzuhören, Veum, aber nicht in der Türöffnung, wenn du hundertzwanzig Kilo zu tragen hast. Und ich bin nicht in der Stimmung, dich reinzubitten.«

»Wie gesagt – ich wollte auch mit Johan ...«

»Er ist nicht zu Hause.«

»Nein?«

»Nein. Er ist unterwegs seit – Gott weiß wie lange.«

»Und du hast keine Ahnung, wo er sich aufhalten könnte?«

Sie zuckte mit den Schultern, sodass der Balkon unter mir schaukelte. »Nein.« Sie machte Anstalten, die Tür wieder zu schließen, und ihr Gesicht wurde zu einem bleichen Streifen im Türspalt. »Adieu«, sagte sie. Dann war sie ganz verschwunden und mir blieb nur noch die Aussicht.

Aber diese Aussicht hatte nicht so viel zu bieten. So ging ich langsam die Treppen wieder hinunter.

Ich dachte an mein Gespräch mit Solveig Manger, lauschte auf das Echo ihrer Stimme, das noch in mir widerhallte. Ich sah ihr Haar vor mir, dachte daran, wie es sein müsste, sich vorzubeugen und seinen Duft zu spüren, die Wärme ihrer Haut, oder im Halbdunkel irgendwo zu sitzen und Silber aus ihren dunklen, tiefen Augen zu fischen, nur dazusitzen, einfach nur zu schauen.

Ich versuchte mir Jonas Andresen vorzustellen, mit ihr. Ich versuchte, sie mir zusammen auszumalen, im Bett. Sie nackt, auf dem Rücken, mit gespreizten Beinen und ihr Haar über das Kopfkissen gegossen. Er auf dem Bauch, mit zerzaustem Bart, zerzaustem Haar und den einen Arm über ihren Brüsten ruhend.

Aber es gelang mir nicht. Ich sah nur zwei Menschen Hand in Hand, mit Frostatem, irgendwo in einem winterlich stillen Park, unter Bäumen wie schwarzen, ausgestreckten Händen, die sich an einen graubleichen Himmel klammerten, an ein Versprechen von Schnee. Ich sah nur zwei Menschen Arm in Arm, aneinandergelehnt, unterwegs von Nirgendwo nach Nirgendwo, einfach nur unterwegs. Und dann, plötzlich, war er verschwunden. Und sie ging allein.

Aber Wenche Andresen ... Ich versuchte, an Wenche Andresen zu denken. Auch das gelang mir nicht. Ich sah Roar. Ihn konnte ich sehen, und ein plötzlicher, trauriger Gedanke durchfuhr mich, wie bei einem Vater, der von zu Hause fortreist: Wie mochte es ihm gehen, in Øistese? Ging es ihm gut?

Aber Wenche Andresen ...

Vielleicht war Solveig Manger der Typ Frau, dem man selten einmal begegnete und der augenblicklich die Bilder aller anderen Frauen, die man einmal getroffen, gekannt, geliebt hat, wegwischt. Vielleicht war es genau das, was auch Jonas Andresen geschehen war.

Auch?

Ich war unten angekommen und trat vor den Block.

Ich fühlte, dass ich mich etwas näherte: einer Erkenntnis, einer Gewissheit. Als hätte das Gespräch mit Solveig Manger etwas in mir befreit, als hätte ich erst jetzt das Gefühl, alle Figuren des Dramas wirklich zu kennen. Jonas und Solveig, die einander zehn Jahre zu spät begegnet waren. Wenche, die einfach irgendwo zwischen ihnen verschwand. Roar, der überhaupt nichts entscheiden konnte, mit dem nur Dinge geschahen, der ein Kind war, und unschuldig – wie alle Kinder. Die anderen, von denen ich noch nicht sicher wusste, ob sie sich im Lichtkegel dieser drei Erwachsenen und dem einen Kind bewegten: Reidar Manger, Richard Ljosne, Gunnar Våge, Solfrid Brede, Hildur Pedersen – und Joker.

Joker, mit dem ich noch eine Rechnung offen hatte. Joker, mit dem ich unbedingt sprechen musste, bevor ich mit irgendjemand anders sprach.

Ich ging zurück zum Auto und holte meine Taschenlampe. Dann ging ich am letzten Block vorbei und bog in das Waldstück ein, in dem die Hütte von Joker und seiner Gang versteckt lag. Vielleicht waren sie alle da oben. Vielleicht saßen sie dort und warteten, freuten sich auf eine neue Runde mit dem Willigen Veum, dem Punchingball aller fröhlichen Jungs.

Noch einmal stolperte ich durch die Dunkelheit zu der kläglichen Hütte hinauf. Es rauschte leicht in den Bäumen. Unten bei den Häusern startete ein Motorrad und verschwand. Irgendwo schrie eine Katze, stimmte ihre Fiedel für die Freierskämpfe der Nacht.

Die Hütte lag still und scheinbar verlassen zwischen den Bäumen. So hatte sie beim letzten Mal auch ausgesehen. Aber es war trotzdem jemand darin gewesen: Roar. Und als wir wieder herauskamen, war der Wald voller Leben.

Ich ging einen weiten Bogen um die Hütte, machte ein paar schnelle Abstecher zwischen die Bäume. Ich konnte niemanden sehen. Dann schaltete ich die Taschenlampe ein, ließ den Lichtstrahl über die Bäume, die Baumstämme, die Büsche flackern. Im Matsch um die Hütte herum waren Fußspuren zu erkennen, aber es war kein lebender Mensch zu sehen.

Ich trat an die Hüttenwand. Wieder spürte ich die schuppige Oberfläche der verwitterten Schalbretter. Reste von Zement und Beton wuchsen wie Warzen und Geschwüre an den Außenwänden; irgendwo stach ein Metallseil in die Luft.

Ich blieb stehen und horchte an der Türöffnung. Das einzige, was ich hörte, war das Pochen meines eigenen Blutes an den Schläfen, gegen das Trommelfell.

Ich streckte die eine Hand vorsichtig vor und zog den Vorhang zur Seite. Das Sackleinen verursachte keinen Laut. Alles war still.

Ich sah mich noch einmal um. Dann bewegte ich den Lichtstrahl langsam auf die Türöffnung zu, ließ ihn ins Innere wandern, über den festgetrampelten Erdboden mit den dreckigen Zeitungen.

Der Lichtstrahl fiel auf etwas. Ein paar Stiefel – mit Inhalt. Ich bewegte den Lichtstrahl schnell nach oben.

Joker saß da und wartete auf mich. Er saß mit dem Rücken an der Wand, die Beine auf dem Boden ausgestreckt. Seine Augen starrten genau auf die Öffnung in der Hüttenwand, als habe er lange auf mich gewartet.

Er saß da und grinste mich kalt an. Komisch war nur, dass er mit zwei Mündern grinste, und der untere Mund war kein Mund, sondern ein weiter, klaffender Schlitz quer über den Hals. Es war das kälteste Grinsen, das ich jemals gesehen hatte.

46

Er hatte geblutet, und das Blut war aus dem Schlitz im Hals hinuntergelaufen. Es war in einem geraden Streifen den Hals hinunter und in das Hemd gelaufen und hatte es befleckt. Es sah aus, als liefe das Blut aus dem Mund eines Dracula, nach einem tödlichen Biss. Aber dem Lächeln fehlten die Vampirzähne. Es war zahnlos und die Lippen waren so schmal wie mit einem Messer geschnitten. Es war ein schneller, tödlicher Stoß gewesen, und einer hatte gereicht. Er war nach hinten gegen die Wand gefallen und an ihr hinuntergerutscht. Eine der alten Zeitungen lag zusammengeknüllt unter seinen Stiefeln, ein Zeichen dafür, dass er gerutscht war.

Der obere Mund lächelte wirklich. Ein breites Grinsen, das seine Mäusezähne entblößte und ihn zum Wanderprediger machte. Aber er hatte seine letzte Weisung erhalten und stand vor seiner allerletzten Gemeinde. Es gingen keine Schiffe zurück, es gab keine Landungsstegs mehr.

Ich fror und wurde mir plötzlich des Waldes hinter mir bewusst. Es war, als kämen die Bäume auf mich zugeschlichen, wie verkleidete Indianer in Disneys »Peter Pan«. Ich drehte mich schnell herum, schwang den Lichtkegel der Taschenlampe wie eine Lanze durch die Dunkelheit. Er traf nichts, das sich bewegte. Der Wald stand so, wie zuvor.

Das bedeutete nicht, dass da draußen nicht jemand sein konnte. Es konnte ein Mensch in der Dunkelheit stehen, der soeben gemordet hatte. Er konnte noch immer das Messer in der Hand halten, ein Messer, an dem das Blut noch nicht getrocknet war. Und ein Mensch, der einmal ein Messer gebraucht hatte, gebraucht es leicht noch ein zweites Mal. Besonders wenn es nicht das zweite, sondern das dritte Mal ist. Denn der Mensch, der vielleicht irgendwo draußen im Dunkeln stand und mich beobachtete, war wahrscheinlich derselbe Mensch, der auch Jonas Andresen umgebracht hatte.

Aber Joker – warum war Joker tot? Joker, der neben mir auf dem Platz vor dem Block gestanden hatte, als Jonas Andresen getötet wurde? Hatte er von dort unten etwas gesehen, nachdem ich ihn verlassen hatte? Hatte er, während ich die Treppen hinauflief, einen Menschen auf der anderen Seite des Hauses die Treppen hinunterlaufen sehen? Hatte er etwas gesehen und versucht, daraus Geld zu schlagen? Hatte er ein Treffen mit einem Menschen vereinbart, den er gesehen hatte – und war dieses Treffen für ihn verhängnisvoll geworden?

Die Frgen ratterten durch meinen Kopf, während ich mit dem Blick die Dunkelheit durchstreifte, zwischen den Bäumen, hinunter zu den erleuchteten, funkelnden Wohnblöcken.

Aber wenn es so war: Wer war es?

Mit dem Rücken gegen einen Türpfosten, der nur eine scharfe Planke gegen das Rückgrat war, richtete ich die Taschenlampe wieder ins Innere der Hütte, ließ das Licht über den Boden flackern. Es war kein Messer zu sehen. Es war überhaupt nichts zu sehen, abgesehen von einer kleinen Leiche. Ein junger Mensch, der nicht älter werden würde, ein Körper, der in einer oder zwei Wochen Asche sein würde, eine Seele, die davongefahren war, dorthin, wohin alle Seelen fahren.

Es gab hier nichts für mich zu tun. Ich war weder Arzt noch Theologe. Ich verließ die Hütte vorsichtig und wachsam. Die Dunkelheit kam auf mich zu, und die Sterne funkelten über mir wie Notsignale von einem schwarzen Meer.

Ich ging schnell und blieb abrupt stehen – lauschte. Aber ich hörte nichts – keine Schritte, die hinter mir verklangen, keine Geräusche, die plötzlich verstummten.

Ich ging weiter, während ich mich ständig nach hinten, zur Seite und nach vorn umsah. Ich ging so sehr in der Mitte des Weges, so weit von den Bäumen entfernt wie nur möglich.

Auf dem Asphalt anzukommen war, wie wieder in die Zivilisation zurückzukehren. Ich fühlte, dass meine Finger krampfhaft die Taschenlampe fest hielten, dass meine Nackenmuskeln steif waren.

Die Telefonzelle stand auf dem Gehweg, hinten bei ein paar niedrigen, blattlosen Büschen. Sogar ein Zwerg hätte Probleme gehabt, sich darin zu verstecken.

Ich trat in die Zelle und wählte die Nummer der Polizei, ohne auf die Tasten zu sehen, und ohne der Tür den Rücken zuzuwenden. Nachdem ich die frohe Botschaft des Abends überbracht hatte, hängte ich schnell ein und trat nach draußen. Ich blieb direkt vor der Telefonzelle stehen, in ihrem Licht, bis das erste Auto kam. Ich glaube, ich bewegte mich keinen Millimeter, bevor ich Jacob E. Hamre aus dem Auto steigen und mit verkniffenem Gesicht auf mich zukommen sah.

47

Als wir in der Dunkelheit an der Spitze der kleinen Truppe hinaufgingen, sagte Hamre: »Ich habe einen Kollegen, Veum. Unten auf der Wache. Muus heißt er. Du kennst ihn ja.«

Ich nickte.

»Ich habe ihm gegenüber erwähnt, dass du was mit diesem Fall zu tun hast. Dem anderen Fall, sollte ich wohl sagen. Er hat dir kein besonders gutes Zeugnis ausgestellt. Veum? sagte er, um Himmels willen, Jakob, halt dir den Kerl bloß kilometerweit vom Hals. Der Typ ist wie ein Fliegenfänger, sagte er. Lass ihn allein im Dunkeln raus, und du kannst darauf wetten, dass er eine Leiche findet. Die Leichen lieben ihn, sagte er.« Er machte eine Kunstpause. »Ich beginne zu verstehen, was er meinte.«

»Er mag mich nicht«, sagte ich. »Wir sind uns mal über einer Leiche begegnet, und ich bin ihm über einen Mörder gestolpert. Danach mochte er mich nicht gerade lieber.«

Hamre blieb stehen und die Leute hinter uns liefen uns fast auf die Hacken. Einer von ihnen fluchte. »Geht weiter«, sagte Hamre.

»Die Hütte liegt gleich da oben«, sagte ich.

Hamre und ich blieben stehen und er sagte in scharfem, eindringlichem Ton: »Ich bin Polizist, Veum. Kriminalpolizist. Mein Leben bestand aus Sumpf und Elend. Aus Menschen, die sich wegen einer Flasche Bier umbringen oder wegen einem Safe mit fünfzig Kronen und einem unbrauchbaren Scheckheft drin. Oder weil jemand mit jemandem schläft, mit dem er nicht schlafen sollte. Oder wegen einer Menge anderer trivialer Dinge. An dreihundert Tagen im Jahr untersuche ich Diebstähle und mehr oder weniger brutale Gewaltverbrechen. Am dreihundertersten präsentiert mir jemand eine Leiche, und ich versuche herauszufinden, wer sie produziert hat, zusammen mit ungefähr fünfzig anderen Menschen, die die Kehrseite der Medaille zu ihrem Broterwerb gemacht haben. Und ich erwarte selbst keine Medaillen dafür. Polizeichefs und Justizminister und Richter kriegen Medaillen. Kriminalpolizisten bekommen Magengeschwüre. Ich erwarte keine Diplome oder Schleifen oder so was. Ich erwarte nicht einmal lobende Worte. Aber für mich ist eine Leiche eine ernste Sache. Leichen sind nichts, womit man spielt, und man sitzt nicht einfach in einem Büro mit Aussicht auf Vågen und wartet, dass sie einem in den Schoß fallen.«

»Hör zu . . .«

»Schnauze, Veum. Ich halte diese Rede nur einmal und ich verteile hinterher keine Manuskripte. Es ist mir scheißegal, wie du das Geld für deine Miete und die Raten für das Auto und deinen Schnaps und dein Brot verdienst. Und ich scheiß drauf, wenn du rumschleichst und untreue Ehepartner beschattest, bis dir die Augen aus dem Kopf fallen. Ich sag dir nur eines: Halt dich verdammt noch mal weit weg von den Leichen. Ich habe große Lust, dich jetzt schon einzusperren, bis dieser Fall ein für alle Mal aufgeklärt ist.«

»Du kannst nicht alle einsperren, die du verdächtigst, Hamre.«

»Ich kann dich einsperren, und das reicht.« Er sah plötzlich müde aus. »Hör zu, Veum. Nimm es nicht persönlich. Im Grunde bist du ein netter Kerl. Unter anderen Umständen könnte ich mir vorstellen, mal irgendwo mit dir ein Bier zu trinken – wenn mir das nicht verdammt schlechte Noten auf der Wache bescheren würde. Tu mir nur einen Gefallen: Bring hier nicht noch mehr durcheinander. Finde keine Leichen mehr für mich. Ja?«

»Gut.« Ich zuckte mit den Schultern. »Ich werd's versuchen.«

»Tu das«, sagte er mit zusammengebissenen Zähnen. Dann ging er schnell mir voran das letzte Stück zur Hütte. Ich folgte langsam nach.

Draußen vor der Hütte blieb ich stehen und wartete zusammen mit einem jungen Wachtmeister, der aussah, als habe ihm jemand ins Gesicht getreten. Es war flach und viereckig, fast wie eine Briefmarke. Sein Mund war verkniffen, die Kiefermuskulatur rollte wie Dünung über seine Kinnpartie. Wir hatten einander nichts zu sagen.

Ich versuchte, mir etwas Schönes vorzustellen und dachte an Solveig Manger. Was tat sie wohl jetzt? Saß sie in einem erleuchteten Wohnzimmer, mit einem Buch auf dem Schoß, hatte die Beine hochgelegt und starrte in die Luft? Saß ihr Mann auf einem anderen Sessel, mit einer neuen Hemingway-Biographie in der Hand? Stand ihnen vielleicht ein Fernseher gegenüber? Saßen sie im Licht des Bildschirms und ließen ein neues und anderes Leben Revue passieren? Sie waren nicht mehr allein. Sie würden niemals mehr allein sein. Es würde immer noch jemand im Raum sein, und dieser Jemand war tot.

Das war doch nicht besonders schön.

Hamre kam gebeugt aus der Hütte. Er sah mich düster an oder durch mich hindurch und sagte: »Sie sind nie besonders schön.«

Niemand reagierte.

Die anderen Polizisten kamen nach ihm heraus. Hilflos und stumm standen wir da. Es war am Anfang immer so. Niemand weiß so richtig, was er sagen soll, und niemand hat Lust, mit dem zu beginnen, was getan werden muss.

Hamre sah mich an und sagte tonlos: »Du hast nichts angerührt? Alles ist so, wie du ihn gefunden hast?«

Ich nickte. »Ja. Es war keine – Waffe da.«

»Okay. Und du hast niemanden gesehen, als du heraufkamst?«

»Keine Menschenseele.«

»Spar dir deine Witze, Veum.«

»Das war kein . . .«

»Jajaja!«, unterbrach er mich ungehalten. »Was wolltest du hier oben überhaupt?«

»Ich hätte gern ein bisschen mit – ihm geredet.« Ich wies mit dem Kopf zur Hütte.

»Worüber?«

Ich trat einen Schritt vor. »Siehst du mein Gesicht? Es war noch nie besonders schön, aber hat es sich nicht etwas verändert, seit wir uns das letzte Mal gesehen haben?«

»Das war nicht zu vermeiden. Das zu sehen, meine ich.«

»Es war auch nicht zu vermeiden – für Joker und seine Bande. Dass sie mich trafen, meine ich.«

Pause. Unten auf der Straße hielten zwei weitere Wagen, und weitere Menschen suchten den Weg hinauf durch den Wald.

Die vier Polizisten sahen mich an. Hamre sagte: »Also ihr hattet noch – eine Rechnung offen, mit anderen Worten?«

»Ja, aber ich . . .«

»Halt uns nicht für Idioten, Veum«, unterbrach er mich. »Wir wissen, dass du ihn nicht umgebracht hast. Wir halten dich nämlich auch nicht für einen Idioten.«

»Du bist ja bekannt dafür, dass du niemals tötest, Veum. Du schlägst sie nur krankenhausreif«, sagte einer der anderen Polizisten. Ich drehte mich schnell zu ihm um, musterte ihn. Es war ein Typ, den ich noch nie gesehen hatte. Ich sollte ihn mir offensichtlich merken. Er hatte ein mit senfgelben Sommersprossen beschmutztes Gesicht, und sein Haar, das unter der Schirmmütze hervorschaute, hatte die blasse, rotgelbe Farbe, die mich immer an welkes Gras erinnerte.

»Ich habe wohl deinen Namen nicht mitbekommen«, sagte ich.

»Isaksen«, antwortete er. »Peder.« Er hatte eine Stimme, die man schnell vergaß, wie den letzten Satz in einem schlechten Buch.

Hamre sagte ärgerlich: »Das reicht jetzt.« Dann ließ er uns stehen und wendete sich den Neuankömmlingen zu.

Ich blieb stehen und betrachtete Peder Isaksen. Er erwiderte unnachgiebig und kalt meinen Blick. Noch einer, der mich nicht mochte. Willkommen im Club. Du wirst dich nicht einsam fühlen.

Ich wandte mich an Hamres Rücken. »Braucht ihr mich noch, Hamre?«

Er drehte sich mit halb offenem Mund herum und hob einen Zeigefinger vor mein Gesicht. »Du bleibst hier, Veum. Du entfernst dich nicht einen Meter. Und du sagst kein Wort.« Dann kehrte er mir wieder den Rücken zu.

Ich sagte kein Wort, ging zu einem Baum, lehnte mich mit dem Rücken dagegen, nahm eine Halspastille und versuchte so auszusehen, als würde ich mich zu Tode langweilen.

48

Einige Zeit verging. Es kamen weitere Polizisten und die Aktivität um die Hütte herum ließ nichts zu wünschen übrig. Leute kamen an, blieben in der Türöffnung stehen und schauten in die Hütte, um sich dann mit versteinerten Gesichtern wieder aufzurichten. Einige verschwanden in der Hütte und kamen nach einer Weile wieder heraus. Was sie dort taten, konnte ich nur phantasieren. Und wenn ich mich langweile, habe ich leider eine ziemlich schmutzige Phantasie.

Niemand sprach mit mir. Ich hätte ebenso gut ein Teil des Baumes sein können, an dem ich lehnte. Einmal kam Hamre aus der Hütte, sah besorgt an mir vorbei und zu all den Wohnblocks hinunter und sagte zu einem seiner Kollegen: »Wir werden mit verdammt vielen Leuten reden müssen.«

Während ich dastand, versuchte ich mir vorzustellen, was geschehen war. Möglicherweise hatte Joker sich mit irgendjemandem hier oben verabredet. Sie waren in die Hütte gegangen, wahrscheinlich um zu reden. Dann hatten sie sich wegen irgendetwas gestritten und einer von ihnen hatte ein Messer gezückt. Es konnte ebenso gut Joker gewesen sein wie der andere. Sie hatten um das Messer gerungen und Joker hatte verloren.

So einfach konnte es gewesen sein. Aber das war nur eine Vermutung, und sie sagte mir nicht, wer der andere eigentlich war. Und sie sagte mir auch nichts darüber, ob dieser Mord überhaupt etwas mit Jonas Andresen zu tun hatte.

Aber es gab einen Menschen, dem ich gern ein paar Fragen stellen wollte, und zwar bevor Jakob E. Hamre es tat.

Aber Hamre hatte gesagt, ich solle warten und mich nicht einen Meter entfernen. Aber er hatte auch gesagt, dass ich kein Wort sagen sollte, also würde er es vielleicht nicht bemerken, wenn ich verschwand. Jedenfalls nicht sofort.

Dass er es irgendwann bemerken würde, bezweifelte ich nicht. Und mein einziges gutes Argument wäre dann, dass ich ihm einen Mörder lieferte.

Ich verfolgte die Polizisten mit wachsamen Augen. Es konnte nicht mehr lange dauern, bevor Hamre so weit war, dass er den Technikern den Tatort endgültig überlassen konnte – um dann die Nachforschungen zu organisieren, die akribische Routine, die endlosen Fragestunden.

Die Polizisten hatten schon ein wirres Muster in den Matsch um die Hütte getreten. Einige standen in kleinen Grüppchen und unterhielten sich. Keiner von ihnen beachtete mich.

Ich bewegte mich, schlug einen Haken vom Baum weg, ging wieder zurück und blieb daneben stehen. Hinter dem Baum standen ein paar Wacholderbüsche, eine Handbreit oder zwei voneinander entfernt. Wenn ich nur zwischen sie huschen konnten, dann würde mich die Dunkelheit schnell verschluckt haben.

Ich lehnte mich mit der Schulter an den Baum und begann langsam, mich am Stamm entlang auf die Rückseite zu bewegen.

Hamre kam aus der Hütte. Er blieb vor der Türöffnung stehen, und ich sah, dass er einen schnellen Blick in meine Richtung warf. Ich tat, als sähe ich ihn nicht. Aus dem Augenwinkel nahm ich wahr, dass er einen der Techniker zu sich winkte. Er sprach ein paar Worte mit ihm, dann verschwanden beide in der Hütte. Ich schob mich ganz hinter den Baum, hüpfte seitwärts zwischen die Wacholderbüsche, schlich geschwind zehn, fünfzehn Meter die zugewachsene Böschung hinunter und erhöhte das Tempo.

Die ganze Zeit wartete ich darauf, dass jemand rufen würde, und hielt vor Spannung den Atem an.

Aber niemand rief. Ich lief noch etwas schneller. Äste schlugen mir ins Gesicht, Zweige brachen unter meinen Füßen. Noch immer rief niemand.

Unten auf dem Asphalt wurde ich wieder langsamer und tat, als sei ich ein zufälliger Spaziergänger. Aber ich merkte selbst, dass ich steif und angespannt ging und deshalb wohl kaum wie ein einsamer Abendwanderer aussah.

Ich lief schnell auf den Hochhausblock zu, der mein Ziel war. Ohne jemandem zu begegnen, betrat ich den Fahrstuhl. Ich drückte auf den Knopf zum zwölften Stock.

Der Fahrstuhl setzte sich in Bewegung. Wie eine bedächtige Möwe schwebte er langsam die Stockwerke hinauf: 1. Etage, 2., 3. Ich dachte an Wenche Andresen. So hatte sie dagestanden, in einem solchen Fahrstuhl. 4., 5., 6. Jonas Andresen war mit einem solchen Fahrstuhl gefahren, so lange er hier draußen gewohnt hatte, bis sich alle Fahrstuhltüren für immer vor ihm schlossen. 7., 8., 9. Solveig Manger fiel mir ein, und ich überlegte, ob sie jemals in einem solchen Fahrstuhl gestanden hatte. Aber ich konnte den Gedanken nicht zu Ende bringen: Zwischen dem 9. und dem 10. Stock blieb der Fahrstuhl stehen. Und gleichzeitig wurde es dunkel. Absolut dunkel.

Aber das Erschreckendste war weder, dass der Fahrstuhl stehen blieb, noch dass es dunkel war. Das Erschreckendste war, dass sich nach ungefähr einer Minute der Fahrstuhl wieder zu bewegen begann: nicht gleichmäßig wie vorher, sondern ungleichmäßig und ruckartig. Als wäre irgendjemand oben im Maschinenraum. Irgendjemand, der mit Hilfe der handbetriebenen Winde, die bei Stromausfall verwendet wurde, langsam, aber sicher den Fahrstuhl zu sich heraufzog. Irgendjemand, der schon getötet hatte.

49

Wenn man in einem Fahrstuhl eingesperrt ist und das Licht ausgeht, dann wird es wirklich dunkel. Es gibt keinen Himmel über einem, keine blassen Sterne, keinen Mond irgendwo hinter dem Horizont, der eine Illusion von Licht die Himmelswölbung hinaufschickt. Es gibt kein entferntes elektrisches Licht, keine lockenden viereckigen Fenster, auf die man sich zubewegen kann, keine Lagerfeuer unten im Tal. Es gibt gar nichts. Man befindet sich inmitten von Dunkelheit, und wenn man die Hand ausstreckt, spürt man, dass die Dunkelheit hart und metallisch ist und einen eng, eng umfängt.

Wenn man in einen Fahrstuhl eingeschlossen ist und das Licht brennt, dann spürt man eine Art Sicherheit, dann beschützt einen das Licht in seiner hohlen Hand und gibt einem Trost. Aber wenn man in einen Fahrstuhl eingesperrt ist und es ganz dunkel ist, dann gibt es keine Sicherheit, dann ist es, als würde der Fahrstuhl langsam um einen herum zusammenschrumpfen, als sei es nur eine Frage der Zeit, bis man zwischen schweren Stahlplatten zerdrückt würde.

Die ersten Minuten, nachdem der Fahrstuhl stehen geblieben war, waren voller Angst, voller reiner und unverhohlener Angst. Eine Angst, die einfach den Körper ergreift und ihn schüttelt, ohne Sinn und Verstand, ohne Quelle oder Ursprung. Sie setzte sich in den Magen, in den Unterleib, um die Herzregion und in den Hals. Es fiel mir schwer zu atmen, der Mund wurde im Laufe von Sekunden trocken, und in meinen Ohren begann es zu rauschen. Ich musste mich an die dunkle Wand hinter mir lehnen und wenn ich etwas gesehen hätte, würde ich den Eindruck gehabt haben, dass sich alles drehte. Jetzt war die Dunkelheit so kompakt, dass nicht einmal mehr Raum war für Schwindel. Denn damit einem schwindelig wird, braucht man zumindest einen festen Punkt – einen Punkt, der eben nicht mehr fest ist.

Als der Fahrstuhl sich wieder zu bewegen begann, veränderte sich die Angst, wurde zielgerichtet. Und die Angst war sicherer, denn nichts ist schlimmer, als sich grundlos zu ängstigen, als Angst ohne Namen. Jetzt wusste ich, wovor ich Angst haben musste, und ich konnte mich dagegen wappnen, zurückschlagen.

Und ich wusste wirklich, wovor ich Angst haben musste. Ich wusste, dass da ein Mensch stand und den Fahrstuhl zu sich heraufzog. Ich wusste, dass es ein Mensch war, der schon gemordet hatte: einmal, wahrscheinlich zwei Mal. Ich wusste, dass ich versuchen musste, aus dem Fahrstuhl herauszukommen, bevor ich oben ankam. Wenn nicht, würde dieser Mensch oben auf mich warten. Und zwar nicht, um mir eine Medaille für großen Einsatz zu verleihen.

Plötzlich wurde die Dunkelheit durchbrochen. Es war das lange Fenster in der Tür zum zehnten Stock, das vorbeifuhr. Das geschah so schnell, dass ich nicht reagieren konnte, bevor es zu spät war. Der Fahrstuhl holperte weiter nach oben.

Meine einzige Chance lag darin, vorbereitet zu sein, wenn die nächste Tür kam. Der einzige Augenblick, in dem ich den Fahrstuhl verlassen konnte, war die Sekunde, wo er auf gleicher Höhe mit der Tür war und wo ich diese öffnen konnte. Ein paar Zentimeter darüber oder darunter war sie verschlossen.

Ich trat an die Wand, in der die Tür kommen musste und hielt die Hände flach dagegen, fühlte, wie sie an mir vorbei nach unten strich. Ich wartete auf den Schlitz zwischen Wand und Tür.

Da!

Der untere Türrand kam von der Decke gefallen, aber der Mensch dort oben hatte die Situation im Griff und erhöhte das Tempo der Winde, als sie sich dem kritischen Punkt näherte. Das lange Fenster kam zum Vorschein, ich suchte verzweifelt über der Tür nach dem Öffnungsmechanismus, dem Handgriff, fand ihn, ergriff ihn, und in dem Moment, als der Fahrstuhl auf der richtigen Höhe zu sein schien, warf ich mich nach links und versuchte, die Fahrstuhltür mitzuziehen.

Sie bewegte sich ein kleines Stück, um dann in die Ausgangsstellung zurückzufallen. Das war alles. Der Fahrstuhl bewegte sich unweigerlich nach oben. Ich hatte die Chance verpasst.

Da fiel mir plötzlich etwas anderes ein. Es waren zwölf Stockwerke, aber wahrscheinlich fuhr der Fahrstuhl noch ein Stockwerk höher, zum Maschinenraum. Das verschaffte mir eine weitere Chance – im zwölften Stock.

Ich stellte mich auf wie zuvor, hielt aber jetzt nur eine Hand flach an die Wand. Die andere hielt ich in Position, dort wo der Handgriff auftauchen würde.

Da!

Eine weitere Tür kam die Wand herabgerollt, und ich spannte die Muskeln an, stemmte die Schuhsohlen gegen Wand und Boden, starrte blind dort auf die Wand, wo ich wusste, dass das lange Fenster erscheinen würde.

Das Fenster kam in Sicht. Da blieb der Fahrstuhl stehen. Ich stutzte. Dann versuchte ich, aus dem Fenster zu schauen, aber es war zu weit oben. Nun wurde ich fast umgeworfen. Der Fahrstuhl tat einen heftigen Ruck, und dann war er an der Tür vorbei und fuhr weiter nach oben. Er hatte mich überlistet.

Eine Gewissheit sickerte in mein Bewusstsein. Jetzt gab es nur noch einen Ausweg, einen Ausgang. Ich musste ihm gegenübertreten, ob ich wollte oder nicht.

Als der Fahrstuhl ganz an der Tür vorbei war, hielt er wieder an. Ich stand im Dunkeln, in einem Sarg aus Beton, der mit Metall gefüttert war.

Jetzt brauchte ich nicht lange zu überlegen, warum er anhielt. Er sammelte Kräfte. Es war anstrengend gewesen, den Fahrstuhl von Hand so weit hochzuziehen.

Aber jetzt ist es nicht mehr weit, Mörder. Gib nicht auf. Ein neues Opfer ist auf dem Weg. Wetze dein Messer, Mörder . . .

Ich stand da und tastete meinen Körper ab, suchte nach etwas, das mir als Waffe dienen konnte. Ich hatte nichts als die kleine Taschenlampe und die würde nicht sonderlich effektiv sein. Aber sie war jedenfalls besser als gar nichts. Vielleicht schaffte ich es, ihn zu blenden.

Denn ich war sicher, dass es ein Mann war. Eine Frau hätte es nicht geschafft, den Fahrstuhl so professionell zu bedienen. Eine Frau hätte mich zu einer Tasse Kaffee eingeladen oder zu einem leisen Drink. Zu einem wirklich leisen, nämlich dem letzten Drink. Eine Frau hätte mir die Arme um den Hals gelegt und mir ein Stilett in den Nacken gestoßen oder sie hätte vergeblich an mein Mitgefühl und mein Verständnis appelliert. Sie hätte mich nicht zu einem lebensgefährlichen Tango im Dunkeln eingeladen, nur durch den Fahrstuhl zu erreichen . . .

Und ich war auch ziemlich sicher, welcher Mann auf mich wartete.

Damit hatte ich zwei Karten in der Hand. Aber das war auch alles. Die anderen Karten – ob ich überleben würde, ob ich meine Fragen stellen würde, ob ich überhaupt in einer Stunde noch irgendetwas tun würde –, die lagen noch nicht auf dem Tisch. Und jetzt gab es keinen Joker mehr im Spiel. Jetzt war ich allein mit dem Gegenspieler.

Der Fahrstuhl bewegte sich wieder.

»Roll den roten Teppich aus«, sagte ich halblaut. »Hier kommt der Clown.«

Niemand antwortete, und die Dunkelheit war unverändert

dicht. Meine Augen hatten sich noch nicht daran gewöhnt, ich erkannte andeutungsweiese die Konturen der vier Fahrstuhlecken.

Der Fahrstuhl machte ein paar abrupte Sprünge nach oben, als würde er jetzt mit dem Fuß die Winde bedienen.

Womit würde er mich willkommen heißen?

Wenn er eine Schusswaffe hatte, hatte ich keine Chance. Er könnte den ganzen Fahrstuhl im Laufe weniger Sekunden mit einer abgeschnittenen Schrotflinte durchlöchern, und ich wäre nicht mehr wert, als ein paar Kilo Hackfleisch – und so würde ich auch aussehen. Exit Varg Veum: von Erde bist du genommen, zu Hackfleisch sollst du werden . . .

Mit einem kleinen Klick kam der Fahrstuhl vor der dreizehnten Tür zum Stehen. Der dreizehnte Stock – das klang verhängnisvoll.

Das lange Fenster war dunkel. Ich konnte nichts sehen.

Ich blieb stehen und horchte auf meinen eigenen, angespannten, stoßweisen Atem.

Mir blieben nicht viele Möglichkeiten. Ich konnte die Tür selbst öffnen und hoffen, dass ich mich in die Dunkelheit und zur Seite werfen konnte – bevor etwas geschah. Aber der Moment, in dem ich die Tür öffnete, würde der gefährlichste sein: Ich wäre hilflos und meine eine Hand wäre beschäftigt. Ich konnte es lassen und warten, bis sie von außen geöffnet wurde. Aber dann säße ich in jedem Fall in der Falle und hätte so gut wie keine Bewegungsfreiheit mehr.

Ich blieb stehen und wartete ab, ein paar lange Sekunden, die sich unausweichlich in eine Minute verwandelten, in zwei . . .

Ich hatte nicht die Nerven, länger zu warten.

Mit der linken Hand ergriff ich den Türgriff, spannte die Muskeln.

Dann warf ich mich nach vorn, folgte der Tür nach links, sodass ich sie wie einen Schild vor mir hatte, und als sie ganz offen war, krümmte ich den Nacken und warf mich in die Dunkelheit hinaus.

Die Dunkelheit war erfüllt von starkem Ölgeruch, harten Kanten und einem anderen Menschen. Der Ölgeruch schlug mir entgegen und ich taumelte über etwas, das die Winde sein musste, und etwas Hartes und Schmerzhaftes traf mich direkt über dem Knie. Von der Decke fiel ein Teil der Dunkelheit schwingend auf mich herab. Es fühlte sich an wie eine Eisenstange, und sie traf mich mit mörderischer Kraft an der rechten Schulter. Hätte er ein Stück daneben getroffen, hätte er meinen Schädel in zwei Teile gespalten und ich wäre fertig gewesen.

Der andere Mensch stöhnte bitter, als er hörte, wie ich die Bewegung durch die Dunkelheit fortsetzte, bis ich auf eine Wand traf und bremsen musste. Ich hätte schreien können vor Schmerz, aber ich biss die Zähne zusammen. Meine Schulter fühlte sich an, als habe jemand sie entzweigebissen, der Arm darunter war völlig gefühllos. Meine angestrengten Augen starrten in die Dunkelheit. Ich sah nichts.

Dann hörte ich einen gepressten, zischenden Laut und schnelle, fast trippelnde Schritte. Kurz darauf schlug etwas in den Putz direkt neben meinem Kopf ein. Der Beton hinter mir sang.

Das war der zweite Fehlschlag, aber ich konnte mich nicht darauf verlassen, dass er weiterhin daneben treffen würde. Und ich hatte keine Lust, wie eine geteilte Grapefruit zu enden. Ich trat blind in die Dunkelheit und traf, aber nicht richtig. Dann schwang ich den gesunden linken Arm zu einem Schlag ins Leere, denn er war schon aus meiner Reichweite und wieder in die Dunkelheit getaumelt.

Ich versuchte, mich zur Seite zu schleichen, aber Putzreste knirschten unter meinen Füßen. Ich blieb stehen.

Wir standen mucksmäuschenstill im Dunkeln und belauerten einander, versuchten, die Konturen des anderen auszumachen. Meine Augen hatten zu tränen begonnen. Sie schmerzten. Die rechte Hand erwachte wieder zum Leben, aber es war eine schmerzhafte Geburt. Als ich meine Finger wieder spürte, merkte ich, dass ich noch immer die Taschenlample in der Hand hielt.

Ich suchte den Schalter und hielt die Lampe vor mir in die Luft.

Ich wollte sie nicht einschalten, bevor ich sicher war, wo er war. Ich strengte meine Ohren aufs Äußerste an und ahnte mehr, als dass ich sie hörte, seine Atemzüge ungefähr am anderen Ende des Raumes. Aber ich kannte den Raum nicht, wusste nicht, was zwischen uns war. Er kannte ihn wahrscheinlich wie seine Westentasche. Jedenfalls war er schon hier gewesen und er wusste, wo sich die Fahrstuhlmaschinerie befand und wo die Winde wie eine hinterhältige Falle in die Dunkelheit ragte.

Ich hätte eine Waffe haben sollen, aber ich hatte nichts weiter als eine Taschenlampe und mich selbst und mein einer Arm war alles andere als in Ordnung, obwohl er langsam wieder funktionierte. Die Schulter tat mir weh und ich befürchtete, dass das Schlüsselbein gebrochen war.

Jetzt hörte ich ihn!

Ich hörte deutlich, wie er im Dunkeln das Gewicht verlagerte und ich nahm an, dass er sich auf einen neuen Angriff vorbereitete.

Es geschah alles gleichzeitig. Ich zielte mit der Taschenlampe in die Richtung des Geräuschs und schaltete sie ein. Er griff an.

Der Lichtkegel traf ihn mitten ins Gesicht und machte es blass, verzerrt und gespenstisch. Er kam auf mich zu, die Eisenstange über dem Kopf schwingend wie ein tödliches Karussell. Ich duckte mich und rammte ihm meinen Kopf in den Bauch. Ich traf die Gürtelschnalle, die ein Stück von meiner Stirn abriss. Er brach über mir zusammen, behielt aber die Eisenstange in der Hand und schlug mich an die Innenseite des Schienbeins, sodass ich vor Schmerz aufschrie. Besessen vor Wut oder in Panik streckte ich mich in die Höhe, die Arme um sein eines Bein geschlungen, und schleuderte ihn nach hinten gegen die Wand. Ich hörte, wie er seitlich aufprallte, die Eisenstange verlor, auf den Boden fiel, und wie er nach ein paar Sekunden an der Wand entlang kroch, wie eine erschrockene Ratte.

Dann wurde es wieder still. Fast. Ich hörte seinen keuchenden Atem und meine eigenen unterdrückten Schmerzenslaute. Mir war übel.

Die Eisenstange hatte er verloren und ich war möglicherweise besser in Form als er. Ich musste ihn finden.

Aber es war dunkel und ich hatte die Taschenlampe verloren.

Ich machte einen Schritt nach vorn in die Dunkelheit, erreichte die Wand, folgte ihr seitwärts in die Richtung, in die er verschwunden war.

Ich trat auf sein Bein. Er zerrte es frei und trat nach mir. Er traf mich am Knie und ich wäre beinah hingefallen, aber ich verlor nur das Gleichgewicht, während er sich gleichzeitig wieder aufrichtete. Etwas Hartes und Knorriges traf mich mitten im Gesicht. Er hatte gut getroffen und ich kaute auf Notraketen, fallenden Sternen und aufsteigenden Feuerwerkskörpern, ich mümmelte Mondraketen und Satelliten und zersprengte Tauben ...

Ich lag auf dem Boden und schlief, mindestens ein paar Sekunden lang, und ich träumte, dass er durch die Dunkelheit ging und nach seiner Eisenstange suchte. Ich erinnere mich, dass ich dachte: Du musst aufwachen, Grapefruit, du musst aufwachen!

Und ich wachte rechtzeitig auf und rollte mich automatisch zur Seite. Er fluchte wild, als die Eisenstange den Betonboden traf, wo ich gelegen hatte. Dann war er über mir. Die Eisenstange traf meine Brust und ich krümmte mich in gnadenloser Angst zusammen, krümmte mich um mich selbst, um mich zu schützen. Er schlug wieder zu, auf einen Arm, dann auf den Rücken, näher am Kopf jetzt. Ich streckte mich aus und hechtete weiter in die Dunkelheit. Ich traf auf etwas Hartes, Metallisches. Es konnte die Maschine sein oder eine Tür. Er atmete schwer hinter mir, schwang die Eisenstange durch die Dunkelheit. Panisch suchte ich nach dem Türgriff, wenn es denn eine Tür war. Es war eine. Ich fand den Griff, zog die Tür auf und taumelte hinaus, darauf vorbereitet, kopfüber eine steile Betontreppe hinunterzufallen. Aber da war keine Treppe. Es war eine große, schwarze Öffnung, hoch oben waren Sterne, und ein Schleier von frischem, feuchtem Nieselregen gemischt mit taufrischer Luft traf mein Gesicht.

Ich war auf dem Dach. Es war flach, mit Teerpappe gedeckt und glatt vom Nieselregen. Ich machte zwei Schritte, dann gaben meine Beine unter mir nach und ich fiel um. Hinter mir sah ich Gunnar Våge auf das Dach kommen, mit der Eisenstange in der Hand. Seine Glatze glänzte, sein lockiges Haar war zerzaust, und er erinnerte kaum noch an den idealistischen Jugendbetreuer. Er erinnerte mich nur an den Tod. An den schlimmsten aller Tode, meinen eigenen.

Ein paar Sekunden lang stand alles still. Ich sah mich um. Das Dach war flach. Das einzige, was aufragte, war der Maschinenraum und eine Reihe von Ventilen. Am Rand hatte es eine fünfzig

Zentimeter hohe Betonkante: hoch genug, dass man darüber rollen und den weiten Weg auf den Asphalt da unten nehmen konnte, und bei Weitem nicht hoch genug, als dass nicht jemand einen hinunterstoßen konnte.

Ich sah, dass Gunnar Våge ziemlich mitgenommen war. Er kam mit steifen Beinen auf mich zu gestolpert und hielt krampfhaft die Eisenstange umklammert, als sei sie das Einzige, was er auf der Welt hatte. Das war ja auch so, im Grunde genommen, jedenfalls war sie das Wichtigste – im Moment. Genau diese Eisenstange konnte der kleine Punkt sein, der zwischen ihm und mir, zwischen erster und zweiter Liga unterschied – und zwischen Leben und Tod.

Ich rappelte mich hoch auf die Knie, stand auf und schüttelte den Kopf. »Ich fasse es nicht!«, stöhnte ich. »Ich versteh's einfach nicht. Was wolltest du erreichen? Was war der Sinn?«

»Es gibt keinen Sinn. Es gibt nur Handlung«, schnarrte er. »Du kommst an einen Nullpunkt, einen toten Punkt, und alles um dich erstarrt, und es gibt nur noch eines zu tun: handeln.«

»Und schnipp – und der Idealist wird zum Faschisten?«, hörte ich meine eigene, lispelnde Stimme.

Er antwortete nicht, sondern machte einen überraschenden Vorstoß, fast wie ein Karatekämpfer. Er trat einen Schritt vor, pflanzte beide Beine fest in die Teerpappe, umfasste die Stange mit beiden Fäusten und kam auf mich zu.

Ich war noch in der Lage, mich zu bewegen, und zum zweiten Mal kollidierte meine rechte Schulter mit der lebensgefährlichen Eisenstange. Zum zweiten Mal war mir, als würde mir die Schulter abgerissen, als würde mein ganzer Körper in zwei geteilt. Es war wie ein akuter Hirnschlag und ich hatte nur noch eine einzige Chance zu überleben: die dreckigsten Tricks, die rohesten Ausfälle.

Ich tauchte unter ihn, trat ihn in den Unterleib und schlug blind mit meiner beweglichen linken Hand gegen die Hand, mit der er die Eisenstange hielt. Ich traf seinen Arm an der Innenseite, direkt über dem Handgelenk. Der Arm schwang nach oben, die Hand öffnete sich vor Schmerz und die Eisenstange wurde in einem Bogen durch die Luft und gegen die Betonkante geschleudert und verschwand dann lautlos in der Dunkelheit. Wenn jetzt jemand seinen Hund ausführte, dann kam er vielleicht mit einem aufgespießten Hot Dog nach Hause oder mit einer Fahnenstange auf dem Kopf.

Er schlug mit der anderen Hand zu und traf mich am Ohr. Es klirrte infernalisch im Ohrgang, als würde ein Blechblasorchester dort unbeschreibliche Orgien feiern.

Dann gingen wir in den Clinch. Im Nieselregen und mit den Sternen und dem Lyderhorn als einzigen Zuschauern tanzten wir einen seltsamen Paartanz, wie zwei alte Kampffüchse, wie alternde Boxer auf dem Hinterhof des Altersheims. Wir schlugen einander mit müden Fäusten auf den Rücken, versuchten dem anderen mit den Oberarmen den Hals zuzudrücken, versuchten die Augen des anderen mit stumpfen Fingern zu finden. Eins-zwei, cha-cha-cha; eins-zwei, cha-cha-cha!

Wie zwei enttäuschte Freier wurden wir wieder zurückgestoßen, schlugen Löcher in die Luft und taumelten nach hinten. Ich fiel. Er kam wackelig auf mich zu. Ich blieb liegen. Er trat matt nach mir.

Dann blieb er stehen und betrachtete mich. Seine Augen waren glasig und leer, wie in dreckigen Marmor eingeritzt und mit Emaille ausgemalt. Er hatte etwas Fiebriges und Aufgeregtes, etwas Besessenes an sich. Aus einem Mundwinkel tropfte Blut und er hatte heftige Schürfwunden an der Stirn. Sein einer Arm hing ausgekugelt herunter. Er atmete schwer und erinnerte mehr und mehr an ein Gespenst.

Aber ich wusste, dass ich nicht besser aussah – und ich lag, während er noch immer in der Lage war, sich aufrecht zu halten. Heiligabend für alte Sparringpartner. Fröhliches Knockout!

»Aber warum, Våge, warum?«, krächzte ich ihm zu.

»Warum was?«, tönte es metallisch zurück.

»Warum hast du sie umgebracht?«

Er explodierte mit ungeheurer Wut. »Diese Schlangenbrut! Er hat mich bedroht!« Dann wurde er ruhiger, und er sagte fast unhörbar: »Er – er wollte mich da oben treffen. Sagte, er wüsste – von Wenche und mir, hätte mich gesehen – wenn ich sie besucht habe. Er wüsste, warum ich – ihren Mann umgebracht hätte. Er – das war idiotisch, total verrückt – er drohte mir. Ich sagte: Okay. Ich werde raufkommen, Johan. Ich komme allein, aber ich habe kein Geld dabei. Er wollte Geld, verstehst du?« Er starrte mich fast bittend an.

Der Nieselregen ging langsam in Regen über. Er war angenehm kühl im Gesicht.

Er fuhr fort: »Also ging ich rauf. Und er wollte Geld. Aber ich hatte kein Geld und ich hatte nicht vor, ihm eine einzige Öre zu bezahlen. Ich – wo ich doch – ich hatte ihm geholfen, hatte ihn beschützt, ihn veteidigt! Ich wollte ihm wirklich helfen, Veum, und er zog das Messer gegen mich. Wir kämpften um das Messer. Er – verlor. Ich meine, ich wollte das nicht, aber es wurde so heftig, es ging so schnell, und plötzlich – plötzlich lag er da und war – tot. Erst da begriff ich . . .« Er hob das Gesicht zum Himmel, wusch es im Regen. »Es war Notwehr.«

Ich kaute die Worte wie zerdrückte Apfelsinenkerne zwischen den Zähnen hervor: »Notwehr? Dann war es bei Jonas Andresen vielleicht auch Notwehr?«

»Jonas Andresen?« Er starrte mich an.

»Jonas Andresen! Liest du keine Zeitungen, Mann? Liest du nicht nach, wie sie heißen, die du umbringst?«

»Aber hast du denn überhaupt nichts begriffen? Ich habe sie geliebt! Ich habe sie seit elf Jahren geliebt, Veum! Es gab nur noch sie, nach den zwei Monaten 1967. Sollte ich ihr etwa etwas Böses wünschen? Wie hätte ich ihr – ihr wehtun können? Du weißt nichts von der Liebe, Veum, wenn du so was sagen kannst! Was du Liebe nennst, sind Zeichnungen an der Wand oder wohl eher Bilder in einem Buch. Ich – ich wollte ihr übers Haar streichen, sie küssen, mit ihr schlafen. Aber ich hätte niemals jemanden umgebracht, den sie liebte. Denn sie hat ihn ja geliebt. Das war doch das Schlimmste, sie hat ihn so hoffnungslos und sinnlos geliebt, wie ich sie.«

»Also hast du gedacht, wenn du – ihn entferntest, dann . . .«

Er machte fünf, sechs müde Schritte über die Teerpappe und platzierte die eine Schuhsohle direkt in meinem Gesicht. Ich lag da und ließ es geschehen, diensteifrig wie ich bin. Mein Hinterkopf traf das Dach unter mir, und mein Gesicht fühlte sich an wie frischgegossener Asphalt, auf den ein gedankenloser Junge tritt. Ich biss mir auf die Zunge und spürte, wie sich mein Mund mit warmem, dickflüssigem Blut füllte.

»Nein, zum Teufel!«, zischte er über mir. »Ich habe ihn nicht umgebracht!« Er legte den Kopf in den Nacken und heulte wie ein Werwolf einen unsichtbaren Mond an. »Ich habe Jonas Andresen nicht umgebracht! Hört ihr?«

Er beugte sich zu mir herunter und griff meinen Jackenaufschlag. Mit seinen letzten Kräften zog er mich hoch und schlug mir die Stirn ins Gesicht. Ich blieb zwischen seinen Fäusten hängen. Er taumelte nach vorn und zog mich mit sich. Ein oder zwei Meter von der Betonkante entfernt blieben wir beide liegen.

Er kam auf die Knie und begann, mich zur Kante zu ziehen. »Aber bei allen Göttern«, hörte ich ihn murmeln. »Ich werde Varg Veum umbringen, und wenn es das Letzte ist, was ich tue.«

»Das ist es«, versuchte ich es auf die witzige Tour. Dann biss ich die Zähne zusammen und richtete mich auf. Jetzt war ich es, der stand, und er lag auf den Knien. Er sah mit einem zugleich bittenden und hasserfüllten Blick zu mir auf. »Elf Jahre, Veum«, jammerte er. »Nichts. Keine Liebe, keine Freude. Nur Hass und Misstrauen und endlose Langeweile. Und dann ein Traum. Und ich habe sie aufgespürt, hier draußen. Und ich nahm diesen Job an, hier draußen, um in ihrer Nähe zu sein, nur um da zu sein, wo sie war, das Leben vorbeiziehen lassen, wie eine große Amerikafähre am Horizont, aber jedenfalls im Ruderboot zu sein und langsam an der Küste entlangzutreiben, wo sie lebte – verstehst du?«

»Ich verstehe gar nichts«, sagte ich.

Es regnete immer stärker. Wir waren völlig durchnässt und der Regen wusch uns das Blut ab. Wir waren nur zwei zerzauste, zerschlagene Jungs am Ende eines gefährlichen Spiels, am Rande eines Abgrunds.

Er streckte sich zu meiner Kehle, griff um meinen Hals und zwang mich zur Betonkante. Ich ging wacklig rückwärts, fühlte die Tiefe direkt hinter mir, spürte den Sog der Leere. Ich faltete die Hände und schlug ihm mit aller Kraft in den Nacken. Er erlosch an meinem Körper, und ich fiel nach hinten. Ich fühlte die Kante der Betonwand im Kreuz, fühlte ein paar Sekunden, dass ich wippte wie eine Waage: für/wider, ja/nein, Leben/Tod ... Dann kroch ich panisch auf das Dach zurück.

Er erhob sich von der Teerpappe – wie Phönix aus der Asche. Ich ballte die Fäuste und schlug ihn nieder. Sein Blick war jetzt noch glasiger.

Noch einmal stand er wieder auf, stand da mit wackelndem Kopf. Aber er hätte mich um Haaresbreite in den Abgrund gestoßen, also schlug ich ihn noch einmal nieder.

Dann ließ ich ihn liegen.

Wieder lief Blut aus seinem Mundwinkel, als ich ihn zum Maschinenraum fast hinter mir herzog, hinein und in Sicherheit. Er lallte fast, während ich ihn zog: »Ich habe Jonas Andresen nicht umgebracht, Veum. Ich habe ihn nicht umgebracht ...« Tränen liefen aus seinen Augen und vermischten sich mit Blut und Regen.

Als ich ihn über die Türschwelle zog, schrie er, als sei es der Eingang zum Hades: »Dafür sollst du in der Hölle brennen, Veum. Du sollst brennen!!!«

Ich hörte meine eigene Stimme sagen: »Erzähl das der Polizei. Die werden da unten als Türsteher eingesetzt.«

51

Jakob E. Hamre sagte nicht viel im Auto auf dem Weg zurück in die Stadt. Einmal wandte er mir das Gesicht zu und sagte brüsk: »Bist du dir darüber im Klaren, was wir mit dir gemacht hätten, wenn du nicht Våge dabeigehabt hättest?«

Ich antwortete nicht. Und er erzählte mir nicht, was sie mit mir gemacht hätten. Das sparte er sich für ein andermal auf.

Als wir auf der Polizeiwache ankamen, sagte Hamre zu einem der anderen Polizisten: »Treibt Paulus Smith auf. Bittet ihn, herzukommen, so schnell wie möglich.« Zu mir sagte er: »Du wartest hier, bis Smith kommt. Wir statten deiner Freundin einen Abendbesuch ab, also ist es wohl am besten, wenn du mitkommst, sonst kriegen wir heute Nacht wohl keinen Schlaf mehr, was?«

Ohne auf eine Antwort zu warten, verschwand er in einem Fahrstuhl und fuhr in höhere Etagen.

Ich blieb in der Vorhalle stehen. Draußen fuhren Menschen mit Abendgesichtern in Autos mit Licht, oder sie saßen aufgereiht in langen, gelben Bussen und starrten durch glänzende Fensterscheiben, wie unbekannte Gesichter einen aus einem Fotoalbum anschauen.

Paulus Smith kam nach zwanzig Minuten, mit dem Taxi. Er trat mit einem zufriedenen Gesichtsausdruck auf mich zu, ergriff meine Hand mit beiden Händen und sagte: »Phantastische Arbeit, Veum. Ich höre, du hast einen Mörder für uns gefunden.«

»Er hat mich gefunden«, sagte ich. »Und leider fand er auch zuerst ein neues Opfer.«

»Was?«, sagte er bestürzt.

Ich erzählte ihm, was geschehen war, während wir darauf warteten, dass Jakob E. Hamre wieder aus den höheren Etagen zurückkam. Je mehr ich erzählte, desto bestürzter sah er drein. Als ich gerade fertig war, ging die Fahrstuhltür auf und Hamre trat heraus. »Guten Abend, Smith«, sagte er formell. »Sie ist im Besuchsraum. Wir werden erwartet.«

Ohne ein weiteres Wort gingen wir in den Keller, die Treppe hinunter, die die Seligen von den Unseligen trennt.

Wir waren fünf Menschen in dem nackten Besuchsraum: zwei Frauen und drei Männer.

Wenche Andresen saß allein auf der einen Längsseite des Tisches, Paulus Smith und Jakob E. Hamre saßen auf der anderen. Ich setzte mich an die Ecke neben sie, und die Polizistin saß auf einem Sprossenstuhl neben der Tür. Auf dem Tisch vor Hamre stand ein Kassettenrecorder, klar zur Aufnahme.

Wenche Andresen wirkte noch angespannter als beim letzten Mal. Ihre Haut lag noch straffer über dem Gesicht, die Augen glänzten noch fiebriger. Sie hatte die Hände auf dem Tisch vor sich gefaltet, und ich konnte sehen, wie ihre Muskeln unter der Haut spielten, wie sie die Hände zwang, ruhig zu liegen, ineinander verstrickt, wie zwei ermattete Ringer.

Paulus Smith sah aus, als sei er mitten in einer Schnapsrunde gestört worden. Seine Haut glühte rot, und sein Blick hatte etwas Aufgeregtes, als sei er noch immer nicht über die letzte gute Geschichte, die er gehört hatte, hinweggekommen. Sein weißes Haar gab ihm eine Aura von Reinheit, Rechtschaffenheit und Unfehlbarkeit. Eine wunderbare Verkleidung für einen Rechtsanwalt.

Jakob E. Hamre erinnerte mich an einen jungen Staatsrat, einen Menschen, der alle Karten in der Hand hält, klar zum Einsatz in einer TV-Debatte, die Tausende von Menschen im ganzen Land fesseln würde. Er wirkte selbstsicher und souverän.

Die junge Polizistin sah aus wie ein gestrichenes Kapitel in einem schlechten Roman. Sie hatte ihr Haar straff im Nacken zusammengebunden und ein Gesicht, das nicht genügend Mut dazu hatte, so nackt zu sein. Während der ganzen Veranstaltung starrte sie gerade vor sich hin und bewegte ihren Blick keinen Zentimeter.

Ich selbst sah sicher nicht besonders gut aus. Als ich Wenche Andresen die Hand gab, hatte sie gesagt: »Jedes Mal, wenn ich dich sehe, Varg, hat jemand etwas mit deinem Gesicht angestellt.« Und sie hatte mich forschend angesehen, wie um sich zu versichern, dass ich es auch wirklich war, der sich hinter dem Ganzen verbarg.

Nachdem alle sich gesetzt hatten, entstand eine gespannte Stille, eine abwartende, dichte Atmosphäre, als warteten alle darauf, dass irgendjemand die Stille plötzlich mit einem Schrei unterbrechen oder aufstehen und ein Rad schlagen würde oder etwas anderes Unerwartetes und Verrücktes täte. Alle warteten darauf, dass Jakob E. Hamre die Vorstellung eröffnete.

Nach einer Weile sahen wir ihn alle an: Paulus Smith in froher Erwartung, Wenche Andresen verzagt und angespannt, ich mit einem grummelnden Unbehagen.

Dann streckte Jakob E. Hamre eine schmale Hand aus und schaltete mit langen, schlanken Fingern den Kassettenrecorder ein.

Mit leiser, monotoner Stimme erzählte er, wo wir uns befanden, welcher Tag und welche Uhrzeit es war, und wer anwesend war. Dann machte er eine kurze Pause, wandte sich direkt an Wenche Andresen und sagte: »Wir haben soeben Gunnar Våge verhaftet.«

Alle Blicke richteten sich auf sie. Wir sahen, wie der kurze Satz in sie eindrang, in ihr kehrtmachte und durch die Augen wieder herauskam. Ihre Augen wurden groß und unter der Nase wurde der Mund zu einem runden Kreis. Das einzige, was herauskam, war ein gedehnter Seufzer. Sie sah verwirrt von einem zum anderen, als suche sie nach einer Erklärung, einem Trost, nach irgendetwas. Aber wir waren drei Männer und wir sagten nichts. Wir sahen nur zu, wie die Worte eindrangen, wie ihr deren Bedeutung aufging, sahen die plötzlichen, stummen Tränen aus ihren Augen laufen.

»Gunnar?«, sagte sie.

Pause.

»Hat er . . .«

»Er hat Johan Pedersen umgebracht«, sagte Hamre.

Sie sah ihn verständnislos an. »Wen?«

»Joker«, sagte ich. »Heute Abend.«

Sie schüttelte den Kopf. »Hat er Joker umgebracht – heute Abend? Aber – und was ist mit Jonas? Warum sollte er... Ich kann nicht fassen, wieso...«

»Wie gut kannten Sie Gunnar Våge, Frau Andresen?«, unterbrach Hamre sie. Seine Stimme war fest und angenehm. Er war gleichbleibend liebenswürdig, aber unter dem Firnis war ein Kern von Ungeduld zum Vorschein gekommen, ein Hauch von Rastlosigkeit.

»Ich...«, begann sie. Dann biss sie sich auf die Lippen und errötete. Die Wärme durchschoss sie und sie sah so schuldbewusst aus wie wir alle, wenn wir erröten.

Ich starrte sie an, aber sie sah nicht zu mir.

»Schon sehr lange«, antwortete sie zögernd.

»Wie lange?«, fragte er.

»Wir waren zusammen, das muss ungefähr 1967 gewesen sein, glaube ich. Nur ein paar Monate oder so, bevor ich Jonas kennen lernte...« Ihr Mund straffte sich um seinen Namen, als wolle sie ihn festhalten, ihn für immer einfangen.

»Und später?«, fuhr Hamre hartnäckig fort.

»Später...« Sie befeuchtete ihre Lippen mit der Zungenspitze. »Wir – ich habe ihn wiedergetroffen – da draußen. Eines Tages, zufällig, auf der Straße. Er sprach mich an. Kennst du mich denn nicht mehr, Wenche?, sagte er, und ich musste ihn ansehen. Er hatte eine Menge Haare verloren, aber ich erkannte ihn natürlich wieder.« Sie hielt inne und starrte auf ihre ineinander verflochtenen Finger.

»Und dann?«, fuhr Hamre fort.

Sie sah zu ihm auf. In gewisser Weise waren nur sie beide im Raum. Paulus Smith, ich selbst und die Polizistin waren zu Kulissen verblasst, zu Statisten im Kammerspiel zwischen Hamre und ihr. Sie kreuzten die Klingen mit Blicken, sahen sich fast herausfordernd in die Augen.

»Sie nahmen die Beziehung wieder auf?«, fragte Hamre.

»Wir nahmen die Beziehung wieder auf«, wiederholte sie sarkastisch. »Das klingt nach einer Geschäftsvereinbarung oder so was. Ja, wir nahmen die Beziehung wieder auf, aber nicht sofort, erst nach einer Weile. Er erzählte – er erzählte mir, dass er mich gesucht hatte, dass er nur dorthin gezogen war, dort einen Job angenommen hatte, um in meiner Nähe zu sein, mich vielleicht wiederzutreffen. Das – das hat mich beeindruckt.«

»Das kann ich verstehen.«

»Ach ja? Können Sie das? Ich – ich hatte längst gespürt, wohin es führen würde, mit Jonas und mir. Und ich hatte ein Bedürfnis nach Zärtlichkeit, nach Liebe. Ich liebte Jonas, wie ich ihn auch heute noch liebe, wie ich ihn lieben werde, bis ich sterbe, auch wenn er schon tot ist. Das – zwischen Gunnar und mir – das war etwas anderes. Ich meine, es war ebenfalls recht einseitig, wie die Beziehung zwischen mir und Jonas. Aber diesmal war die Einseitigkeit anders herum – nicht von mir aus, meine ich.«

»Sie begannen also ein Verhältnis mit ihm?«

Sie nickte stumm und schluckte. Tief in ihren Augen flimmerte es. In meinem Kopf pochte es, ein kräftiger Kopfschmerz war im Anmarsch. Paulus Smith betrachtete sie mit düsterem Blick. Sie selbst sah nur Hamre an.

»Wann war das?«, fragte Hamre. »War das vor oder nach der Trennung von Jonas Andresen?«

Sie schluchzte auf. »Es war vorher! Aber es hatte nichts zu bedeuten, es war keine Untreue, und es hatte auch nichts mit der Trennung zu tun. Es war schon lange aus zwischen Jonas und mir. Ich spürte es, mit jeder Faser meines Körpers, als wäre alle Liebe, die ich in mir trug, zu Eis gefroren, eingesperrt, in die hintersten Räume verdrängt. Verstehen Sie? Es war nicht viele Monate bevor Jonas – ging. Aber es war vorher!«

»Könnte es sein, dass Ihr Mann Sie deswegen verließ?«

»Wer? Jonas? Niemals! Er hatte ja selbst – eine andere. Solveig Sowieso. Ich glaube, dass er niemals etwas wusste von – Gunnar und mir. Das hätte ich ihm angemerkt. Er hätte es auf jeden Fall gesagt, als er – auszog. Nein, das blieb zwischen Gunnar und mir. Wir waren so diskret, wie man nur sein kann. Wir waren nur ganz selten, nur wenn wir ganz sicher waren, zusammen. Entweder bei ihm – meistens – oder bei mir. Aber bei ihm war es sicherer. Dort ging es uns am besten.«

»Sie – haben sich gut verstanden?«

Wieder der herausfordernde Blick. »Gut verstanden? So gut, wie sich zwei erwachsene Menschen verstehen, die beide ziemlich enttäuscht und verbittert sind. Es tat gut, wieder richtig zärtlich sein zu können – und Zärtlichkeit zu bekommen! Etwas mit einem

Menschen zu teilen, obwohl es heimlich geschah und eigentlich etwas – Schmutziges war. Sie müssen verstehen: Ich komme aus ziemlich strengen Verhältnissen, was das angeht. Untreue ist eine unverzeihliche Todsünde, egal wie die Umstände sind. Jonas' Untreue machte meine nicht besser oder richtiger. Verstehen Sie?«

Hamre setzte an: »Haben Sie jemals von ...« Er bremste sich und stellte die Frage anders: »Frau Andresen, können Sie mir sagen, welche Gründe Gunnar Våge gehabt haben könnte, Ihren Mann umzubringen?«

Sie schüttelte verständnislos den Kopf. »Wir waren ja schon fast geschieden. Es gab keinen Grund ... Es war ja vorbei mit Jonas und mir.«

»Nicht gefühlsmäßig. Nicht von Ihrer Seite.«

Sie antwortete nicht. Wir sahen, wie sie nach Worten suchte. Mehrmals öffnete sie den Mund, um etwas zu sagen, aber es kam kein Ton heraus.

Hamre sagte: »Ist Ihnen klar, dass trotz der Dinge, die heute Abend passiert sind, die Indizien noch genauso klar darauf hindeuten, dass Sie Ihren Mann umgebracht haben?«

Jetzt mischte sich Paulus Smith ein. »Hören Sie mal, Hamre. Nun nehmen Sie sich mal zusammen, Mann. Sie können doch verdammt noch mal nicht meinen, dass ...« Er sah mich Unterstützung suchend an. Als ich nichts sagte, fuhr er selbst fort: »Dieser Gunnar Våge hat heute Abend diesen Jungen umgebracht, das hat er doch wohl schon gestanden.«

»Nicht offiziell«, sagte Hamre.

»Nein, aber dennoch«, fuhr Smith fort. »Und der Grund ist offensichtlich: Der Junge hatte etwas gegen ihn in der Hand, er wusste, dass es Våge war, der Andresen umgebracht hat. Er hielt sich vor dem Block auf, gleichzeitig mit Veum, und er könnte etwas gesehen haben, das Veum nicht sah ...«

»Kann das möglich sein?«, fragte Hamre säuerlich.

»Mit neunundneunzigprozentiger Wahrscheinlichkeit«, fuhr Smith fort, »sah er, wie Gunnar Våge Jonas Andresen niederstach und dann in das Treppenhaus verschwand, das dem gegenüber liegt, durch das Veum heraufkam. Als Våge heute Abend aufging, wie viel der Junge wirklich wusste, gab es nur noch eine Möglichkeit, wenn er das Ganze geheim halten wollte. So einfach ist das, Hamre. Das ist alles.«

Ich lehnte mich schwer über die Tischplatte, sah Wenche Andresen direkt an und sagte: »Was Gunnar Våge angeht, hast du mich belogen, Wenche.«

Die anderen wurden still. Wenche Andresen wandte sich langsam mir zu und sah mich mit ihren großen, blauen Augen an, die ich vor weniger als vierzehn Tagen zum ersten Mal gesehen hatte. Ich betrachtete ihren Mund, ihre Lippen, die ich geküsst hatte und die wieder zu küssen ich gehofft hatte. Ich betrachtete ihr Gesicht, dachte daran, wie weich und still sie es zu mir erhoben hatte, als ich sie küsste, das erste Mal, das eine Mal.

Ich fuhr fort: »Du hast mich belogen. Bei allem anderen hast du die Wahrheit gesagt. Alles andere habe ich überprüfen können, mehr oder weniger. Was Richard Ljosne anging, warst du es, die die Wahrheit gesagt hat. Er musste zugeben, dass er gelogen hatte, als ich ihn mit deiner Aussage konfrontierte. Aber als ich dich nach Gunnar Våge gefragt habe, da hast du gelogen. Warum, Wenche, warum?«

Sie wandte ihr Gesicht ab und Hamre zu, als wolle sie jetzt gegen mich verteidigt werden und als erwartete sie von Hamre, dass er es täte. Sie sagte: »Ich verstehe nicht, warum Gunnar auf die Idee kommen sollte – warum er Jonas – umbringen sollte.«

»Nein«, sagte ich. »Das verstehst du nicht und wir verstehen es auch nicht. Und das ist vielleicht im Grunde auch kein Wunder. Denn es war nicht Gunnar Våge, der Jonas umgebracht hat. Du warst es.«

Sie drehte ihr Gesicht abrupt wieder mir zu, plötzlich flammend rot.

Paulus Smith sagte: »Hör mal, Veum, hier sitzen . . .«

Jakob E. Hamre lehnte sich steif gegen die Tischkante, voll konzentriert.

»Du hast es getan«, sagte ich. »Du warst es, die ganze Zeit. Wir haben es nur nicht gesehen. Ich habe es nur nicht gesehen. Aber jetzt ist es ganz deutlich. Denn deshalb hast du gelogen.«

»Wa-warum?«

»Du hast gelogen, um zu verheimlichen, dass du mit Gunnar Våge zu tun hattest, dass du sogar bei ihm zu Hause warst und in seinen Schubladen wühlen konntest und das Messer finden, mit dem du Jonas umgebracht hast.«

»Er hat es mir selbst gegeben. Gunnar . . .«

»Ach ja? Warum? Heißt das, ihr habt geplant . . .«

»Du verstehst überhaupt nichts, Varg. Ich glaube wirklich, du verstehst absolut gar nichts. Ja, ich habe das Messer von Gunnar bekommen, aber nicht weil – weil wir geplant haben . . . Sondern weil ich etwas haben sollte, mit dem ich mich verteidigen konnte, wenn – wenn Joker und seine Bande mich nicht in Ruhe ließen, wenn sie uns weiter . . . Ich – ich hatte es griffbereit in der obersten Schublade in der Kommode liegen, draußen im Flur – für den Fall, dass jemand einbrechen oder . . .«

»Aber es ist niemand eingebrochen. Es war nur Jonas, der kam. Und ihn hast du umgebracht.«

Sie stammelte: »D-das war sinnlos. Das war idiotisch, das hätte nie passieren dürfen, aber . . .«

Hamre mischte sich mit seiner gedämpften, ausgeglichenen Stimme ein: »Erzählen Sie mal in aller Ruhe, Frau Andresen. Erzählen Sie uns einfach, was passiert ist.«

Sie sah ihn fast dankbar an. Ich spürte, wie sich in mir alles zusammenzog und ich fühlte mich plötzlich unendlich einsam, so einsam wie ein Mensch sich überhaupt nur fühlen kann. Ich betrachtete wieder ihre verflochtenen Hände. So pflegten Liebespaare ihre Finger ineinander zu flechten, wenn sie versunken beieinander saßen. Aber sie war nicht in jemanden versunken und sie konnte nur ihre eigenen Finger miteinander verflechten.

Dann erzählte sie: »Ich kam aus dem Keller, mit dem Marmeladenglas, und da – da hatte er sich schon aufgeschlossen. Ich war im ersten Moment etwas verärgert. Du wohnst hier nicht mehr, Jonas, sagte ich, du kannst dir hier nicht mehr einfach die Tür aufschließen. – Er sah ziemlich verdattert aus und dann fing er an, sich zu beklagen, er habe so wenig Geld, deshalb würde er so spät zahlen und so weiter. – Ich weiß nicht, was mit mir passierte, aber plötzlich sah ich rot. Plötzlich kam mir all die Trauer und Verzweiflung hoch, und mir wurde schwarz vor Augen. Und ich dachte daran, dass er mit seiner Untreue alles kaputtgemacht hatte, dass er schuld daran war, dass ich selbst – untreu geworden war – eine Todsünde begangen hatte. Ich – ich stand da mit dem Marmeladenglas in der Hand und warf es nach ihm. Es traf ihn an der Stirn, und ich sah, wie weh es ihm tat. Er – er war immer jähzornig, und jetzt schlug er mich. Er schlug mir ins Gesicht, sodass ich gegen die Kommode taumelte. Die Kante traf mich an der Hüfte, es tat furchtbar weh. Ich öffnete die Schublade, in der das Messer lag, und ich – ich schlug zurück, nach ihm, schlug mit – dem Messer. Es – es verschwand einfach in ihm, und ich . . . Er beugte sich nach vorn, mit einem verwirrten Ausdruck im Gesicht . . . Ich weiß nicht einmal, ob er das Messer gesehen hat. Was – was tust du, Wenche?, fragte er. Aber ich wollte nicht, dass er mich mit seinen vorwurfsvollen Augen ansah, also zog ich das Messer raus und stach noch mal zu und – noch mal. Er kam auf mich zu und seine Beine gaben unter ihm nach und dann – dann fiel er.«

Sie starrte schwarz vor sich hin. »Er blieb – liegen. Ich – ich ging einfach an ihm vorbei, zur Tür, öffnete sie und ging raus. Ich weiß noch, dass ich um Hilfe rief. Und dann weiß ich nicht mehr, was passiert ist, ich glaube, ich wurde ohnmächtig. Ich weiß nicht, wie gelähmt ich war, als ihr kamt, zuerst Varg und dann . . .« Ihre Stimme erstarb. Den Rest kannten wir. Den Rest wussten wir.

»So schnell geht das«, sagte sie, »ein Leben zu beenden. In null Komma nichts. Meines und Gunnars auch.«

»Und Roars«, sagte ich.

»Ja, Roar«, sagte sie matt, als sei es der Name eines entfernten Verwandten, eines Menschen, den sie einmal gekannt hatte, vor langer, langer Zeit.

Wir blieben stumm sitzen.

Eine Weile später streckte Hamre die Hand aus und schaltete den Kassettenrecorder aus. Es wurde ganz still im Raum.

Dann stand Smith schwerfällig auf. »Eine glänzende Arbeit für die Verteidigung, Veum«, sagte er mit bleischwerem Sarkasmus.

Hamre und ich erhoben uns ungefähr gleichzeitig. Wir blieben stehen und sahen auf Wenche Andresen hinunter. Ich sagte zu Hamre: »Kann ich ein paar Minuten – mit ihr allein sein?«

Er sah mich mit unbewegter Miene an. »Du kannst wohl nicht viel mehr Schaden anrichten, als du schon getan hast«, sagte er, nickte und verließ zusammen mit Smith den Raum.

Die Frau an der Tür blieb sitzen, aber ich ignorierte sie. Sie war ein Teil des Inventars.

Ich trat zwei Schritte auf Wenche Andresen zu, stützte die Fäuste schwer auf die Tischplatte und beugte mich über sie. Sie hob ihr Gesicht zu mir, sah mich an, mit denselben Augen und demselben Mund. Aber ich würde sie nie mehr küssen. Das wusste ich jetzt. Ich würde sie nie mehr küssen.

Ich sagte: »Tut mir Leid, Wenche. Aber ich musste es sagen. Es ging nicht anders. Ich habe an dich geglaubt, die ganze Zeit. Ich war sicher, dass du unschuldig warst, dass du es nicht getan hattest. Aber als mir am Ende aufging – als du mich belogen hast, und ich endlich begriff – da musste ich es sagen. Ich hoffe, du verstehst das.«

Sie nickte stumm.

»Ich – ich war wirklich froh, dir begegnet zu sein. Dir und Roar. Ich – die beiden Abende bei dir – ich habe mich – es ist lange her, dass ich mich so wohl und entspannt gefühlt habe, wie nach unseren Gesprächen. Unter anderen Umständen – wer weiß? Vielleicht hätten wir – zueinander finden können. Vielleicht hätten wir einander – Trost geben können.«

Sie sah mich stumm an.

»Aber jetzt ist es zu spät, Wenche. Viel zu spät.«

Sie sagte: »Es tut mir Leid, Varg . . . Das wollte ich nicht.«

Ich sah auf sie hinunter, nahm für ein hoffentlich letztes Mal ihr Gesicht in mir auf. Ihre Augen, ihre Lippen, die gespannte Haut, den gequälten Gesichtsausdruck.

Und ich dachte an Roar. Ich dachte an den Vater, den sie ihm genommen hatte, und dass sie dabei war, ihm auch die Mutter zu nehmen.

Was würde mit ihm geschehen? Was würde mit ihr geschehen? Wo würden wir alle in fünf Jahren sein? Und in zehn? Das waren zu viele Fragen, und man hatte nur ein Leben, um sie zu beantworten. Nur ein einziges Leben, und das kann so plötzlich enden. Im einen Augenblick hat man es noch in der Hand. Im nächsten hat es dir jemand entrissen, und du liegst auf dem Gehsteig und schaust ihm hinterher.

Ich richtete mich auf, blieb an der Tischkante stehen und hörte meine Stimme sagen: »Wir haben eine Verabredung, schreib es dir auf, um sechs Uhr abends, heute in tausend Jahren.«

Sie schaute mich verständnislos an. »Wie meinst du das?«

Ich zuckte mit den Schultern. »Hab ich nur irgendwo mal gelesen.« Dann drehte ich mich um und verließ schnell den Raum, ohne die Tür hinter mir zu schließen und ohne mich umzusehen.

Draußen stand Hamre und wartete auf mich. »Smitti ist schon gegangen. Ich glaube, er erträgt deinen Anblick heute Abend nicht mehr«, sagte er. »Ich kann ihn verstehen.«

Ich sah ihn an.

Die Ungeduld war jetzt in seinen Augen angekommen, als er sagte: »Was glaubst du eigentlich erreicht zu haben?«

Ich sagte: »Was heißt schon erreicht.«

»Wir sitzen hier mit genau derselben Mörderin. Wir haben genau dieselbe Antwort, die ich dir schon letzten Freitag gegeben habe. Der einzige Unterschied ist, dass in der Zwischenzeit ein Mann einen Jungen ermordet hat.«

»Es ist vielleicht dieselbe Antwort«, versuchte ich hilflos. »Aber die Wahrheit hat immer mehrere Seiten. Ich habe in der Zwischenzeit mit einigen Menschen geredet, und die Antwort ist alles in allem vielleicht doch nicht dieselbe.«

Hamre sagte müde: »Ab und zu glaube ich, das einzige, was du beherrschst, ist Wortklauberei. Das ist jedenfalls das einzige, was du in meinem Beisein jemals hingekriegt hast. Mir geht es um Fakten. Und die Fakten sagen mir, dass seit letzten Freitag ein Mann zum Mordopfer und ein Junge zur Leiche geworden ist. Der Mann könnte noch immer sein nicht sonderlich geglücktes Dasein fristen, und die Zukunft des Jungen sah vielleicht nicht so rosig aus, aber es sind jedenfalls zwei Leben, Veum. Zwei mögliche Leben. Diese Möglichkeit hast du definitiv zunichte gemacht. Begreifst du das? Begreifst du's?«

Ich begriff. Also antwortete ich nicht. Stumm stiegen wir die Treppe hinauf und ich ging nach Hause.

52

Am nächsten Tag meldete ich mich wieder auf der Polizeiwache, wurde noch einmal verhört über die Ereignisse des Vorabends, unterschrieb das Protokoll und verließ das Haus, ohne dass jemand Hurra rief, ohne dass jemand mir Konfetti vor die Füße warf.

Draußen waren von Westen dunkle Wolken aufgezogen. Der Himmel trug Trauer.

Ich ging langsam zum Büro, die vielen Treppen hinauf, durch die Tür mit der geriffelten Scheibe und zum Schreibtisch. Ich zeichnete meine Initialen in den Staub auf der Schreibtischplatte, damit allen klar war, wem das Büro gehörte, obwohl ich nie hier war.

Dann setzte ich mich hinter den Schreibtisch. Mein Kopf fühlte sich leer an, mein Herz wie Stein. Über dem Dach der Håkonshalle sah ich die Silhouette der Bohrinsel, die draußen in Skuteviken auf Reede lag. Zwei Mahnmale aus zwei Epochen, und es lagen rund siebenhundert Jahre dazwischen. Ab und zu fühlte ich mich, als sei ich auch siebenhundert Jahre alt.

Ich suchte in meinem Notizbuch nach einer Telefonnummer, die ich ein paar Tage zuvor notiert hatte. Als ich sie fand, starrte ich eine Weile darauf, als sei es eine Art magischer Zaubernummer, ein Schlüssel zur Zukunft.

Ich wählte die Nummer. Als die Frau in der Vermittlung antwortete, fragte ich: »Kann ich mit Solveig Manger sprechen?«